제임스 조이스 단편소설집

# 더블린 사람들

김종건 옮김

어문학사

# 차 례

# 자매

이번에는 그분에게 희망이 없었다. 세 번째 졸도였기 때문이다. 밤마다 나는 그 집을 지났고(마침 방학 때였다), 불이 켜진 네모난 창문을 살펴보았다. 그리고 밤마다 꼭 같은 식으로 불이 희미하고 한결같이 켜져 있는 것을 보았다. 만일 그분이 돌아가셨다면, 캄캄한 창가리개에 촛불이 반사되는 것을 볼 수 있었으리라 생각했다. 왜냐하면 시체 머리맡에 반드시 양초 두 자루를 세워 두어야 함을 알고 있었기 때문이다. 그분은 가끔 내게 말씀하셨다: "나는 오래 살지 못할 거야." 그리고 나는 그분의 말씀을 부질없는 것으로 생각했다. 이제야 나는 그 말이 참말임을 알았다. 매일 밤 그 창문을 자세히 쳐다볼 때, 나는 '마비'라는 말을 혼자 조용히 중얼거렸다. 이 말은 유클리드 기하학에 나오는 '노몬'이란 말이나 교리문답서의 '성직매매'란 말처럼, 언제나 나의 귀에 이상하게 들렸다. 그러나 지금 이 말은 어떤 해롭고 죄스런 존재의 이름처럼 들렸다. 이 말은 나를 공포로 휩싸이게 했고, 그러면서도 그 죽음에 한층 가까이 다가가 그 치명적인 위력을 살펴보고 싶었다.

저녁 식사를 하려고 아래층으로 내려갔을 때, 코터 영감은 담배를 피우며, 난롯가에 앉아 있었다. 숙모가 내게 오트밀 죽을 국자로 퍼주고 있는 동안, 그는 아까 하던 이야기로 되돌아가듯 말했다.

"아니, 그가 꼭 그렇다고 말하는 건 아니지만…… 좀 괴상한 데가 있었소……그에게 좀 수상한 데가 있었단 말입니다. 내 생각을 말할 것 같으면…….”

그는 자신의 생각을 마음속에서 가다듬고 있는 듯, 파이프를 뻐끔뻐끔 빨기 시작했다. 넌더리 나는 바보 영감 같으니! 우리가 처음 그를 알게 되었을 때, 그는 하등품 알코올이나 증류기(蒸溜器)의 나선관(螺線管) 이야기를 하면서, 오히려 재미있는 듯했었지. 그러나 나는 그의 사람 됨됨이나 양조장에 관한 끊임없는 이야기에 이내 싫증이 나기 시작했다.

“그 점에 대해서 나 나름대로 이론을 갖고 있지.” 그는 말했다. “내 생각으로는 거 있잖소…… 별난 병 중의 하나란 말이오……. 하지만 말하기 곤란해…….”

그는 자신의 생각을 우리에게 끝내 말하지 않고 다시 파이프를 뻐끔뻐끔 빨기 시작했다. 아저씨는 내가 그를 빤히 쳐다보고 있는 것을 보고 내게 말했다.

“글쎄. 너의 나이 많은 친구분이 돌아가셨으니 섭섭하겠구나.”

“누구요?” 나는 물었다.

“플린 신부 말이야.”

“그분께서 돌아가셨어요?”

“여기 코터 영감님이 우리에게 방금 말씀하셨잖아. 그 집 옆을 지나오셨단다.”

나는 모두의 시선을 한몸에 받고 있다는 것을 알고, 마치 그 소식에 별반 관심이 없다는 듯 계속 먹기만 했다. 아저씨가 코터 영감에게 설명했다.

“이 젊은이와 그분은 대단한 친구 사이였지요. 노인께서는 이 애한테 참 많은 걸 가르쳐주셨어요. 아시겠어요? 그리고 사람들 말이, 그분은 이 애한테 큰 기대를 걸고 계셨다고 해요.”

"하느님 그분의 영혼에 자비를 베푸소서!" 숙모가 경건하게 말했다.

코터 영감이 나를 잠시 쳐다보았다. 그의 작고 묵주처럼 까만 눈이 나를 살피고 있음을 느꼈으나, 나는 접시에서 눈을 위로 치켜봄으로써 그를 만족시키고 싶지는 않았다. 그는 다시 파이프를 빨기 시작했으며, 마침내 벽난로 쇠 살대 속에 아무렇게나 침을 뱉었다.

"나 같으면 내 애들을 그런 사람과 말을 많이 하도록 내버려두지 않을 거야." 그는 말했다.

"무슨 뜻이죠, 코터 씨?" 숙모가 물었다.

"내 말은," 코터 영감이 말했다. "애들한테 나쁘단 말입니다. 내 생각은: 어린이는 자기 또래의 애들과 마구 뛰놀도록 내버려둬야지, 그렇지 않고는……내 말이 옳지 않소, 잭?"

"제 원칙도 그렇습니다, 역시." 아저씨가 말했다. "그가 제 분수를 지키는 걸 배웠어야 해요. 이건 제가 언제나 저 장미십자회 회원들한테 말하는 것이지요. 운동을 하라고 말입니다. 글쎄, 제가 꼬마였을 때는, 겨울이고 여름이고 매일 아침 냉수욕을 했답니다. 그 때문에 지금 이렇게 견딘단 말이에요. 교육이란 모두 정말 훌륭한 것이지요……코터 영감님께 저 양(羊) 다리 고기를 좀 드시게 하구려." 그는 숙모에게 덧붙여 말했다.

"아니, 아니, 난 됐어요." 코터 영감이 말했다.

숙모는 찬장에서 접시를 날라 와 식탁 위에 놓았다.

"그런데 왜 그게 아이들한테 좋지 않다고 생각하세요, 코터 씨?" 그녀가 물었다.

"애들에게 나쁘단 말이에요." 코터 영감이 말했다. "왜냐하면 애들의 마음이란 너무나 감수성이 예민하기 때문이죠. 애들이 그런 걸 보게 되면,

알겠어요, 그게 영향을 주지요…….”

나는 홧김에 말이 터져 나오지나 않을까 두려워 오트밀을 입 속에 마구 퍼 넣었다. 넌더리 나는 코 빨갱이 천치 영감 같으니!

나는 밤늦게야 잠이 들었다. 비록 코터 영감이 나를 애라고 말한 데 대해 골이 나긴 했지만, 그가 하려다 그만둔 말에서 의미를 끌어내려고 애를 썼다. 캄캄한 방에서 나는 그 중풍환자의 무거운 회색빛 얼굴을 다시 볼 수 있는 듯 상상했다. 담요를 머리 위까지 뒤집어쓰고 크리스마스를 생각하려고 애를 썼다. 그러나 그 회색빛 얼굴은 여전히 나를 뒤따랐다. 그것은 뭔가 중얼거렸다. 나는 그것이 무슨 중요한 일을 고백하려나 보다 하고 생각했다. 내 영혼은 어떤 즐겁고 사악한 지역으로 빠져들어가는 것 같았다. 그런데 거기에서 또 그것이 나를 기다리고 있음을 알았다. 그 얼굴은 나에게 중얼거리는 목소리로 고백하기 시작했는데, 왜 계속해서 미소를 띠고 있는지, 왜 입술이 저토록 침으로 젖어 있는지, 궁금히 여겼다. 그러나 그 얼굴이 중풍으로 죽었음을 기억해냈고 나 또한, 마치 그의 성직매매의 죄를 사면(赦免)이라도 해주는 듯, 가냘프게 웃고 있음을 알았다.

다음 날 아침 조반을 든 후에 그레이트 브리튼가(街)에 있는 그 조그만 집을 보기 위해 내려갔다. 그것은 「포목점」이란 막연한 간판이 걸린, 수수한 상점이었다. 포목점은 주로 아이들의 털 장화나 우산들로 차려져 있었다. 그리고 보통날에는 '우산 천갈이'란 글씨가 새겨진 광고판이 유리창에 늘 걸려 있었다. 오늘은 덧문이 닫혀 있어서 광고판은 보이지 않았다. 크레이프 비단 조화(弔花)가 리본과 함께 도어 노커에 매여 있었다. 두 남루한 여인과 전보 배달 소년 하나가 상장(喪章)에 핀으로 꽂아 놓은 카드를 읽고 있었다. 나도 가까이 가서 읽어보았다.

1895년 7월 1일

제임스 플린(미스가의 성 캐서린성당의 전(前) 사제),

향년 65세,

영면.

카드를 읽고 나자 그분이 정말 돌아가셨구나 하는 생각이 들었는데, 나 자신이 어떤 방해를 받고 있는 듯한 성가신 느낌이 들었다. 그분이 돌아가시지 않았더라면 나는 상점 뒤에 있는 작고 컴컴한 방으로 들어가, 커다란 외투에 거의 질식할 듯 묻혀, 벽난로 옆의 안락의자에 앉아 있는 그를 보았으리라. 아마 숙모는 그분에게 갖다드리도록 토스트 담배 한 봉지를 주었을 것이고, 이 선물은 넋을 잃은 듯한 졸음으로부터 그분을 깨웠으리라. 그분의 까만색 코담배 상자 속에 담배 봉지를 비우는 이는 언제나 나였으니, 왜냐하면 그는 양손을 너무나 떨어서 담배를 반씩이나 마룻바닥에 흘리지 않고는 그렇게 할 수가 없었기 때문이다. 심지어 떨리는 그 커다란 손을 코 있는 데까지 들어 올리자, 작은 구름 같은 담배 부스러기가 손가락 사이로 흘러나와 외투자락 앞에 뚝뚝 떨어졌다. 푸르스름해 보이는 색바랜 그분의 오래된 사제복도 어쩌면 그처럼 끊임없이 흘러내린, 소나기 같은 담뱃가루 때문이었는지도 모른다. 왜냐하면 언제나 그랬듯이, 한 주일의 코담배 가루로 시커메진 빨간 손수건으로 떨어진 담뱃가루를 쓸어 없애려고 애를 썼지만, 아무런 소용이 없었기 때문이다.

안으로 들어가 그분을 보고 싶었으나, 감히 문을 두드릴 용기가 나지 않았다. 거리의 햇살 비치는 쪽을 따라 천천히 걸어가면서, 상점 창문을 지나칠 적마다 그곳에 나붙은 극장 광고를 모조리 다 읽었다. 나도 그날도 슬퍼할 분위기가 아닌 듯한지라, 정말 이상한 느낌이 들었고, 마치 내가 그분의 죽음으로 그 무엇으로부터 해방된 듯, 나 자신에 일종의 해방감을 느끼고 심지어 노여운 생각마저 들었다. 나는 이런 생각에 이상했는지라, 왜냐하면 간밤에 나의 아저씨가 말해주었듯이, 신부님은 내게 많은 것을 가르쳐주셨기 때문이다. 그분은 로마의 아일랜드 대학에서 공부를 하신 적이 있었고, 라틴어를 올바르게 발음하도록 가르쳐주셨다. 그는 지하 묘지와 나폴레옹 보나파르트에 관한 여러 이야기를 해주셨으며, 미사의 여러 가지 다른 의식(儀式)들과 사제들이 입는 여러 가지 제복의 의미도 설명해주셨다. 때때로 그분은 내게 여러 가지 어려운 질문을 하거나, 사람이 어떤 상황에서 해야 할 일 또는 여차여차한 죄가 중범죄인지 아니면 경범죄인지, 또는 단지 결함에 불과한 것인가를 묻고는 혼자 즐거워하셨었다. 그분의 질문은 언제나 가장 단순한 행위들로만 생각했던 성당의 어떤 관습들이 얼마나 복잡하고 신비스러운 것인가를 내게 보여주었다. 나는 성찬식을 향한 그리고 고해의 비밀에 향한 신부의 여러 가지 의무가 너무나 준엄하게 느껴졌기 때문에, 누가 그것들을 감당할 용기를 지녔을까 궁금했다. 성당의 신부님들은 「우체국 주소록」처럼 두껍고, 신문의 법률 광고처럼 조밀하게 인쇄된 책을 써서, 이 모든 복잡한 문제들을 설명하고 있다는 것을 내게 들려주셨을 때, 나는 조금도 놀라지 않았다. 이따금 이러한 문제를 생각했을 때, 내가 대답을 하지 못하거나 혹은 단지 아주 바보처럼 머뭇거리는 듯한 답을 했는데, 이에 대하여 그분은 빙그레 미소를 짓거나 두서너 번 고개를 끄덕이곤 하셨다. 때때로 그분은 미사의 답송(答頌)을 시험해보기도 하셨는바, 내게 암송하도록 하셨다. 그리고 내가 그것을 빠르게 외어 나갈 때, 그분은 이따금 커다란 코담배 뭉치를 양쪽 콧구멍에 번

갈아 갖다 대면서, 생각에 잠긴 듯 미소를 짓거나 고개를 끄덕이셨다. 그분은 미소를 지을 때면 크고 변색된 이빨을 드러내고 혀를 아랫입술 위로 축 늘어뜨리기도 했는데—그것은 내가 그분을 잘 알기 전 우리가 처음 사귀기 시작할 때 나를 불안하게 하던 버릇이었다.

햇볕 속을 계속 걸으며 코터 영감의 말들을 기억했고, 꿈속에서 그 후 어떤 일이 일어났는지 기억해내려고 애를 썼다. 기다란 벨벳 커튼과 고풍스러운 흔들 램프를 목격한 것이 생각났다. 아주 멀리 떨어진, 풍습이 이상한 어떤 나라에,—페르시아라고 생각했다—간 듯한 느낌이 들었다…….

그러나 나는 꿈의 끝을 기억할 수 없었다.

저녁에 숙모는 상가(喪家)에 가면서 위해 나를 데리고 갔다. 이미 해가 저문 뒤였다. 그러나 서향을 바라보는 집들의 유리창들이 황갈색 황금의 커다란 구름 띠를 반사하고 있었다. 내니 노파가 우리를 현관에서 맞았다. 숙모가 그녀에게 큰 소리로 이야기하는 것이 어울리지 않았기에, 그녀와 악수를 함으로써 모든 뜻을 알렸다. 노파는 상대의 뜻을 묻기라도 하듯 위쪽을 가리켰고, 숙모가 고개를 끄덕이자, 수그린 머리를 계단 난간 위로 보일 듯 말 듯 드러내면서, 우리 앞으로 좁다란 계단을 애써 오르기 시작했다. 첫 번째 층계참에서 그녀는 발걸음을 멈추고 사자(死者)의 열린 방문을 향해 빨리 들어가도록 우리에게 격려하듯 손짓을 했다. 숙모는 안으로 들어갔고, 노파는 내가 들어가기를 주저하는 것을 보자, 다시 거듭 나에게 손짓을 하기 시작했다.

나는 발끝으로 안에 들어갔다. 커튼의 레이스 끝을 통하여 들여다보이는 그 방은 거무스름한 황금빛으로 가득 차 있었고, 촛불은 그 가운데 마치 파리하고 맥없는 불꽃처럼 보였다. 그는 이미 입관(入棺)되어 있었다.

내니가 선도(先導)했고, 우리 세 사람은 침대 발치에 무릎을 꿇었다. 나는 기도를 드리는 척했으나, 노파의 중얼거림이 주의를 흩어놓는 바람에 생각을 한곳으로 모을 수가 없었다. 노파의 치마 뒤쪽의 서투르게 여며진 모습이라든지 운동화 뒤축이 한쪽으로만 몽땅 닳아빠진 것이 눈에 띄었다. 그러자 늙은 신부가 저 관속에 누워 미소를 짓고 있으리라는 생각이 떠올랐다.

그러나 천만에. 우리가 자리에서 일어나 침대 머리맡으로 갔을 때, 나는 그분이 미소를 짓고 있지 않음을 알았다. 거기에 그분은 성단(聖壇)을 위해서처럼 제의(祭衣)를 입은 채, 엄숙한 표정에 큼직한 손은 성배를 느슨히 쥐고 누워 있었다. 그의 얼굴은 아주 끔찍스러웠고, 잿빛으로 거대하게 보였으며, 검고 동굴 같은 콧구멍 주위에는 드문드문 하얀 털이 둘러 있었다. 방 안에는 짙은 향내가 어려 있었다—꽃 냄새였다.

우리는 성호를 긋고 그곳을 나왔다. 아래층 조그만 방에서 일라이저가 신부의 안락의자에 단정히 앉아 있는 것을 발견했다. 내가 방 한쪽 구석에 있는, 늘 앉곤 하던 의자 쪽으로 더듬어 나아가고 있는 동안, 내니는 찬장으로 가서 셰리주가 담긴 병과 술잔 몇 개를 꺼내 왔다. 그녀는 이것을 탁자 위에 올려놓고 우리더러 술을 조금 마시도록 권했다. 그런 다음 그녀는 언니가 하라는 대로, 셰리주를 여러 잔에다 가득히 따라서 우리에게 돌렸다. 그녀는 나더러 크림 크래커를 좀 먹어보도록 억지로 강요했지만, 그것을 먹으면 너무 시끄러운 소리가 날 것 같아 거절했다. 그녀는 내가 거절한 데 대해서 얼마간 실망한 듯 보였으나, 조용히 소파로 가서 일라이저 언니 뒤에 앉았다. 아무도 말이 없었다. 우리는 모두 텅 빈 벽난로를 응시하고 있었다.

숙모는 기다렸다가 마침내 일라이저가 한숨을 쉬자 이어 말했다.

"아, 글쎄, 그분은 더 좋은 세상으로 가셨어요."

일라이저는 다시 한숨을 쉬고, 동의하는 표시로 고개를 숙였다. 숙모는 술잔의 목을 손가락으로 만지작거리다가 이어 조금 들이켰다.

"그래요…… 평화롭게?" 그녀가 물었다.

"오, 정말 평화롭게, 마님." 일라이저가 말했다. "숨이 언제 끊어졌는지 알지 못할 정도였어요. 그분은 고이 돌아가셨어요. 하느님께 감사하게도……."

"그리고 모든 일은……?"

"오러크 신부님이 어느 화요일에 그와 함께하시며, 종유례(終油禮)도 베푸시고 만사를 다 준비해주셨습니다."

"그럼 본인도 그때 아셨던가요?"

"본인은 아주 단념하고 계셨어요."

"그분은 아주 단념하셨던 것 같아요." 숙모가 말했다.

"그분의 몸을 씻기기 위해 들여보낸 여인이 한 말이었어요. 그녀는 그분이 흡사 잠을 자고 계시는 듯, 그토록 평화롭고 초연하게 보였다고 했어요. 아무도 그렇게 고이 돌아가실 줄은 생각지 못했을 거예요."

"그래요, 정말." 숙모가 말했다.

그녀는 유리잔에 있는 술을 조금 더 홀짝 마시고, 말을 이었다.

"글쎄, 플린 숙모, 아무튼 그분을 위해 숙모께서 할 수 있는 일은 다 해드렸다고 생각하니, 커다란 위안이 아닐 수 없어요. 두 분 모두 그분께 정말 친절하게 대해 주셨습니다, 틀림없이."

일라이저는 무릎 위의 옷을 폈다.

"아, 가엾은 제임스!" 그녀는 말했다. "우린 이렇게 가난해도 그분께

해드릴 수 있는 건 모두 다 해드렸음을 하느님은 아시지요—오라버니께서 이 세상에 계시는 동안 부족한 것이 없도록 우리는 모든 걸 다 해드렸답니다."

내니는 진작부터 소파 등받이에 머리를 기대고 있었으므로 이내 잠이 들것만 같았다.

"내니가 가엾지요." 일라이저가 그녀를 쳐다보며 말했다. "지쳤지 뭐예요. 모든 일은 우리 둘이서 다 했어요. 그녀와 내가, 몸을 씻길 아주머니를 불러들이는 일, 입관시키는 일, 그리고 성당에서 미사를 준비하는 일 말이에요. 오러크 신부님이 아니었던들 우린 무엇을 해야 할지 도무지 몰랐을 거예요. 그분께서 저 꽃들을 모두 가져오셨고, 성당에서 저 촛대 두 개도 꺼내 오셨으며, 그리고 『프리먼즈 제너럴』지에 사망 광고도 내 주셨고, 묘지며 가엾은 제임스의 보험에 필요한 모든 서류도 맡아 해주셨어요."

"정말 고마우신 분이잖아요?" 숙모가 말했다.

일라이저는 두 눈을 감고 고개를 천천히 끄덕였다.

"아, 옛 친구만한 사람이 세상에 또 있던가요." 그녀는 말했다. "뭐니 해도 몸을 맡길 수 있는 것은 옛 친구밖에 없어요."

"정말, 그 말이 옳아요." 숙모가 말했다. "그리고 정말이지 그분께서는 이제 영원한 보답의 세계로 가셨으니, 두 아주머님이 그분께 베푸신 친절을 결코 잊지 않으실 거예요."

"아, 가련한 제임스!" 일라이저가 말했다. "그분이 우리에게 고통이 된 적은 별로 없어요. 집안에서도 소리 하나 내는 일이 없었으니까요. 하지만 그분께서 세상을 하직하시다니 서운하기 그지없어요……."

"만사가 다 끝났으니 서운하실 테지요." 숙모가 말했다.

"알아요." 일라이저가 말했다. "이제는 오라버니께 고기 수프를 가져다드릴 필요도 없어졌고, 또 마님께서는 그분께 코담배를 보내드릴 필요가 없게 되었어요. 아, 불쌍한 제임스."

그녀는 마치 과거를 회상하듯, 말을 멈추었다가, 이내 예리하게 말했다.

"이봐요, 나는 최근에 오라버니한테 이상한 일이 일어나고 있다는 걸 눈치챘어요. 오라버니께 고기 수프를 드리려고 방에 들어갈 때마다, 오라버니는 성무 일과서를 마룻바닥에 떨어뜨리고, 의자에 등을 기댄 채 입을 벌리고 계셨어요."

그녀는 손가락을 코에 갖다 대고 얼굴을 찌푸렸다. 그리고 말을 이었다.

"하지만 그럼에도 그분께선 계속 말씀하시고 계셨어요, 우리는 여름이 끝나기 전에 어느 날씨 좋은 날에, 우리가 태어난 아이리시타운으로 가서 다시 그 옛집을 구경하자고, 그리고 나와 내니를 함께 데리고 가겠다고 말이에요. 만일 우리가, 오러크 신부님이 오라버니한테 말한 적이 있는, 바람 넣는 바퀴 달린, 소리 나지 않는, 신식 유행의 마차 한 대를, 하루 동안 값싸게 빌릴 수 있다면—그분은 말씀하셨어요, 길 건너 조니 러쉬 상점에서, 우리 셋이 어느 일요일 저녁에 함께 드라이브를 나가자고 말이에요. 오라버니는 그걸 마음에 두고 계셨던 거예요…… 가엾은 제임스."

"하느님이시여, 그분의 영혼에 자비를 내리소서!" 숙모가 말했다.

일라이저는 손수건을 꺼내 눈을 닦았다. 그런 다음 그것을 주머니 속에 도로 넣고 한동안 말없이 텅 빈 벽난로 아궁이 속을 빤히 들여다보았다.

"오라버니는 언제나 너무 꼼꼼하셨어요." 그녀는 말했다. "성직의 의무가 그분께 너무나 과중했던 거예요. 그래서 그분의 인생은, 글쎄요, 좌절되었다고나 할까요."

"옳아요." 숙모가 말했다. "그분은 실망한 분이셨어요. 그걸 분명히 알 수 있었어요."

침묵이 조그마한 방을 점령했다. 그리고 그 틈을 타서, 탁자로 다가가 셰리주를 맛본 다음 구석에 있는 나의 의자로 조용히 되돌아왔다. 일라이저는 깊은 몽상에 빠져 있는 듯 보였다. 우리는 그녀가 침묵을 깰 때까지 얌전하게 기다렸다. 그러자 한참 뒤에 그녀가 천천히 말했다.

"문제는 오라버니가 깨뜨린 성배였어요…… 그게 문제의 시초였답니다. 물론 사람들은 그것과는 아무 상관없다고 말하죠. 거긴 아무것도 들어 있지 않았어요, 제 뜻은. 그러나 그런데도…… 사람들은 복사(服事)의 잘못이라 말하고 있어요. 가엾은 제임스는 너무나 신경이 과민했어요. 하느님, 그분께 자비를 내리소서!"

"그래, 그게 문제였군요?" 숙모가 물었다. "나도 무슨 말을 듣긴 했지만……."

일라이저는 고개를 끄덕였다.

"그 일이 그분의 마음에 타격을 주었어요." 그녀는 말했다. "그 뒤로는 혼자서 우울해 하며 아무에게도 말을 하지 않고 혼자 방황하기 시작했어요. 어느 날 밤, 사람들이 방문할 일이 있어서 그를 찾았지만 어디서도 그를 찾을 수가 없었어요. 사람들은 이곳저곳을 샅샅이 뒤졌지요. 어디서도 그의 흔적을 찾을 길이 없었답니다. 그때 사무장께서 성당을 한번 찾아보라고 일러주었어요. 모두 열쇠를 얻어 성당 문을 열었지요. 사무장과 오러크 신부님, 그리고 마침 그곳에 와 있던 다른 신부님이 그를 찾기 위해 불을 들고 안으로 들어갔지요……. 그런데 어찌 된 영문이지요, 그가 고해소의 어둠 속에 혼자 앉아서, 눈을 크게 뜨고 홀로 조용히 웃고 있지 뭡니까?"

그녀는 마치 귀를 기울이듯 갑자기 말을 멈췄다. 나도 역시 귀를 기울였다. 집 안에서는 아무 소리도 들리지 않았다. 나는 나이 많은 신부가 아까 우리가 보았듯이 죽음 속에 엄숙히 그리고 끔찍한 모습으로, 가슴에 맥없이 성배를 얹은 채, 관속에 조용히 누워 있음을 알았다.

일라이저는 말을 이었다.

"눈을 크게 뜨고 홀로 웃고 계셨어요……. 그래서 그때, 물론, 모두 그것을 보자, 뭔가가 그에게 크게 잘못되었구나 하고 생각했지요……."

## 뜻밖의 만남

황량한 서부를 우리에게 처음으로 소개해준 사람은 조 딜런이었다. 그에게는 『유니언 잭』이니, 『담력』이니 그리고 『하찮은 경탄』이니 하는 낡은 소년 잡지들로 가득 채워진 조그마한 서재가 있었다. 학교가 파한 뒤 저녁 때면 우리는 그의 뒷마당에서 만나 인디언 전쟁놀이를 주선했다. 그와 게으름뱅이, 뚱뚱보 동생 리오가 마구간의 다락을 점령했고, 우리는 그것을 기습하여 함락시키고자 애를 썼다. 혹은 우리는 풀밭에서 정정당당한 전투를 했다. 그러나 아무리 우리가 잘 싸워도, 포위전이고 큰 싸움이고 간에 이긴 적이 없었으며, 승부는 항상 조 딜런의 전승무(戰勝舞)로 끝났다. 그의 양친은 매일 아침 가디너가(街)의 8시 미사에 갔고, 딜런 부인의 아련한 냄새가 집 현관 어디에나 어려 있었다. 그는 자기보다 어리고 겁이 많은 우리에게 너무 사납게 굴었다. 그는 차(茶) 병의 낡은 보온 커버를 머리에 뒤집어쓰고, 깡통을 주먹으로 치고 고함을 지르면서, 마당을 껑충껑충 뛰어 돌아다닐 때는, 어떤 종류의 인디언처럼 보였다.

"야! 야카, 야카, 야카!"

그가 신부직을 택했다는 소식이 알려졌을 때, 그걸 믿는 사람은 하나도 없었다. 그럼에도 그것은 사실이었다.

우리 사이에는 일종의 반항 정신 그 자체가 퍼지고 있었으며, 그런 영향 밑에서는, 교양이나 인격의 차이는 문제 되지 않았다. 우리는 서로 작당을 했는데 몇몇은 대담하게, 몇몇은 장난으로 그리고 몇몇은 거의 겁에 질려 있었다. 그리고 나는 공부만 하거나 혹은 배짱이 없다는 말을 듣는 것이 두려워 내키지 않는 인디언 팀이 된, 마지막 부류의 아이들 가운데 하나였다. 황량한 서부에 관한 문학 작품 속에 그려진 모험들은 내 기질과는 거리가 멀었지만, 그러나 적어도, 그것들은 도피의 문을 열어주었다. 나는 거칠도록 사납고 아름다운 아가씨들이 이따금 나오는 어떤 미국 탐정 소설들을 더 좋아했다. 이러한 소설들 속에는 나쁜 것이 없을지라도, 그리고 그들의 의도가 때로는 문학적인 것도 있을지라도, 그들은 학교에서는 남몰래 돌려가며 읽었다. 어느 날 버틀러 신부가 로마 역사 네 페이지를 읽게 하고 있었는데, 눈치 없는 리오 딜런이 『하찮은 경탄』을 갖고 있다가 발각되고 말았다.

"이 페이지 아니면 이 페이지? 이 페이지냐? 자, 딜런, 일어나. '그날이……' 계속해 봐! 무슨 날? '그날이 밝아오자마자……' 너 그걸 공부했니? 네 주머니 속에 가진 게 뭐냐?"

리오 딜런이 잡지를 내밀었을 때 아이들은 모두 가슴이 두근거렸으며, 모두 천연덕스런 표정을 지어 보였다. 버틀러 신부는 얼굴을 찌푸리며, 책장을 넘겼다.

"이 쓰레기는 뭐냐?" 그는 다그쳤다. "『아파치 추장』이라니! 넌 로마 역사를 공부하는 대신 이따위 걸 읽고 있니? 학교에서 이따위 경칠 것을 다시 눈에 띄게 했단 봐라. 그걸 쓴 자는, 내 생각엔, 술값이나 벌려고 글을 쓰는 어떤 경칠 녀석일 거야. 나는 너처럼 교육을 받은 소년들이 이따위 것을 읽다니 놀랍구나! 만일 네가…… 공립학교 학생이라면 그걸 이해할 수 있다만. 자, 딜런 너한테 단단히 충고하지만 제발 공부 좀 해. 그렇지 않으면……."

착실해야 할 학교 공부 시간에 이러한 꾸지람을 듣다니 내게 황량한 서부의 영광에 대해 많은 것을 시들게 했고, 리오 딜런의 당황하고 불룩한 얼굴이 내 양심의 가책을 일으켰다. 그러나 학교의 구속의 영향에서 일단 벗어나면, 나는 또다시 야성적인 감정을, 이러한 무법 천지의 이야기만이 내게 주는 듯한 도피를 갈망하기 시작했다. 저녁의 모의전(模擬戰)도 아침의 학교의 정규 일과처럼 내게는 마침내 따분해지고 말았으니, 진짜 모험이 나 자신에게 일어나기를 바랐기 때문이다. 그러나 진짜 모험이란, 곰곰이 생각해보면, 집에 머물러 있는 사람에게는 일어나지 않는 법이다. 그들을 밖에서 찾아야 한다.

여름 방학이 임박하자, 나는 최소 하루 동안만이라도 학교생활의 지루함에서 해방되려고 마음 먹었다. 리오 딜런 그리고 머호니라는 아이와 함께 수업을 하루 빼먹을 계획을 세웠다. 우리는 각자 6펜스씩 모았다. 우리는 운하 교(橋)에서 아침 10시에 만나기로 했다. 머호니의 큰누이가 그를 위해 학교에 낼 결석계를 썼고, 리오 딜런은 아우를 시켜 그가 아프다고 말하게 했다. 우리는 부둣가를 따라 배들이 있는 곳까지 가서 나룻배를 타고 강을 건너, 피전 하우스를 보러 가기로 계획했다. 리오 딜런은 혹시 버틀러 신부나 학교에서 나온 이를 만나면 어쩌나 하고 겁을 냈다. 하지만 머호니는 버틀러 신부가 무엇 때문에 피전 하우스에 나타나겠어 하고, 아주 재치 있게 반문을 했다. 우리는 이 말에 다시 안심했고, 나는 그들에게서 6펜스씩을 걷고, 동시에 내 6펜스를 그들에게 보여줌으로써 음모의 첫 단계를 실행에 옮겼다. 우리가 저녁에 마지막 모의를 하고 있을 때 모두의 마음이 공연히 들떠 있었다. 그래서 서로 소리 내어 웃으며 악수를 하자, 머호니가 말했다.

"그럼 내일 봐, 얘들아."

그날 밤 잠을 잘 이룰 수가 없었다. 내가 가장 가까운 곳에 살았기 때문에 아침에 나는 첫 번째로 온 사람이었다. 나는 사람이라곤 아무도 오지 않는 마당 끝의 재 구덩이 근처의 길다란 풀 속에 책을 감춘 다음, 운하 둑을 따라 급히 걸어갔다. 때는 6월 첫 주의 따뜻하고 맑은 아침이었다. 나는 다리 난간 꼭대기에 올라앉아, 밤새도록 열심히 파이프 백토칠을 한, 나의 해지기 쉬운 운동화를 보며 감탄하거나, 일하러 가는 사람들을 가득 실은 마차를 언덕 위로 끌고 가는 유순한 말들을 쳐다보고 있었다. 산책길을 따라 늘어선 키 큰 나무들의 모든 가지는 작고 연초록빛 나는 잎으로 반짝이는 듯 보였고, 햇볕은 비스듬히 그들을 뚫고 물 위를 비추고 있었다. 다리의 화강암이 따뜻해지기 시작하고 있었다. 나는 머릿속으로 어떤 가락에 박자를 맞추어 두 손으로 돌다리를 가볍게 두드리기 시작했다. 사뭇 행복했다.

내가 5분 내지 10분가량 그곳에 앉아 있었을 때, 회색 양복을 입은 머호니가 이쪽으로 다가오는 것을 보았다. 그는 미소를 지으면서 언덕 위로 올라와 다리 위 내 곁에 걸터앉았다. 우리가 기다리는 동안 그의 불룩한 안주머니에 있던 새(鳥) 총을 꺼내, 자신이 몇 군데 개조한 곳을 나에게 설명했다. 왜 그걸 갖고 왔는지 묻자, 그는 새들을 놀려주려고 가지고 왔노라고 했다. 머호니는 속어를 마구 사용했으며, 버틀러 신부를 '번저 영감'이라 불렀다. 우리는 15분 동안을 계속 더 기다렸지만, 여전히 리오 딜런의 기색은 보이지 않았다. 머호니가 마침내 껑충 뛰어내리며, 말했다.

"가자. 그 뚱뚱보 녀석 꽁무니 뺄 줄 알았다니까."

"그럼, 그의 6펜스는……" 내가 말했다.

"그건 몰수야." 머호니가 말했다. "그럼 우리한텐 더 잘됐지 뭐야—돈이 그만큼 더 불어났으니."

우리는 노스 스트랜드 가도를 따라 걸어서, 마침내 황산 공장에 도달했고 이어 부두 가도를 따라 오른쪽으로 돌았다. 사람들의 시선을 벗어나자마자 머호니는 인디언 놀이를 시작했다. 그는 탄알 없는 새총을 휘두르며, 남루한 옷을 입은 한 무리의 소녀들을 추격했다. 그리고 역시 남루한 옷을 입은 두 소년이 의협심에서 우리한테 돌을 던지기 시작했을 때, 그는 그들을 공격하자고 제의했다. 소년들이 너무 어리니 그만두자고 내가 반대했으므로, 우리는 그대로 계속 걸어갔다. 그러자 남루한 옷을 입은 애들의 무리가 우리 등 뒤에 대고 "포대기 두른 놈들! 포대기 두른 놈들" 하고 고함을 질렀다. 그들은 우리를 신교도로 생각하고 있었는데, 그 이유인즉 얼굴이 까만 머호니가 모자에다 크리켓 클럽의 은 배지를 달고 있었기 때문이다. 스무딩 아이런까지 왔을 때, 우리는 포위전을 시도했다. 그러나 그걸 하려면 최소한 세 사람이 있어야 했기 때문에 실패하고 말았다. 우리는 리오 딜런 녀석이 정말 겁쟁이라고 말함으로써, 그리고 그 녀석이 3시에 라이언 선생한테서 몇 대나 맞게 될까 추측함으로써, 그에 대한 분풀이를 했다.

이어 우리는 강 가까이 왔다. 우리는 양쪽으로 높은 돌담이 둘러쳐진, 떠들썩한 거리를 돌아다니거나, 여러 가지 크레인들과 엔진들이 작동하는 것을 살펴보며, 이따금 삐걱거리는 마차를 모는 마부들로부터 비켜나라는 호령을 들으면서 오랜 시간을 보냈다. 부두에 도착했을 때는 정오였으며, 노동자들이 모두 점심을 먹고 있는 듯이 보였으므로, 우리는 커다란 건포도 빵 두 개를 사서, 강가의 어떤 금속 관 위에 앉아 먹었다. 우리는 더블린의 교역하는 광경을 보자 기분이 좋았다. 멀리서 소용돌이치는 양모 같은 연기를 뿜으며 신호를 보내고 있는 거룻배들, 링센드 등대 너머로 보이는 갈색의 고깃배들, 맞은편 부두에서 짐을 풀고 있는 크고 하얀 돛을 단 배. 머호니는 저런 큰 배 하나를 타고 저 멀리 바다로 나가면 정말 신나겠다고 말했으며, 심지어 나도 높은 돛대를 쳐다보면서, 학교에서 대충 배운 바 있는 지리에 관한 지식이 내 눈앞에서 점점 분명해지는 것을 보거나, 또는 상상했다. 학교와 집은 우리로부터 멀리 사라진 듯했고, 우리를 붙들고 있던 그들의 영향력 또한, 약해진 듯 느껴졌다.

우리는 두 사람의 노동자와 가방 든 키 작은 유대인 한 사람과 동행하여, 뱃삯을 치른 다음, 나룻배를 타고 리피강을 건넜다. 우리는 엄숙하다 할 만큼 심각해져 있었으나, 짧은 항해 동안 한 번 시선이 마주치자 큰 소리로 웃었다. 육지에 내렸을 때, 우리는 조금 전 맞은편 부두에서 보았던 그 우아한 세대박이 배가 짐을 푸는 광경을 눈여겨보았다. 곁에 서 있던 어떤 사람이 그 배는 노르웨이 배라고 말했다. 나는 배의 고물 쪽으로 가서, 그곳에 새겨진 배의 명각(銘刻)을 살펴보려고 했으나 실패하고, 다시 되돌아와서는 그 외국 선원들 가운데 누가 파란색 눈을 가지고 있는지를 살펴보았다. 왜냐하면 나는 그전부터 그런 혼란스런 생각을 해왔으니까…… 선원들의 눈은 푸르거나 회색이고, 심지어 검기까지 했다. 눈이 파란색이라고 할 수 있는 유일한 선원은 키가 큰 사람이었는데, 그는 널빤지가 떨어질 때마다 쾌활하게 소리를 질러 부두에 모인 사람들을 웃겼다.

"좋아! 좋아!"

우리는 이 광경에도 싫증이 나자 링센드 등대 쪽으로 서서히 거닐었다. 날씨는 찌는 듯이 더웠고, 식품점의 진열장에서는 곰팡이 핀 비스킷이 허옇게 바래고 있었다. 우리는 약간의 비스킷과 초콜릿을 사서, 어부들의 가족이 사는 불결한 거리를 통해 쏘다니며 열심히 먹었다. 우리는 우유 가게를 찾지 못했기 때문에 도붓장수 가게에 들어가 산딸기 레몬주스 한 병씩을 샀다. 이것으로 기운을 되찾은 머호니는 고양이 한 마리를 뒤쫓아 골목길로 달려 내려갔으나, 고양이는 넓은 들판으로 도망치고 말았다. 우리 둘은 오히려 피곤함을 느꼈으므로, 들판에 도착하자 이내 경사진 둑 쪽으로 향했는데, 그곳 산등성이 너머로 도더강을 볼 수 있었다.

시간이 너무 늦은 데다 우리는 너무 피곤해서 피전 하우스 발전소로 방문하는 계획을 실행할 수 없었다. 우리의 모험이 발각되지 않으려면 4시 전에 집에 도착해야만 했다. 머호니는 유감스럽다는 듯 새총을 쳐다보았고, 그래서 나는 그가 어떤 쾌활한 기분을 되찾기 전에 기차를 타고 집으로 가자고 제의할 수밖에 없었다. 해는 이미 몇 조각의 구름 뒤로 사라졌고, 우리의 생각은 몹시도 지쳐 있었으며, 먹을 거라고는 빵 부스러기밖에 남아 있지 않았다.

들판에 있는 사람이라곤 우리밖에 없었다. 우리는 얼마 동안 말없이 둑 위에 누워 있었는데, 그때 어떤 사나이가 들판 끝에서 이쪽으로 다가오고 있는 것을 보았다. 나는 소녀들이 운수 점을 칠 때 사용하는 풀줄기를 씹으며, 나른한 기분으로 그를 살펴보았다. 그는 둑을 따라 천천히 걸어왔다. 한 손을 허리에다 얹고 걸었으며, 또 다른 한 손에는 지팡이를 들고 있었는데, 그것으로 잔디 풀을 가볍게 탁탁 쳤다. 푸르스름한 검정 양복을 초라하게 입고 있었고, 우리가 보통 제리 모자라 부르는 춤 높은 모자를 쓰고 있었다. 꽤 나이가 들어 보였는데 왜냐하면, 콧수염이 반백으로 세어 있었기 때문이다. 그는 발치를 지나치자 재빨리 우리를 흘끗 쳐다보더니 그냥 계속 걸어갔다. 우리는 눈으로 그를 뒤쫓았고, 약 50보가량 가

다가 방향을 바꾸어 다시 이쪽으로 걸어오기 시작하는 것을 보았다. 그는 우리를 향해 아주 천천히 걸어오면서 지팡이로 땅을 탁탁 쳤는데, 그의 발걸음이 어찌나 느리던지 그가 풀 속에서 무엇을 찾고 있는 게 아닌가 하고 생각했다.

그가 우리와 나란히 서자 발걸음을 멈추고, 우리에게 인사를 했다. 우리가 답례를 하자 그는 우리 옆 경사진 언덕에 천천히 그리고 아주 조심스럽게 앉았다. 그는 날씨에 관해 이야기하기 시작했는데, 올 여름은 꽤 더울 것이라고 말하며, 오래전 자신이 어렸을 때하고는 계절이 아주 달라졌다고 덧붙여 말했다. 그는 인생에서 가장 행복한 때는 의심할 바 없이 학생 시절이며, 다시 한 번 젊어질 수만 있다면 뭐든지 하겠노라고 말했다. 그가 이런 감상적인 이야기를 늘어놓고 있는 동안, 우리는 좀 지루해서 그대로 조용히 앉아 있었다. 그러자 그는 이번에는 학교와 책 이야기하기 시작했다. 그는 우리더러 토머스 무어의 시(詩) 혹은 월터 스콧 경과 로드 리튼 경의 작품들을 읽었느냐고 물었다. 내가 그가 말한 책들을 다 읽은 체하자, 마침내 그는 이렇게 말했다.

"아, 알았다. 너도 나처럼 책벌레구나. 글쎄," 그는 눈을 크게 뜨고 우리를 지켜보고 있는 머호니를 가리키며 말을 덧붙였다. "저 애는 달라. 장난꾸러기 같단 말이야."

그는 자기 집에 가면 월터 스콧 전집과 리튼 전집이 있는데 아무리 읽어도 싫증이 나지 않는다고 말했다. "물론." 그는 말했다. "리튼 경의 작품 가운데 애들이 읽을 수 없는 것이 더러 있지." 머호니는 왜 애들이 읽을 수 없느냐고 물었다. 이러한 질문은 나의 가슴을 두근거리게 했고 나를 괴롭혔는지라, 왜냐하면 그 사람이 나도 머호니처럼 머리가 둔한 놈이라고 생각할까 봐 겁이 났기 때문이다. 그러나 그 사람은 그저 웃을 뿐이었다. 나는 그의 입의 누런 이빨 사이에 커다란 틈이 나 있는 것을 보았다. 그다음에 그는 우리 중에 누가 더 많은 애인을 갖고 있느냐고 물었다. 머호니는 애인이 세 명 있다고 태연하게 말했다. 이번에는 나한테 얼마나 많은 애인이 있는지 물었다. 하나도 없다고 대답했다. 그는 내 말을 믿지 않았으며, 하나쯤 있을 게 분명하다고 말했다. 나는 잠자코 있었다.

"말해봐요." 머호니가 그 사람에게 버릇없이 말했다. "그럼 당신은 몇 명이나 있어요?"

남자는 전처럼 웃으며 그가 우리 나이였을 때는 애인이 많이 있었다고 말했다.

"어느 소년이나 사랑하는 애인 하나는 있지." 그는 말했다.

이러한 점에 관한 그의 태도가 그만한 나이치고는 꽤 솔직하다고 생각했다. 그가 애들이나 애인에 관해서 한 말은 그럴싸한 이야기라는 생각이 마음속에 들었다. 그러나 그 사람의 입에서 나오는 말이 싫었으며, 그는 마치 뭔가 무서운 듯 또는 갑작스러운 오한을 느끼는 듯 한두 번씩 몸을 떨었는데, 그 이유를 알 수 없었다. 그가 말을 계속 이어가자, 나는 그의 발음이 좋다는 것을 알았다. 그는 소녀들에 관하여 우리에게 이야기하기 시작했고, 그들은 얼마나 아름답고 고운 머리칼을 가졌으며, 손이 얼마나 부드러운가를, 그리고 알고 보면 소녀들이란 모두 겉으로 보는 것만큼 그렇게 착하지만은 않다고 말했다. 그는 아름답고 어린 소녀를 보는 일과 그녀의 아름답고 하얀 손, 그리고 아름답고 부드러운 머리칼을 보는 것보다 더 좋은 것은 없다고 말했다. 그는 과거에 마음속에 암기해두었던 어떤 말을 반복하고 있거나, 아니면 자기 자신이 한 말에 매료된 채, 그의 마음이 똑

같은 궤도를 따라 천천히 그리고 빙글빙글 맴돌고 있다는 인상을 주었다. 때때로 그는 모든 사람이 다 알고 있는, 무슨 사실을 단순히 암시하는 듯한 말을 했고, 또 때때로 그는 다른 사람들이 엿듣기를 원치 않는 무슨 비밀 이야기를 우리에게 하는 듯 목소리를 낮추어 은밀하게 이야기하기도 했다. 같은 말을 몇 번이고 반복했는데, 단조로운 목소리로 그 말을 변형시키거나 그 주위를 맴돌고 있었다. 나는 그가 하는 말에 귀를 기울이면서 비탈진 쪽을 계속해서 바라보고 있었다.

한참 뒤에 그의 독백은 멎었다. 그는 1분가량, 아니 몇 분 동안 어딜 좀 다녀와야겠다고 말하면서 천천히 자리에서 일어섰다. 나는 시선의 방향을 바꾸지 않은 채, 그가 우리 곁을 떠나 들판이 끝나는 쪽으로 천천히 걸어가는 것을 보았다. 그가 가버리자 우리는 말없이 앉아 있었다. 잠시 침묵이 흐른 뒤에 나는, 머호니가 외치는 소리를 들었다.

"글쎄! 저이 하는 짓 좀 봐!"

내가 대꾸도 않고 눈을 쳐들지도 않자, 머호니가 다시 외쳤다.

"글쎄……저인 괴짜 영감이야!"

"저 사람이 우리의 이름을 물을 경우에 말이야." 나는 말했다. "넌 머피라 하고 난 스미스라고 하자."

우리는 서로 더는 아무 말도 하지 않았다. 내가 그곳을 떠날까 말까 망설이고 있을 때 그 남자는 다시 되돌아와서 우리 곁에 앉았다. 그가 자리에 앉자마자, 머호니는 자신에게서 도망쳤던 고양이를 보고, 껑충 자리에서 일어나며 들판을 가로질러 뒤쫓아 갔다. 그 사람과 나는 머호니가 뒤쫓는 것을 지켜보고 있었다. 고양이가 다시 한 번 도망치자, 머호니는 고양이가 올라간 담을 향해 돌을 던지기 시작했다. 이내 그 짓을 그만두고, 그는 정처 없이, 멀리 떨어진 들판 끝 근처를 배회하기 시작했다.

잠시 후에 그 사람은 내게 말을 걸었다. 그는 네 친구가 대단히 거친 아이라고 말하며, 학교에서 자주 매를 맞지 않느냐고 물었다. 나는 화가 나서 그의 말대로 매나 맞는 공립학교 학생 따위는 아니라고 대답할까 했으나, 잠자코 입을 다물고 있었다. 그는 이번에는 아이들을 징벌하는 문제에 관해 이야기하기 시작했다. 자신의 말에 다시 매혹된 듯, 그의 마음은 이 새로운 화제를 중심으로 뱅뱅 맴도는 듯 보였다. 아이들이 저럴 때는 매를 맞아야 한다, 맞아도 된통 맞아야 한다고 그는 말했다. 아이가 거칠고 말을 듣지 않을 때는 따끔하게 한 대 때려주는 것보다 더 좋은 약은 없다고 했다. 손바닥을 한 대쯤 찰싹 때린다거나, 뺨을 한 대쯤 때리는 것은 아무 소용이 없다는 것이었다. 자기가 바라는 것은 눈에 불이 번쩍 날 정도로 호되게 한 대 때려주는 것이라고 했다. 나는 이런 감정적인 말에 깜짝 놀라 무심결에 그의 얼굴을 흘끗 쳐다보았다. 그렇게 하자 나는 찡긋 움직이는 이마 아래서 나를 노려보는 한 쌍의 짙푸른 눈동자와 마주쳤다. 나는 또다시 시선을 다른 데로 돌리고 말았다.

그 사람은 독백을 계속했다. 조금 전의 관용주의를 이미 잊고 있는 듯이 보였다. 어떤 애가 소녀들한테 말을 걸거나, 소녀를 애인으로 삼고 있는 것이 발각되면 거듭 호되게 때릴 것이요, 그것이 약이 되어, 다시는 소녀들에게 말을 걸지 못하게 될 것이라고 했다. 만일 어떤 애가 애인이 있으면서도 없다고 거짓말을 하면, 그땐 세상에 이런 매도 있었던가 할 정도로 호되게 때려주는 것이었다. 그는 세상에 이보다 더 시원한 일은 없을 것이라고 말했다. 그는 나에게 마치 어떤 미묘한 비밀이라도 풀어주고 있는 듯, 이러한 아이에게 매질하는 방법을 나에게 설명해주었다. 그는 이 세상에 무엇보다 그것을 더 사랑한다고 말했다. 그와 같은 신비 속으로 나를 한결같이 끌고 들어갔을 때, 그의 목소리는 거의 다정스러워졌으며, 마치 나에게 자기 말을 이해해달라고 애원하는 듯싶었다.

나는 그의 독백이 다시 멈출 때까지 기다렸다. 그러나 그는 자리에서 벌떡 일어섰다. 나는 마음의 동요를 드러내지 않으려고, 일부러 신발을 고쳐 신는 척하면서, 그리고 이어, 얼마 동안을 주춤거리다가 집에 가야겠다고 말하면서, 그에게 작별 인사를 했다. 나는 잠자코 언덕을 올라갔으나, 그가 내 발목을 붙잡지나 않을까 하는 두려움 때문에 가슴이 몹시 두근거렸다. 언덕 꼭대기에 다다랐을 때 나는 몸을 돌리며 그를 쳐다보지 않은 채, 들판을 가로질러 큰 소리로 불렀다.

"머피!"

목소리에는 억지로 용기를 내려는 듯한 기운이 어려 있었는데, 내 자신의 하찮은 잔꾀가 부끄러웠다. 머호니가 나를 보고 '어이' 하고 대답하기 전에 그의 이름을 다시 부르지 않을 수 없었다. 그가 들판을 가로질러 내게로 달려왔을 때 내 가슴은 얼마나 두근거렸던가! 그는 마치 나에게 구원을 가져다주듯 달려왔다. 그리고 뉘우쳤다. 마음속으로 언제나 그를 약간 무시하고 있었기 때문이다.

## 애러비

노스 리치먼드가(街)는 막다른 골목으로 기독 형제 학교의 학생들이 파해 나오는 시간 이외에는 조용한 거리였다. 막다른 골목 맨 끝에 사람이 살지 않는 이 층집 한 채가 사각의 땅에 위치한 이웃집들로부터 떨어진 채, 서 있었다. 이 거리의 다른 집들은, 그 안에 사는 사람들의 점잖은 삶을 의식이나 하는 듯, 태연한 갈색 얼굴로 서로 마주보고 서 있었다.

우리 집에 세 들었던 사람은 신부였는데, 그는 뒤쪽 거실에서 세상을 떠났다. 오랫동안 닫혀 있어서 곰팡이 냄새를 풍기는 공기가 방마다 어려 있었고, 부엌 뒤에 있는 창고에는 낡고 쓸모없는 휴지가 사방에 흩어져 있었다. 이들 가운데서 나는 몇 권의 문고판 책들을 찾아냈는데, 그의 책은 돌돌 말려 있었고 습기로 축축해져 있었다. 이들은 월터 스콧의 『승원장(僧院長)』, 『경건한 성찬배수자(聖餐拜受者)』, 『비도크의 회고록』이었다. 마지막 책을 제일 좋아했는데, 그 이유는 책장이 노랗기 때문이었다. 집 뒤의 황량한 정원에는 한복판에 있는 사과나무 한 그루를 포함하여 덤불숲이 몇 군데 흩어져 있었는데, 그들 중 하나 아래에서 세 들어 살던 고인이 쓰던 녹슨 자전거 펌프를 찾아냈다. 그는 대단히 자선심이 강한 신부였다. 그는 전 재산을 자선 기관에 기증하고, 집에서 쓰던 가구들은 누이에게 남긴다는 유서를 남겼다.

겨울 해가 짧아지자, 저녁 식사를 완전히 마치기도 전에 땅거미가 졌다. 우리가 거리에서 만났을 때, 집들은 벌써 어둠에 싸여 있었다. 머리 위의 넓은 하늘은 끝없이 변해 가는 보랏빛이었고, 그 하늘을 향해 가로등들이 희미한 불빛을 쳐들고 있었다. 차가운 공기가 살을 에는 듯했지만 우리는 몸이 활활 타오를 때까지 뛰어놀았다. 우리의 고함이 조용한 거리에 메아리쳤다. 우리의 노는 경로는 집 뒤의 캄캄한 진흙투성이 골목으로 우리를 인도했는데, 오두막집 양쪽에서 튀어나온 거친 패거리들의 공격을 받았다. 우리는 재 구덩이에서 악취가 풍겨 올라오는, 어둡고 물이 뚝뚝 떨어지는 뜰로 들어가는 뒷문으로, 마부가 말의 털을 문질러 주며 빗질을 하고, 죔쇠가 달린 마구를 흔들어 소리를 내는 어둡고 냄새나는 마구간까지 달려갔다. 우리가 큰 거리로 되돌아오자 부엌 창문으로부터 새어나오는 불빛이 그 근방 일대를 훤히 비추고 있었다. 만일 아저씨가 길모퉁이를 돌아오는 것이 보이면, 그가 집안으로 완전히 들어갈 때까지 우리는 어둠 속에 숨어 있었다. 또는 맹건의 누나가 문간에 나와 차를 마시도록 동생을 불러들이면, 우리는 그녀가 거리 위아래를 기웃거리는 것을 어둠 속에 숨어 살펴보았다. 그녀가 그곳에 그대로 머물러 있는지 아니면 안으로 들어가는지를 보려고 기다리다가, 만일 그녀가 그대로 있으면 할 수 없이 어둠 속에서 나와 맹건의 집 층계 쪽으로 걸어갔다. 그녀는 우리를 기다리고 있었는데, 반쯤 열린 문간에서 새어나오는 불빛으로 몸매의 윤곽이 드러나 보였다. 그녀의 동생은 누나가 시키는 대로 하기에 앞서 언제나 그녀를 놀리곤 했고, 나는 그녀를 쳐다보며 난간 옆에 서 있었다. 그녀가 몸을 움직일 때마다 옷이 한들거렸고, 그녀의 부드러운 머리채가 좌우로 흔들렸다.

매일 아침 나는 정면 응접실 마루에 누워서 그녀 집 문을 지켜보았다. 창가리개가 창틀로부터 1인치 정도 내려와 있었기 때문에 내 모습은 남의 눈에 띄지 않았다. 그녀가 문간 층계로 나왔을 때, 심장이 뛰었다. 나는 현관으로 달려갔고, 책을 움켜쥔 채, 그녀 뒤를 따랐다. 나는 그녀의 갈색 몸에서 눈을 조금도 떼지 않고 있다가, 길이 서로 갈라지는 지점까지 갔을 때, 발길을 재촉하여 그녀 곁을 지나쳤다. 이런 일이 매일 아침 일어났다. 그녀와 우연히 몇 마디 말을 나눈 일 이외에는 결코, 말을 건네 본 적이 없었는데, 그런데도 그녀의 이름은 온몸의 어리석은 피를 일깨우는 소환장(召喚狀)과 같았다.

그녀의 영상은 로맨스와는 거리가 가장 먼 곳까지 나를 따라다녔다. 토요일 저녁마다 숙모가 시장을 보러 갈 때, 나는 짐 꾸러미를 들어주기 위해 따라가지 않으면 안 되었다. 우리는 술주정꾼들과 물건을 흥정하는 여인들에게 떼밀린 채, 일꾼들의 욕지거리, 돼지 볼 살이 든 들통 옆에서 지키고 서 있는 점원들이 되풀이하는 날카로운 외침 소리, 오도너번 로사에 관한 〈그대들 모두 오너라〉라는 노래나 조국의 고통에 관한 민요를 부르는 거리의 가수들의 콧노랫소리 사이를, 번지르르한 거리를 헤치며 걸어갔다. 이러한 잡음들이 한데 모여 나에게 생에 대한 안일한 감동으로 바뀌었다. 즉 나는 수많은 적의 무리 속을 뚫고 성배(聖杯)를 무사히 운반하는 듯 상상했다. 이따금 그녀의 이름이 나 자신도 이해할 수 없는 이상한 기도와 찬송 속에 순간순간에 입술에 튀어나왔다. 이따금 나의 두 눈에 눈물이 가득 고였고(나는 그 이유를 알 수 없었다), 때때로 나의 심장에서 어떤 홍수가 가슴속으로 쏟아져 나오는 듯 느껴졌다. 나는 앞일에 대해서 별로 생각하지 않았다. 그녀에게 말을 걸어야 할지 또는, 그녀에게 말을 건다면, 나의 혼란스런 감정을 어떻게 전해야 할지 알 수가 없었다. 그러나 나의 몸은 마치 하프와 같았고, 그녀의 말과 몸짓은 그 하프의 줄을 타는 손가락과 같았다.

어느 날 저녁 나는 신부가 죽은 뒤쪽 응접실로 들어갔다. 어두컴컴하고 비가 내리는 저녁이었으며, 집안에서는 아무 소리도 들리지 않았다. 나는 깨진 창문 하나를 통해서 땅에 부딪치는 빗소리, 함빡 젖은 화단에서 해롱대는 한결같은 고운 바늘 같은 가랑 빗소리를 들었다. 저 멀리 아래쪽에서 어떤 등불인지 아니면 불을 켠 창문인지가 비쳐 보였다. 거의 아무것도 볼 수 없는 게 고마웠다. 나의 모든 감각은 그 자체를 감추려는 욕망에 사로잡힌 듯 느껴졌고, 스스로 그 감각에서 빠져나와야겠다는 느낌이 들자, 두 손의 손바닥을 꽉 쥐며 "오, 사랑! 오, 사랑!" 하고 몇 번이고 중얼거렸고, 드디어 손바닥이 부들부들 떨렸다.

마침내 그녀가 내게 말을 걸어왔다. 그녀가 첫 몇 마디 말을 내게 건넸을 때, 너무나 당황한 나머지 뭐라고 대답해야 할지를 몰랐다. 그녀는 나에게 애러비에 갈 작정이냐고 물었다. 나는 간다고 했는지 가지 않는다고 했는지 잊어버렸다. 참 멋진 바자일 것이라, 그녀는 자신도 가고 싶다고 했다.

"그런데 왜 못 가지?" 나는 물었다.

이야기하는 동안 그녀는 손목에 낀 팔찌를 뱅글뱅글 돌렸다. 그 주일에는 그녀가 다니는 수도원에서 피정(避靜)이 있기 때문에 갈 수 없다고 했다. 그녀의 동생과 다른 두 아이는 모자 뺏기 장난을 하고 있었고, 나는 홀로 난간 옆에 있었다. 그녀는 내 쪽으로 머리를 숙이면서, 난간의 기둥 하나를 붙잡고 있었다. 우리 집 문 맞은편에 있는 가로등 불빛이 그녀의 흰 목덜미의 곡선을 사로잡고, 거기 머문 머리칼을 비추었다. 그리고 불빛은, 떨어지면서, 난간 위의 그녀 손을 비추었다. 그것은 그녀의 한쪽 옷자락 위로 떨어졌고, 그녀가 편안히 서 있을 때는 꼭 보일 듯, 속치마의 하얀 가장자리를 비추었다.

"넌 참 좋겠다." 그녀가 말했다.

"내가 가면," 나는 말했다, "너한테 근사한 걸 사다줄게."

그날 저녁 후로 얼마나 많은 어리석은 생각이 나의 깨어있는 그리고 잠자는 생각을 황폐하게 했던가! 나는 바자가 열리기까지의 지루한 나날을 한꺼번에 없애버리고 싶었다. 학업에도 안달했다. 밤에는 침실에서 그리고 낮에는 학교 교실에서 그녀의 영상이 나와 내가 읽으려고 애쓰는 책장 사이에 나타났다. '애러비'라는 말의 음절이 나의 영혼이 즐기는 침묵을 통해서 내게 들려왔고, 나에게 일종의 동방(東邦)의 마법을 던지는 것 같았다. 나는 토요일 밤에 바자에 가는 허락을 요구했다. 숙모는 이 말에 깜짝 놀라며, 무슨 비밀결사가 아니기를 바랐다. 나는 교실에서 질문에 별반 대답도 잘하지 못했다. 선생님의 얼굴이 상냥한 표정에서 굳어져 가는 것을 보았다. 선생님은 내가 게을러지지 않기를 희망했다. 나는 여러 가지 흩어진 생각을 집중시킬 수가 없었다. 인생의 심각한 일을 거의 참아낼 수가 없었으며, 그들은 이제 나와 내 욕망을 가로막고 있었기에, 나에게는 어린애 장난, 그것도 보기 흉하고 단조로운 어린애 장난처럼 느껴졌다.

토요일 아침, 아저씨에게 오늘 저녁에 바자에 가고 싶다는 뜻을 상기시켰다. 그는 현관 서랍에서 모자 솔을 찾으며, 부산을 떨고 있었으며, 그리고 내게 퉁명스럽게 대답했다.

"그래, 알아."

그가 현관에 있었기 때문에 정면 응접실로 들어가 창가에 드러누울 수가 없었다. 나는 집안 분위기가 좋지 않은 것을 느끼고 학교를 향해 천천히 걸어갔다. 공기가 무자비할 정도로 으스스했고 마음은 벌써 불안했다.

저녁밥을 먹으러 집에 왔을 때까지도 아저씨는 아직 집에 돌아오지 않았다. 아직 시간이 일렀다. 나는 얼마 동안 시계를 멍하니 쳐다보고 앉아 있었으며, 짤깍거리는 소리가 신경에 거슬리기 시작하자 방을 떠났다. 집의 층계를 올라 이 층에 다다랐다. 높고, 춥고, 텅 빈, 우중충한 방이 나를 해방시켜 주는 듯했고, 노래를 부르며 이 방 저 방을 돌아다녔다. 정면 창문으로 친구들이 저 아래 거리에서 놀고 있는 것을 내려다보았다. 그들의 고함소리는 약하고 불명(不明)하지 않게 내게 들려왔고, 나는 차가운 유리창에 이마를 기대며, 그녀가 사는 어두운 집을 건너다 보았다. 나는 굴곡진 목덜미에, 난간 위의 손에, 그리고 치마 아래의 가장자리에, 등불에 의해 신중하게 감동된 채, 나의 상상력으로 그려진, 갈색 옷 입은 모습 이외는 아무것도 보지 않으며, 그곳에 한 시간 동안 서 있었다.

내가 다시 아래층으로 내려 왔을 때, 머서 부인이 난롯가에 앉아 있었다. 그녀는 늙고 수다스러운 여인이요, 전당포 집 과부였는데, 어떤 종교적 목적을 위해 이미 쓰인 우표를 수집했다. 나는 그녀의 티 — 테이블의 수다스러움을 참아야만 했다. 저녁 식사는 한 시간 이상이나 늦추었지만, 여전히 아저씨는 돌아오지 않았다. 머서 부인은 가려고 자리에서 일어섰다. 미안하지만 그녀는 더는 기다릴 수 없었으며, 여덟 시가 지났는지라, 밤공기가 건강에 좋지 않기 때문에, 밤늦게 외출하는 것을 좋아하지 않았다. 그녀가 가버리자 나는 두 주먹을 불끈 움켜쥐면서, 방안을 이리저리 걷기 시작했다. 숙모가 말했다.

"너 오늘 바자에 가는 것을 연기해야 할까 보다."

9시에 아저씨가 현관문 여는 열쇠 소리를 들었다. 나는 아저씨가 혼잣말로 중얼거리는 소리도 들었고, 옷걸이에 외투를 걸자 그 무게 때문에 그것이 마구 흔들리는 소리를 들었다. 나는 이러한 조짐들이 무엇을 뜻하는지 알 수 있었다. 아저씨가 저녁을 한창 들고 있었을 때 그에게 바자에 갈 돈을 달라고 했다. 그는 까맣게 잊고 있었다.

"사람들이 벌써 잠자리에 들어 첫잠을 자고 났을 텐데." 그가 말했다.

나는 웃지 않았다. 숙모가 그에게 힘주어 말했다.

"저 애한테 돈을 줘서 가도록 하지 않겠어요? 당신 때문에 이렇게 늦었으니."

아저씨는 자기가 잊어서 아주 미안하다고 했다. 그는 "공부만 하고 놀지 않으면 바보가 된다"라는 옛 격언을 믿는다고 말했다. 그는 내게 어딜 가느냐고 물었고, 내가 두 번째로 그에게 그걸 알렸을 때, 그는 「아랍인의 말(馬)에 대한 작별 인사」란 시를 알고 있느냐고 물었다. 내가 부엌을 나올 때 아저씨는 그 시의 첫 행을 숙모에게 막 읊어주려 하고 있었다.

정거장을 향해 버킹검엄가(街)를 걸어 내려가면서 나는 손에 플로린 한 닢을 꼭 쥐고 있었다. 물건 사는 사람들로 가득한 거리와 가스등으로 번쩍이는 거리의 광경이, 여행의 목적을 생각나게 했다. 나는 텅 빈 기차의 3등 칸에 자리를 잡았다. 참을 수 없을 만큼 지체한 다음 기차는 천천히 역을 빠져나갔다. 기차는 황폐한 집들 사이를 그리고 반짝이는 강 위를 기어갔다. 웨스틀랜드 로 정거장에서 한 떼의 사람들이 열차 문으로 밀어닥쳤다. 그러나 역원들이 바자로 가는 특별열차라고 말하면서, 그들을 뒤로 밀어냈다. 나는 텅 빈 열차에 혼자 앉아 있었다. 잠시 후에 열차는 가설(假設)된 나무 플랫폼 옆에 다다랐다. 한길로 빠져나가, 시계의 조명 자판을 보니, 10시 10분 전이었다. 내 앞에는 저 마력의 이름을 드러내 보이는 커다란 건물이 있었다.

나는 어디에서도 6펜스짜리 입구를 발견할 수가 없었고, 혹시 바자가 파하지는 않았을까 염려하면서, 지친 듯 보이는 한 남자에게 1실링을 건네주면서, 재빨리 회전문을 통하여 안으로 들어갔다. 나는 절반 높이에 회랑으로 둘러친 커다란 홀에 들어가 있었다. 거의 모든 상점들은 문이 닫혀 있었고 홀의 대부분이 어둠에 잠겨 있었다. 성당에 미사가 끝난 뒤의 감도는 것과 같은 정적을 그곳에서 느꼈다. 나는 겁에 질린 듯 조심조심 바자 한가운데로 걸어 들어갔다. 몇몇 사람이 아직도 문이 열려 있는 상점들 주위에 모여 있었다. 색등으로 '카페 샹탕'이란 글씨가 쓰인 커튼 앞에서, 두 남자가 쟁반의 돈을 세고 있었다. 나는 동전이 떨어지는 소리에 귀를 기울였다.

내가 여기 온 이유를 그제야 간신히 생각하면서, 상점에 가서 도자기 화병과 꽃무늬가 그려진 찻잔 세트를 살폈다. 상점 문간에 한 젊은 여자가 두 젊은 신사와 이야기하며 웃고 있었다. 나는 그들의 영국식 말투를 눈치채고 그들의 대화에 멍하니 귀를 기울였다.

"오, 난 그런 말을 결코, 한 적 없어!"

"오, 하지만 당신이 했어."

"오, 하지만 난 하지 않았어!"

"여자가 그걸 말했잖아?"

"그래. 나도 그걸 들었어."

"오, …… 거짓말!"

젊은 여인이, 나를 보자, 내게로 다가와서, 살 게 있느냐고 물었다. 그녀의 말투는 권하는 것이 아니었다. 의무감에서 내게 말하는 것처럼 보였다. 나는 상점의 어두컴컴한 입구 양쪽에 동방의 보초병처럼 서 있는 커다란 항아리들을 겸허하게 바라보며 중얼거렸다.

"아니, 감사해요."

젊은 여인은 꽃병의 위치를 바꿔 놓은 다음 두 젊은 사나이에게로 되돌아갔다. 그들은 똑같은 화제를 말하기 시작했다. 한두 번 젊은 여인은 어깨너머로 나를 흘끗 쳐다보았다.

내가 그곳에 머물러 있는 것이 소용이 없다는 것을 알면서도, 그녀의 상품에 대한 나의 흥미가 한층 사실인 것처럼 보이려고, 상점 앞에 계속 서성거렸다. 그런 다음 천천히 돌아서서 바자 한가운데를 걸어 내려갔다. 나는 동전 두 닢을 주머니 속 6펜스짜리 동전에다 떨어뜨렸다. 나는 불이 꺼진 회랑의 한 끝에서 한 가닥 목소리가 부르는 소리를 들었다. 홀의 위쪽은 이제 완전히 캄캄했다.

어둠을 꿰뚫어보면서, 나 자신이 허영에 몰리고 조소당한 한 마리 짐승처럼 보였다. 그리고 나의 두 눈은 번뇌와 분노로 불탔다.

## 이블린

그녀는 창가에 앉아 길 위에 땅거미가 깔리는 것을 보고 있었다. 그녀의 머리는 창문 커튼에 기대 있었으며, 먼지 낀 크레톤 천의 냄새가 콧구멍으로 스며들었다. 그녀는 피곤했다.

지나가는 사람은 별로 없었다. 맨 끝 집에서 나온 사나이가 자신의 귀갓길로 지나갔다. 그녀는 그가 콘크리트 포도(鋪道)를 따라 터벅터벅 걸어가며, 뒤이어 새로 지은 빨간 집들 앞의 석탄재 깔린 길 위를 걸어가는 발소리를 들었다. 한때 그곳에는 공터가 있어서 거기 사람들은 저녁때가 되면 다른 집 아이들과 함께 놀곤 했었다. 그러다 벨파스트(Belfast)에서 온 어떤 사람이 그 공터를 사서 거기다가 몇 채의 집을 지었다. — 그들이 사는 조그마한 갈색 집들과는 다른, 번쩍거리는 지붕을 한 밝은 색 벽돌집들이었다. 그 가로에 사는 아이들은 그곳 공터에서 늘 함께 놀곤 했었다 — 대빈네, 워터네, 덴네의 아이들, 절름발이 꼬마 키오, 그녀와 남동생들 그리고 여동생들. 그러나 어네스트는 결코, 논 적이 없었다. 그는 너무 컸기 때문이다. 그녀의 아버지는 자주 자두나무 지팡이를 가지고 공터로부터 아이들을 집 안으로 몰아넣곤 했었다. 그러나 꼬마 키오는 늘 망을 보고 있다가, 그의 아버지가 오는 것을 보면 고함을 질렀다. 하지만 그들은 그때가 오히려 행복했던 것 같았다. 그녀의 아버지는 그때만 해도 성질이 그렇게 나쁘지는 않았다. 게다가 그녀의 어머니도 살아 계셨다. 그것은 아주 오래전 일이었다. 그녀와 남동생들, 그리고 여동생들은 다 성장했다. 그녀의 어머니는 세상을 떠났다. 티지 던도 역시 세상을 떠났고, 워터네 식구들은 영국으로 되돌아갔다. 모든 것이 다 변했다. 이제 그녀도 집을 떠나, 다른 사람들처럼 멀리 떠나갈 참이었다.

가정! 그녀는 도대체 먼지가 어디서 저렇게 생기는지를 이상히 여기면서, 자신이 여러 해 동안 일주일에 한 번씩 먼지를 털어왔던 낯익은 물건들을 온통 훑어보며 방을 둘러보았다. 그들로부터 헤어지리라고는 꿈에도 생각지 않았던 저 낯익은 물건들을 그녀는 아마 다시는 보지 못하리라. 그러면서도 그녀는 성녀 마가레트 마리아 알라코크에게 행한 약속이 새겨진, 채색된 판화 옆의, 망가진 소형 오르간 위쪽 벽에 걸려있는 누렇게 퇴색된 사진의 신부 이름을 여러 해 동안 결코, 잊을 수 없었다. 그는 그녀 아버지의 학교 친구였다. 아버지는 집의 방문객에게 그 사진을 보일 때마다 슬쩍 다음과 같은 말을 전하곤 했다.

"그인 지금 멜버른에 있지."

그녀는 집을 떠나, 멀리 가기로 승낙했다. 그것이 현명한 일이었던가? 그녀는 가야 할지, 안 가야 할지의 문제에 대해 곰곰이 생각하려고 애를 썼다. 어쨌든 집에는 잠자리와 먹을 것에 대한 염려가 없었다. 주위에는 그녀가 일생 사귀어 온 사람들이 있었다. 물론 그녀는 집에서 그리고 직장에서 고된 일을 해야 했다. 만일 백화점 사람들이 그녀가 어떤 사내하고 도망쳤다는 것을 알게 되면, 모두 뭐라고 할까? 아마, 바보라고 하겠지. 그리고 그녀의 자리는 광고를 내어 이내 메워지겠지. 개번 양은 기뻐할 거야. 그녀는 특히 다른 사람들이 듣고 있을 때는, 언제나 으스대곤 했었다.

"힐 양, 이 여자 손님들이 기다리고 있는 것도 몰라?"

"활발하게 보여요, 힐 양, 제발."

그녀는 백화점을 떠나는 것에 많은 눈물을 흘릴 것 같지 않았다.

그러나 그녀의 새로운 집에서, 머나먼 미지의 나라에서 그건 그럴 것 같지 않았다. 그때가 되면 그녀는 결혼하리라 — 그녀, 이블린. 사람들은 그녀를 존경으로 대하리라. 그녀는 어머니가 받았던 그런 대접을 받지 않으리라. 심지어 지금도, 그녀가 열아홉이 넘었어도, 이따금 아버지의 폭력에 위협을 느꼈다. 그녀는 그것이 그녀에게 가슴을 두근거리게 했음을 알았다. 그들이 성장하자, 아버지는 그가 해리와 어네스트에게 늘 하듯 그렇게 그녀를 대하지는 않았다. 왜냐하면 그녀는 딸이었으니까. 그러나 최근에는 아버지가 그녀를 위협하며, 돌아간 어머니만 아니었던들 어떻게 해버리겠다고 말하기 시작했다. 이제 그녀를 보호해줄 사람은 아무도 없었다. 어네스트는 이미 세상을 떠났고, 성당 장식 일을 하는 해리는 거의 대부분 시골 어딘가에 가 있었다. 게다가 토요일 밤이면 돈 때문에 어김없이 벌어지는 실랑이가 이루 말할 수 없을 정도로 그녀를 지치게 만들기 시작했다. 그녀는 언제나 자신이 번 임금 — 7실링 — 을 몽땅 내놓았고, 해리는 언제나 그가 할 수 있는 데까지 돈을 보내왔지만, 문제는 아버지한테서 돈을 타내는 일이었다. 아버지는 그녀가 늘 돈을 헤프게 쓰는데다, 채신 머리 없으며, 자신이 애써 번 돈을 그녀에게 주어 거리에 마구 뿌리게 하지는 않겠다고 말했고, 하물며 한층 더 했는지라, 토요일 밤이면 보통 술이 아주 심하게 취해 있었기 때문이다. 끝내는 딸에게 돈을 주며, 일요일 저녁 찬거리를 사올 생각이 있는지 묻곤 했다. 그러면 그녀는, 까만 가죽 지갑을 손에 꼭 쥐고 될 수 있는 한 빨리 달려가, 사람들이 북적이는 사이를 팔꿈치로 떼 밀치며, 시장을 본 뒤, 무거운 찬거리를 들고 늦게야 집으로 되돌아왔다. 그녀는 집안일을 보살피며, 자신에게 맡겨진 두 어린 동생이 규칙적으로 학교에 잘 다니는지, 규칙적으로 식사를 하는지 보기 위해 힘든 일을 해야 했다. 그것은 힘든 일 — 힘든 생활 — 이었지만, 이제 그 일을 그만둔다고 생각하니, 그녀는 그것이 전적으로 싫은 생활만은 아닌 듯 느껴졌다.

그녀는 프랭크와 함께 또 다른 생활을 개척할 참이었다. 프랭크는 친절하고 남자다웠으며, 마음이 넓었다. 그녀는 그의 아내가 되기 위해, 부에노스아이레스에서 함께 살기 위해, 밤 보트를 타고 그와 함께 떠날 참이었으며, 그곳에는 그가 마련해둔 그녀를 기다리는 가정이 있었다. 그녀는 자신이 그이를 만났던 최초의 시간을 얼마나 잘 기억했던가. 그는 그녀가 방문하곤 했던 한길의 어떤 집에 하숙하고 있었다. 그것은 몇 주일 전만 같았다. 그는 뾰족한 메고 모자를 머리 뒤로 젖혀 쓰고, 머리카락이 그의 구릿빛 얼굴 위로 흘러내린 채, 대문에 서 있었다. 그러다 두 사람은 서로 알게 되었다. 그는 밤마다 백화점 밖에서 만나 집까지 바래다주곤 했다. 그는 그녀를 데리고 〈보헤미아의 소녀〉를 보러 갔으며, 그녀는 그와 함께 익숙지 못한 극장 자리에 앉자 기분이 으쓱해졌다. 그는 몹시 노래를 좋아했고, 노래도 조금 불렀다. 사람들은 그들이 서로 사랑하고 있음을 알았고, 그가 수부(水夫)를 사랑하는 처녀에 관해 노래를 부르자 부끄러우면서도 기분이 좋았다. 그는 언제나 그녀를 농담으로 포핀스(귀염둥이)라 부르곤 했다. 무엇보다도 우선 그녀에게 남자가 생겼다는 것은 이중의 흥분이요, 곧 그녀는 그를 좋아하기 시작했다. 그는 먼 나라의 이야기를 알았다. 한 달에 1파운드의 급료를 받고 캐나다로 가는 앨런 회사의 배 갑판 청소부로서 일을 시작했다. 지금까지 자신이 탔던 배들의 이름과 다른 고용직의 이름들을 그녀에게 말해주었다. 그는 마젤란 해협을 통해 항해했고, 그녀에게 무서운 파타고니아인들의 이야기를 들려주었다. 그는 부에노스아이레스에서 한몫 보았다고 말했으며, 단지 하루의 휴일을 위해 고국으로 왔다고 했다. 물론 그녀의 아버지는 그 사건을 알아차렸고, 그녀더러 그와 말하는 것을 금지시켰다.

"나는 그따위 뱃놈들을 알아." 그는 말했다.

어느 날 아버지는 프랭크와 말다툼을 했으며, 그 뒤로 그녀는 애인을 몰래 만나야 했다.

저녁은 가로에 깊어갔다. 그녀의 무릎에 놓인 하얀 두 통의 편지가 점점 희미해져 갔다. 한 통은 해리에게, 다른 한 통은 아버지에게였다. 그녀는 아버지가 최근 부쩍 늙어가고 있음을 알았다. 그는 딸을 보고 싶어 하리라. 때때로 그는 아주 상냥했다. 얼마 전, 그녀가 병으로 하루 동안 자리에 누웠을 때, 귀신 이야기를 읽어주었고, 그녀를 위해 난로에서 토스트를 구워 주었다. 또 다른 날, 그들의 어머니가 살아 있었을 때, 가족 모두 호우스 언덕으로 피크닉을 갔다. 그녀는 아버지가 아이들을 웃기기 위해 어머니의 보닛을 쓴 것을 기억했다.

그녀의 시간은 흘러가고 있었으나, 그녀는 머리를 창 커튼에 기댄 채, 먼지 낀 크레톤 천의 냄새를 들이켜면서, 창가에 계속 앉아 있었다. 그녀는 가로의 저 아래 거리에서 손풍금을 연주하는 소리를 들을 수 있었다. 그녀는 그 곡을 알고 있었다. 하필이면 바로 이날 저녁에 이 곡조가 들려와 어머니에게 될 수 있는 한 오래도록 집을 잘 보살피겠다고 한 그녀의 약속을 상기시키다니 참 이상했다. 그녀는 어머니가 앓던 마지막 밤을 기억했다. 그녀는 당시 현관 다른 편의 밀폐된, 컴컴한 방에 있었고, 바깥에 이탈리아의 우울한 음악을 들었다. 오르간 연주자는 다른 데로 가도록 명령을 받고는 6페니가 주어졌다. 그녀는 아버지가 병실로 터벅터벅 걸어 들어오며 두덜대던 소리를 기억했다.

"저주할 이탈리아 놈들! 여기까지 오다니!"

그녀가 생각에 잠기자, 어머니의 일생—끝내는 광기로 막을 내린 평범한 희생의 저 일생—의 애처로운 환영이 그녀 육신의 바로 급소까지 사무치듯했다. 그녀는 어리석게도 고집스럽게 한결같이 외치던 어머니의 목소리를 새삼 듣는 듯 몸을 부들부들 떨었다.

'여인의 종말은 비참! 여인의 종말은 비참!'

그녀는 갑작스러운 발작적인 공포에 질려 자리에서 일어섰다. 도피! 그녀는 도피해야 한다. 프랭크가 그녀를 구하리라. 그는 그녀에게 인생을, 아마도 사랑을 또한, 주리라. 그는 살고 싶었다. 왜 그녀는 불행해야 한단 말인가! 그녀는 행복할 권리가 있었다. 프랭크는 양팔로 그녀를 끌어안고 그녀를 감싸주리라. 그는 그녀를 구해주리라.

* * *

그녀는 노스 월 부두의 정거장에서 흔들거리는 군중 사이에 서 있었다. 그는 그녀의 손을 잡았고, 그녀는 그가 앞으로 펼쳐질 항해에 관한 무엇인가를 거듭거듭 중얼거리며, 그녀에게 말을 걸고 있음을 알았다. 정거장은 갈색 짐들을 든 군인 들로 가득했다. 그녀는 창고의 넓은 문들을 통해 부두벽 곁에 정박한, 불을 밝힌 선창(船窓)을 지닌, 검은 덩어리 같은 보트를 얼핏 보았다. 그녀는 아무 대답도 하지 않았다. 그녀는 뺨이 창백하고 싸늘해짐을 느끼며 어찌할 바를 모르는 고뇌 속에서 하느님이 그녀를 인도하도록, 그녀의 의무가 무엇인지를 보여주도록 기도했다. 보트는 길고도 서글픈 고동 소리를 안갯속으로 내뿜었다. 만일 그녀가 떠나면, 내일이면 그녀는 부에노스아이레스를 향해 항해하며, 프랭크와 함께 바다 위에 있으리라. 그들의 통행은 이미 예약되었다. 그녀는 그가 자신에게 해준 걸 여전히 대물릴 수 있을까? 그녀의 고뇌가 몸속에 구역질을 일으키자, 그녀는 말없이 열렬한 기도로 입술을 계속 움직였다.

한 가닥 종소리가 그녀의 가슴에 울렸다. 그녀는 그가 그녀의 손을 잡는 것을 느꼈다.

"가요!"

세계의 모든 바다가 그녀의 심장 주위를 덮치는 듯했다. 그는 그녀를 바닷속으로 끌어들이고 있었다. 그가 그녀를 빠뜨려 죽일 것만 같았다. 그녀는 양손으로 쇠 난간을 꽉 잡았다.

"가요!"

아니! 아니! 아니! 그것은 불가능했다. 그녀의 두 손은 발작적으로 쇠 난간을 움켜쥐었다. 바다 사이로 그녀는 고뇌의 한 가닥 부르짖음을 외쳤다.

"이블린! 이비!"

그는 난간 너머로 돌진하며, 그녀더러 따라오도록 부르짖었다. 사람들이 그를 계속 나아가도록 고함을 질렀으나, 그는 여전히 그녀에게 소리쳤다. 그녀는 수동적으로, 어쩔 수 없는 짐승마냥, 그에게 그녀의 창백한 얼굴을 돌렸다. 그녀의 눈은 사랑 또는 작별 또는 알았다는 아무런 신호도 그에게 주지 않았다.

## 경주가 끝난 뒤

자동차들이 더블린을 향해 질주하며, 네이스 가도의 움푹 팬 길로 나란히 쏜살같이 질주해왔다. 인치 코어의 고개 마루턱에서 구경꾼들이 결승점을 향하여 달려오고 있는 자동차들을 보기 위해 떼를 지어 모였고, 이 빈곤과 무기력을 뚫고 유럽 대륙이 그의 부(富)와 산업의 속력을 내고 있었다. 이따금 떼를 지은 군중이 감사하게도 억압당한 자의 환호성을 올렸다. 그들의 호감은, 그러나 푸른색의 자동차들 — 그들의 친구들인, 프랑스인들의 차들에 향하고 있었다.더구나 프랑스인들은 사실상의 우승자었다. 그들의 팀은 착실하게 경기를 끝마쳤다. 그들은 2등과 3등을 차지했으며, 우승한 독일 자동차의 운전사는 벨기에인으로 알려졌다. 그런고로 푸른색 차가 고개 마루턱을 오를 때마다 갑절의 환영을 받았으며, 환영의 환호성이 자동차에 탄 사람들에 의한 미소와 목례로 답례를 받았다. 이처럼 말끔하게 제작된 차 중의 하나에 네 젊은이가 무리를 짓고 있었는데, 그들의 정신은 성공한 프랑스주의(主義)의 수준 이상으로 잘 나타나 있는 듯 보였다. 사실상 이들 네 젊은이는 대부분 마음이 들떠 있었다. 그들은 차 주인 샤를 세구앵, 캐나다 태생의 젊은 전기 기술자 앙드레 리비에르, 빌로나라는 이름을 가진 거대한 몸집의 헝가리인, 그리고 도일이라 불리는 말쑥하게 차려입은 한 젊은이였다. 세구앵이 몹시 기분이 좋았는데, 그 이유인즉 예기치도 않게 얼마간의 판매 주문을 미리 받았기 때문이요(그는 파리에서 자동차 회사를 차릴 참이었다). 리비에르가 기분이 좋았는데, 그 회사의 지배인으로 내정될 것이기 때문이었다. 이 두 젊은이(그들은 사촌들이었거니와)는 역시 기분이 좋았는데, 그 이유인즉 프랑스 차들의 성공 때문이었다. 빌로나가 기분이 좋은 이유는 점심을 아주 만족스럽게 먹었기 때문이다. 게다가 그는 타고난 낙천가였다. 그러나 그들 일행 중 네 번째 사람은, 지나치게 흥분한 나머지 진짜로 행복하지는 못한 듯했다.

그는 스물여섯 살 정도로 보였고, 부드러운 연갈색의 콧수염에, 오히려 천진하게 보이는 회색 눈을 하고 있었다. 그의 부친은 애당초 진보적 국민당원으로 인생을 시작했으나, 일찌감치 인생관을 수정했다. 그는 킹스타운에서 푸줏간을 하며 돈을 벌었고, 다시 더블린과 교외(郊外)에다 몇 개의 점포를 열어 여러 배의 돈을 벌었다. 또한 운 좋게도 몇 개의 경찰 청부를 맡았으며, 결국에는 더블린 신문들이 암암리에 호상(豪商)이라 부를 정도로 부자가 되었다. 그는 아들을 영국으로 보내 어느 큰 가톨릭 대학에서 교육을 받게 했고, 나중에는 더블린 대학에 보내 법률을 공부하도록 했다. 지미는 공부에는 그리 열을 쏟지 않았으며, 한동안 난동을 피우기도 했다. 그는 돈도 있었고 인기도 있었다. 그리고 호기심에 음악 서클과 자동차 경주 서클에 가입해서 시간을 보냈다. 그런 다음 그는 한 학기 동안 케임브리지에 가서 인생 공부를 좀 하게 되었다. 그의 아버지는 아들을 꾸짖었지만, 속으로는 아들의 방종을 은근히 자랑스럽게 여겨, 아들의 빚을 모두 갚아주고 집으로 데리고 왔다. 그가 세구앵을 만난 것은 케임브리지에서였다. 그들은 서로 그냥 아는 처지였으나, 지미는 세상을 많이 경험했고 프랑스에서 가장 큰 호텔 몇 개를 가지고 있는 자와 사귀게 된 것이 아주 기뻤다. 이런 사람은 실지로 매력 있는 인물이 아닐지라도 알아둘 만했다(그의 아버지도 동의했듯이). 빌로나 역시 재미있는 사람이었으나—탁월한 피아니스트—불행히도 몹시 가난했다.

차는 환희에 넘친 젊은이들을 가득 싣고 계속 신 나게 달렸다. 두 사촌은 앞자리에 앉았고, 지미와 그의 헝가리 친구는 뒤에 앉았다. 당연히 빌로나는 기분이 최고조에 달해 있었다. 그는 도로를 수 마일을 달리는 동안 계속해서 굵직한 저음으로 콧노래를 불렀다. 프랑스 청년은 어깨너머로 웃음과 가벼운 농담을 날려 보냈고, 지미는 그 빠른 말을 알아듣기 위해 자주 몸을 앞쪽으로 굽혀야 했다. 이러한 짓은 그에게는 전혀 즐겁지가 않았으니, 왜냐하면 그는 그때마다 말의 뜻을 재빨리 추측하기 위하여 세찬 바람을 맞으며 알맞은 대답을 큰 소리로 해야 했기 때문이다. 게다가 빌로나의 콧노래가 모든 사람에게 방해가 되었으며, 자동차 소리 또한, 그랬다.

공간을 통한 빠른 움직임은 사람의 기분을 치솟게 했는지라, 악명을 떨칠 때도 그렇고, 돈을 소유할 때도 그렇다. 이 세 가지야말로 지미를 흥분시키는 좋은 이유였다. 그는 그날 많은 친구들에 의해 이들 대륙의 친구들과 어울리고 있는 것이 드러났다. 자동차 경주의 스피드 관제 구역에서 세구앵은 프랑스인 경주자 중 한 사람에게 그를 소개했는데, 그의 당황한 듯 중얼거리는 인사말에 검게 탄 얼굴의 경주자는 한 줄의 반짝이는 하얀 이를 드러내 보였다. 그러한 영예가 있은 다음에, 팔꿈치로 슬쩍 찌르기 및 의미 있는 표정을 한 구경꾼들의 속된 세계로 되돌아가는 것은 기분 좋은 일이었다. 그리고 돈으로 말하면—그는 정말이지 상당한 액수의 돈을 마음대로 다룰 수 있었다. 아마도 세구앵은 그것을 거액이라 생각하지 않을지 몰라도, 지미는 일시적으로 저지른 잘못에도 속으로는 아버지의 실질적인 직감의 상속자인 터라, 그 돈이 얼마나 어렵게 모아진 것인가를 잘 알고 있었다. 이러한 지식은 그가 지금까지 빚을 지긴 했지만 무모하게 돈을 쓰지 않고 적절한 한계 내에 머물러 있게 했으며, 만일 그가 어떤 높은 지성의 변덕스런 문제가 있었을 때, 그 돈 속에 잠재해 있는 노고를 그토록 의식했다면, 그가 보다 많은 자신의 재산을 내걸려는 지금, 얼마나 한층 더 많이 그러했으랴! 그것은 그에게 심각한 문제였다.

물론 투자는 잘한 일이었고, 세구앵은 우정의 호의로 얼마 안되는 아일랜드의(지미의) 돈을 자기 회사의 자본 속에 넣어준다는 인상을 주려고 무던히 애를 썼었다. 지미는 사업상의 여러 가지 문제에서 아버지의 기민성을 존경하고 있었고, 이번의 경우에 투자를 먼저 제의한 것은 그의 아버지였다. 자동차 사업에서 벌게 될 돈, 돈 단지를 말이다. 더욱이 세구앵은 틀림없이 부유한 티를 풍겼다. 지미는 그가 지금 타고 있는 이 멋들어진 자동차가 며칠 동안 작업한 소산(所産)임을 생각하기 시작했다. 차는 얼마나 매끄럽게 달렸던가! 얼마나 멋지게 시골길을 달렸던가 말이다! 이러한 여행은 인생의 참된 맥박에 마력적인 자극을 주었고, 인간 신경 조직의 기계 장치가 빨리 달리는 푸른 짐승의 뛰는 코스에 반응하려고 애쓰는 듯했다.

그들은 데임가(街)로 달려 내려갔다. 거리는 보통 때와는 달리 교통이 혼잡했고 자동차 운전사들의 울리는 경적 소리와 성급한 전차 운전사들의 땡땡 울리는 종소리로 소란했다. 은행 근처에 세구앵이 차를 세우자, 지미와 그의 친구가 차에서 내렸다. 작은 무리를 이룬 사람들이 붕붕거리는 자동차에 경의를 표하듯 보도 위로 모여들었다. 일행은 그날 저녁 세구앵의 호텔에서 함께 저녁 식사를 하기로 되어 있었고, 그래서 그동안, 지미와 그의 집에 묵고 있는 친구는 옷을 갈아입기 위해 집으로 갈 참이었다. 차가 그래프턴 가를 향해 천천히 나아가는 동안 두 젊은 사나이는 구경꾼들의 무리를 헤치고 걸어갔다. 두 사람은 걷는 운동에 야릇한 실망감을 느끼며

북쪽으로 걸어갔고, 한편 그들 머리 위에는 시가지의 창백한 가로등이 여름 저녁의 엷은 안개에 가린 채 매달려 있었다.

지미의 집에서는 이번 만찬이 축제임을 알리고 있었다. 어떤 자부심이, 그의 양친의 당황함, 언행이 일치하지 않는 어떤 열성과 역시 뒤섞여 있었으니, 왜냐하면, 외국의 큰 도시들의 이름은 최소한 그와 같은 미덕을 지녔기 때문이다. 지미 역시, 성장(盛裝)을 하자, 아주 근사하게 보였는데, 그가 자신의 드레스의 나비넥타이에 마지막 손질을 하고 현관에 섰을 때, 그의 아버지는 돈으로는 좀처럼 살 수 없는 품위를 아들을 위해 마련해 주는 것에 대하여 상업적인 만족감마저 느꼈으리라. 그런고로 그의 아버지는 빌로나에게 유난히 다정했고, 그의 태도는 외국인의 소행에 대하여 참된 경의를 표했다. 그러나 주인의 이러한 섬세함은, 그의 만찬을 열렬히 바라기 시작하는 그 헝가리인에게는 아마 효력을 잃고 있는지 모른다.

만찬은 더할 나위 없이 훌륭하고 절묘했다. 세구앵은 세련된 취향을 가졌다고, 지미는 생각했다. 파티는 지미가 케임브리지에서 세구앵과 함께 있는 것을 본 적이 있는 라우스라는 젊은 영국인의 참석으로 그 분위기가 고조되었다. 젊은이들은 전등불이 아늑하게 켜진 방에서 식사를 했다. 그들은 아무런 거리낌 없이 그리고 사양하지 않고 마구 이야기를 했다. 상상력에 불이 붙은 지미는 프랑스 사람들의 발랄한 젊음이 영국인의 태도의 굳은 뼈대 위에 멋지게 얽혀 있음을 느꼈다. 자신의 우아한 이미지가 정말 타당한 것이라고, 그는 생각했다. 그는 대화를 잘 이끌어 가는 주인(세구앵)의 교묘한 솜씨에 감탄했다. 다섯 명의 젊은이들은 각기 취미가 다양했으며, 흉금을 터놓고 이야기를 했다. 빌로나는 약간 놀란 듯한 영국인에게 영국 마드리갈 가곡의 아름다움을 무한한 존경심을 가지고 설명하기 시작했고, 옛날 악기가 사라진 것을 개탄했다. 리비에르는 별반 재치 없이, 프랑스 기술자들의 승리를 지미에게 설명하기 시작했다. 그 헝가리인의 낭랑한 목소리가 낭만주의 화가들이 그린 엉터리 류트 악기를 조롱함에서 우세를 보이려 하자, 세구앵은 화제의 방향을 정치로 돌렸다. 이는 모두에게 마음에 드는 화제였다. 지미는 푸짐한 술 기운의 영향 하에, 아버지의 잠재적인 열성이 다시 몸속에 소생하는 것을 느꼈는지라 즉, 이는 마침내 무감각한 라우스를 자극했다. 방 안의 열기는 두 배로 더해갔고, 세구앵의 주인 역은 매순간 한층 어려워져 갔으니, 개인적인 심술의 감정이 나타날 위험마저 있었기 때문이다. 그러나 눈치가 빠른 주인은 기회를 봐서 인류를 위해 축배를 들었고, 건배의 술을 들자 그는 의미심장하게 창문을 밀쳐 열었다.

그날 밤 도시는 수도의 가면을 쓰고 있었다. 다섯 명의 젊은이들은 향기롭고 희미한 담배 연기를 뿜으며 성 스티븐스 그린 공원을 따라 어슬렁어슬렁 걸어갔다. 모두 큰 소리로 쾌활하게 떠들어댔고, 그들의 외투가 어깨로부터 댕그랑거렸다. 사람들은 그들을 위해 길을 비켜주었다. 그래프턴가의 모퉁이에서 키가 작고 뚱뚱한 사내가 두 예쁜 여자를 자동차에 태워 다른 뚱뚱한 사나이에게 맡기고 있었다. 차가 떠나자, 그 키가 작고 뚱뚱한 사나이는 일행을 언뜻 보았다.

"앙드레."

"팔리!"

이야기의 물살이 뒤따랐다. 팔리는 미국인이었다. 아무도 무슨 이야기인지 전혀 알 수 없었다. 빌로나와 리비에르가 제일 많이 떠들었으나, 모든 사내들은 흥분하고 있었다. 그들은 많이 웃어대며 함께 비집으며 차에 올라탔다. 그들은 부드러운 색깔로 이제 뒤섞인, 군중 곁을 즐거운 종소리의 음악에 맞춰 달렸다. 모두 웨스틀랜드 로 정거장에서 기차를 탔고, 그들은 잠시 후에, 지미에게는 그렇게 느껴졌는데, 킹스타운 정거장 밖으로 걸어 나가고 있었다. 기차표를 받는 역원이 지미에게 인사를 했다. 그는 노인이었다.

"안녕하시오, 선생!"

맑게 갠 여름밤이었다. 항구는 그들의 발치에 컴컴한 거울처럼 펼쳐져 있었다. 그들은 서로 팔짱을 끼고, 합창으로 〈커데트 룻셀〉을 노래하며 항구를 향해 전진했고, 발걸음마다 발을 쿵쿵 굴렀다.

"호! 호! 호헤, 참으로!"

모두 배를 정박하는 곳에서 보트를 타고 미국인의 요트가 있는 데로 나아갔다. 거기서 저녁 식사, 음악, 카드놀이를 할 예정이었다. 빌로나는 자신 있게 말했다.

"정말 신 나는군!"

선실에는 요트용 피아노가 한 대 있었다. 빌로나는 팔리와 리비에르를 위해 왈츠곡을 쳐주었다. 팔리는 기사(騎士) 역, 리비에르는 숙녀 역을 했다. 그다음에는 즉흥 스퀘어 댄스를 추었는데, 사나이들은 각자 독창적 모습을 고안했다. 얼마나 유쾌했던가! 지미도 진지하게 춤을 추었다. 적어도 이것이 인생을 사는 재미였다. 그러자 팔리는 숨을 헐떡이며 "그만!" 하고 소리쳤다. 한 사나이가 가벼운 저녁 식사를 가져오자 젊은이들은 그저 형식상 그 앞에 앉았다. 그러나 모두 술을 마셨다. 보헤미아산(産)이었다. 모두 아일랜드, 영국, 프랑스, 헝가리, 미국을 위해 축배를 들었다. 지미는 연설을, 긴 연설을 했다. 연설이 중단될 때마다 빌로나가 "경청! 경청!" 하고 외쳤다. 지미가 자리에 앉자 박수갈채가 터져 나왔다. 훌륭한 연설임이 틀림없었다. 팔리는 그의 등을 두드리며 큰 소리로 웃었다. 얼마나 쾌활한 친구들이었던가! 그들은 얼마나 좋은 친구들이었던가!

카드! 카드! 식탁이 말끔히 치워졌다. 빌로나는 조용히 피아노 있는 데로 돌아가 모두를 위해 오르간 독주곡을 연주했다. 다른 사람들은 한 게임 한 게임 놀이를 했고, 대담하게 모험에 빠져들기도 했다. 하트의 퀸, 다이아몬드의 퀸을 위해 축배를 들었다. 지미는 은근히 들어주는 사람이 없음을 느꼈다. 재치가 번쩍였다. 노름판이 고조에 달하자 어음(지폐)이 오가기 시작했다. 지미는 누가 따고 있는지를 정확히 알 수 없었지만, 자기가 잃고 있다는 것은 알았다. 그러나 그것은 자신의 실수였으니, 그는 자주 카드를 잘못 집어 다른 사람들이 자기 대신 차용 증서를 계산해주어야 했기 때문이다. 모두 경치게도 신 나는 친구들이었지만, 그는 이제 그만 끝냈으면 싶었다. 시간이 늦었기 때문이다. 누군가가 「뉴포트의 미녀」란 요트에 축배를 들었다. 그러자 또 누군가가 마지막으로 한판 크게 하자고 제의했다.

피아노 소리도 멈추었다. 빌로나는 갑판 위로 올라갔음이 틀림없었다. 정말 굉장한 놀음이었다. 모두 게임이 끝나기 직전에 잠시 멈추고서 행운을 위해 건배했다. 지미는 게임이 라우스와 세구앵 사이의 승부라는 걸 알았다. 얼마나 흥분했던가! 지미도 역시 흥분했다. 물론 그는 잃었을 것이다. 그는 차용 증서를 어마나 많이 썼을까? 모두 떠들고 손짓을 하면서, 마지막 한판 득점을 하기 위해 자리에서 일어섰다. 라우스가 이겼다. 선실은 젊은 사나이들의 건배 소리로 진동했고, 다 함께 카드를 챙겼다. 그리고 모두 딴 돈을 거두어들였다. 팔리와 지미가 가장 많이 잃었다.

지미는 아침이 오면 후회할 것임을 알았지만, 지금은 휴식을 기뻐했고, 자신의 우행(愚行)을 덮어줄 무감각한 상태를 기뻐했다. 그는 식탁 위에 팔꿈치를 괴고 두 손으로 머리를 붙잡은 채, 관자놀이의 맥박을 세었다. 선실 문이 열리자, 그는 헝가리인이 한 줄기 회색 햇볕 속에 서서 외치는 것을 보았다.

"동이 틉니다, 여러분!"

## 두 건달

8월의 따스한 잿빛 노을이 도시에 내려 있었고, 훈훈하고 더운 공기, 여름의 기억이 거리에 감돌았다. 일요일의 휴식을 위하여 덧문을 내린 거리는 호사스럽게 옷치장을 한 군중으로 붐볐다. 가로등은 찬란하게 빛나는 진주처럼, 높은 전신주 꼭대기에서 그 아래 살아 있는 사람들 위로 빛을 던져주었고, 사람들은 모양과 색깔을 쉴 새 없이 바꿔가며 따뜻한 회색의 저녁 공기 속에서 한결같이 웅성거리고 있었다.

두 젊은이가 러틀랜드 광장의 언덕을 내려왔다. 그중 한 사람이 긴 독백을 막 끝마치는 중이었다. 다른 사람은 보도의 가장자리를 걷다가 친구의 난폭함 때문에 이따금 차도에 발을 들여놓지 않을 수 없었는데도 즐거운 이야기를 귀담아듣는 듯한 표정을 하고 있었다. 그는 몸집이 작달막하고 불그스레한 얼굴이었다. 요트용 모자가 이마로부터 멀리 뒤로 젖혀져 있었고, 이야기를 귀담아듣느라 코, 눈, 입의 구석에서부터 얼굴 전면에 걸쳐 한결같은 표정의 물결을 쏟아내고 있었다. 씨근거리는 웃음소리의 작은 분출이 그의 비틀거리는 몸으로부터 연상 뒤따라 나왔다. 그의 눈은 교활한 기쁨으로 반짝이며, 친구의 얼굴을 순간마다 흘끔흘끔 쳐다보았다. 그는 기마 투우사 모습으로 한쪽 어깨에 걸쳐 늘어뜨린 가벼운 비옷을 한두 번 다시 바로잡았다. 그의 바지, 흰 고무 단화, 그리고 멋있게 걸친 비옷이 젊음을 드러냈다. 그러나 그의 허리는 펑퍼짐했고, 머리칼은 듬성듬성한 데다 회색이며, 그 위로 표정의 파도가 스쳐간 얼굴은 찌든 표정을 하고 있었다.

그는 이야기가 끝난 것을 아주 확신하자, 잠깐 꼬박 소리 없이 웃었다. 이어 그는 말했다.

"글쎄! …… 그것 참 멋지군!"

그의 목소리는 기력이 빠진 듯했다. 그러자 자기 말에 힘을 주기 위해 익살을 더해 말을 덧붙였다.

"그것 정말 유일하고 독특한, 그리고 이렇게 부를 수 있을지 몰라도, '진귀하도록' 멋지군!"

그는 이 말을 하고 심각해지며 입을 다물었다. 그의 혀는 지쳐 있었다. 그는 돌세트가(街)에 있는 어떤 술집에서 오후 내내 떠들었기 때문이다. 대부분의 사람들은 레너헌을 거머리라고 생각했으나, 이러한 평판에도 그의 재치와 능변은 친구들로 하여금 그를 언제나 적대시할 수 없게 했다. 그는 술집에 모인 사람들 틈에 용감한 태도로 나타나, 그들 무리의 가장자리에 재치 있게 끼여들었고, 마침내 어느 틈에 그들과 한패가 되어 있었다. 그는 엄청나게 많은 이야기, 노래와 수수께끼로 무장한, 놀기 좋아하는 부랑자였다. 그는 모든 종류의 무례함에 대하여 무감각했다. 그가 어떻게 해서 삶의 엄한 노역을 일구었는지 아무도 몰랐지만, 그의 이름은 막연하게 경마업(競馬業)과 어떤 연관이 있었다.

"그런데 그 여잔 어디서 낚았지, 코얼리?" 그가 물었다.

코얼리는 혀로 윗입술을 재빨리 핥았다.

"어느 날 밤, 자네 말이야." 그는 말했다. "나는 워터하우스의 시계 아래에서 한 근사한 계집을 발견하고. 그래서 안녕하세요, 인사를 했단 말이야, 알아. 그러고서 우리는 운하 곁을 한 바퀴 산책을 했지. 그녀는 내게 자기는 배고트가(街)에 있는 어떤 집 하녀라고 말했어. 그날 밤 팔로 그녀의 허리를 감고 껴안아 주었지. 그리고 다음 날 일요일, 알아, 약속을 해서 만났어. 우리는 도니브룩에 가서 들판으로 그녀를 끌고 들어갔지. 그녀는 과거에 어떤 우유 배달부하고 함께 가곤 했다는 거야……. 근사했어, 자네. 매일 밤 그녀는 담배를 갖다 주었고, 왕복 전차비도 내주었어. 그리고 어느 날 밤 두개의 기막히게 근사한 궐련을 갖다 주었지……. 아, 진짜 진품을 말이야, 알겠나? 먼저 친구가 피우던 거라고……. 이봐, 나는 그녀가 혹시 임신이라도 한 게 아닌가, 겁이 났어. 하지만 그녀는 무슨 수를 쓰고 있더군."

"아마 자기와 결혼할 거라 생각한 모양이지." 레너헌이 말했다.

"나는 지금 무직이라고 그녀에게 말했어." 코얼리가 말했다. "그녀에게 내가 핌 상회에 근무한다고 말했지. 그 여자는 아직 내 이름을 몰라. 가르쳐 주기에는 뭔가 섬뜩했어. 하지만 그녀는 나를 훌륭한 남자로 생각하고 있지. 알겠나?" 코얼리가 말했다.

레너헌은 다시 소리 없이 웃었다.

"내가 지금까지 들은 근사한 것들 중 단연히 멋지군."

코얼리의 걸음걸이는 찬사를 알아차리는 듯했다. 그의 큼직한 몸집이 좌우로 흔들리는 바람에 레너헌은 보도에서 차도로 몇 걸음 비켜났다가 다시 되돌아왔다. 코얼리는 어느 경찰 경감의 아들이었고, 아버지의 체구와 걸음걸이를 물려받았다. 그는 양손을 옆구리에 붙이고, 몸을 꼿꼿이 세운 채 고개를 이리저리 흔들면서 걸었다. 그의 머리는 크고, 둥글며, 기름으로 번지르르했다. 그는 어떤 날씨에서도 땀을 뻘뻘 흘렸다. 한쪽으로 비스듬히 쓴 크고 둥근 모자는 다른 구근(球根)에서 자라난 또 하나의 구근처럼 보였다. 그는 마치 열병(閱兵) 때 행진하듯 언제나 앞을 똑바로 바라보며 걸었고, 거리에서 누군가를 쳐다보고자 할 때에는, 궁둥이로부터 온몸을 움직이는 것이 필요했다. 현재는 일정한 직업 없이 시내를 나돌아 다니는 무위도식자였다. 무슨 일자리가 나기만 하면 친구가 그에게 부탁해 항시 일러주기로 되어 있었다. 그는 가끔 사복을 입은 경찰관과 함께 걸으며, 열심히 이야기하는 것을 볼 수 있었다. 그는 모든 사건의 내막을 알고 있었고 최종적인 판단을 내리기를 좋아했다. 그는 친구들의 말은 듣지도 않고 자기 말만 했다. 그의 이야기는 주로 자기 자신에 관한 자랑으로, 자신이 아무개에게 뭐라고 했고, 또 아무개가 자기에게 뭐라고 했는데, 그가 말하는 것은 그 일을 어떻게 해결했는가 하는 것이었다. 이러한 대화를 들려줄 때면 그는 플로렌스 사람들의 모습을 닮아 자기 이름의 첫 자를 기음(氣音)으로 발음했다.

레너헌은 친구에게 시가를 한 대 권했다. 이 두 젊은이가 사람들 사이를 지나 계속 걸어갔는데, 코얼리는 이따금 얼굴을 돌려 지나가는 몇몇 여자들에게 미소를 보냈으나, 레너헌의 시선은 두 겹의 무리에 둘러싸인 크고 희미한 달에 고정되어 있었다. 그는 황혼의 회색 그림자가 달의 표면을 가로질러 지나가는 것을 열심히 지켜보았다. 마침내 그는 말했다.

"글쎄…… 말해 봐, 코얼리. 자넨 잘 해낼 것 같은가, 응?"

코얼리는 대답 대신 한쪽 눈을 의미 있게 감았다.

"쉽사리 넘어갈 여자 같은가?" 레너헌이 미심쩍은 듯 물었다. "여자들이란 알 수 없단 말이야."

"그 여잔 문제없어." 코얼리가 말했다. "나는 그 여자쯤 다룰 줄 알아, 자네. 그 여잔 내게 반해 있단 말이야."

"자네야말로 이른바 경쾌한 로타리오(유혹자)군 그래." 레너헌이 말했다. "진짜 로타리오란 말이야, 역시!"

한 가닥 조롱하는 그늘이 그의 태도의 비굴함을 덜어주는 듯했다. 그를 구하기 위해 그는 자신의 아첨을 조롱으로 해석할 수도 있게 하는 버릇이 있었다. 그러나 코얼리는 이런 것을 눈치챌 만큼 예민하지 못했다.

"반반한 하녀를 건드리는 것만큼 신 나는 일도 없지." 그는 단언했다. "내 조언을 들으라고."

"하녀들을 건드려 본 사람이 하는 말이군!" 레너헌이 말했다.

"처음엔 나도 젊은 여자들과 어울리곤 했지, 알겠나." 코얼리가 마음속을 털어놓으며, 말했다. "남부 순환도로 저쪽의 처녀들과 말이야. 전차를 타고 여기저기 데리고 다녔지, 자네. 그리고 전차 삯도 내가 내고, 악단이나 혹은 연극 구경도 시켜주고, 혹은 초콜릿이니 사탕이니, 그 밖에 것도 사줬지. 그들한테 돈도 만족할 만큼 썼어." 그는 마치 자신이 불신을 당하고 있음을 의식하듯, 단호한 목소리로 덧붙여 말했다.

레너헌은 그걸 곧이곧대로 믿을 수 있었고, 진지하게 고개를 끄덕였다.

"그따위 수작을 난 알아." 그는 말했다. "그건 공부벌레의 수작이야."

"나는 경칠 그따위 실속 없는 짓은 안 해." 코얼리가 말했다.

"나도 마찬가지야." 레너헌이 말했다.

"그중 하나만은 달라." 코얼리가 말했다.

그는 혀로 윗입술을 핥아 추켰다. 과거를 회상하자 두 눈이 빛났다. 그는 또한, 이제 거의 가려진 희미한 둥근 달 면을 쳐다보며, 생각에 잠긴 듯했다.

"좀 괜찮은 여자였는데……," 그는 아쉬운 듯 말했다.

그는 다시 침묵했다. 이어 그는 덧붙여 말했다.

"지금은 화류계에 있어. 어느 날 밤 그녀가 두 사내놈하고 얼가(街)에서 자동차를 타고 가는 걸 보았어."

"상상컨대 그건 자네의 행실이군." 레너헌이 말했다.

"나 전에도 다른 녀석들이 있었지." 코얼리가 냉정하게 말했다.

이번에는 레너헌이 믿지 않는다는 듯했다. 그는 고개를 설레설레 흔들며 미소를 지었다.

"글쎄, 날 놀리지는 말게. 코얼리." 그는 말했다.

"정말이야!" 코얼리가 말했다. "그녀가 나한테 직접 말하지 않았겠나?"

레너헌은 비참한 몸짓을 했다.

"야비한 배신자 같으니!" 그가 말했다.

두 사람이 트리니티 대학 울타리를 따라 지나갈 때, 레너헌은 차도로 급히 내려서서, 시계를 치켜 보았다.

"20분이 지났군." 그는 말했다.

"시간은 충분해." 코얼리가 말했다. "그 여잔 틀림없이 그곳에 있을 거야. 언제나 그녀를 조금씩 기다리게 하지."

레너헌은 조용히 웃었다.

"조심하라고! 코얼리. 자넨 여자 다루는 법을 알지." 그는 말했다.

"그네들이 쓰는 잔꾀 따윈 다 알아." 코얼리는 고백했다.

"하지만 말해봐." 레너헌이 다시 말했다. "자네 모든 걸 잘 해낼 자신이 있나? 알다시피 요령을 부려야 하는 일이야. 여자들이란 그 점에 대해 지나치게 조심한단 말이야. 응? ……어때?"

그의 빤짝이는 작은 눈이 다짐하듯 상대방의 얼굴을 살폈다. 코얼리는 끈덕지게 파리라도 날려버리려는 듯 고개를 이리저리 흔들며 이맛살을 찌푸렸다.

"잘 해내고 말 테야." 그는 말했다. "내게 맡겨, 알겠나?"

레너헌은 더는 말하지 않았다. 그는 친구의 성미를 거슬리게 하여 '집어치워, 자네 충고 따윈 필요 없어' 하는 말을 듣고 싶지 않았다. 약간의 요령이 필요했다. 그러나 코얼리의 이맛살은 금방 다시 펴졌다. 그의 생각은 다른 데로 달리고 있었던 것이다.

"정말 얌전한 계집애야." 그는 칭찬조로 말했다. "바로 그런 여자라네."

그들은 나소가(街)를 따라 걸어간 다음 이어 킬데어가로 접어들었다. 클럽 현관에서 멀지 않은 곳에 어떤 하프 악사가 도로에 서서, 조그맣게 둘러선 청중들에게 연주를 하고 있었다. 그는 별반 주의를 기울이지 않는 듯 줄을 퉁기며, 이따금 새로운 사람이 올 때마다 재빨리 얼굴을 흘끗 쳐다보거나, 가끔, 또한, 지친 듯이 하늘을 쳐다보기도 했다. 그의 하프, 또한, 자신의 덮개가 무릎 근처까지 떨어진 것도 의식하지 못한 채, 낯선 사람들의 시선이나 주인의 손에 의해 마찬가지로 지친 듯 보였다. 악사의 한 손이 저음부로 〈말없이, 오 모일리〉의 곡조를 연주했으며, 한편 다른 손은 곡조의 각 그룹을 따라 고음부로서 연주했다. 곡의 선율이 깊고 풍부하게 울렸다.

두 젊은이는 말없이 거리를 걸어갔고, 구슬픈 곡이 그들을 뒤따랐다. 그들은 성 스티븐스 그린 공원에 다다르자 한길을 건넜다. 그곳 전차 소리, 불빛, 그리고 군중이 그들을 침묵으로부터 해방시켜 주었다.

"저기 그녀가 있군!" 코얼리가 말했다.

흄가(街)의 모퉁이에 한 젊은 여인이 서 있었다. 그녀는 푸른 드레스에 하얀 세일러 모자를 쓰고 있었다. 그녀는 길 가장자리 돌 위에 서서, 한 손으로 양산을 휘두르고 있었다. 레너헌은 생기가 돌기 시작했다.

"어디 얼굴 좀 볼까, 코얼리." 그는 말했다

코얼리가 곁눈으로 친구를 흘끗 쳐다보았고, 그러자 그의 얼굴 위에 한 가닥 불쾌한 듯한 웃음이 드러나 있었다.

"자네, 내 속사정을 훤히 알려고 하는가?" 그는 물었다.

"빌어먹을!" 레너헌은 대담하게 말했다. "난 소개 따윈 원치 않아. 바라는 건 얼굴을 한번 보자는 것뿐이야. 따먹으려고 하는 건 아니니까."

"오…… 보기만 한다고?" 코얼리는 한층 상냥한 어조로 말했다. "글쎄…… 뭔지 말해주지. 내가 가서 그녀에게 말을 걸고 자네는 옆을 지나갈 수 있지."

"좋아!" 레너헌이 말했다.

코얼리는 이미 한쪽 다리를 쇠사슬 너머로 던졌는데, 그때 레너헌이 소리를 질렀다.

"그리고 그다음에? 우리 어디서 만날까?"

"10시 반." 코얼리가 나머지 한쪽 다리를 옮겨 놓으며, 대답했다.

"어디서?"

"메리언가(街)의 모퉁이야. 우린 함께 돌아올 테니까 말이야."

"그럼 잘해보게." 레너헌이 작별 인사를 했다.

코얼리는 대답하지 않았다. 그는 머리를 이리저리 흔들며 어슬렁어슬렁 길을 가로질러 걸어갔다. 그의 커다란 몸집, 느린 발걸음, 그리고 그의 구두가 둔탁하게 울리는 소리가 그 속에 뭔가 정복자의 위엄 같은 것을 드러내고 있었다. 그는 젊은 여자에게 가까이 가더니, 인사도 없이, 말을 하기 시작했다. 그녀는 양산을 더 빨리 휘두르며, 발뒤꿈치로 몸을 반쯤 돌렸다. 그가 더욱 가까이 다가가서 말을 걸자 그녀는 한두 번 깔깔거리며 고개를 숙였다.

레너헌은 수 분 동안 두 사람을 지켜보았다. 그런 다음 그는 약간 떨어진 거리에서 쇠사슬 곁을 따라 급히 걸어가다가, 길을 구부러져 건넜다. 흄가 모퉁이에 접근했을 때 공기에 짙게 향내가 어려 있음을 발견하자, 그의 눈은 젊은 여자의 외모를 빨리, 초조하게 눈살을 찌푸리며 훑어보았다. 그녀는 일요일의 화려한 나들이옷으로 치장하고 있었다. 그녀의 푸른 서지 치마 허리 부분에는 까만 가죽 띠가 매어 있었다. 허리띠의 커다란 은빛 버클이 그녀의 몸의 중심을 억누르는 듯했고, 하얀 블라우스의 엷은 천을 집게처럼 졸라매고 있었다. 그녀는 자개단추가 달린 검은색 짧은 재킷과 헐렁하고 까만 목도리를 두르고 있었다. 그녀의 비단 망사로 된 칼라 끝은 조심스럽게 흩트려져 있고, 그녀의 앞가슴에는 커다란 한 묶음의 붉은 꽃이 줄기를 위로하여 핀으로 꽂혀 있었다. 레너헌의 눈이 그녀의 짧고 토실토실한 근육질의 몸을 만족스럽게 쳐다보았다. 꾸밈없는 조야한 건강미가 그녀의 얼굴과 살진 붉은 양 뺨, 그리고 그녀의 수줍어하지 않는 푸른 눈에서 활활 타고 있었다. 그녀의 이목구비는 투박했다. 그녀는 널따란 콧구멍, 만족한 추파로 열려 있는 볼품없는 입, 그리고 두 개의 쑥 튀어나온 앞니를 드러내고 있었다. 옆을 지나면서 레너헌은 모자를 벗었고, 약 10초쯤 지난 뒤, 코얼리는 허공을 향해 답례를 했다. 이런 행동을 그는 막연히 손을 약간 들고 생각에 잠긴 듯, 모자 위치의 각도를 바꿈으로써 행했다.

레너헌은 셸본 호텔까지 걸어가, 거기서 발걸음을 멈추고 기다렸다. 얼마 동안 기다린 후에 그는 두 사람이 그를 향해 오고 있는 것을 보았고, 그들이 오른쪽으로 방향을 돌렸을 때, 그는 하얀 구두를 신은 채, 사뿐히 발걸음을 밟으면서, 메리언 광장 한쪽으로 그들을 뒤따라 내려갔다. 그들과 보조를 맞추면서, 천천히 계속 걸어가자, 그는 코얼리의 머리가 그 젊은 여자의 얼굴을 향해 마치 축(軸) 위에 맴돌고 있는 커다란 공처럼 수시로 돌고 있는 것을 목격했다. 그는 그들이 도니브룩 행 전차의 층계를 오를 때까지 그들을 시야에서 놓치지 않았다. 이어 그는 방향을 바꾸고, 왔던 길을 되돌아갔다.

그는 이제 혼자 있는지라 얼굴이 한층 늙어 보였다. 그의 쾌활함이 그를 떠난 듯 보였으며, 듀크 잔디 공원의 철책 곁에 다다르자 한 손으로 철책을 따라 훑었다. 아까 하프의 악사가 연주했던 그 곡조가 그의 몸의 운동을 통제하기 시작했다. 그의 가볍게 밟는 발이 멜로디를 연주하는 동안, 그의 손가락이 곡조의 각 그룹을 좇아 철책을 따라 변주곡의 음계를 탔다.

그는 성 스티븐스 그린 공원 주변을, 이어 그래프턴가(街)로 무심하게 걸어 내려갔다. 그의 눈은 그가 헤치고 지나가는 군중의 무리 가운데에 많은 사람을 주목하긴 했지만, 시무룩한 눈을 하고 있었다. 그는 자신의 마음을 끌려는 듯한 것들을 모두 하찮게 생각했고, 대담하게 그를 요구하는 시선들에 반응이 없었다. 자신이 그들에게, 꾸며내고 즐겁게 해줄 말을 많이 해야 한다는 것을 알았지만, 그의 두뇌와 목구멍이 이런 일을 하기에는 너무나 말라 있었다. 코얼리를 다시 만날 때까지 시간을 어떻게 보낼 것인가의 문제가 그를 조금 괴롭혔다. 그는 계속 걷는 것 이외엔 시간을 보낼 다른 방법을 생각할 수 없었다. 그가 러틀랜드 광장의 모퉁이까지 왔을 때

왼쪽으로 방향을 바꾸었고, 어둡고 조용한 거리로 나오자 마음이 한층 편안함을 느꼈으며, 거리의 어두운 분위기가 자신의 기분에 맞았다. 마침내 그는 어느 초라해 보이는 상점의 진열장 앞에 발을 멈추었는데, 그곳 간판에는 '간이주점'이라는 하얀 글씨가 쓰여 있었다. 진열창의 유리에는 '생강 맥주'와 '생강주'라는 갈겨 쓴 두 광고가 붙어 있었다. 한 조각의 자른 햄이 커다란 푸른 접시 위에 노출되어 있는가 하면, 옆 접시에는 아주 얇은 건포도 푸딩 한 조각이 놓여 있었다. 그는 이 음식을 잠깐 열심히 들여다보고 이내, 거리 위아래를 조심스레 살핀 다음, 상점 안으로 재빨리 들어갔다.

그는 배가 고팠다. 그가 아까 두 인색한 바텐더에게 가져오도록 요구했던 약간의 비스킷 외에는, 아침 조반 시간 이래 아무것도 먹지 않았기 때문이다. 그는 두 여직공과 한 기사(技士)의 반대편, 식탁보가 깔려 있지 않은 나무 테이블에 앉았다. 몸가짐이 단정하지 못한 여급이 그에게 시중을 들었다.

"콩 한 접시에 얼마지?" 그는 물었다.

"1펜스 반입니다." 여급이 대답했다.

"콩 한 접시를 가져와요." 그는 말했다. "그리고 생강 맥주 한 병."

그는 점잖은 티를 감추려고 일부러 거칠게 말했는데, 그가 안으로 들어서자 갑자기 이야기가 뚝 끊어졌기 때문이다. 그의 얼굴이 후끈 달아올랐다. 태연하게 보이려고 그는 모자를 머리 위에 뒤로 젖혀 쓰고 식탁에 양 팔꿈치를 괴었다. 기사와 두 여공은 그들이 나지막한 목소리로 대화를 계속하기에 앞서 그의 얼굴을 한 점 한 점 살폈다. 여급은 후추와 초로 양념된 식료품상의 뜨끈한 콩 한 접시와 포크, 그리고 생강 맥주를 그에게 가져왔다. 그는 탐욕스럽게 음식을 먹었고, 그 맛이 어찌나 좋던지 상점의 이름을 머릿속에 새겨두었다. 콩을 모두 먹은 후에 생강 맥주를 홀짝였고, 코얼리의 모험을 생각하면서 얼마 동안 앉아 있었다. 그의 상상 속에 그는 한 쌍의 애인들이 어떤 어두운 길을 따라 걸어가는 것을 볼 수 있었다. 그는 사랑을 속삭이는 코얼리의 짙고 힘찬 한량 같은 목소리를 듣는 듯했으며, 그 젊은 여자의 입의 추파를 다시 보는 듯했다. 이러한 환영(幻影)은 그로 하여금 돈과 정신에 대한 자기 자신의 빈곤함을 예리하게 느끼게 했다. 그는 이제 사방을 돌아다니는 일, 아무 짓이나 하는 일, 술책들과 음모들에 싫증을 느꼈다. 오는 11월이면 서른한 살이 된다. 그때까지 정말이지 좋은 일자리 하나쯤 갖지 않을 것인가? 자기 자신의 가정을 정말이지 갖지 않을 것인가? 그는 따뜻한 난롯가에 앉아, 멋진 저녁 식사를 하는 것이 얼마나 유쾌할까 생각했다. 그는 지금까지 친구들이며 여자들과 함께 실컷 돌아다녔다. 그는 그따위 친구들은 무슨 가치가 있을 것인지를 알고 있었다. 여자들도 마찬가지임을 알았다. 경험은 세상을 반대하는 그의 마음을 쓰리게 했다. 그러나 모든 희망이 사라진 것은 아니었다. 식사를 하고 나자 기분이 이전보다 한층 나아졌고, 그의 생활이 덜 싫증났으며, 정신이 덜 정복당하듯 느껴졌다. 만일 그가 현금을 조금 가진 어떤 착하고 순박한 마음씨의 처녀를 단지 우연히 만날 수만 있다면, 그는 아직도 아늑한 모퉁이에 정착해서 행복하게 살 수 있으리라.

그는 추래한 여급에게 2펜스 반을 치르고 상점을 나와 다시 그의 방황을 시작했다. 그는 캐펄가(街)로 들어가 시청 쪽으로 걸어갔다. 그리고 이내 데임가로 돌아들었다. 조지가의 모퉁이에서 그는 친구 둘을 만나, 멈춰서서 그들과 이야기를 나누었다. 그는 자신의 산책에서 내내 휴식할 수 있어서 기뻤다. 친구들은 그에게 코얼리를 보았는지, 최근 뉴스가 무엇인지를 물었다. 그는 온종일 코얼리와 지냈노라고 대답했다. 친구들은 별반 말이 없었다. 그들은 지나는 몇몇 군중 뒤를 멍하니 돌아보며 때때로 무엇인가 평을 했다. 한 친구는 웨스트 모어랜드가에서 한 시간 전에 맥을 보았다고 말했다. 이 말에 레너헌은 간밤에 맥과 함께 이건 주점에 있었다고 말했다. 웨스트 모어랜드가에서 맥을 보았다고 말한 그 젊은이는 맥이 당구 시합에서 돈을 좀 땄다는 것이 사실이냐고 물었다. 레너헌은 몰랐다. 그는 홀로헌이 이건 주점에서 친구들에게 술을 한턱냈다고 말했다.

그는 10시 15분 전에 친구들과 헤어져 조지가로 걸어갔다. 그는 시영시장(市營市場)에서 왼쪽으로 돌아 그래프턴가(街) 속으로 걸어 들어갔다. 여자들과 젊은 남자들의 무리는 그 수가 한층 줄어들었고, 그가 거리를 따라 올라가는 도중 많은 사람과 쌍쌍을 이룬 무리가 서로 작별 인사를 나누는 소리를 들었다. 그는 외과대학의 시계탑까지 나아갔다. 시계는 10시 정각을 가리키고 있었다. 그는 코얼리가 너무 일찍 돌아왔으면 어떡하나 겁을 내면서 성 스티븐스 공원 북측을 따라 급히 걸었다. 메리언가의 모퉁이에 도착하자, 그는 가로등의 그림자 속에 자리 잡고 서서 남겨두었던 담배 하나를 꺼내 불을 붙였다. 그는 가로등 기둥에 몸을 기대고, 코얼리와 그 젊은 여자가 되돌아오는 것을 볼 수 있으리라 생각되는 지점에 시선을 고정시켰다.

그의 마음이 다시 활발해졌다. 그는 코얼리가 일을 성공적으로 처리했을까 궁금했다. 코얼리가 그 여자에게 이미 청혼을 했을까 아니면 최후까지 그걸 미루어 두었을까 궁금했다. 자기 자신의 처지뿐만 아니라 친구의 것을 생각하여 모든 고통과 전율을 참았다. 그러나 천천히 회전하던 코얼리의 머리를 생각하자 얼마간 마음이 안정되었다. 코얼리가 일을 무사히 처리할 것이라는 것은 확실했다. 갑자기 그는 코얼리가 필경 그 여자를 다른 길로 해서 집으로 바래다주고 자기를 제쳐 버리는 것이 아닌가 하는 생각이 들었다. 두 눈이 거리를 샅샅이 뒤졌다. 그들의 그림자는 보이지 않았다. 그러나 외과대학의 시계를 쳐다본 지도 확실히 반 시간은 지났다. 코얼리는 과연 그와 같은 짓을 했을까? 그는 마지막 담배에 불을 댕기고 신경질적으로 그걸 빨기 시작했다. 그는 광장 먼 모퉁이에 전차가 멈출 때마다 눈을 긴장시켰다. 그들은 다른 길로 집으로 갔음이 틀림없다. 담배를 만 종이가 터지자, 그는 저주하며 길에 팽개쳤다.

갑자기 그는 두 사람이 자기를 향해 걸어오는 것을 보았다. 그는 기쁨으로 마음을 들떴고, 가로등 기둥에 바싹 붙어 서서 그들의 걸음걸이에서 그 결과를 알아보려고 애를 썼다. 두 사람은 재빨리 걸어왔는데, 젊은 여자는 총총걸음으로 걷고 있었고, 코얼리는 그녀 옆에서 성큼성큼 걷고 있었다. 두 사람은 이야기하는 것처럼 보이지는 않았다. 결과에 대한 일종의 예감이 날카로운 송곳 끝처럼 그의 마음을 찔렀다. 그는 코얼리가 실패한 줄 알았다. 그리고 일이 다 틀린 줄 알았다.

그들이 배고트가로 들어서자, 그는 다른 쪽 보도를 걸으면서, 이내 그들을 뒤따랐다. 그들이 발걸음을 멈추자 그도 멈추었다. 그들은 잠시 뭐라고 말을 하더니, 이내 젊은 여자는 계단을 내려가 어떤 집 뜰로 들어가 버렸다. 코얼리는 정면 층계에서 얼마간 떨어진, 길 가장자리에 그대로 서 있었다. 몇 분이 지났다. 그러자 현관문이 천천히 그리고 조심스럽게 열렸다. 여인이 정면 층계를 뛰어 내려오며 기침을 했다. 코얼리는 몸을 돌려 그녀 쪽으로 갔다. 그의 커다란 몸집이 그녀의 몸집을 시야에서 몇 초 동안 가리자, 이내 그녀가 재차 나타나 계단 위로 달려갔다. 여자에게 문이 안으로 닫히고, 코얼리는 성 스티븐스 그린 공원을 향해 급히 걷기 시작했다.

레너헌도 같은 방향으로 서둘러 걸어갔다. 몇 개의 가벼운 빗방울이 떨어졌다. 그는 그것을 일종의 경고로 받아들이며, 자신이 감시받고 있지는 않은지 보기 위해 그 젊은 여자가 아까 들어갔던 집 쪽을 흘끗 뒤돌아보면서, 열심히 길을 건너 걸어갔다. 불안함과 빠른 달림이 그로 하여금 숨이 차게 만들었다. 그는 큰 소리로 불렀다.

"이봐, 코얼리!"

코얼리는 자기를 부르는 사람이 누굴까 하고 고개를 돌리더니, 이내 전처럼 계속 걸어갔다. 레너헌은 한 손으로 어깨에 걸친 비옷을 바로잡으면서, 그를 따라 달렸다.

"이봐, 코얼리!" 그는 다시 소리쳤다.

그가 친구와 나란히 서자, 그의 얼굴을 날카롭게 들여다보았다. 거긴 아무런 기미도 볼 수 없었다.

"글쎄?" 그는 말했다. "성공했나?"

두 사람은 엘리 광장 모퉁이에 다다랐다. 여전히 대답을 하지 않은 채, 코얼리는 왼쪽으로 방향을 바꾸어 골목길로 갔다. 그의 표정이 엄숙하고 담담해졌다. 레너헌은 불안스레 숨을 쉬면서 친구를 뒤지지 않고 따랐다. 그는 당황했고, 그러자 한 가닥 위협의 기미가 그의 목소리를 꿰뚫었다.

"말 못 하겠나?" 그는 말했다. "그녀를 어떻게 해봤어?"

코얼리는 첫 번째 가로등 밑에 발걸음을 멈추고 자기 앞을 험상궂게 노려보았다. 이어 신중한 몸짓으로 한 손을 불빛 쪽으로 내밀고, 미소를 띠면서, 그의 문하생의 시선을 향해 그것을 천천히 폈다. 조그마한 금화 한 개가 손바닥에 반짝였다.

## 하숙집

무니 부인은 푸주한의 딸이었다. 그녀는 혼자서 일을 척척 처리할 수 있는 여자, 즉 과단성 있는 여자였다. 그녀는 자기 아버지의 십장(什長)과 결혼하고, 스프링 가든 근처에 푸줏간을 하나 차렸다. 그러나 장인이 세상을 떠나자마자 무니 씨는 방탕한 생활을 일삼기 시작했다. 그는 술을 마시고, 금고에서 돈을 훔쳐내고, 빚에 곤두박질 쳤다. 그에게 금주하도록 맹세를 시켜봤자 아무런 소용이 없었다. 며칠이 지나면 다시 깨뜨릴 것이 뻔했다. 손님들 앞에서 아내와 마구 싸우거나, 질 나쁜 고기를 사들임으로써 사업을 망치고 말았다. 어느 날 밤 그가 식칼을 가지고 아내에게 달려들었고, 그래서 아내는 이웃집에서 자야 했다.

이러한 일이 있은 뒤로 그들은 별거했다. 그녀는 신부에게 가서 아이들을 자기가 맡는다는 조건으로 별거장을 받았다. 그녀는 남편에게 돈도 음식도 그리고 방도 주려고 하지 않았다. 그래서 남편은 부득이하게 보안관의 급사로 자진 등록하지 않을 수 없었다. 그는 흰 얼굴에 흰 콧수염, 그리고 분홍색 혈관이 드러나고 조잡해 보이는 데다가, 작은 눈 위에 먹칠이 된 흰 눈썹을 지닌, 초라하고 꾸부정한 작은 체구의 술주정뱅이였다. 그리고 온종일 집행관의 방에 앉아, 일이 떠맡겨지기를 기다리고 있었다. 푸주 사업에서 남은 돈을 빼앗아, 하드위크가(街)에 하숙집을 차린 무니 부인은 체격이 크고 당당한 여인이었다. 그녀의 집 손님들은 리버풀이나 만 섬(島)에서 오는 여행자들, 그리고 이따금 음악당의 '악사들'로 구성된 뜨내기 손님들이었다. 그의 고정 하숙인은 시(市) 출신의 서기들이었다. 그녀는 하숙집을 교묘하고도 엄하게 관리했으며, 언제 외상을 줘야 할지, 언제 엄하게 굴어야 할지 그리고 언제 모든 걸 눈감아주어야 할지를 알고 있었다. 젊은 하숙인들은 모두 그녀를 '마담'이라 불렀다.

무니 부인의 집 젊은 남자들은 식사와 방세로(저녁 식사의 맥주나 흑맥주는 제외하고) 1주일에 15실링을 지급했다. 그들은 공동의 취미와 직업에 관여했는데, 이런 이유 때문에 그들은 서로 대단히 친하게 지냈다. 그들은 경마에서 인기 있는 말과 승산이 없는 말의 승부의 찬스에 대해서 토론했다. 마담의 아들인 재크 무니는, 플리드가의 어떤 중개인의 서기였는데, 불한당이란 평판을 갖고 있었다. 그는 군인들의 음담패설을 사용하기를 좋아했다. 보통 그는 새벽녘에 집에 돌아왔다. 친구들을 만날 때에는 그들에게 말해줄 근사한 이야기를 언제나 갖고 있었고, 무슨 재미있는 이야깃거리 — 말하자면 그럴듯한 말(馬)이나 배우 등 — 에 관하여 언제나 정통해 있었다. 그는 또한 권투에 재간이 있었고, 우스꽝스러운 노래도 불렀다. 일요일 밤에는 이따금 무니 부인의 정면 응접실에서 친목회가 열리곤 했다. 음악당의 '악사들'도 기꺼이 응해주었다. 셰리던이 왈츠와 폴카를 연주하고 즉석 반주를 했다. 마담의 딸인, 폴리 무니도 노래를 부르곤 했다. 그녀는 노래했다:

"나는…… 장난꾸러기 소녀예요.
모르는 척 마세요.
당신은 그런 줄 알고 있잖아요."

폴리는 열아홉 살 난 날씬한 처녀였다. 그녀는 경쾌하고 부드러운 머리칼과 작고 도톰한 입술을 하고 있었다. 그녀의 눈은 어스름한 푸름이 얽힌 회색이었으며, 다른 사람과 이야기할 때에는 위쪽으로 살짝 치켜뜨는 버릇이 있었는데, 그것이 그녀를 귀여운 바람난 마돈나처럼 보이게 했다. 무니 부인은 처음에 딸을 어떤 곡물 도매상에 타이피스트로 보냈으나, 평판이 고약한 보안관의 급사가 사무실로 하루 걸러 찾아와서, 딸에게 한마디 말을 걸게 해달라고 조르는 바람에, 다시 집으로 데리고 와 집안일을 시켰다. 어머니의 의도는 폴리가 몹시 활발했기 때문에, 딸이 젊은이들과 함께 어울리도록 하는 것이었다. 게다가 젊은이들이란 젊은 여자가 자기들 가까이 있는 것을 좋아하는 법이다. 폴리는 물론, 젊은 사내들과 시시덕거렸지만, 예리한 판단가였던 무니 부인은 젊은 사내들이 단지 심심풀이로 시간을 보내고 있었음을 알았는지라, 그들 중 아무도 무슨 일을 저지를 것 같지는 않았다. 만사는 오랫동안 이런 식으로 계속되자 무니 부인은 폴리를 다시 타이피스트로 내보낼까 하고 생각하기 시작했는데, 그때 폴리와 어떤 한 젊은이 사이에 중요한 일이 진행되고 있음을 눈치챘다. 그녀는 두 사람을 감시하며, 비밀을 혼자 마음속에 간직하고 있었다.

폴리는 자신이 감시받고 있다는 것을 눈치챘으나, 어머니의 계속되는 침묵의 의미를 여전히 모르는 바가 아니었다. 어머니와 딸 사이에 어떤 공공연한 공모나 이해가 있는 것은 아니었지만, 집안사람들이 이 일에 대하여 수군거리기 시작하는데도, 무니 부인은 개입하지 않고 있었다. 폴리의 태도에서 약간 이상한 빛이 보이기 시작했고, 젊은 사내는 분명히 마음이 동요되어 있었다. 마침내 그녀가 바로 이때다 하고 판단했을 때, 무니 부인이 개입했다. 그녀는 마치 식칼로 고기를 다루듯이 도덕적 문제를 다루었다. 그리고 이런 경우를 생각해 진작 결심을 했었다.

때는 초여름의 어느 쾌청한 일요일 아침이었고, 무더움을 약속한 듯, 그러나 시원한 산들바람이 불고 있었다. 하숙집의 모든 창들은 열려 있었고 레이스 천의 커튼이 치켜 올려진 창틀 아래로 거리를 향해 풍선처럼 크게 부풀어 있었다. 조지 성당의 종탑은 끊임없이 종소리를 내보냈고, 신자들은 홀로 혹은 떼를 지어, 성당 앞의 조그마한 원형 광장을 가로질러 건넜는데, 그들의 장갑 낀 손에 쥔 조그마한 책 못지않게 점잖은 태도가 그들의 목적을 드러냈다. 하숙집에서는 아침 식사가 끝났으며, 조반 식당의 식탁은 소량의 베이컨 비계, 베이컨 껍질 조각과 함께 달걀의 누른 줄무늬가 흐르는 접시들로 덮여 있었다. 무니 부인은 밀짚 안락의자에 앉아, 하녀 메리가 조반상을 치우는 것을 지켜보고 있었다. 그녀는 메리더러 화요일의 빵 푸딩을 만드는 데 쓸 수 있도록 빵 껍질과 부서진 빵 조각을 모으도록 했다. 식탁이 말끔히 치워지고, 부서진 빵이 모아진 데다가, 설탕과 버터를 집어넣은 찬장이 자물통과 열쇠로 안전하게 잠기자, 그녀는 자신이 폴리와 간밤에 가졌었던 회견을 다시 마음속으로 생각하기 시작했다. 만사는 그녀가 추측한 대로였으니, 그녀는 솔직하게 질문했고, 폴리도 솔직하게 대답했다. 물론 두 사람은 약간 어색했다. 어머니는 그러한 소식을 지나치게 태연하게 받아들인다거나, 또는 묵인해 온 것처럼 보이고 싶지 않아 어색했다. 폴리는 그러한 종류의 암시가 언제나 그녀를 어색하게 만들었을 뿐만 아니라, 그녀의 현명한 순진성으로 어머니의 관용 뒤에 숨어 있는 의도를 이미 알아차렸다는 것을 들키고 싶지 않았기 때문에 어색했다.

무니 부인은 조지 성당의 종이 이미 그쳤음을 명상을 통하여 알아차리자마자, 본능에 따라 벽난로 위에 있는 조그마한 도금 시계를 흘끗 쳐다보았다. 때는 11시 17분이었다. 그녀는 도런 씨와 일을 의논하고 이어서 12시까지 말버러가의 정오 미사에 충분히 참석할 수 있으리라. 그녀는 이길 자신이 있었다. 우선 그녀는 그녀 쪽 사회적 여론의 영향력을 가진 데다가, 자신은 분노한 어머니였다. 그녀는 그가 신의 있는 사람이라 가정하고, 그녀의 지붕 아래 살게끔 해주었는데도, 그가 단순히 그녀의 호의를 남용했던 것이다. 그는 서른넷 아니면 서른다섯이니, 고로 젊음이 그의 핑계가 될 수 없었다. 뿐만 아니라 그는 세상의 중요한 것을 보아왔는지라, 무식이 그의 핑계가 될 수는 없었다. 그는 단지 폴리의 젊음과 무경험을 이용했을 뿐이었다. 그건 뻔한 일이었다. 문제는 그가 어떤 보상을 할 것인가였다.

이러한 경우 보상은 반드시 이루어져야 한다. 물론 남자 쪽에서는 아무런 상관도 없는 일이다. 순간적인 재미를 본 뒤라, 아무 일도 없었던 것처럼 시치미를 뗄 수도 있다. 그러나 여자는 공격의 화살을 피할 길이 없다. 어떤 어머니들은 얼마간의 돈으로 사건을 끝내는 데 만족할 것이다. 그녀도 그와 같은 경우를 알고 있었다. 하지만 그녀는 그럴 수는 없었다. 그녀에게 단 한 가지 보상은 딸의 잃어버린 명예를 보상할 수 있어야 할지니, 그것은 곧 결혼이었다.

그녀는 자신의 모든 수단을 다시 점검해 보고 나서 메리를 도런 씨의 방으로 보내 자신이 그에게 할 이야기가 있다는 것을 알렸다. 그녀는 이길 자신이 있었다. 그는 신중한 젊은이로, 다른 녀석들처럼 방자하거나 큰소리치지는 않을 것이다. 만일 셰리던 씨나 미드 씨 또는 밴텀 라이언스 씨라면, 그녀의 일은 한층 어려울 것이다. 그녀는 그가 세상 소문을 뻔뻔스럽게 대면하리라 생각하지는 않았다. 하숙집의 모든 하숙인들도 사건을 알고 있었으며, 세세한 일들이 몇몇 사람들에 의해 꾸며지기도 했다. 게다가 그는 어떤 커다란 가톨릭 교인의 주류상에서 13년 동안 근무해 왔기 때문에 소문이 나게 되면 아마도 실직(失職)할지 모른다. 반면에 만일 그가 동의하기만 한다면, 만사가 해결되리라. 그녀는 한 가지 그가 상당한 급료를 받고 있음을 알고 있었고, 얼마간의 돈도 저축하고 있지 않을까 싶었다.

거의 반 시간이 흘렀다! 그녀는 자리에서 일어나 거울에 비친 자신의 모습을 죽 살펴보았다. 자신의 커다란 불그스레한 얼굴에 드러난 단호한 표정이 그녀를 만족시켰고, 딸을 시집보내지 못하는, 그녀가 아는, 몇몇 어머니들을 생각했다.

도런 씨는 이번 일요일 아침 정말이지 아주 불안했다. 그는 면도를 하려고 두 번이나 시도했으나, 손이 너무 떨리는 바람에 포기하지 않을 수 없었다. 사흘 동안의 불그스름한 턱수염이 턱 가장자리에 자라고 있었고, 2~3분마다 그의 안경에 김이 서려서 안경을 벗어 손수건으로 닦지 않으면 안 되었다. 전날 밤 고해(叩解)의 회상이, 그에게 심한 고통의 원인이 되었다. 신부는 사건의 우스꽝스러운 세목 하나하나를 꼬치꼬치 캐물었고, 결국에는 그의 죄를 어찌나 확대하는지 보상이라는 빠져나갈 구멍이 주어진 것만으로도 그는 감사했다. 해(害)는 저질러졌다. 그는 그녀와 결혼을 하든지 아니면 도망치는 길 이외에 무엇을 할 수 있으랴? 그는 뻔뻔스레 시치미를 뗄 수는 없었다. 사건은 널리 소문날 것이 확실하며, 그의 사장은 확실히 그 소문을 듣게 되리라. 더블린은 이토록 작은 도시인지라, 모든 사람은 그 밖의 사람들의 일을 알고 있었다. 그는 흥분된 상상 속에서 늙은 레너드 씨가 귀에 거슬리는 목소리로 "도런 씨를 이리로 보내" 하는 고함 소리를 듣자, 심장이 목구멍에서 화끈하게 뛰는 것을 느꼈다.

지금까지 오랜 세월의 봉직이 허사로 돌아간다! 부지런하고 근면하게 일해온 것이 모두 수포로 돌아가고 만다! 물론 젊은이로서 그는 한때 방종한 생활을 했었다. 대폿집에서 동료에게 자신의 자유사상을 뽐내기도 했고, 신의 존재를 부정하기도 했었다. 그러나 그것은 모두 지나간 일이요, 이미…… 거의 끝난 일이다. 그는 여전히 『레이놀즈 신문』을 매주 사서 보긴 했어도, 그의 종교적 의무들에 참가했고, 1년 중 10분의 9는 규칙적인 생활을 했다. 그는 정착해서 살 만큼 돈도 있다. 문제는 그게 아니다. 그러나 그의 가족들은 그녀를 깔볼 것이다. 무엇보다도 우선 그녀에게는 평판이 나쁜 아버지가 있고, 그녀 어머니의 하숙집도 어떤 나쁜 평판을 받기 시작하고 있었다. 그는 속았다는 생각이 들었다. 그는 친구들이 이 일을 수군거리며 비웃는 것을 상상할 수 있었다. 그녀는 정말이지 약간 천박했고, 때때로 "나 보았우"라든지 "만일 내가 알았데문" 하고 말했다. 그러나 그가 진정으로 그녀를 사랑한다면 문법 따위 무슨 상관이랴? 그는 그녀가 과거 저지른 일에 대해 좋아해야 할지 경멸해야 할지 마음을 정할 수가 없었다. 물론 그도 역시 같은 짓을 했다. 그의 본능은 결혼하지 말고, 그대로 자유로이 남으라고 자신에게 권고했다. '일단 결혼하면, 넌 이제 끝장이야' 하고 본능이 말했다.

그가 셔츠와 바짓바람으로 어쩔 줄 몰라 침대가에 앉아 있었을 때, 그녀가 문을 가볍게 두드리며 들어왔다. 그녀는 어머니에게 그 일을 말끔히 실토했으며, 어머니가 그날 아침 그와 이야기하리라는 것을 그에게 모두 털어놓았다. 그녀는 울면서 양팔로 그의 목을 감싸고 말했다.

"오, 밥! 밥! 난 어떡하면 좋아요? 대체 난 어떡하면 좋아?"

그녀는 자살이라도 하고 싶다고 말했다.

그는 울지 말라고, 잘될 테니 겁내지 말라고 타이르며, 그녀를 조용히 달랬다. 그는 가슴에 그녀 심장의 고동을 느꼈다.

일이 이처럼 일어난 것은 전적으로 자기의 잘못만은 아니었다. 그는 독신자의 호기심에 찬 끈질긴 기억력으로, 그녀의 옷과 숨결, 그녀의 손가락이 그에게 준 최초의 우연한 애무를 잘 기억하고 있었다. 어느 날 밤늦게 그가 잠자리에 들기 위해 옷을 벗고 있을 때, 그녀가 그의 방문을 가볍게 두드렸다. 그녀의 촛불이 바람 때문에 꺼져서 그 방의 촛불로 다시 불붙이기를 원했다. 시간은 그녀가 목욕하는 밤이었다. 그녀는 무늬가 찍힌 플란넬 천으로 된, 앞이 터진 느슨한 화장복을 입고 있었다. 그녀의 하얀 발등이 털로 된 슬리퍼의 열린 곳에서 빛났고, 향수를 뿌린 피부 뒤에 피가 따뜻하게 타오르고 있었다. 그녀가 초에 불을 댕겨 바로 세우자, 그녀의 손과 손목에서 역시 아련한 향기가 솟아올랐다.

그가 아주 늦게 돌아오는 밤이면 그의 저녁 식사를 따뜻하게 데워 주는 것도 그녀였다. 모두가 잠들어 있는 집에, 그녀가 자신의 곁에 홀로 앉아 있음을 느끼자, 그는 무엇을 먹고 있는지 거의 모를 지경이었다. 그리고 그녀의 섬세함이라니! 쌀쌀하거나 비가 오거나 바람이 부는 밤에는 항상 조그마한 잔에 그를 위한 펀치 술이 준비되어 있었다. 아마 그들은 함께 행복할 수도 있으리라…….

두 사람은 각자 초를 들고, 발끝으로 층계를 함께 올라가, 셋째 층계참에서 아쉬운 밤의 작별을 서로 나누었다. 그들은 키스하곤 했다. 그는 그녀의 두 눈, 손의 감촉과 그 황홀감을 잘 기억하고 있었다…….

그러나 황홀감은 지나가기 마련이다. "난 어떡하면 좋아요?"라는 그녀의 말에 마음을 쏟으면서, 그는 그것을 되풀이했다. 독신자의 본능은 물러

서라고 경고했다. 그러나 죄는 이미 저질러졌다. 심지어 그의 명예심도 이러한 죄에 대해서 보상이 이루어져야 한다고 그에게 말했다.

그가 그녀와 함께 침대가에 앉아 있는 동안, 메리가 문간에 나타나 마님이 응접실에서 그를 보자고 한다고 말했다. 그는 그 어느 때보다도 한층 난감한 채, 코트와 조끼를 입기 위해 자리에서 일어났다. 옷을 다 입자, 그는 그녀를 달래기 위해 그녀에게로 다가갔다. 모든 것이 잘될 것이니 두려워 마요. 그는 그녀가 침대 위에서 울며, 조용히 "오, 하느님!" 하고 신음하는 것을 남겨두고 떠났다.

계단을 내려가면서, 그의 안경이 습기 때문에 너무나 뿌옇게 되어 그것을 벗어서 닦지 않을 수가 없었다. 그는 지붕을 뚫고 하늘로 올라가 자신의 근심을 다시는 듣지 않을 다른 나라로 날아가고 싶었지만, 그런데도 어떤 힘이 그를 한 걸음 한 걸음 계단 아래로 내리밀었다. 그의 사장과 마담의 잔혹한 얼굴이 그의 당황함을 빤히 쳐다보는 듯했다. 마지막 계단 층계참에서 그는 식료품실에서 바스 맥주 두 병을 가슴에 소중히 안고 올라오던 잭 무니를 지나쳤다. 그들은 냉담하게 인사를 나누었다. 애인의 눈이 잠시 살진 불독을 닮은 얼굴과 굵고 짧은 팔 위에 멈추었다. 그가 계단 발치에 다다랐을 때, 흘끗 위를 쳐다보자, 잭이 모퉁이 방문에서 그를 빤히 쳐다보고 있는 것을 보았다.

갑자기 그는 몸집이 작은 금발의 런던 사람인, 음악당의 악사 하나가 폴리에게 마구 빈정대던 밤을 기억했다. 그날의 친목회가 잭의 폭력 때문에 거의 깨지고 말았다. 모든 이가 그를 진정시키려고 애를 썼다. 보통 때보다 얼굴이 약간 더 창백했던 그 음악당의 악사는, 미소를 지으면서 악의가 있어 그런 것은 아니라고 계속 변명을 늘어놓았다. 그러나 잭은 그에게 계속 고함을 지르며, 만일 어떤 놈이든 그따위 장난을 누이한테 하려 한다면, 그의 목을 물어뜯어 놓겠다고 했다: 그렇게 하고 말고.

* * *

폴리는 울면서 잠깐 침대가에 앉아 있었다. 그녀는 눈물을 닦고 거울 쪽으로 나아갔다. 그녀는 수건 끝을 물병에 담가, 차가운 물로 눈가를 말끔히 훔쳤다. 옆 얼굴을 비춰보며 귀 위의 머리핀을 다시 바로 꽂았다. 그러자 그녀는 다시 침대로 되돌아가 침대 발치에 앉았다. 한참 동안 베개를 쳐다보고 있자, 그들의 광경이 그녀의 마음속에 비밀의 정다운 기억들을 떠오르게 했다. 그녀는 목덜미를 차가운 쇠 침대 난간에 기대고 공상에 빠졌다. 이제 그녀의 얼굴에는 더는 불안한 빛이 보이지 않았다.

그녀가 끈기 있게, 유쾌할 정도로, 놀라움 없이, 계속 기다리고 있자, 그녀의 기억들이 미래의 희망과 환영으로 점차 자리를 양보했다. 그녀는 희망과 환영이 너무나 착잡한 나머지 그녀가 시선을 고정하고 있던 하얀 베개도 더는 보이지 않았고, 혹은 자신이 무엇을 기다리고 있었는지 기억나지 않았다.

마침내 그녀는 어머니가 부르는 소리를 들었다. 그녀는 벌떡 자리에서 일어나 난간을 향해 달려갔다.

"폴리! 폴리!"

"네, 엄마?"

"얘야, 이리 내려온. 도런 씨가 네게 말하고 싶어 한단다."

그제야 그녀는 자신이 지금까지 무엇을 기다리고 있었는지 생각해냈다.

## 작은 구름

8년 전 그는 친구를 노스 월 부두에서 떠나보내며, 그에게 행운을 빌었다. 갤러허는 성공을 거두었다. 그의 넓은 견문을 지닌 태도며, 잘 재단된 트위드 천의 양복, 그리고 두려움 없는 말투가 이내 그것을 말해주었다. 그와 같은 재주를 갖춘 사람은 많지 않았고, 더욱이 그러한 성공으로 망가지지 않은 사람은 더욱 드물었다. 갤러허의 정신은 올바른 위치에 있었고, 그는 당연히 성공을 거둘 만했다. 그와 같은 친구를 갖는 다는 것은 값진 일이었다.

꼬마(리틀) 챈들러의 생각은 점심 시간 이래로 갤러허와 만나는 일, 갤러허의 초대, 그리고 갤러허가 사는 위대한 도시 런던에 관한 것이었다. 그는 꼬마 챈들러라고 불렸는데, 그 이유는 그가 평균 신장보다 약간 작았을 뿐인데도, 사람들에게 몸집이 작은 사람이라는 생각을 하게 했기 때문이다. 그의 손은 희고 작았으며, 몸집이 연약했고, 목소리는 조용한데다가, 몸가짐은 세련되었다. 그는 비단처럼 고운 머리카락과 코 밑 수염을 정성껏 가꾸었고, 손수건에는 알뜰하게 향수를 뿌렸다. 반달 모양의 손톱은 완벽했고, 그가 미소를 지을 때는 어린애 같은 하얀 이가 한 줄로 얼핏 내다보였다.

그는 킹스 인(여관)에서 자신의 책상에 앉아, 지난 8년이 얼마나 큰 변화를 가져다 주었던가를 생각했다. 그가 알아왔던, 초라하고 궁핍한 친구는 런던 신문계의 탁월한 인물이 되었다. 그는 이따금 지루한 집필에서 몸을 돌려 사무실 창 밖을 내다보았다. 늦가을의 햇볕이 잔디밭과 산책길을 덮고 있었다. 햇볕은 단정하지 못한 유모들 그리고 벤치 위에서 졸고 있는 노쇠한 노인들 위에 달가운 황금빛 소나기를 쏟고 있었다. 그것은 모든 움직이는 사람들—자갈길을 따라 소리치며 달리는 아이들과 공원을 통해 지나가는 모든 사람 위에 반짝거렸다. 그는 그런 장면을 자세히 지켜보며 인생을 생각했다. 그리고 (그가 인생을 생각할 때면 언제나 그랬듯이) 그는 슬퍼졌다. 일종의 고요한 우울함이 그를 점령했다. 그는 운명에 항거하여 싸운다는 것이 얼마나 부질없는 짓인가를 느꼈는지라, 이는 세월이 그에게 가져다 준 지혜의 부담이었다.

그는 자기 집 서가에 있는 시집들을 기억했다. 그는 그것들을 미혼 시절에 샀는데, 저녁때 현관에서 약간 떨어진 조그마한 방에 앉아 있을 때면 서가에서 한 권을 꺼내 아내에게 읽어 주고 싶은 충동을 느낀 적이 여러 번 있다. 그러나 수줍음이 언제나 그를 물러나게 했다. 고로 시집들은 서가에 그대로 남아 있었다. 때때로 그는 글줄을 자기 자신에게 반복하여 읽어 주었고, 그것이 그를 위로해 주었다.

근무시간이 끝나자, 그는 정각에 자리에서 일어나 책상과 동료 서기들을 떠났다. 그는 킹스 인의 봉건적 아치 아래에서 나와 깔끔하고 단정한 모습으로, 재빨리 헨리타가로 걸어 내려갔다. 황금빛 노을은 사라져 가고 있었고, 대기는 이미 싸늘해졌다. 한 무리의 남루한 아이들이 거리에 우글거렸다. 그들은 길 한복판에 서 있거나 뛰어다녔고, 열린 창문들 앞의 층계까지 슬금슬금 기어갔으며, 혹은 문지방 위의 생쥐들처럼 웅크리고 있었다. 꼬마 챈들러는 그들에게 아무런 생각을 주지 않았다. 그는 작은 벌레 같은 모든 생명들 사이를, 더블린의 옛 귀족들이 그 속에서 홍청거리며 살았던 으슥하고 귀신 같은 저택들의 그림자 밑을, 교묘하게 길을 더듬거리며 걸어갔다. 과거의 어떠한 기억도 그를 감동시키지 않았는지라, 그의 마음은 현재의 기쁨으로 가득 차 있었기 때문이다.

그는 결코 콜리스 회관에 가본 적이 없었으나, 이름의 가치를 알고 있었다. 그는 사람들이 극장이 파한 다음 굴을 먹거나 술을 마시기 위해 그곳에 가는 것을 알고 있었다. 그리고 그곳의 웨이터들이 프랑스어와 독일어를 한다는 것을 들었었다. 어느 밤에 급히 그 옆을 걸어가던 그는 마차들이 문 앞에 바싹 늘어서 있고, 값진 옷차림을 한 귀부인들이 멋쟁이 신사들에 의해 호위된 채, 마차에서 내려 재빨리 들어가는 것을 본 적이 있었다. 귀부인들은 사락거리는 드레스와 여러 가지 겉옷을 입고 있었다. 그들은 얼굴에 분을 발랐고, 땅에 드레스가 닿을 때 놀란 아탈란타(희랍 신화의 걸음이 빠른 미녀-옮긴이)처럼, 그것을 추켜올렸다. 그는 언제나 고개를 돌려 그쪽을 보려하지 않은 채 지나갔다. 심지어 낮에도 거리를 재빨리 걸어가는 것이 그의 습관이었으며, 밤늦게 시내에 있을 때마다, 걱정스러운 듯 흥분하여 재빨리 길을 걸었다. 그러나 그는 때때로 자신의 공포 원인을 자초하기도 했다. 그는 가장 어둡고 가장 좁은 거리를 택했으며, 그가 대담하게 앞으로 걸어가자, 그의 발자국 주변에 펼쳐진 침묵이 그를 괴롭혔다. 배회하는, 말 없는 사람들의 모습들이 그를 괴롭혔다. 그리고 때때로 낮은 은밀한 웃음소리가 그를 나뭇잎처럼 떨게 만들었다.

그는 케이플가(街)를 향해 오른쪽으로 돌았다. 런던 신문계의 이그네이셔스 갤러허! 8년 전에 그렇게 될 줄이야 누가 감히 예상했던가? 하지만 이제 과거를 회상하건대, 꼬마 챈들러는 자신의 친구에게 미래에 성공할 여러 가지 징조가 있었음을 기억할 수 있었다. 사람들은 이그네이셔스 갤러허가 성질이 거칠다고 말하곤 했다. 물론 그는 당시 건달패들과 어울렸고, 술을 마구 마시며, 사방에서 돈을 꾸었다. 결국에 그는 어떤 불미스런 일, 어떤 금전 거래에 휘말렸고, 적어도 그것이 그의 도피의 구실이 되었다. 그러나 아무도 그의 재주를 부정하지 않았다. 이그네이셔스 갤러허에게는 언제나 상대방 자신도 모르는 사이에 상대방을 감동시키는 어떤…… 무엇이 있었다. 팔꿈치에 구멍이 날 정도로 가난하거나, 돈을 마련할 재주마저 바닥이 날 때에도 그는 대담한 표정을 유지했다. 꼬마 챈들러는 이그네이셔스 갤러허가 궁지에 몰렸을 때 했던 말 중 하나가 기억났다(그리고 그 기억은 그의 뺨에 한 가닥 자만의 가벼운 홍조를 가져왔다).

"중간 휴식이란 말이야, 이 사람들아." 그는 가벼운 마음으로 말하곤 했다. "내 지혜의 모자가 어디 갔지?"

그것이 이그네이셔스 갤러허의 본색이었다. 그리고 젠장, 상대는 그것 때문에 그에게 감탄하지 않을 수 없었다.

꼬마 챈들러는 발걸음을 재촉했다. 생애 처음으로 그는 그가 지나치는 사람들보다 월등하다는 것을 스스로 느꼈다. 처음으로 그의 영혼은 케이플가가 둔탁하면서 우아하지 못한 데 대하여 반감을 가졌다. 거기에는 의심의 여지가 없었는지라, 만일 성공하기를 원한다면 떠나가야 한다는 것이었다. 더블린에서는 아무것도 할 수 없다. 그래턴교(橋)를 건너자, 그는 강 아래 하부 부두들을 향해 내려다보며, 초라하게 일그러진 집들에 연민을 느꼈다. 그들은 강둑을 따라 함께 웅크린 채, 그들의 옷을 먼지와 검댕으로 뒤덮고, 일몰의 파노라마에 의해 마비된 채였는지라, 그리하여 그들로 하여금 잠에서 깨어나, 몸을 흔들고, 떠나도록 간청하는 밤의 냉기를 기다리는, 한 무리의 부랑자들처럼 그에게 느껴졌다. 그는 이러한 생각들을 표현하기 위해 시를 쓸 수 있을까 궁금히 여겼다. 아마 갤러허는 그를 위해 그것을 런던의 어떤 신문에다 실을 수 있으리라. 그는 어떤 독창적인 것을 쓸 수 있을까? 그는 자신이 무슨 생각을 표현하고 싶은지 확실하지 않으나, 시(詩)의 순간이 그를 감촉했다는 생각이 마치 어린 아이의 희망처럼 그의 몸속에 활기를 불어넣었다. 그는 용감하게 발걸음을 옮겨놓았다.

발걸음마다 자신의 단조롭고 비예술적 생활로부터 멀리 떨어져, 런던으로 그를 한층 가까이 접근하게 했다. 한 가닥 불빛이 그의 마음의 지평선 위에 아롱거리기 시작했다. 그는 서른둘—나이는 그렇게 많지 않았다. 그의 기질은 한창 무르익어 가는 중이라고 말할 수 있으리라. 그는 시 속에 나타내고 싶은 너무나 많은 다른 느낌들과 인상들이 있었다. 그는 자신의 마음 속에 그들을 느꼈다. 그는 그것이 시인의 마음인지를 알기 위해 자신의 영혼을 재보려고 애를 썼다. 그는 우울함이 자신의 지배적 기미라고 생각했지만, 그러나 그것은 신념과 체념 그리고 단조로운 기쁨의 반복에 의해 단금(鍛金)질된 우울함이었다. 만일 그가 한 권의 시집 속에 그것을 표현할 수만 있다면, 아마 사람들은 귀를 기울이리라. 그는 결코, 대중의 인기를 끌지는 못하리라. 그는 그것을 알았다. 군중을 감동시킬 수 없을지라도, 그와 유사한 마음을 지닌 소수의 사람들에게는 호소할 수 있으리라. 영국의 비평가들은, 아마도 그의 시의 우울한 음조를 이유로 그를 켈트파의 한 사람으로 인식할지 모른다. 그 밖에도, 그는 자신의 시 속에 비유를 담아보고 싶었다. 그는 자신의 시집이 받게 될 비평의 문장과 글귀를 머릿속에서 미리 생각해 보기 시작했다. "챈들러 씨는 평이하고도 우아한 시에 천부적 재능을 지니고 있다.…… 그의 시에는 애절한 슬픔이 배어 있다.…… 켈트적 특성이." 이름이 한층 아일랜드 적으로 보이지 않은 것이 유감이었다. 아마 성(姓) 앞에다 어머니의 이름을 삽입하는 것이 보다 나을지도 모른다. 토머스 멀론 챈들러. 아니면 이렇게 부르는 것이 더 나을지 모른다. T. 멀론 챈들러. 그는 그것에 관해 갤러허에게 말하리라.

그는 명상을 너무나 열렬히 추구한 나머지 거리를 지나쳐 되돌아오지 않으면 안 되었다. 콜리스 회관 가까이 왔을 때, 이전에 느꼈던 마음의 동요가 그를 다시 사로잡기 시작했고, 그러자 그는 엉거주춤 문 앞에 발걸음을 멈추었다. 마침내 그는 문을 열고 들어갔다.

주장(酒場)의 불빛과 소음이 그를 문간에서 잠깐 멈추게 했다. 주위를 둘러보았으나, 붉고 파란 포도주 잔들의 광채가 그의 시야를 혼미하게 했다. 주장은 사람들로 가득 차 있는 듯했고, 그는 사람들이 호기심으로 자기를 노려보고 있는 듯 느꼈다. 재빨리 좌우를 흘끗 쳐다보았으나(심각한 용무라도 있는 듯 보이려고 상을 약간 찌푸리며), 시야가 약간 밝아지자, 아무도 몸을 돌려 그를 쳐다보려 하지 않음을 알았다. 과연 이그네이셔스 갤러허가 등을 카운터에 기대고, 두 발을 쩍 벌린 채 서 있었다.

"여보게, 토미, 자네 왔구나! 뭐로 하겠나? 뭘 마시겠나? 나는 위스키를 마시고 있어. 바다 건너 것보다 맛이 좋군. 소다? 산화수? 탄산수는 아니고? 나도 마찬가지. 맛을 망치지.…… 이봐, 웨이터, 몰트위스키 반 파인트짜리 둘만 가져와 얼른……. 글쎄, 내가 지난번 자넬 만난 이래 어떻게 지냈나? 맙소사, 우린 정말 늙었군! 나한테 늙은 징조가 보이나—응, 뭐라고? 머리 꼭대기가 좀 하얗고, 엉성하다고—뭐라고?"

이그네이셔스 갤러허는 모자를 벗고, 크고 짧게 깎은 머리를 드러내 보였다. 깔끔하게 면도한 그의 얼굴은 침울하고 창백했다. 푸르고 슬레이트빛을 띠는 눈은 건강해 보이지 않는 창백함을 덜어 주었고, 그가 매고 있는 선명한 오렌지색 넥타이 위에 똑똑히 빛나고 있었다. 이러한 경쟁적 용모들 사이에 입술은 몹시 길고 볼품이 없고 색깔이 없어 보였다. 그는 머리를 숙이고, 서운한 듯 두 손가락으로 엉성한 머리카락을 쓰다듬었다. 꼬마 챈들러는 그렇지 않다는 듯 고개를 저었다. 이그네이셔스 갤러허는 다시 모자를 썼다.

"정말 몸을 약하게 하는 일이야." 그는 말했다. "기자 생활 말이야. 언제나 허둥지둥 뛰어다니며 기사거리를 찾아다니지만, 때때로 허탕 치기 일쑤지. 게다가 언제나 신문에 새로운 뭔가를 실어야 하니. 경칠 교정원들 그리고 식자공들, 글쎄, 며칠 동안을. 정말 기쁘군, 글쎄, 고국에 돌아오니 말이야. 몸에 좋단 말이야, 약간의 휴가가. 이 다정하고 불결한 더블린에 다시 발을 디딘 이래 난 건강이 크게 좋아진 것 같아……. 자, 자네, 토미, 물을? 얼마나 탈지 말해."

꼬마 챈들러는 자신의 위스키에 물을 아주 많이 타도록 했다.

"뭐가 몸에 좋은지 자네 모르는군, 이 친구야." 이그네이셔스 갤러허가 말했다. "나는 스트레이트로 마시지."

"나는 보통 술을 잘 안 마셔." 꼬마 챈들러가 겸손하게 말했다. "어떤 옛 친구라도 만나면 반 파인트가량, 그게 전부야."

"아 글쎄," 이그네이셔스 갤러허가 경쾌하게 말했다. "우리의 옛날과 옛 우정을 위해서 건배하세."

그들은 잔을 쨍그랑 맞부딪치며 건배했다.

"오늘 나는 옛 친구들 몇몇을 만났지." 이그네이셔스 갤러허가 말했다. "오하라는 불경기인 듯하더군. 그인 뭘 하나?"

"아무것도." 꼬마 챈들러가 말했다. "그인 망했어."

"하지만 호건은 형세가 좋은가 봐, 그렇지?"

"그래. 그인 토지 공탁소에 근무해."

"어느 날 런던에서 그를 만났는데, 신관이 아주 좋아 보였어. ……불쌍한 오하라! 술 때문일까?"

"다른 일도, 역시." 꼬마 챈들러가 짤막하게 말했다.

이그네이셔스 갤러허가 큰 소리로 웃었다.

"토미." 그는 말했다. "자넨 조금도 변하지 않았군. 자넨 내가 과음으로 두통이 나고 혓바닥에 골마지기가 생기는 일요일 아침에 내게 설교를 하곤 하던 꼭 같은 심각한 사람이군. 자넨 여기저기 세상 구경을 바랄 테지. 여태 어디 여행이라도 해본 적이 전혀 없나?"

"만 섬(島)에 다녀온 적이 있어." 꼬마 챈들러가 말했다.

이그네이셔스 갤러허가 크게 웃었다.

"만 섬이라!" 그는 말했다. "런던이나 혹은 파리에 가보게. 고른다면 파리를. 그게 도움이 될 거야."

"자넨 파리를 가보았나?"

"가보았다고 할 수 있지! 그곳을 좀 돌아다녔지."

"소문대로 정말 그렇게 아름다운가?" 꼬마 챈들러가 물었다.

이그네이셔스 갤러허가 술잔을 대담하게 비우는 동안, 그는 술을 조금 홀짝였다.

"아름답다니?" 이그네이셔스 갤러허가, 그 말에 그리고 자신이 마시는 술에 잠시 멈추면서 말했다. "글쎄, 그렇게 아름답지는 않아. 물론 아름답기도 하지.…… 그러나 진짜는 파리 생활이란 말이야. 바로 그거야. 아, 환락이나 활기, 흥분을 위해서는 파리만한 도시는 없지……."

꼬마 챈들러는 위스키를 다 마셨다. 그리고 얼마간 애를 쓴 다음, 바텐더의 시선을 잡는 데 성공했다. 그는 같은 걸 다시 주문했다.

"물랭 루주에도 갔다 왔어." 이그네이셔스 갤러허는 바텐더가 술잔을 치우자 말을 계속했다. "그리고 모든 보헤미안들의 카페에도 가보았어. 굉장하더군! 자네 같은 독실한 사람은 어림도 없어, 토미."

꼬마 챈들러는 바텐더가 두 개의 술잔을 들고 되돌아올 때까지 아무 말도 하지 않았다. 그러자 그는 친구의 술잔을 가볍게 터치하며, 좀 전의 건배에 답례했다. 그는 약간 환멸을 느끼기 시작하고 있었다. 갤러허의 말투나 표현의 방식이 비위에 거슬렸다. 그의 친구에게 그가 이전에 보지 못했던 저속한 뭔가가 있었다. 그러나 아마도 그것은 런던의 신문계에서 소란과 경쟁 속에 살아 온 결과이리라. 옛날의 인간적인 매력이 이 새롭고 번지르르한 태도 아래 아직도 거기 있었다. 그리고 뭐니 뭐니 해도, 갤러허는 인생을 살아왔고, 세상을 보아왔었다. 꼬마 챈들러는 그의 친구를 부러운 듯이 쳐다보았다.

"파리는 만사가 즐겁단 말이야." 이그네이셔스 갤러허가 말했다. "그들은 인생을 즐기며 살아야 한다고 믿어. — 자넨 그들이 옳다고 생각지 않나? 만일 자네가 인생을 적당히 즐기려면 파리로 가야 하네. 그리고 그들은 아일랜드인에게 대단히 좋은 감정을 갖고 있어. 내가 아일랜드 출신이란 말을 듣고 모두 나를 잡아먹을 좋아했지."

꼬마 챈들러는 잔을 들어 너더댓 모금을 들이켰다.

"그런데 말해봐. 파리가 그렇게 사람들이 말하듯 부도덕한가?"라고 그는 말했다.

이그네이셔스 갤러허는 오른팔로 성호를 긋는 시늉을 했다.

"어디나 부도덕하지." 그는 대꾸했다. "물론 파리에는 정말 멋진 몇 군데가 있어. 예를 들면, 학생 무도회로 가보란 말이야. 글쎄, '코코트(매음녀)들'이 본색을 드러내기 시작할 때는 정말 신이 나지, 그게 어떤 것인지 자네도 알 테지?"

"이야기는 들었어." 꼬마 챈들러가 말했다.

이그네이셔스 갤러허는 위스키를 다 마시고, 고개를 흔들었다.

"아아." 그는 말했다. "그야 자네도 하고 싶은 말이 있지. 파리 여인 같은 여자는 없어 — 스타일이나 생기 넘치는 면에서 말이야."

"그럼 부도덕한 도시로군." 꼬마 챈들러가 수줍은 듯 계속 말했다. "내 뜻은 런던 혹은 더블린과 비교해서 말이야."

"런던!" 이그네이셔스 갤러허가 말했다. "피장파장이야. 호건에게 물어보게. 그가 런던에 왔을 때 내가 그에 관해 조금 보여주었지. 그가 자네 눈을 열어 줄 거야…… 글쎄, 토미, 그 위스키를 펀치로 만들지 마, 어서 마시라고."

"아니야, 정말……."

"오, 자, 한 잔 더 한다고 해서 별로 해로울 건 없잖아. 뭘 할 텐가? 다시 같은 거?"

"그럼…… 좋아."

"프랑수아, 다시 같은 걸로……. 담배 피울 텐가, 토미?"

이그네이셔스 갤러허는 그의 시가 케이스를 꺼냈다. 두 친구는 시가에 불을 댕기고, 술이 도착할 때까지 말없이 빼끔빼끔 피웠다.

"내 의견을 자네한테 말해 주지." 이그네이셔스 갤러허가 그를 가리고 있던 연기 구름으로부터 얼마 후 모습을 드러내며 말했다. "정말 묘한 세상이야. 부도덕하다고 말하다니! 그런 경우를 많이 들어왔어 — 내가 무슨 말을 하고 있지? — 그런 걸 많이 알아왔단 말이야. 부도덕한 경우를…….”

이그네이셔스 갤러허는 심각하게 시가를 뻐끔뻐끔 빨며, 조용한 역사가의 목소리로, 국외에 만연한 부패의 어떤 광경을 스케치하기 시작했다. 그는 많은 나라 수도의 죄악들을 개관했는지라, 그중에서도 베를린을 제일로 꼽는 듯했다. 어떤 것들은 그도 장담할 수 없었으나(그의 친구들이 그에게 이미 말했는지라) 그 밖의 것은 자신이 경험한 것들이라고 했다. 그는 지위나 신분을 전혀 인정하지 않았다. 대륙에 있는 수도원의 많은 비밀을 폭로했고, 상류사회에서 유행하는 몇몇 행실을 서술했으며, 영국의 공작부인에 관한 한 가지 이야기를 — 그가 사실로서 알고 있던 이야기 — 자세히 말함으로써 말을 끝냈다. 꼬마 챈들러는 깜짝 놀랐다.

“아, 글쎄.” 이그네이셔스 갤러허가 말했다. “우린 그따위 일들이 전혀 알려지지 않은 여기 더블린에서 그럭저럭 지내고 있단 말이야.”

“자네에게는 정말 따분하겠어.” 꼬마 챈들러가 말했다. “여러 다른 곳을 보고 난 뒤로 말이야!”

“글쎄.” 이그네이셔스 갤러허가 말했다. “그래도 여기 오는 것은 휴양이 되지. 그리고 뭐니 뭐니 해도 사람들 말처럼 고향이 제일 아닌가? 누구나 고국에 대한 어떤 정을 느끼지 않을 수 없단 말이야. 그게 인간의 본성이지…… 그러니 자네 이야기나 좀 들려주게. 호건이 말하던데, 결혼이 주는 축복의 기쁨을 맛보았다고. 2년 전이었다지, 맞아?”

꼬마 챈들러는 얼굴을 붉히며 미소를 지었다.

“그래.” 그는 말했다. “결혼한 지 지난 5월로 12개월이 됐어.”

"자네한테 이제야 축하를 하다니 너무 늦지 않기를 바라네." 이그네이셔스 갤러허가 말했다. "자네 주소를 알지 못했어. 아니면 그때 축하를 해주었을 텐데."

그는 손을 내밀자, 꼬마 챈들러는 그걸 잡았다.

"자, 토미." 그는 말했다. "자네와 가족이 모두 즐거움을 나누기를 바라네. 돈도 많이 벌고 말이야. 그리고 내가 자네에게 총질을 할 때까지 오래 살길 바라네. 이것이 진지한 친구의 보람이야. 옛 친구 말이야, 알겠나?"

"알아." 꼬마 챈들러가 말했다.

"애들은?" 이그네이셔스 갤러허가 물었다.

꼬마 챈들러는 다시 얼굴을 붉혔다.

"하나 있어." 그는 말했다.

"아들인가, 딸인가?"

"꼬마 소년이야."

이그네이셔스 갤러허는 친구의 등을 낭랑하게 쳤다.

"브라보." 그는 말했다. "의심할 여지없지, 토미?"

꼬마 챈들러는 미소를 짓고, 어리둥절하며 그의 잔을 쳐다보다가, 어린애 같은 세 개의 하얀 앞니로 아랫입술을 깨물었다.

"자네 우리와 함께 하루 저녁을 같이 보냈으면 하네." 그는 말했다. "자네가 되돌아가기 전에 말이야. 내 처도 자네를 만나면 무척이나 반가워할 걸세. 그리고 음악도 좀 듣고."

"오늘 밤 말이야, 어때……?"

"정말 미안하네. 글쎄 동행한 다른 친구가 있어서 말이야. 그도 영리한 친구야. 우린 조그마한 카드 파티에 가기로 미리 정해 놓았어. 그것만 아니라도…….”

“오, 그렇다면…….”

“하지만 누가 알아?” 이그네이셔스 갤러허가 신중하게 말했다. “일단 길을 터놓았으니 다음 해에 이곳에 잠깐 들를지 몰라. 그때까지 미루어두게나.”

“아주 좋아.” 꼬마 챈들러가 말했다. “다음 해에 자네가 오면, 우리 꼭 하루 저녁 같이 지내세. 이제 약속하지, 안 그래?”

“그래, 약속했어.” 이그네이셔스 갤러허가 말했다. “다음 해 내가 오면, 맹세코.”

“그럼 약속을 다짐하기 위해.” 꼬마 챈들러가 말했다. “우리 꼭 한 잔만 더 하세.”

이그네이셔스 갤러허는 커다란 금시계를 꺼내어 들여다보았다.

“그럼 이게 마지막이야?” 그는 말했다. “난 약속이 있어서.”

“오, 그럼 절대로.” 꼬마 챈들러가 말했다.

“아주 좋아, 그럼.” 이그네이셔스 갤러허가 말했다. “‘이별로(독산도리스)’, 한 잔만 더 — 이건 작은 위스키를 위한 모국어지.”

꼬마 챈들러는 술을 주문했다. 조금 전에 얼굴에 떠올랐던 홍조가 점점 짙어가기 시작했다. 약간의 술에도 언제나 얼굴이 붉어졌다. 그리고 이제 몸이 달아오르며 흥분됨을 느꼈다. 작은 석 잔의 위스키에 취기가 오르고, 갤러허가 준 독한 시가가 마음을 혼동시켰다. 왜냐하면 몸이 왜소한데다가 금욕주의자였기 때문이다. 8년 만에 갤러허를 만나, 불빛과 소음에 둘러싸인 콜리스 회관에서 그와 함께하며, 그의 이야기를 귀담아들으며 잠깐이나마 그의 황당하고 호탕한 생활을 함께 나누는, 모험들이 민감한 성품의 균형을 뒤엎었다. 그는 자신의 생활과 친구의 생활 사이의 대조를 뼈저리게 느끼자, 그것이 아무래도 그에게 부당한 것처럼 느껴졌다. 갤러허는 태생이나 교육에서 자기보다 열악했다. 그는 자신의 친구가 해왔던 것보다 한층 더 훌륭한 무엇인가를 할 수 있으며, 혹은 자신도 단지 기회만 있으면 값싸고 번지르르한 저널리즘 이상으로 좀 더 고상한 무엇을 할 수 있다는 확신을 가졌다. 그의 길에 걸림돌이 된 것은 무엇이었던가? 그의 불행한 수줍음! 그는 어떻게든지 자신을 옹호하고 자신의 남성성을 주장하고 싶었다. 그는 자신의 초대에 대한 갤러허의 거절의 이면을 알 것만 같았다. 갤러허가 마치 자신의 방문으로 아일랜드에게 선심을 쓰듯, 단지 우의로 그에게 선심을 쓰고 있었다.

바텐더가 술을 가져왔다. 꼬마 챈들러는 한 잔을 친구를 향해 밀어주고, 다른 잔을 대담하게 집어 들었다.

"누가 알아?" 두 사람이 잔을 치켜들자, 그는 말했다. "자네가 내년에 올 때쯤이면, 내가 이그네이셔스 갤러허 내외분의 건강과 행복을 바라는 기쁨을 누리게 될지."

술을 마시고 있던 이그네이셔스 갤러허는 술잔 가장자리 너머로 눈을 지그시 감아 보였다. 술을 다 마시자 그는 입술을 단호하게 쩝쩝 다시며, 술잔을 내려놓고 말했다.

"여보게, 그런 경칠 걱정일랑 말게. 자루를 뒤집어쓰기 전에 우린 재미를 실컷 보고, 인생과 세상을 좀 구경할 참이야 — 만일 그렇게 된다면."

"언젠가 그렇게 되겠지." 꼬마 챈들러가 조용히 말했다.

이그네이셔스 갤러허는 그의 주황색 타이와 슬레이트 빛 푸른 눈을 그의 친구에게로 한껏 돌렸다.

"자네 그렇게 생각하나?" 그가 물었다.

"자네도 자루를 뒤집어쓰게 되겠지." 꼬마 챈들러는 단호하게 거듭 말했다. "여자가 생기면 다른 어떤 이와 마찬가지로."

그는 자신의 음성을 약간 높였다. 그리고 자신의 속마음을 드러냈음을 인식했다. 그러나 그의 뺨에 붉은빛이 치솟으면서도 친구의 응시에서 몸을 움츠리지 않았다. 이그네이셔스 갤러허는 잠깐 그를 살펴보다가 이내 말했다.

"그런 일이 일어나더라도, 여자에게 엉덩이를 내보이거나 사족 못 쓰는 일은 없을 거야. 자네가 가진 돈을 몽땅 걸어도 좋아. 나는 돈과 결혼할 참이야. 여자는 은행에 두둑한 계좌를 가져야지. 그렇지 않고는 나에게서 무용지물이야."

꼬마 챈들러가 머리를 흔들었다.

"아니, 뭐라고." 이그네이셔스 갤러허가 열렬히 말했다. "뭔지 알겠나? 내가 말만 하면 당장 내일이라도 여자와 현금을 가질 수 있어. 믿기지 않아? 글쎄, 그럴 거야. 돈이 썩을 나는 독일 여자와 유대인 여자들이 수백 명, 내가 무슨 말을 하고 있지? 수천 명이 있단 말이야. ……잠깐 기다려, 아니 두고 봐. 이 친구야. 내가 일을 적당히 처리하지 않나 보란 말이야. 내가 일을 할 때는 진심이야, 자네에게 말하지만. 어디 두고 봐."

그는 잔을 쳐들어 술을 비우고 큰 소리로 웃었다. 그런 다음 심각하게 앞을 바라보며 한층 조용한 말투로 말했다.

"그러나 난 서두르지 않아. 그네들은 기다릴 수 있어. 한 여자한테 얽매이다니 난 생각할 수 없어."

그는 입으로 맛을 보는 시늉을 하며, 우거지상을 지었다.

"술에 약간 김이 빠진 것 같군." 그는 말했다.

***

꼬마 챈들러는 어린 아기를 팔에 안고 현관에서 약간 떨어진 방에 앉아 있었다. 돈을 절약하기 위해 그들은 하녀를 두지 않았으나, 애니의 여동생 모니카가 아침에 한 시간가량 그리고 저녁에 한 시간가량 와서 그들을 도와주었다. 그러나 모니카가 집으로 돌아간 지도 오래되었다. 시간은 9시 15분 전이었다. 꼬마 챈들러는 다과 시간이 지나서야 집에 돌아왔고, 더군다나 뷸리 상점에서 아내에게 커피를 가져오는 것마저 잊어버렸다. 물론 아내는 기분이 좋지 않았고 그에게 짧게 대답만 할 뿐이었다. 아내는 차가 없어도 괜찮다고 말했으나, 모퉁이에 있는 상점이 문 닫을 시간이 가까워지자, 자신이 직접 가서 4분의 1파운드의 차와 설탕 2파운드를 사오기로 했다. 아내는 잠자고 있는 아기를 그의 팔에 안겨주며 말했다.

"여기, 깨우지 마요."

하얀 사기 갓이 달린 조그마한 램프 하나가 테이블 위에 서 있었고, 그 빛이 뒤틀린 뿔로 틀을 만든 액자의 사진 위에 떨어져 있었다. 애니의 사진이었다. 꼬마 챈들러는 그 꼭 다문 얇은 두 입술에 시선을 고정하면서 쳐다보았다. 그녀는 그가 어느 토요일 선물로 사다 준 연푸른 여름 블라우스를 입고 있었다. 그가 10실링 11펜스를 주고 산 것이었다. 그걸 고르기 위해 얼마나 고뇌해야 했던가! 상점이 빌 때까지 문간에서 기다리며, 점원 아가씨가 숙녀용 블라우스를 진열하는 동안 카운터에 서서 태연한 척 보이려고 애를 쓰면서, 그리고 데스크에서 돈을 지불하고 거스름돈을 받는 것을 잊어버려 점원에게 다시 불려가고, 마침내 상점을 떠날 때 꾸러미가 안전하게 묶였는지를 살펴보는 척하며 빨개진 얼굴을 감추려고 애를 씀으로써, 그날 얼마나 마음의 고통을 겪었던가. 애니는 그가 블라우스를 들고 집에 왔을 때 키스를 해주며 참 예쁘고 멋있다고 말했다. 그러나 그녀가 그 값을 들었을 때, 블라우스를 테이블 위에 내팽개치며, 그걸 위해 10실링 11펜스를 주다니 그건 사기라고 말했다. 처음에 그녀는 그걸 도로 되돌려 주기를 바랐으나, 일단 입어 본 후에는, 특히 소매의 맵시에 만족하며, 키스를 해주고 자기를 그토록 생각해주다니 정말 좋은 사람이라고 말했다.

"흠! ……"

그는 사진 속의 두 눈을 냉정하게 들여다 보자, 그들이 냉정하게 응답했다. 확실히 예쁜 눈이었고 얼굴 자체도 예뻤다. 그러나 그 속에 뭔가 천한 것을 발견했다. 왜 저토록 무의식적이며 귀부인인 척하려는 것일까? 눈의 냉정함이 그를 성나게 했다. 두 눈은 그를 불쾌하게 했고 모독했다. 거기에는 정열도 환희도 없었다. 그는 갤러허가 돈 많은 여인들에 관해 한 이야기를 생각했다. 저 까만 동양적인 눈이야말로, 얼마나 정열적이고 관능적 쾌락의 갈망으로 넘치는가! ……왜 하필이면 그는 사진 속의 저런 눈과 결혼했던가?

그는 그러한 질문에 사로잡혀 신경질적으로 방 안을 둘러보았다. 그가 할부로 산 예쁜 가구에는 뭔가 천한 것이 있는 듯 느껴졌다. 애니가 몸소 고른 것으로, 그것이 그에게 그녀를 연상시켰다. 가구는 정연하게 예뻤다. 그의 생활에 대한 한 가닥 노여움이 마음에 솟아났다. 이 조그마한 집으로부터 도망칠 수는 없을까? 그가 갤러허처럼 용감하게 살려고 애쓰기에는 너무 늦었을까? 런던으로 갈 수는 없을까? 아직도 가구의 할부금이 남아 있었다. 만일 책을 써서 출판할 수만 있다면, 그것이 그를 위해 길을 열어 주리라.

바이런의 시집 한 권이 앞에 있는 테이블 위에 놓여 있었다. 그는 아기를 깨우지 않으려고 왼손으로 조심스럽게 시집을 펼치고, 첫 시를 읽기 시작했다.

> 바람은 잦아들고 저녁은 한층 침울한데,
> 숲속에는 한 가닥 바람마저 솔솔 일지 않네.
> 마거릿의 무덤을 보기 위해 나 돌아오니
> 내가 사랑하는 무덤 위에 꽃을 뿌리네.

그는 잠시 멈추었다. 방 안 자신의 주변에서 시의 리듬을 느꼈다. 어쩌면 이다지도 우울할까! 그이 또한 이런 시를 쓸 수 있고, 시로써 자신의 영혼의 우울함을 표현할 수 있을까? 그는 쓰고 싶은 것이 너무나 많았는지라, 예를 들면, 몇 시간 전에 그래턴 다리 위에서 느낀 감정을. 만일 그때의 기분으로 다시 되돌아갈 수 있다면…….

아기가 깨어 울기 시작했다. 그는 시의 페이지에서 몸을 돌려, 아기를 달래려고 애를 썼다. 그러나 아기는 좀처럼 울음을 그치지 않았다. 아기를 안고 이리저리 흔들기 시작했지만, 아기의 울음소리는 한층 날카로워지기만 했다. 그는 한층 빨리 흔들며, 눈으로 두 번째 연(聯)을 읽기 시작했다.

이 좁은 무덤 속에 그녀의 시체가 누워 있네.

저 시체는 한때…….

소용이 없었다. 그는 읽을 수 없었다. 그는 아무것도 할 수 없었다. 아이의 울음소리가 귀의 고막을 꿰뚫었다. 소용이, 소용이 없었다. 그는 종신형의 죄수였다. 그의 양팔이 노여움으로 부들부들 떨자, 그는 갑자기 아기의 얼굴 쪽으로 몸을 굽히며, 고함을 질렀다.

"닥쳐!"

아이는 잠시 그쳤다가 발작적으로 놀라며 비명을 지르기 시작했다. 그는 의자에서 벌떡 일어나 아이를 안은 채 방 안을 급히 왔다 갔다 했다. 아이는 애처롭게 흐느끼기 시작하더니, 4~5초 동안 숨을 멈추었다가, 이어 새롭게 울음을 터뜨렸다. 방의 얇은 벽이 그 소리를 되울렸다. 그는 아이를 달래려고 애를 썼지만, 아이는 한층 발작적으로 흐느껴 울었다. 그는 아이의 일그러지고 부들부들 떠는 얼굴을 쳐다보자 갑자기 겁이 나기 시작했다. 그사이 그치지 않고 일곱 번의 흐느낌을 헤아렸고, 겁에 질려 아이를 가슴에 꼭 붙들었다. 혹시 이러다가 죽으면……!

문이 활짝 열리자, 젊은 여인이 숨을 헐떡이며, 달려 들어왔다.

"무슨 일이에요? 무슨 일?" 그녀는 외쳤다.

아이는 엄마의 목소리를 듣자, 다시 발작적으로 울음을 터뜨렸다.

"아무것도 아니야, 애니……. 아무것도……. 아이가 갑자기 울기 시작한 거야……."

아내는 손에 든 보따리를 마룻바닥에 내던지고 그에게서 아이를 낚아챘다.

"당신 아이한테 무슨 짓을 했어요?" 아내는 그의 얼굴을 노려보며, 쏘아붙였다.

꼬마 챈들러는 잠시 아내의 눈초리를 참으며, 눈 속의 증오와 마주치자 마음이 함께 오그라들었다. 그는 말을 더듬기 시작했다.

"아무것도 아니야. ……아이가 ……아이가 ……울기 시작했어. ……할 수가 없었어. ……난 아무것도 안 했어. …… 무슨 짓이라니?"

그에게 주의를 기울이지도 않고, 아내는 아이를 꼭 껴안고 중얼거리며, 방을 이리저리 걷기 시작했다.

"아가, 우리 아가! 놀랐어, 응? …… 자, 아가야! 자 이제! ……우리 아가 양(羊)! 엄마의 세상에서 제일 예쁜 아가! ……자 이제!"

꼬마 챈들러는 양쪽 뺨이 부끄러움으로 가득 퍼진 것을 느끼며, 램프의 불빛에서 뒤로 물러섰다. 그는 아이의 흐느끼는 울음이 점점 가라앉는 동안 귀를 기울였다. 그러자 자책의 눈물이 그의 눈에 고이기 시작했다.

## 짝패들

전화벨이 성난 듯 울렸고, 파커 양이 전성관(傳聲管)으로 달려가자, 한가닥 성난 목소리가 찌를 듯한 북부 아일랜드의 말투로 소리를 내질렀다.

"패링턴을 이리로 보내!"

파커 양은 타자기로 돌아와 책상에서 글을 쓰고 있는 사나이에게 말했다.

"앨런 씨(氏)가 위층으로 올라오시래요."

사나이는 "빌어먹을 자식!" 하고 작은 목소리로 중얼거리며 의자를 뒤로 밀치고 자리에서 일어섰다. 일어선 그의 모습은 키가 크고 몸집도 컸다. 멋진 눈썹과 콧수염을 기른 축 처진 얼굴은 검은 포도주색이었다. 두 눈이 약간 퉁 방울처럼 앞으로 튀어나온 데다가 흰자위는 불결해 보였다. 그는 카운터를 들어 올리고, 손님들 옆을 지나, 무거운 발걸음으로 사무실 밖으로 나갔다.

그는 힘들게 계단을 올라 마침내 2층 층계참에 다다랐다. 문에는 '앨런 씨'라는 글씨가 새겨진 동판이 붙어 있었다. 짜증으로 숨을 헐떡이며 애써 올라 발걸음을 멈추고 문을 두드렸다. 날카로운 목소리가 부르짖었다.

"들어와요!"

사나이는 앨런 씨의 방으로 들어갔다. 동시에, 말끔히 면도를 한 얼굴에 금테 안경을 걸친 자그마한 체구의 앨런 씨가 서류 뭉치 너머로 머리를 쳐들었다. 머리 자체가 너무나 빨간 대머리였기 때문에, 서류 위에 놓인 커다란 달걀처럼 보였다. 앨런 씨는 순간을 놓치지 않았다.

"패링턴! 이게 어떻게 된 거요? 왜 당신한테 언제나 잔소리를 해야 하는 거요? 왜 보들리와 커원 간의 저 계약서를 한 부 더 베껴 놓지 않았는지 물어도 되겠소? 4시까지 준비해야 한다고 그렇게 일렀는데."

"그러나 셸리 씨가 말하시기를……."

"'셸리 씨가 말하기를'이 아니라 내 말을 잘 들어봐요. 당신은 일을 회피하기 위해 언제나 이 핑계 저 핑계를 댄단 말이오. 당신한테 말하지만 오늘 저녁 전에 계약서를 베껴 놓지 않으면 크로스비 씨한테 이 일을 털어놓겠소……. 이제 내 말 알아들었소?"

"네, 선생."

"내 말 알아들었소? ……그리고 또 사소한 한 가지! 당신한테 말하느니 차라리 벽에다 대고 말하는 게 낫겠소. 당신은 점심시간이 한 시간 반이 아니라 반 시간이라는 걸 기필코 명심하란 말이오. 몇 가지 요리를 먹으려는 거요? 알고 싶소……. 이제 알아들었소?"

"네, 선생."

앨런 씨는 다시 서류 더미 위로 고개를 숙였다. 사나이는 크로스비 앤드 앨런 법률 사무소를 운영하는 그 번득이는 두개골에 시선을 고정한 채 빤히 노려보며, 그게 얼마나 말랑말랑할까 추측해 보았다. 발작적인 분노가 잠깐 그의 목구멍을 죄었다가 이내 가시자, 그 뒤로 심한 갈증을 남겼다. 사나이는 그러한 갈증을 알아차리고 오늘 밤 술을 한잔 근사하게 해야겠다고 생각했다. 이 달도 중순이 지났으니, 만일 그가 베끼는 일을 제때에 해놓을 수만 있으면, 앨런 씨가 출납원에게 가불을 지시할지 모른다. 그는 서류 더미 위의 머리를 뚫어져라 노려보며 서 있었다. 갑자기 앨런 씨는 뭔가를 찾으면서, 서류 더미를 마구 뒤집기 시작했다. 그러자 그 순간까지 사나이의 존재를 알지 못한 듯, 다시 고개를 쳐들고 외쳤다.

"아니? 온종일 거기 서 있을 작정이오? 정말이지, 패링턴, 당신은 만사태평이야!"

"……기다리고 있었는데요……."

"좋아, 기다릴 것 없어. 아래층에 가서 일을 하시오."

사나이는 무거운 발걸음으로 문을 향해 걸어갔다. 그리고 그가 방에서 나왔을 때, 뒤에서 앨런 씨가 만일 저녁때까지 계약서를 베껴 놓지 않으면 크로스비 씨에게 알리겠다고 야단치는 소리를 들었다.

사나이는 아래층 사무실의 자기 책상으로 돌아와 베껴야 할 남은 서류를 세어 보았다. 그는 펜을 집어 잉크에 적시기는 했으나, "아무튼 본 건의 버나드 보들리는 결코……"라고, 그가 아까 써놓은 마지막 말들을 우두커니 계속 쳐다보았다. 초저녁이 내리고 있으니, 사람들은 잠시 후 가스등을 켤 테고, 그럼 그는 쓸 수 있으리라. 그는 우선 갈증부터 해소해야겠다고 생각했다. 그는 책상에서 일어나, 전처럼 카운터를 들어 올리고 사무실 밖으로 빠져 나왔다. 그가 빠져나오자 과장이 그를 의아하게 쳐다보았다.

"아무 일도 아닙니다. 셸리 씨." 사나이는 그의 외출 목적지를 손가락으로 가리키며 말했다.

과장은 모자걸이를 흘끗 보았다. 그러나 별 탈이 없음을 보고, 아무 말도 하지 않았다. 층계참에 서자마자 사나이는 양지기의 격자무늬 모자를 주머니에서 꺼내 머리에 쓰고, 재빨리 흔들거리는 층계를 달려 내려갔다. 정문으로부터 모퉁이를 향해 길 안쪽으로 살금살금 계속 걸어가다가, 갑자기 어떤 문간으로 뛰어들었다. 그는 이제 오닐 주점의 컴컴한 구석에 안전하게 자리를 잡고, 주장 안이 들여다보이는 작은 창문에 까만 포도주 혹은 까만 고기 같은 색을 띤 자신의 상기된 얼굴을 채우면서 소리를 질렀다.

"이봐, 팻, 흑맥주 한 잔 가져와 얼른."

주점 보이가 흑맥주 한 잔을 그에게 갖다 주었다. 사나이는 그것을 단숨에 들이켠 다음 캐러웨이 열매를 청했다. 그는 계산대에다 술값을 놓았다. 그리고 보이가 그것을 어둠 속에서 더듬거리며 찾도록 내버려둔 채, 아까 들어올 때와 마찬가지로 주점에서 슬그머니 빠져 나왔다.

어둠이 짙은 안개와 함께, 2월의 땅거미 위에 내리고 있었으며, 유스타스가(街)의 가로등에는 불이 켜졌다. 사나이는 제시간 안에 베끼는 일을 마칠 수 있을까 생각하면서, 주택가를 걸어 올라가 마침내 사무실 문앞에 도착했다. 층계 위에 짙은 얼얼한 향수 냄새가 코를 찔렀다. 그가 오닐 주점에 가 있는 동안 델라코어 양이 온 것이 분명했다. 그는 모자를 주머니 속에 도로 쑤셔 넣고, 멍한 표정을 지으며, 다시 사무실로 들어갔다.

"앨런 씨가 당신을 찾고 있었소." 과장이 엄하게 말했다. "어디 갔었소?"

사나이는 카운터에 서 있던 두 고객의 존재가 그로 하여금 대답하지 못하도록 한다는 것을 암시나 하듯 그들에게 언뜻 시선을 던졌다. 고객은 둘 다 남성이었기 때문에 과장은 큰 소리로 마구 웃어댔다.

"그 수작을 내가 알지." 그는 말했다. "하루에 다섯 번이면 약간 좀……. 글쎄, 당신은 정신을 차리고, 앨런 씨에게 델라코어 사건의 편지 베낀 것을 가져다 드리시오."

사람들 앞에서 과장이 한 말과 함께, 이 층으로 달려온 일, 그리고 아까 맥주를 너무 급히 꿀꺽 마셔서, 사나이는 머리가 혼란스러웠다. 일을 하려고 책상에 앉았을 때, 5시 30분 전에 계약서를 베끼는 것이 얼마나 무모

한가를 깨달았다. 어둡고 음산한 밤이 다가오자, 그는 휘황한 가스 불빛과 쨍그랑거리는 술잔 사이에서 친구들과 술을 마시며, 술집에서 밤을 보내고 싶었다. 그는 델라코어의 편지를 꺼내들고, 사무실 밖으로 나갔다. 그는 마지막 두 통의 편지가 없어진 것을 앨런 씨가 발견하지 않았으면 싶었다.

축축하고 얼얼한 향수 냄새가 앨런 씨의 방으로 가는 중에도 내내 풍겼다. 델라코어 양은 유대인 모습의 중년 여인이었다. 앨런 씨는 그녀와 그녀의 돈에 반해 있다는 소문이 있었다. 그녀는 사무실에 자주 왔으며, 그럴 때마다 오랫동안 머물러 있었다. 그녀는 향수 냄새를 풍기며 그의 책상 옆에 앉아, 그녀의 양산 손잡이를 쓰다듬으면서 그리고 모자의 까만 새깃털을 끈덕거리고 있었다. 앨런 씨는 의자를 돌려 그녀를 마주 보고 있었고, 오른쪽 발을 왼쪽 무릎 위에 경쾌하게 올려놓고 있었다. 사나이는 편지를 책상 위에 놓고 예의 바르게 절을 했으나, 앨런 씨도 델라코어 양도 그의 인사에 반응하지 않았다. 앨런 씨는 손가락 하나로 편지를 탁탁 치다가 마치 '좋아요, 가도 좋소'라고 말하듯 그를 향해 그것을 깜박거렸다.

사나이는 아래층 사무실로 돌아와 책상에 앉았다. 그는 아직 다 완성하지 않은 '하여간 본 건의 버나드 보들리는 절대로……'란 문구를 열심히 들여다보며, 마지막 세 개의 단어가 같은 철자로 시작되는 것이 정말 신기하다고 생각했다. 과장은 우편 마감시간 안에 결코, 편지들을 타이핑하지 못할 거라고 말하면서, 파커 양을 재촉하기 시작했다. 사나이는 몇 분 동안 타자기르 탁탁 치는 소리를 귀담아듣고 있다가, 그의 편지를 끝마치려고 일을 하기 시작했다. 그러나 그의 머리는 맑지 않았고, 마음은 술집의 휘황한 불빛과 달그락거리는 소리로 술렁거렸다. 독한 펀치 술이 그리운 밤이기도 했다. 그는 편지를 베끼려고 무진 애를 썼으나, 시계가 5시를 알릴 때에도, 쓸 것이 14페이지나 남아 있었다. 망할 것! 그는 시간에 맞추어 마칠 수가 없었다. 그는 욕설을 퍼부었고, 주먹으로 뭐든지 과격하게 부수고 싶었다. 그는 너무나 화가 나서 '버나드 보들리' 대신에 '버나드 버나드'라 썼는지라, 새 종이에 다시 시작하지 않으면 안 되었다.

사나이는 혼자서 사무실 전체를 쓸어낼 것처럼 힘이 솟구침을 느꼈다. 그의 몸은 뭔가를 하고 싶고, 밖으로 뛰쳐나가 난폭한 행위를 즐기고 싶어 근질근질했다. 그의 인생에 대한 모든 모욕이 그를 화나게 했다. 그는 출납원에게 개인적으로 가불을 부탁할 수 있을까? 아니다, 출납원은 소용없다. 경칠, 안 된다. 가불을 해주려 하지 않을 것이다……. 그는 어디를 가야 레너드, 오핼로런, 노지 플린 같은 친구들을 만날 수 있을지를 알고 있었다. 감정적인 그의 천성의 바로미터가 폭발을 예고하고 있었다.

그의 상상이 너무나 그를 방심하게 한 나머지 그는 자신의 이름이 두 번씩이나 불리고서야 대답을 했다. 앨런 씨와 델라코어 양이 카운터 바깥쪽에 서 있었고, 모든 사무원들은 뭔가 일어날 듯한 예상 속에 고개를 돌리고 있었다. 사나이는 책상에서 일어섰다. 앨런 씨는 편지 두 통이 없어졌다고 말하면서, 장광설의 욕설을 퍼붓기 시작했다. 사나이는 거기에 대해 아무것도 아는 바가 없으며, 성실하게 편지를 베꼈을 뿐이라고 대답했다. 장광설은 계속되었다. 그것이 어찌나 지독하고 과격했던지, 사나이는 자기 앞에 서 있는 마네킹의 머리통을 주먹으로 내리치고 싶은 마음을 거의 억제할 수 없었다.

"다른 두 통의 편지에 대해서는 아는 바가 없습니다." 그는 얼빠진 듯 말했다.

"'아는—바가—없다' 물론 아무것도 모를 테지." 앨런 씨가 말했다.

"말해 봐요." 그는 자기 옆에 있는 여인의 승낙을 얻으려는 듯 흘끗 쳐다보더니 덧붙여 말했다. "자네, 날 바보로 아는 거야? 나를 바보천치로 생각하느냐고?"

사나이는 여자의 얼굴로부터 조그마한 달걀 모양의 머리로, 그리고 다시 거꾸로 힐긋 쳐다보았다. 그리고 자신도 거의 모르는 사이에 그의 혀가 알맞은 순간을 찾아 말했다.

"그건 제게 하실 질문 같지 않군요, 선생." 그는 말했다.

사무원들은 숨소리마저 죽이고 있었다. 누구나 다 깜짝 놀랐다(재치 있는 말을 한 장본인도 주위 사람들 못지않게). 그리고 튼튼하고 귀엽게 생긴, 델라코어 양이 환하게 미소를 짓기 시작했다. 앨런 씨는 얼굴이 상기되어 들장미 같은 색이 되었고, 입은 난쟁이의 분노로 뒤틀렸다. 그는 사나이의 면전에 주먹을 흔들었는지라, 마침내 그것은 마치 어떤 전기 기계의 손잡이처럼 진동하는 듯했다.

"이 건방진 악당! 이 건방진 악당! 내가 당신을 해치우고 말 테다! 어디 두고 봐! 당신의 건방진 행동에 대해 내게 사과를 하든지 아니면 회사를 당장 그만두던지! 여길 당장 그만둬요, 글쎄, 아니면 내게 사과를 하란 말이야!"

* * *

그는 사무실 맞은편 문간에 서서 출납원 혼자 밖으로 나오는지 지켜보고 있었다. 모든 서기들이 지나가고, 드디어 출납원이 과장과 함께 나왔다. 출납원이 과장과 함께 있을 때에는 말을 해봤자 아무 소용이 없었다. 사나이는 자기 위치가 한심하다는 생각이 들었다. 그는 앨런 씨에게 자신의 무례함에 대하여 비굴한 사과를 하지 않을 수 없었으나, 이제 사무실이 얼마나 그에게 벌집처럼 맹공을 가해 올지를 알고 있었다. 그는 앨런 씨가 자신의 조카에게 자리를 마련해 주려고 꼬마 피크를 사무실에서 어떻게 쫓아냈는지 기억했다. 그는 목이 타고 복수하고 싶은 생각이 간절했는바, 자신과 다른 사람에 대해 화가 났다. 앨런 씨는 결코, 그에게 단 한 시간의 휴식도 주지 않을 것이다. 그의 생활은 그에게 지옥일 것이다. 그는 이번에는 정말 자신을 바보 취급할 수밖에 없었다. 왜 그는 입을 봉하고 잠자코 있을 수 없었을까? 그가 히긴스와 파커 양을 웃기기 위해 앨런 씨의 북부 아일랜드 말투를 흉내 내는 것을 앨런 씨가 엿들은 날 이후로, 앨런 씨와 사이가 좋지 않았다. 그것이 시작이었다. 그는 히긴스에게 돈을 좀 빌려볼까 했으나, 히긴스도 돈이 없기는 마찬가지일 것이 분명했다. 두 집 살림을 꾸려가고 있는 사람이라, 가진 것이 없었다…….

그는 술집의 안락함이 그리워서 자신의 커다란 육체가 쑤시는 것을 느꼈다. 안개 때문에 한기(寒氣)를 느끼기 시작하자 그는 오닐 주점의 팻에게 돈을 뜯어낼 수 없을까 생각했다. 그러나 1실링 이상을 뜯어낼 수는 없었으니—1실링은 아무 소용이 없었다. 하지만 그는 어디서라도 돈을 구해야만 한다. 그는 맥주 한 잔을 위해 마지막 남은 돈까지 써버렸고, 조금만 더 있으면 어디서도 돈을 구할 수 없을 것이다. 시곗줄을 만지작거리던 그는 갑자기 플리트가의 테리 켈리에 있는 전당포를 생각해 냈다. 바로 이거다! 왜 진작 그 생각을 하지 못했을까?

그는 오늘 멋진 밤을 보내리라, 다른 놈들은 다 지옥으로 가라지, 혼자 중얼거리며, 템플 바의 좁은 골목을 재빨리 빠져나갔다. 테리 켈리 전당포의 점원은 1크라운(5실링)을 주겠다고 했으나, 시계 주인은 6실링을 고집했다. 결국 그에게 6실링이 허용되었다. 그는 엄지손가락과 나머지 손가락 사이에 동전 6개를 원통처럼 포개 쥐고 기분 좋게 전당포에서 나왔다. 웨스트 모어랜드가의 인도에는 일터에서 돌아오는 젊은 남녀들로 붐볐고, 남루한 옷을 입은 신문팔이 소년들이 석간신문의 이름을 외쳐대며 이리저리 뛰어다니고 있었다. 사나이는 군중을 헤치고 지나가면서, 전개되는 과정을 자만한 만족감으로 쭉 훑어보았고, 여 사무원들을 오만스럽게 노려보았다. 머릿속은 소란한 전차의 경적 소리와 스쳐 가는 트롤리 소리로 가득했고, 코는 소용돌이치는 펀치 술 향내를 이미 맡은 듯했다. 그는 걸어가면서 오늘 일어난 사건을 친구들에게 어떻게 이야기할지 미리 생각해보았다.

"그래서 그자를 똑바로 쳐다봤지 — 냉정하게 말이야. 그리고 그녀도 쳐다보다가 뒤돌아 그자를 다시 쳐다봤어 — 천천히 시간을 끌면서 말이야. 그러고는 '그건 제게 하실 질문 같지 않군요' 하고 내가 말했지."

노지 플랜은 그가 데이비 번 주점의 늘 앉던 구석 자리에 앉아 있었다. 그리고 그 이야기를 듣자 그는 자신이 지금까지 들어본 가장 멋진 말이라고 말하면서, 패링턴에게 반 잔 술을 샀다. 패링턴도 자기 차례에 한 잔 샀다. 잠시 후에 오핼로런과 패디 레너드가 들어오자 그들에게 이야기를 되풀이했다. 오핼로런은 모든 사람에게 돌아가며 한 잔의, 독한, 맥아주(麥芽酒)를 사며, 자신이 포운즈가(街)의 캘런 회사에 다닐 때 그곳 과장에게 한 말대꾸 이야기를 했다. 그러나 그 말대꾸는 전원시에 나오는 방자한 목동의 흉내를 낸 것인지라, 패링턴의 말대꾸처럼 그렇게 재치 있는 것이 못 된다고 시인해야 했다. 이 말에 패링턴은 친구들에게 술을 빨리 해치우고, 또 한잔하자고 말했다.

그들이 각자 마실 술 이름을 대고 있을 때, 들어온 사람은 다름 아닌 히긴스였다! 물론 그도 다른 사람들과 합류해야 했다. 사내들이 그에게 이야기의 각본을 흉내 내도록 요구하자, 그는 신이 나서 그렇게 했는지라, 왜냐하면, 독한 위스키가 담긴 다섯 개의 작은 잔을 보자 기분이 아주 유쾌해졌기 때문이다. 앨런 씨가 패링턴의 면전에서 주먹을 휘두르는 모습을 재현했을 때 모두 폭소를 터뜨렸다. 그런 다음 그는 "나리, 참 훌륭하기도 하군요"라며 패링턴의 흉내를 냈다. 그동안 패링턴은 미소를 지으며, 가끔 아랫입술의 도움으로 코밑수염에 매달린 술 방울을 핥으면서, 무겁고 불결한 눈으로 그들 무리를 쳐다보았다.

술이 한 차례 다 돌자 잠시 한숨을 돌렸다. 오헬로런은 돈이 있었으나, 다른 두 사람은 없는 듯했다. 일행은 약간 아쉬워하며 술집을 떠났다. 듀크가의 모퉁이에서 히긴스와 노지 플린은 왼쪽으로 들어섰고, 한편 다른 세 사람은 시내 쪽으로 되돌아갔다. 싸늘한 거리에 비가 부슬부슬 내리고 있었고, 그들이 저하물(底荷物) 취급소에 도착했을 때, 패링턴은 스카치 하우스 주점에 가자고 제의했다. 주점은 남자들로 붐볐고 떠드는 소리와 술잔 부딪치는 소리로 크게 소란했다. 세 사람은 문간에서 외쳐대는 성냥팔이 애들을 밀치고, 카운터의 구석에 둘러 앉았다. 그들은 서로 이야기를 주고받기 시작했다. 레너드는 티볼리 극장에서 곡예사 겸 법석을 피우는 희극 배우로 출연 중인 웨더스라는 젊은이에게 그들을 소개했다. 패링턴은 모든 사람에게 한 차례 술을 샀다. 웨더스는 작은 아폴리나리스 탄산수를 탄 아일랜드 위스키 한 잔을 마시겠다고 말했다. 전후 사정이 어떠한지 정확히 알고 있던 패링턴은 친구들에게도 아폴리나리스 탄산수를 마시지 않겠느냐고 물었다. 그러나 그들은 팀에게 독한 것으로 달라고 말했다.

이야기가 달아올랐다. 오핼로런이 한 차례 내고 이어 패링턴이 또 한 차례 냈다. 그리고 웨더스는 대접이 너무 과하다고 항의했다. 그러면서 그는 그들을 무대 뒤로 데리고 들어가 어떤 멋진 여자들을 소개하겠다고 약속했다. 오핼로런은 자기와 레너드는 가겠지만, 패링턴은 결혼한 사람이기 때문에 가지 않을 거라고 말했다. 그리고 패링턴은 무겁고 불결한 눈으로 자기는 따돌림 받는 것을 안다는 표시로 무리를 흘겨보았다. 웨더스는 자기 비용으로 모두에게 작은 잔을 대접했고, 나중에 풀백가의 멀리건 주점에서 만나자고 약속했다.

스카치 하우스가 문을 닫자 그들은 멀리건 주점으로 향했다. 그들은 뒤쪽 객실로 들어갔고, 오핼로런이 작은 특별 독주를 모두에게 한 잔씩 돌렸다. 모두 얼근히 취기를 느끼기 시작했다. 패링턴이 또 한 잔 돌리고 있던 중에 마침 웨더스가 들어왔다. 그는 다행히도 쓴 맥주 한 잔만 마셨고 패링턴은 마음이 놓였다. 자금이 달랑달랑하고 있었으나, 자리를 지키기에는 충분했다. 이내 커다란 모자를 쓴 두 젊은 여자와 체크무늬 양복의 한 젊은 사내가 들어와 가까운 탁자에 앉았다. 웨더스는 그들에게 인사했고, 그들이 티볼리 극장 출신이라고 모두에게 소개했다. 패링턴의 눈이 매 순간 젊은 여자 중 한 명에게 쏠렸다. 그녀의 외모에는 뭔가 두드러진 것이 있었다. 푸른 머슬린 천으로 된 유난히 큰 스카프가 그녀의 모자에 둘러져 있었고, 그녀의 턱 아래쪽에 커다란 매듭으로 묶여 있었다. 그리고 팔꿈치까지 닿는, 밝고 노란 장갑을 끼고 있었다. 패링턴은 우아하게 움직이는 그녀의 통통한 팔을 매우 자주 감탄하듯 쳐다보았다. 잠시 후, 그녀가 그의 시선에 응답하자, 그는 그녀의 커다란 암갈색 눈에 한층 더 감탄했다. 그 눈으로 비스듬히 쳐다보는 모습이 그를 매혹시켰다. 그녀는 한두 번 흘끗 쳐다보았고, 일행이 방을 나갈 때 그녀는 그의 의자를 스쳐 지나며 "오, 용서해요" 하고 런던 말투로 말했다. 그는 그녀가 방을 나가면서 다시 한 번 자기를 뒤돌아보기를 희망하며 계속 지켜보고 있었으나, 실망하고 말았다. 그는 돈이 모자라는 것을 저주했고, 그가 낸 모든 술값을 저주했으며, 특히 웨더스에게 산 위스키와 아폴리나리스를 온통 저주했다. 그가 싫어하는 자가 있다면 그것은 공짜로 얻어 마시는 식객이었다. 그는 너무나 화가 나서 친구들이 하는 이야기의 내용을 듣지 못했다.

패디 레너드가 그를 불렀을 때 그는 그들이 힘겨루기에 관해 이야기하는 것을 알았다. 웨더스는 이두근을 모두에게 보이면서, 너무도 많이 자랑을 하는지라 다른 두 사람이 패링턴을 불러 아일랜드의 명예를 지키라고 부탁했다. 이에 패링턴은 소매를 걷어 올리고 모두에게 이두근을 보였다. 두 사람의 팔을 검사하고 비교한 후 마침내 힘겨루기 시합을 하기로 동의했다. 탁자를 말끔히 치우고, 두 사람은 손을 맞잡으며 탁자 위에 그들의 팔꿈치를 세웠다. 패디 레너드가 "시작!" 하면, 각자는 상대의 팔을 탁자 위에 쓰러뜨리기로 했다. 패링턴은 대단히 진지하고 단호해 보였다.

시합이 시작되었다. 30초쯤 지난 뒤 웨더스는 상대의 손을 천천히 탁자까지 계속 눕혔다. 패링턴의 까만 포도주색 얼굴이 이런 애송이 녀석에게 패배한 것에 대하여 울분과 수치로 한층 검붉어졌다.

"몸무게를 이용하면 안 돼. 공정한 플레이를 해야지." 그가 말했다.

"누가 공정한 플레이를 하지 않는대?" 상대가 말했다.

"자, 그럼 다시 해. 삼판양승제야."

시합이 다시 시작되었다. 패링턴의 이마에 핏줄이 솟았고, 웨더스의 창백한 얼굴은 벌겋게 변했다. 두 사람의 손과 팔은 긴장으로 부들부들 떨렸다. 오랜 시간을 겨룬 끝에 웨더스가 다시 상대의 팔을 탁자 위에 천천히 넘어뜨렸다. 구경꾼들의 갈채와 수군거림이 들렸다. 탁자 옆에 서 있던 급사가, 승리자를 향해 붉은 대머리를 끄덕이며 눈치없이 아는 척했다.

"아! 그게 요령이지요!"

"빌어먹을, 네가 뭘 안다고?" 패링턴은 사내 쪽으로 몸을 돌리며, 사납게 말했다. "무슨 허튼 소릴 하는 거냐?"

"쉬, 쉬!" 오핼로런이 패링턴의 성난 표정을 관찰하며 말했다. "자, 술값을 치르자고. 입가심으로 조금만 더 마시고, 그만 일어나세."

아주 침울한 표정의 사내가 오코넬교 모퉁이에 서서 자기를 집으로 태워다 줄 샌디마운트 행의 작은 전차를 기다리고 있었다. 그의 마음속은 노여움과 복수심으로 가득 차 있었다. 그는 수치스럽고 불쾌함을 느꼈다. 심지어 술에 취한 기분도 아니었다. 주머니에는 동전 두 닢밖에 없었다. 그는 모든 것을 저주했다. 직장에서는 끝장나 버렸고, 시계를 저당 잡힌 데다, 돈을 몽땅 써버렸다. 심지어 술에 취하지도 못했다. 다시 목이 마르기 시작했고, 후끈하고 냄새나는 술집에 되돌아가기를 갈망했다. 애송이한테 두 번씩이나 패배했는지라 강자라는 명성도 잃고 말았다. 그의 가슴은 분노로 부풀어 올랐고, 그에게 부딪치며 "용서해요!"라고 말하던 커다란 모자를 쓴 여자를 생각했을 때, 그는 분노로 거의 질식할 듯했다.

전차가 그를 셸본 가도에서 내려놓자, 그는 집들의 담벼락 그림자를 따라 그 큰 몸을 이끌며 걸어갔다. 집에 들어가기가 싫었다. 옆문을 통해 집에 들어갔을 때, 부엌은 비어 있었고, 부엌 불도 거의 꺼져 있음을 알았다. 그는 이 층으로 고함을 질렀다.

"에다! 에다!"

그의 아내는 몸집이 작고 날카로운 얼굴을 한 여인으로, 남편이 술에 취하지 않았을 때는 남편을 괴롭혔고, 남편이 술에 취했을 때는 그에게 괴롭힘을 당했다. 그들에게는 아이가 다섯 있었다. 꼬마 소년이 계단을 뛰어 내려왔다.

"누구냐?" 사내는 어둠을 뚫고 노려보며 말했다.

"나야, 아빠."

"누구냐, 찰리냐?"

"아니야. 아빠, 톰이야."

"엄마는 어디 갔어?"

"성당에 가 있어."

"잘한다……. 그래, 엄마는 내 저녁 식사를 남겨두었니?"

"네, 아빠. 제가……."

"램프를 켜란 말이야. 이렇게 깜깜하게 해놓다니 무슨 생각에서냐? 다른 애들은 자냐?"

사내는 꼬마가 램프에 불을 붙이는 동안 의자 하나에 털썩 주저앉았다. 그는 아들의 단조로운 말투를 흉내 내며 반 혼잣말로 중얼거리기 시작했다. "성당에, 성당에, 글쎄." 불이 켜지자 그는 주먹으로 탁자를 탕 치며 고함을 질렀다.

"내 식사는 어떻게 됐어?"

"제가…… 만들게요. 아빠." 꼬마가 말했다.

사내는 몹시 화가 나 벌떡 일어서며 난로를 가리켰다.

"저 불에다! 너 불을 꺼뜨렸구나! 또 한 번 불을 꺼뜨리기만 해봐라!"

그는 문쪽으로 한 걸음 나아가, 문 뒤에 서 있는 지팡이를 잡았다.

"불을 꺼뜨리면 어떻게 되나 가르쳐 주마!" 그는 팔을 마구 휘두르려고 소매를 걷어 올리며, 말했다.

꼬마는 "오, 아빠!" 소리를 지르며 탁자 둘레를 껑충 뛰어 도망쳤으나, 사내는 꼬마를 뒤쫓아 재킷을 잡았다. 꼬마 소년은 거칠게 주위를 둘러보았으나, 도망갈 길이 없음을 알자, 무릎을 꿇고 말았다.

"자, 다음에 또 불을 꺼뜨렸다간 봐라!" 사나이는 지팡이로 소년을 세차게 갈기며 말했다. "맞아봐라, 이 고얀 놈!"

"오, 아빠!" 그는 부르짖었다. "때리지 마, 아빠! 아빠를 위해 기도할게…… 기도할게…… 아빠. 때리지 않으면…… 기도드릴게……."

# 진흙

여감독은 여자들의 다과시간이 끝나는 대로 외출해도 좋다는 허락을 이미 내렸는지라, 마리아는 저녁 외출을 몹시 고대하고 있었다. 부엌은 말끔히 정돈되어 있었다. 요리사는 커다란 구리 가마솥에 얼굴이 비칠 정도라고 말했다. 난로는 잘 닦아 반짝였으며, 식탁 하나에는 아주 커다란 건포도 빵 네 개가 놓여 있었다. 이 건포도 빵은 겉보기에는 썰어 놓은 것 같지 않았으나, 가까이 가보면 길고 두꺼운 조각으로 고르게 썰어져 있어서 차를 들 때 나누어 줄 수 있게끔 준비되어 있었다. 마리아가 그것을 손수 썰어 놓았었다.

마리아는 매우 몸집이 작은 사람이었으나, 아주 긴 코와 아주 기다란 턱을 갖고 있었다. 그녀는 약간 코맹맹이 소리로 언제나 달래듯 "네, 그래요"라든지 "아니오, 그래요"라고 말했다. 그녀는 여자들이 목욕통 때문에 싸울 때에는 언제나 불려갔으며, 화해시키는 데 매번 성공했다. 어느 날 여 감독이 그녀에게 말했다.

"마리아, 너는 정말 훌륭한 조정자야!"

그리고 부감독 숙모와 임원 부인 중 두 사람도 그렇게 칭찬하는 것을 들었다. 그리고 진저 무니는 마리아만 아니었다면 다리미 일을 맡고 있는 그 멍청이 계집애에게 자신이 무슨 짓을 못 했겠느냐고 늘 말하고 있었다. 모든 사람이 마리아를 무척 좋아했다.

여자들은 6시에 차를 들 테니, 그녀는 7시 전에 외출할 수 있을 것 같았다. 볼스브리지에서 넬슨 기념탑까지 20분, 기념탑에서 드럼콘드라까지 20분 그리고 물건 사는 데 20분. 그녀는 8시 전에 그곳에 당도할 성싶었다. 그녀는 은 걸쇠가 달린 지갑을 꺼내, '벨파스트의 선물'이란 글자를 다시 읽었다. 그녀는 그 지갑을 매우 좋아했는지라, 왜냐하면, 조가 앨피와 함께 5년 전 성령 강림일에 휴가 여행을 보내러 벨파스트에 갔을 때 그녀에게 사다 준 것이었기 때문이다. 지갑 속에는 반 크라운짜리 은화 두 닢과 동전 몇 닢이 들어 있었다. 그녀가 전차비를 지급한 뒤에는 정확히 5실링이 남을 것이다. 아이들은 모두 노래를 부르며, 얼마나 멋진 밤이 될 것인가! 그녀는 제발 조가 술에 취해 들어오지 않았으면 하고 바랐다. 그는 술을 조금만 마셔도 아주 다른 사람이 되었다.

가끔 조는 그녀가 자기 집에 와서 함께 살았으면 하고 원했었다. 그러나 그녀는 식구들에게 방해될 것만 같았고 (비록 조의 아내가 아주 상냥하게 대해주었지만), 세탁소 생활에 이미 익숙해져 있었다. 조는 착한 사람이었다. 그녀는 또한, 과거에 그와 앨피를 키워준 사람이기도 했다. 그리고 조는 가끔 이렇게 말하곤 했다.

"엄마도 엄마지만, 마리아야말로 진짜 내 엄마야."

집이 몰락한 후에 형제들이 그녀에게 '더블린 등불 세탁소'라는 지금의 일자리를 구해주었는데, 자신도 그걸 좋아했다. 그녀는 한때 신교도들을 몹시 나쁘게 생각하곤 했으나, 지금은 대단히 좋은 사람들, 약간 말이 없고 답답하긴 해도, 함께 살기에 대단히 좋은 사람들이라고 생각했다. 그리고 그녀는 온실에 화초들을 보관하고 그것을 돌보는 일을 좋아했다. 그녀에게는 귀여운 고사리와 소귀나무가 있었고, 찾아오는 사람이 있으면 온실에서 한두 개 접지(接枝)를 꺾어 주곤 했다. 그녀가 좋아하지 않는 것이

하나 있었는데, 그것은 벽에 걸린 종교 책자였다. 그러나 여감독은 대하기에 매우 좋은 사람이었고, 아주 점잖았다.

요리사가 모든 것이 다 준비되었다고 말하자 그녀는 여자들의 방으로 들어가서 커다란 종을 당기기 시작했다. 잠시 후 여자들이 두세 명씩 짝을 지어, 김이 나는 손을 그들의 속치마에 닦으며, 그리고 역시 그들의 김나는 붉은 팔 위로 블라우스의 소매를 끌어내리면서, 방 안으로 들어오기 시작했다. 그들은 각자 커다란 찻잔 앞에 자리를 잡고 앉았는데, 찻잔은 요리사와 멍청이 계집애가 큰 양철통에 우유와 설탕을 미리 혼합해서 만들어 둔 뜨거운 차로 가득 채워져 있었다. 마리아는 건포도 빵의 분배를 감독했는데, 여자들이 모두 각자 네 조각씩 갖는지 살폈다. 식사 도중 웃음과 농담이 마구 오갔다. 리지 플레밍은 오늘 저녁 마리아가 분명히 반지를 집을 거라고 말했다. 플레밍이 아주 많은 만성절 전날 밤들 동안 그녀에게 같은 이야기를 했지만, 마리아는 웃을 뿐 자신은 반지도 남자도 원하지 않는다고 말해야만 했다. 그녀가 소리내어 웃을 때는 그녀의 회청색 눈이 실망하듯 수줍음으로 반짝였고, 그녀의 코끝은 턱 끝에 거의 닿을 듯했다. 그때 진저 무니가 그녀의 찻잔을 들어 마리아의 건강을 위해 건배를 제의하자, 다른 여자들도 탁자 위에 찻잔으로 덜걱덜걱 소리를 냈고, 그녀는 차에 타서 마실 흑맥주 한 잔이 없어서 유감이라고 말했다. 마리아는 그녀의 코끝이 턱 끝에 거의 닿을 때까지 그리고 그녀의 작은 몸이 흔들려 으스러질 정도로 다시 웃어댔는지라, 왜냐하면, 그녀는 비록 무니가 물론 좀 천박한 여자라는 생각을 하긴 했어도, 좋은 뜻으로 말한 것임을 알고 있었기 때문이다.

그러나 여자들이 차를 다 마시고, 요리사와 멍청이가 탁자를 치우기 시작했을 때, 마리아는 얼마나 기뻤던가! 그녀는 조그마한 자기 방으로 들어갔고, 다음 날 아침에 미사가 있다는 것을 기억하면서, 자명종 시곗바늘을 7시에서 6시로 돌려놓았다. 그런 다음 그녀는 작업 치마와 가정용 구두를 벗고, 제일 좋은 치마를 침대 위에, 그리고 작은 나들이 구두를 침대 발치에 놓아두었다. 블라우스를 갈아입고, 그녀가 거울 앞에 섰을 때, 어린 소녀 시절 일요일 아침 미사를 위해 어떻게 옷을 입곤 했던가가 생각났다. 그리고 자신이 그토록 자주 치장해왔던 작은 몸집을 야릇한 애정으로 쳐다보았다. 많은 세월이 흘렀음에도, 그녀는 자신의 몸집이 예쁘고 말쑥하다는 것을 알았다.

바깥으로 나오자 거리는 빗물로 번들거렸고, 그녀는 낡은 갈색 비옷을 입고 나온 것이 기뻤다. 전차는 만원이어서, 그녀는 모든 사람이 쳐다보는 찻간 맨 끝 조그마한 의자에 앉아야 했고, 발가락이 바닥에 닿을락 말락 했다. 그녀는 앞으로 할 모든 일을 모두 마음에 정리해 보았고, 독립해 살면서 호주머니에 자기 돈이 있다는 것이 얼마나 좋은가 생각했다. 그녀는 모두가 근사한 밤을 보내기를 바랐다. 그렇게 되리라 확신했지만, 앨피와 조가 서로 말을 하지 않는 것이 얼마나 유감인지 생각하지 않을 수 없었다. 그들은 언제나 싸우고 있지만, 어렸을 때는 정말로 좋은 친구였는지라, 하지만 그게 인생이 아니던가.

그녀는 전차가 기념탑에 이르자 내려서 군중 사이로 재빨리 길을 뚫고 나아갔다. 그녀는 다운스 제과점으로 들어갔으나 상점이 사람들로 너무나 붐볐기 때문에 시중을 받을 때까지는 한참 시간이 걸렸다. 한 다스의 혼성된 값싼 과자를 사고, 커다란 봉지를 채운 채 마침내 상점을 나왔다. 그런 다음 그녀는 그 밖에 뭘 살까 생각했다. 뭔가 정말로 근사한 걸 사고 싶었다. 사과나 호두는 분명히 많이 있을 것이다. 뭘 사야 할지 도무지 생각이 나지 않는데다가, 생각나는 것이라곤 케이크뿐이었다. 그녀는 어떤 건포도 케이크를 사기로 작정했으나, 다운스 제과점의 건포도 케이크는 그 위에 아몬드 설탕이 충분히 얹어져 있지 않았는지라, 그래서 헨리가의 한 상점으로 건너갔다. 여기서 마음에 드는 것을 고르는 데 긴 시간이 걸렸고, 그러자 분명히 그녀 때문에 좀 성가신 듯싶은, 카운터 뒤의 날씬한 젊은 아가씨가 사고 싶은 것이 결혼식용 케이크냐고 물었다. 이 말에 마리아는 얼굴을 붉히고 젊은 아가씨에게 미소를 지어 보였다. 그러나 젊은 아가씨는 그걸 정말로 받아들이고, 마침내 건포도 케이크의 두툼한 조각을 잘라, 봉지에 싸주며 말했다.

"2실링 4펜스입니다."

그녀는 드럼콘드라 행 전차 속의 젊은 사람 중 아무도 자기를 못 본 척했기 때문에 자신이 계속 서서 가야 하리라 생각했으나, 어떤 중년신사 한 분이 그녀에게 자리를 내주었다. 그는 건강해 보이는 신사였으며, 딱딱한 갈색 모자를 쓰고 있었다. 그는 네모난 붉은 얼굴에 잿빛 콧수염을 기르고 있었다. 마리아는 그가 대령(大領)처럼 생긴 신사라고 생각했고, 자기 앞만 똑바로 쳐다보고 있는 젊은이에 비하면 얼마나 예의가 바른가 하고 생각했다. 신사는 만성절 전야와 비 오는 날씨에 관하여 그녀와 이야기하기 시작했다. 그는 봉지 속에 꼬마 아이들을 위해 근사한 선물이 가득할 것이라고 추측했고, 애들은 어릴 때 실컷 즐겨야 하는 것이 옳다고 말했다. 마리아는 그의 말에 동의하듯 얌전하게 고개를 끄덕이거나 헛기침을 하면서 그에게 호의를 보였다. 신사는 그녀에게 대단히 친절했는지라, 그녀가 커낼교에서 전차를 내릴 때 그에게 고맙다고 말하고 고개를 끄덕이자, 그도 그녀에게 고개를 끄덕였고, 모자를 들고 유쾌하게 미소를 지어 보였다. 그녀가 비를 맞으며, 작은 머리를 숙이고 비탈길을 따라 올라가는 동안, 비록 신사가 술을 한잔 했어도 그를 아는 것이 얼마나 쉬운 일일까 하고 생각했다.

그녀가 조의 집에 도착하자, 모두 말했다: "오, 마리아가 왔구나!" 조는 일에서 방금 돌아와 집에 있었고, 아이들은 모두 일요복(日曜服)을 입고 있었다. 옆집에서 키 큰 두 소녀가 와 있었고 게임을 하고 있었다. 마리아는 맏아이인 앨피에게 과자 봉지를 주어 나누도록 하자, 도널리 부인은 과자를 그토록 큰 봉지에 많이 사오다니 정말 고맙다고 말하고, 모든 아이에게 이렇게 말하게 했다:

"감사합니다, 마리아!"

그러나 마리아는 아빠와 엄마를 위해 어떤 특별한 것, 확실히 좋아할 만한 것을 사왔다고 말하며, 건포도 케이크를 찾기 시작했다. 그녀는 다운스 제과점의 봉지 속을 그리고 이어 그녀의 비옷 주머니 속을, 그다음에는 현관 스탠드 위를 찾았으나, 어디에서도 건포도 케이크를 찾을 수 없었다. 그러자 모든 아이들에게 — 물론 잘못 알고 그래겠지만 — 누가 혹시 먹지 않았나 물어 보았으나, 아이들은 모두 먹지 않았다고 했으며, 만일 훔쳤다는 혐의를 받으면 과자를 먹고 싶지 않다는 눈치였다. 모두 그 신비스런 일에 대한 해결책을 궁리했는지라, 도널리 부인은 마리아가 전차 속에 두고 내린 것이 분명하다고 말했다. 마리아는 그 잿빛 콧수염을 기른 신사가 자기를 얼마나 당황하게 했던가를 기억하면서, 창피와 속상함 그리고 실망으로 얼굴을 붉혔다. 그녀가 작게나마 놀라게 해주려던 일이 실패로 돌아가고 아무 의미 없이 날려버린 2실링 4펜스의 생각에 그녀는 이내 거의 눈물을 쏟을 것만 같았다.

그러나 조는 상관없다고 말하며 그녀를 난롯가에 앉게 했다. 그는 그녀에게 참으로 친절했다. 그는 자신의 사무실에서 일어난 일을 그녀에게 모두 말했고, 자신이 지배인에게 행한 재치 있는 대답을 그녀를 위해 반복했다. 마리아는 왜 조가 자신이 행한 대답에 그렇게 많이 웃는지 이해할 수 없었으나, 지배인은 다루기에 대단히 오만스런 사람임이 틀림없을 거라고 말했다. 조는 지배인을 잘 대하기만 하면 그렇게 나쁜 사람이 아니며, 상대가 그를 괴롭히지만 않으면 아주 점잖은 사람이라고 말했다. 도널리 부인은 아이들을 위해 피아노를 쳐주었고 아이들은 춤을 추며 노래했다. 그러자 옆집 소녀들이 호두를 나누어 주었다. 아무도 호두 까는 기구를 찾지 못하자, 조는 그 일로 화를 내며 호두 까는 기구도 없이 마리아가 무슨 수로 호두를 까겠느냐고 했다. 그러나 마리아는 자기는 호두를 좋아하지 않으니 자기 때문에 걱정할 것 없다고 말했다. 그러자 조가 독한 흑맥주 한 병 하지 않겠느냐고 물었고, 도널리 부인은 집에 포트와인도 있으니 그쪽을 원한다면 들라고 했다. 마리아는 더는 아무것도 권하지 말았으면 좋겠다고 말했다: 그러나 조는 계속 고집했다.

그래서 마리아가 그가 하는 대로 내버려두자, 모두 난롯가에 앉아 옛날 일을 이야기했고, 그때 마리아는 자신이 앨피를 위해 좋은 말을 하는 것이 좋겠다고 생각했다. 그러나 조는 자기 형에게 다시 말을 하느니 천벌을 받는 것이 낫겠다고 고함을 쳤고, 마리아는 그런 말을 해서 미안하다고 말했다. 도널리 부인은 남편에게 자기 혈육을 그런 식으로 이야기하다니 큰 수치라고 말했으나, 조는 앨피가 자기 형이 아니라고 말했고 모두 한바탕 싸움이 벌어질 뻔했다. 그러나 조는 오늘 밤은 명절이기 때문에 화를 내지 않겠다고 말하고, 아내더러 흑맥주를 좀 더 가져오라고 했다. 두 옆집 소녀가 어떤 만성절(萬聖節) 놀이를 마련하자 이내 만사가 다시 유쾌해졌다. 마리아는 아이들이 그토록 즐거워하고 조와 그의 아내의 기분이 좋은 것을 보고 기뻐했다. 옆집 소녀들은 탁자 위에다 몇 개의 접시를 올려놓고, 이어 아이들의 눈을 가린 채, 탁자까지 그들을 안내했다. 한 아이는 기도서를 집었고 다른 셋은 물을 집었다. 그리고 옆집 소녀 하나가 반지를 잡자, 도널리 부인은 '오, 네 마음 다 알지'하고 말하듯, 얼굴이 빨개진 소녀에게 손가락을 들어 흔들었다. 그리고 모두 우겨 마리아의 눈을 가리고, 그녀가 무엇을 집나 보려고 그녀를 탁자 있는 데까지 안내했다. 그리고 그들이 눈에 가리개를 씌우는 동안, 마리아는 그녀의 코끝이 거의 턱 끝에 닿을 때까지 다시 웃고 또 웃었다.

모두 웃으며 농담을 하는 가운데 그녀를 탁자까지 데려가자, 그녀는 하라는 대로 한 손을 허공에 내밀었다. 그녀는 허공에 손을 이리저리 움직이다가 접시 하나 위에 내려놓았다. 그녀는 손가락으로 무슨 부드럽고 질척한 물질을 만졌는데, 아무도 말을 하지 않았고, 붕대를 풀어주지 않는데 놀랐다. 잠시 침묵이 흘렀다. 그러자 많이 다투고 수군거리는 소리가 났다. 누군가 마당에 관한 뭔가를 말했는지라, 마침내 도널리 부인이 옆집 소녀 중 하나에게 뭔가 몹시 못마땅한 것을 말했고, 그건 놀이가 아니라며, 당장 그걸 밖으로 내던져 버리라고 했다. 마리아는 그제야 뭔가 잘못되었음을 알고 다시 한 번 놀이를 거듭해야 했다. 그리고 이번에는 기도서를 집었다.

그런 다음 도널리 부인은 아이들을 위해 맥클라우드 양의 릴 무도곡을 연주했고, 조는 마리아에게 포도주를 한 잔 권했다. 곧 다시 모두가 아주 명랑해졌고, 도널리 부인이 마리아는 기도서를 집었으므로 이해가 다 가기 전에 수도원에 들어가게 될 것이라고 말했다. 마리아는 조가 그날 밤처럼 자기에게 그렇게 상냥하게 즐거운 이야기와 추억담을 들려준 적이 없었다. 그녀는 모두 자기에게 너무나 잘 대해주었다고 말했다.

마침내 아이들은 지쳐 졸기 시작했고, 조는 마리아에게 가기 전에 무슨 노래를 한 곡조 부르지 않겠느냐고 물었다. 도널리 부인도 "불러요 마리아!" 하고 말하자, 마리아는 일어서서 피아노 옆에 서야 했다. 도널리 부인은 아이들에게 조용히 하고 마리아의 노래를 잘 들어보라고 청했다. 그런 다음 그녀는 전주곡을 연주하며, "자, 마리아!" 하고 말했다. 그러자 마리아는 얼굴을 아주 많이 붉히면서, 떨리는 작은 목소리로 노래하기 시작했다. 그녀는 〈내 살기를 꿈꾸었네〉를 노래했고, 그녀가 2절까지 왔을 때 다음의 가사를 반복해서 불렀다:

내 살기를 꿈꾸었네, 대리석 홀에서,
하인들과 시종들을 내 곁에 거느리고,
사방 벽안에 모인 모든 이들 가운데
나는 희망이요 자랑이었네.

나는 헤아릴 수 없이 많은 재산이 있고,
높고 유서 깊은 가문을 자랑할 수 있었나니,
그러나 나를 가장 기쁘게 하는 꿈을, 나는 역시 꾸었는지라,
그대가 변함없이 날 사랑하고 있음을.

그러나 아무도 그녀의 잘못을 지적하려 하지 않았다. 그녀가 노래를 끝내자 조는 몹시 감동받았다. 그는 누가 뭐라 해도, 옛날 같은 시절은 없으며, 그에게 가엾은 늙은 발프 같은 노래는 없다고 말했다. 눈에 눈물이 가득 차서 그는 찾고 있는 것도 찾지 못할 정도였다. 마침내 그는 아내에게 병따개가 어디 있는지 물어보아야 했다.

## 참혹한 사건

제임스 더피 씨는 채플리조드에 살았다. 자신이 한 시민으로 사는 시에서 될 수 있는 한 멀리 떨어져 살고 싶었으며, 더블린의 다른 교외들은 모두 저속하고 현대적이며, 허세를 부리는 듯했기 때문이다. 그는 낡고 음침한 집에 살았는데, 창문을 통해 이제는 쓰지 않는 주류(酒類) 증류소 또는 위쪽으로 더블린이 위치한 얕은 강을 훑어볼 수 있었다. 카펫이 깔리지 않은 그의 방의 높은 벽에는 아무런 그림도 걸려 있지 않았다. 방안에 있는 세간 하나하나는 모두 자신이 손수 산 것이었다. 까만 철제 침대 틀, 철제 세면대, 등나무 의자 네 개, 옷걸이 하나, 석탄 통 하나, 벽난로의 재 받침대와 다리미, 그리고 사각형의 테이블과 그 위에 놓인 이중 문갑. 서가는 하얀 나무 선반으로 벽감 속에 만들어져 있었다. 침대는 하얀 침대보로 덮여 있었고, 다리에는 검붉은 융단이 있었다. 세면대 위에는 작은 손거울이 걸려 있었고, 낮 동안에는 하얀 갓을 씌운 램프가 벽난로 선반의 유일한 장식품으로 서 있었다. 하얀 나무 서가 위의 책들은 크기에 따라 아래에서 위로 정렬되어 있었다. 워즈워스 시 전집이 제일 아래 한쪽 끝에 꽂혀 있었고, 『메이누스 교리 문답서』 한 권이 노트의 클로즈 커버로 싸인 채, 꼭대기 서가의 한쪽 끝에 서 있었다. 글 쓰는 용구들은 책상 위에 언제나 놓여 있었다. 책상 속에는, 자줏빛 잉크로 무대 지시를 써놓은 하우프트만의 『미카엘 크라머』의 번역 원고, 그리고 놋쇠 핀으로 묶은 작은 한 다발의 종이가 놓여 있었다. 이 종이 다발에 한 줄의 문장이 이따금 갈겨졌고, 그리고 빈정거리고 싶은 순간에 '바일 빈즈' 광고문의 표제가 종이의 첫 장에 풀로 붙여 있었다. 책상 뚜껑을 열자, 한 가닥 아련한 향기가 새어 나왔다—그것은 새 삼나무 연필 또는 고무풀 병 또는 그곳에 넣어 둔 채 잊어 버렸을지도 모를, 지나치게 익은 사과 냄새였다.

더피 씨는 육체적 또는 정신적 무질서를 드러내는 것이라면 무엇이든지 혐오했다. 중세의 의사라면 아마 그를 침울한 사람이라고 했을 것이다. 그의 얼굴은 자신의 모든 세월담(歲月談)을 담아 왔는지라, 더블린 거리처럼 갈색을 띠고 있었다. 그의 길쭉하고 커다란 머리에는 메마르고 검은 머리칼이 자랐고, 황갈색의 코밑수염은 보기 흉한 입을 완전히 가리지 못했다. 광대뼈 또한 그의 거친 성격을 보여 주었다. 그러나 눈에는 그러한 거침이 보이지 않았다. 황갈색의 눈썹 아래 세상을 바라보는 그의 두 눈은, 다른 사람들 속에서 속죄하려는 본능을 맞아들이려는 언제나 기민한 그러나 이따금 실망하는 사람의 인상을 주었다. 그는 자기 자신의 행위를 의혹의 곁눈질로 바라보면서, 자신의 육체로부터 약간 떨어져 살았다. 그는 삼인칭 주어와 과거 시제의 술어를 포함하는, 자신에 관한 짧은 문장을 이따금 짓도록 하는 이상한 자서전적인 버릇이 있었다. 그는 거지에게 결코 동냥을 주지 않았고, 뭉툭한 개암나무 지팡이를 짚으면서 꼿꼿하게 걸었다.

그는 배고트가(街)의 어떤 사설 은행의 출납원으로 여러 해 동안 근무했다. 매일 아침 그는 채플리조드로부터 전차로 시내에 들어왔다. 정오에는 댄 버크 식당으로 가서 점심—저장맥주 한 병과 조그마한 접시에 수북이 담긴 칡가루 비스킷—을 들었다. 4시에는 자유의 몸이 되었다. 그는 조지가에 있는 어느 음식점에서 식사를 했는데, 그곳에서 그는 더블린의 번지르르한 젊음의 세계로부터 안정감을 느꼈고, 계산서에는 어떤 분명한 정직성이 있었다. 저녁 시간은 하숙집 여주인의 피아노 앞에서 보내거나, 아니면 시의 외곽 주위를 산책하며 보냈다. 모차르트의 음악을 좋아하는지라 때때로 오페라나 음악회에 갔는데, 이것들이 그의 생활의 유일한 발산(發散)이었다.

그는 동료도 친구도 없었다. 성당을 다니지도 않았고 신앙도 없었다. 그는 남과 전혀 어떤 교분(交分) 없이 자신의 정신적 생활을 영위했는지라, 크리스마스에 친척들을 방문하거나 그들이 세상을 떠나면 묘지까지 그들을 배웅할 뿐이었다. 그는 이 두 가지 사회적 의무도 체면을 위해 이행했으나, 시민 생활을 규제하는 관례는 더는 용납하지 않았다. 어떤 상황에서는 자신이 일하는 은행이라도 털까 하는 생각이 들기도 했으나, 이러한 상황은 결코 일어나지 않는지라. 그의 삶은 단지 평탄하게 굴러갔으니 — 한 가닥 모험도 없는 이야기처럼 말이다.

어느 날 저녁 그는 자신이 로툰다 극장에서 두 여인 옆에 앉아 있음을 알았다. 극장 안은 한산하고 조용해서 공연(公演)이 실패하리라는 처참한 예고를 해주었다. 옆에 앉아 있던 여인이 관객 없는 장내를 한두 번 둘러본 다음 말했다.

"오늘 밤 이렇게 손님이 없다니 정말 안됐군! 텅 빈 객석을 향해 노래를 해야 하다니 정말 견디기 힘들 거야."

그는 이 말을 이야기하자는 초대로 받아들였다. 그는 여자가 조금도 어색해하는 것 같지 않은데 놀랐다. 이야기를 나누는 동안 그는 그녀를 자신의 기억 속에 영원히 간직하려고 애를 썼다. 그녀 옆에 있는 젊은 소녀가 그녀의 딸이라는 걸 알았을 때, 그는 그녀가 자신보다 한두 살 아래일 것이라고 판단했다. 한때는 아름다웠을 법한 그녀의 얼굴은 아직도 지적

(知的)이었다. 윤곽이 아주 또렷한 타원형의 얼굴이었다. 눈은 몹시도 검푸르고 침착했다. 처음에는 도전적인 느낌을 받았지만, 눈동자가 점차 홍채 속으로 빨려 들어가는 듯 혼미해지자, 순간적으로 대단한 감수성의 기질을 드러냈다. 눈동자는 재빨리 제자리로 돌아갔고, 이 반쯤 노출된 성품은 신중성의 지배하에 다시 숨어버렸으며, 그녀의 아스트라한 재킷이 풍만한 가슴을 그대로 보여주면서 한층 명확하게 도전적 느낌을 드러냈다.

그는 몇 주일 뒤에 얼스포트 테라스의 어느 음악회에서 그녀를 다시 만났는데, 딸의 주의가 다른 곳으로 향하는 동안 친해질 기회를 포착했다. 그녀는 한두 번 자기 남편에 관해 언급했으나, 일종의 경고로 삼을 정도는 아니었다. 그녀의 이름은 시니코 부인이었다. 남편의 고조할아버지는 레그혼 출신이었다. 그녀의 남편은 더블린과 네덜란드 사이를 왕래하는 어느 상선의 선장이었다. 그리고 그들은 아이가 하나 있었다.

그녀를 세 번째 우연히 만나면서, 그는 용기를 내어 만날 약속을 했다. 그녀는 약속 장소에 나왔다. 이것을 시작으로 그들은 여러 차례 만났다. 그들은 언제나 저녁에 만났으며, 산책을 위해 가장 한적한 구역을 택했다. 그러나 더피 씨는 비열한 짓을 싫어했는지라, 자신들이 비밀리에 만나야 한다는 것을 알고, 그녀에게 자신을 그녀의 집으로 청할 것을 강요했다. 시니코 선장은 딸의 결혼과 관련된 문제라 생각하고, 그의 방문을 격려했다. 그는 자신의 환락의 세계로부터 아내를 너무나 절실하게 제외해 왔는지라, 그 밖에 다른 누군가가 자신의 아내에게 관심을 갖게 되리라고는 의심하지 않았다. 그녀의 남편은 가끔 집을 떠나 있었고, 딸 역시 음악 레슨을 하러 외출했기 때문에, 더피 씨는 그 부인과의 사교를 즐길 기회가 많았다. 그도 부인도 그와 같은 모험을 그전에는 경험하지 못했고, 서로의 어떤 부조화를 의식하지 못했다. 조금씩 그는 자신의 생각을 부인의 생각과 얽어맸다. 그는 그녀에게 책을 빌려주었고, 그녀에게 여러 가지 사상을 마련해 주었으며, 그녀와 자신의 지적 생활을 나누었다. 그녀는 모든 것에 귀를 기울였다.

때때로 그의 이론들에 대한 보답으로 그녀는 자신의 삶의 어떤 사실을 털어놓았다. 거의 어머니다운 배려를 가지고 그녀는 그의 본성을 충분히 털어놓도록 권유했는지라, 그러자 그녀는 그의 고해자(告解者)가 되었다. 그는 그녀를 얼마 동안 아일랜드 사회당의 모임에서 도왔으며, 희미한 오일 램프가 비치는 다락방에서 스무 명의 착실한 노동자들 가운데 자기 자신을 독특한 인물로 여겼다. 무리가, 각기 그 자신의 지도자 아래 그리고 그 자체의 다락방에서, 세 분파로 갈라지자, 그는 참석을 그만두었다. 노동자들의 토론은, 그가 말하길, 지나치게 겁이 많았다. 임금 문제에서 그들이 취한 관심은 터무니없었다. 그들은 험상궂은 현실주의자들이요, 그들이 엄두도 못 낼 여가의 산물인 치밀함을 자신은 개탄하고 있다고 느꼈다. 그는 어떠한 사회적 혁명도 수 세기 동안 더블린 강타할 것 같지 않다고 그녀에게 말했다.

부인은 왜 자신의 생각을 글로 쓰지 않느냐고 그에게 물었다. 무엇 때문에? 그는 조심스러운 냉소로서 그녀에게 물었다. 60초도 연속해서 생각할 줄 모르는, 미사여구자들과 경쟁하려고? 도덕성은 경찰관들에게, 그리고 예술은 예술 흥행사들에게 맡기는 우둔한 중산계급자들의 비평에 스스로 굴복하려고?

그는 가끔 더블린 교외에 있는 그녀의 조그마한 집으로 갔다. 그들은 종종 둘이서만 저녁을 보냈다. 조금씩 서로의 생각이 얽히게 되자, 그들은 서로에게 한층 가까운 이야기들을 하게 되었다. 그녀의 우정은 이국의 식물을 감싸주는 따뜻한 토양과도 같았다. 여러 번 그녀는 불을 켤 생각을 삼가고, 어둠이 두 사람 위에 내려앉도록 내버려두었다. 어둡고 침울한 방, 그들의 고독, 그들의 귀에 계속 고동치는 음악은 두 사람을 결합시켰다. 이 결합은 그의 품위를 고양시켰고, 그의 성격의 거친 가장자리를 마멸시켰으며, 그의 심적 생활을 정서로 이끌었다. 때때로 그는 스스로 도취되어 자신의 목소리의 여운에 귀를 기울였다. 그는 그녀의 눈 속에서 자신이 천사의 신분까지 상승하리라 생각했다. 그리하여 그가 그녀의 열렬한 천성을 한층 더 자신에게 가까이 접착시키자, 그는 자신의 것이라 느끼는 어떤 낯선 비인간적인 목소리를 들었는지라, 그 목소리는 영혼의 치유할 수 없는 고독을 주장했다. 우리는 우리 자신을 포기할 수 없다, 그 목소리는 말했나니: 우리는 우리 자신의 것이다. 이러한 대화들은, 어느 밤 시니코 부인이 이상한 흥분의 온갖 징조를 보이며, 그의 손을 정열적으로 느닷없이 집어들고 자신의 뺨에 그걸 갖다댐으로써 끝이 났다.

더피 씨는 아주 많이 놀랐다. 자기 말에 대한 그녀의 해석이 그를 환멸로 이끌었다. 그는 일주일 동안 그녀를 찾지 않았다. 그런 다음 그녀에게 편지를 써 만나자고 요청했다. 그는 그들의 최후의 회견이 자신들의 파멸적 참회실의 분위기로 고통받지 않기를 바랐기 때문에, 파크게이트 근처의 조그마한 제과점에서 만났다. 차가운 가을 날씨의 추위에도 그들은 세 시간 가까이 공원길을 아래위로 배회했다. 그들은 서로의 교제를 끊어버리기로 합의했는지라, 모든 유대는 슬픔으로 나아가는 유대라고, 그는 말했다. 공원에서 나오자 두 사람은 말없이 전차를 향해 걸어갔다. 그러나 그녀가 너무나 극렬하게 몸을 떨기 시작했기 때문에, 그녀가 또다시 자제력을 잃지 않을까 두려워, 그는 그녀에게 재빨리 작별 인사를 하고 그녀 곁을 떠났다. 며칠 뒤에 그는 자신의 책들과 악보가 든 소포를 받았다.

4년이 지났다. 더피 씨의 생활은 평탄한 길로 되돌아갔다. 그의 방은 자신 마음이 여전히 질서 정연함을 증명하고 있었다. 몇 개의 새로운 악보가 아래층 방의 보면대를 거치적거렸고, 그의 서가에는 니체가 지은 『차라투스트라는 이렇게 말했다』와 『유쾌한 과학』이 꽂혀 있었다. 그는 책상에 놓인 종이 뭉치에 좀처럼 글을 쓰지 않았다. 시니코 부인과 최후의 만남 뒤 두 달 만에 쓴 글 가운데 하나는 이렇게 적혀 있었다. 남자와 남자 간의 사랑은 성적 관계가 있어서는 안 되기 때문에 불가능하고, 남자와 여자 간의 우정은 성적 관계가 있어야 하기 때문에 불가능하다. 그는 그녀를 만날까봐 음악회와도 인연을 끊었다. 그의 부친은 세상을 떠났고, 은행의 연하 동업자도 은퇴했다. 여전히 매일 아침 그는 전차로 시내에 들어갔고, 조지가에서 조촐하게 저녁 식사를 하고, 매일 저녁 디저트 삼아 석간신문을 읽은 다음 시내에서 집으로 걸어왔다.

어느 저녁 그는 콘비프와 양배추를 입 속으로 넣으려다 말고 손을 멈추었다. 그의 눈은 유리 물병에 기대 세워놓았던 석간신문의 한 구절에 고정되었다. 그는 음식을 도로 접시 위에 내려놓고 그 구절을 주의 깊게 읽었다. 물을 한 잔 마신 후 접시를 한쪽으로 밀어놓고, 그의 팔꿈치 사이에 신문을 접어 집어들고 그 구절을 거듭해서 읽었다. 양배추의 차갑고 허연 기름이 접시 위에 엉기기 시작했다. 여 종업원이 그에게로 다가와서 음식이 잘못 요리되었느냐고 물었다. 그는 아주 훌륭하다고 말하고 애써 그걸 몇 입 먹었다. 그런 다음 계산서를 치르고 밖으로 나왔다.

그는 단단한 개암나무 지팡이로 땅을 규칙적으로 치면서 11월의 황혼

속에서 급히 걸어갔다. 누런 『메일』지의 가장자리가 꽉 끼는 두꺼운 더블 외투의 옆 호주머니에서 언뜻 보였다. 파크게이트에서 채플리조드로 나아가는 쓸쓸한 한길에서 그는 발걸음을 늦추었다. 지팡이가 땅을 치는 소리도 한층 기운이 없어졌고, 불규칙적으로 내쉬는 그의 숨은 거의 한숨 쉬는 소리로, 겨울의 대기 속에 엉켰다.

집에 도착하자 그는 즉시 2층 침실로 올라가, 호주머니에서 신문을 꺼내, 창문을 통해 들어오는 희미해져 가는 빛 아래에서 다시 그 구절을 읽었다. 큰 소리 나지 않게, 그러나 마치 신부가 밀송(密誦) 기도를 읽을 때처럼 입술을 움직이며 읽었다. 구절은 이러했다:

## 시드니 퍼레이드 역에서 한 부인의 죽음

참혹한 사건

오늘 더블린 시립병원에서 대리 검시관(레버렛 씨의 부재로)은 어제 저녁 시드니 퍼레이드 역에서 사망한, 43세의 에밀리 시니코 부인의 시체를 검시했다. 조사한 바에 따르면 작고한 부인은, 선로를 횡단하려다가 킹스타운에서 들어오는 10시 완행열차에 치여 쓰러졌는데, 머리와 오른쪽 옆구리에 부상을 입고 사망했음이 밝혀졌다.

기관사 제임스 레넌은, 자신이 15년 동안 철도회사에서 근무해왔다고 진술했다. 차장의 호각 소리를 듣자마자 그는 열차를 출발시켰고, 1~2초 후 고함 소리를 듣고 차를 멈추게 했다. 기차는 서서히 움직이고 있었다.

역무원 P. 던은 기차가 막 출발하려는 순간 한 여인이 선로를 횡단하려는 것을 목격했다고 진술했다. 그녀를 향해 달려가며 소리를 질렀지만, 그녀는 그가 당도하기도 전에 이미 기관차의 완충기에 걸려 땅에 쓰러졌다.

배심원: "당신은 부인이 쓰러지는 것을 보았소?"

증인: "네."

경찰 경위 크롤리는 자신이 현장에 도착했을 때, 사망자는 분명히 숨을 거둔 채 플랫폼에 누워 있었다고 증언했다. 그는 구급차가 당도할 때까지 시체를 대합실에 운반하게 했다.

57호 순경이 이 진술을 확인했다.

더블린 시립병원의 외과 부과장 핼핀 박사는, 사망자는 아래쪽 갈비뼈 두 개가 부러지고, 오른쪽 어깨에는 심한 타박상이 있었다고 말했다. 오른쪽 머리 부분의 상처는 넘어지면서 생긴 것이었다. 이러한 부상은 정상적인 사람에게는 죽음을 야기하기에 충분하지 못한 것이었다. 죽음의 원인은 아마도 쇼크와 갑작스러운 심장마비 때문인 것 같다고 핼핀 박사는 말했다.

철도회사를 대표하여, H. B. 패터슨 핀레이 씨는 이 사건에 대해 깊은 유감을 표시했다. 회사 측은 모든 역에다 경고문을 게시하거나 또한, 건널목에 특허 자동 개폐기를 사용함으로써 구름다리 외에는 사람들이 선로를 건너지 못하도록 언제나 모든 경고를 취해 왔었다. 핀레이 씨는 사망자가 밤늦게 플랫폼에서 플랫폼으로 선로를 횡단하는 버릇이 있었으며, 이번 사건은 어떤 다른 상황을 미루어 보아도, 철도회사의 역원이 책임을 져야 할 일은 아니라고 밝혔다.

시드니 퍼레이드 레오빌에 사는 사망자의 남편 시니코 선장도 역시 증언을 했다. 그는 사망자가 자기 아내라고 진술했다. 그는 사고 당시 더블린에 있지 않았고 단지 사건 당일 아침 로터 댐으로부터 도착했다. 두 사람은 결혼한 지 23년이 되었으며, 행복하게 살았으나, 약 2년 전부터 아내는 술을 마시기 시작했다.

메리 시니코 양은 최근에 어머니가 밤에 술을 사러 나가는 버릇이 있었다고 진술했다. 증인인 그녀는 어머니를 설득하려고 자주 애를 썼고, 어머니에게 금주동맹에 가입하라고 권유했다. 그녀는 사고 발생 후 한 시간이 지난 후에야 집에 들어왔다.

배심원은 의학상의 증거에 따라 평결(評決)을 하고 레넌을 모든 잘못으로부터 면제시켰다.

대리 검시관은 이번 사건은 가장 참혹한 사건이었다고 말하고, 시니코 선장과 그의 딸에게 깊은 조의를 표했다. 그는 철도회사에 대하여 앞으로 이와 유사한 사건의 재발 가능성을 막기 위해 강력한 조치를 취하도록 역설했다. 과실은 누구에게도 없었다.

더피 씨는 신문에서 눈을 들어 창 밖의 음산한 저녁 풍경을 멍하니 쳐다보았다. 강은 텅 빈 양조장 옆에 조용히 펼쳐져 있고, 루칸 로의 집들에서 이따금 불빛이 비쳤다. 무슨 종말이 이렇단 말인가! 그녀의 죽음에 관한 모든 기사가 그를 불쾌하게 했고, 자신이 신성하게 간직하던 것에 대해 그녀에게 여태 이야기했던 것을 생각하니 울화가 치밀었다. 그 낡은 문구들, 그 부질없는 동정적 표현, 평범하고 야비한 죽음에 관한 자세한 것을 감추도록 설득당한 기자의 조심스러운 말들이 그의 비위에 거슬렸다. 그녀는 단지 그녀 자신을 타락시켰을 뿐만이 아니었다. 그녀는 그를 타락시켰다. 그는 그녀의 비참하고 악취 풍기는 악의 불결한 흔적을 보는 듯했다. 그의 영혼의 동반자! 그는 바텐더에게 채워 달라고 애걸하며 깡통이나 병을 들고 다니는 것을 본 적이 있는 절뚝거리는 불쌍한 사람들을 생각했다. 맙소사, 무슨 종말이 이렇단 말인가! 분명히 그녀는 살기에 적합하지 않았는지라, 어떤 진의의 목적도 없는 습관의 나약한 제물, 그 위에 문명이 이룩한 잔해(殘骸) 중의 하나. 하지만 그녀가 그토록 천하게 타락할 수 있다니! 그가 그녀에 관해 그렇게 전적으로 자기 자신을 속일 수 있었던가? 그는 그날 밤 그녀가 보여준 감정의 폭발을 기억했고, 그것을 여태 어느 것보다 한층 거친 의미로 해석했다. 그는 이제 자신이 취한 행동을 시인하는 데 어려움이 없었다.

불빛이 희미해지고 그의 기억이 방황하기 시작하자, 그는 그녀의 손이 자기 손에 닿는 듯했다. 처음에 그의 위장을 공격했던 충격이 이제는 신경을 공격하고 있었다. 그는 재빨리 외투와 모자를 쓰고 밖으로 나갔다. 문을 열자 차가운 공기가 그를 맞았다. 공기는 그의 외투 소매 안으로 기어들었다. 채플리조드교(橋)의 선술집에 다다르자, 그는 안으로 들어가 독한 펀치 술을 한 잔 주문했다.

주인은 그에게 고분고분 술을 대접했지만 감히 말을 걸지는 않았다. 술집에는 대여섯 명의 노동자들이 킬데어주(州)에 있는 어떤 신사의 부동산 값에 대해 토론하고 있었다. 그들은 이따금 커다란 파인트짜리 술잔으로 술을 마시며 담배를 피웠고, 이따금 마룻바닥에 침을 뱉거나 때때로 그들의 무거운 구둣발로 톱밥을 끌어당겨 자신들이 뱉은 침을 덮었다. 더피 씨는 등받이 없는 의자에 앉아, 그들을 보거나 이야기를 듣지 않은 채 물끄러미 쳐다보았다. 얼마 후 사람들이 밖으로 나가자 그는 다시 펀치 술을 주문했다. 그는 술을 앞에 두고 한참 동안 앉아 있었다. 가게는 아주 조용했다. 가게 주인은 카운터에 몸을 기대고 『헤럴드』지를 읽으며 하품을 했다. 이따금 전차가 바깥의 쓸쓸한 도로를 휙휙 지나가는 소리가 들렸다.

그곳에 앉아, 그녀와 함께 지냈던 생활을 재차 생각하면서 그리고 그가 방금 그녀를 느꼈던 두 개의 이미지를 번갈아 떠올리면서, 그녀가 이미 죽었고, 이 세상에 존재하지 않으며, 한갓 추억이 되어버렸음을 인식했다. 그는 마음이 불안해지기 시작했다. 그 밖에 별 도리가 없지 않겠느냐고 자문했다. 그는 그녀와 기만의 연극을 감행할 수 없었다. 그녀와 함께 공개적으로 살 수도 없는 노릇이었다. 그는 자신에게 최선이라 생각했던 것을 행했을 따름이다. 어찌 그에게 책임이 있으랴? 이제 그녀가 사라져 버렸는지라, 그녀가 밤마다, 홀로 저 방 속에 앉아, 얼마나 그녀의 인생이 외로웠을까를 이해했다. 그의 인생 또한 죽어 이 세상에 존재하지 않고, 한낱 추억이 — 만일 누군가 그를 기억한다면 — 될 때까지 외로우리라.

그는 9시가 지나서야 술집을 떠났다. 밤은 차고 음산했다. 그는 첫째 문을 통해 공원으로 들어가, 가늘고 긴 나무들을 따라 걸어갔다. 그는 4년 전 그들이 함께 거닐었던 쓸쓸한 오솔길을 지나갔다. 그녀가 어둠 속에 가까이 있는 듯했다. 때때로 그는 그녀의 목소리가 귓전에 울리고, 그녀의 손이 그의 손에 닿는 듯 느꼈다. 그는 잠자코 서서 귀를 기울였다. 왜 그는 그녀에게서 삶을 빼앗아 버렸던가? 왜 그는 그녀에게 죽음을 선고했던가? 그는 자신의 도덕성이 산산히 무너지는 듯했다.

매거진 언덕의 등성이에 다다랐을 때, 발걸음을 멈추고 강을 따라가 더블린 시내 쪽을 바라보았다. 등불들이 차가운 밤에 붉게 그리고 다정하게 타고 있었다. 그는 비탈을 내려다보았다. 기슭 아래 공원의 담 그림자 속에 드러누워 있는 어떤 사람들의 모습이 보였다. 이러한 타락하고 숨은 사랑이 그를 절망으로 가득 채웠다. 그는 자기 생활의 방정(方正)함을 되씹었다. 그는 자신이 삶의 향연으로부터 쫓겨났음을 느꼈다. 한 여인이 자기를 사랑했던 것 같았는데, 그는 그녀의 인생과 행복을 부정해 버렸다. 그는 그녀에게 치욕, 부끄러운 죽음을 선고했다. 저쪽 아래 담 곁에 엎드린 자들이 그를 주시하며 그가 가기를 바라고 있음을 알았다. 그를 원하는 자는 아무도 없었다. 그는 삶의 향연으로부터 추방당했다. 더블린을 향해 꾸불꾸불 흘러가는, 회색빛의 반짝이는 강물로 눈길을 돌렸다. 강 너머로 화물열차 한 대가 머리에 불을 달고, 어둠을 뚫고 끈질기게 기를 쓰며, 꾸불꾸불 기어가는 한 마리 벌레처럼, 킹스브리지 정거장에서 기어나오는 것을 보았다. 기차는 시야에서 서서히 사라졌다. 그러나 여전히 그는 귀에는 그녀 이름의 음절을 되풀이하듯 기관차의 기를 쓰는 단조로운 소리가 들려왔다.

그가 왔던 길로 되돌아가자, 기관차의 리듬이 귀에 고동치고 있었다. 그는 자신의 추억이 일러주는 이야기의 현실성을 의심하기 시작했다. 그는 한 그루 나무 밑에서 발걸음을 멈추고, 그 리듬이 사라지기를 기다렸다. 이제 그녀가 어둠 속에 자기 가까이 있지도 않고, 그녀의 목소리가 그의 귀를 감촉하지도 않음을 느꼈다. 그는 몇 분 동안 귀를 기울이며 기다렸다. 그는 아무것도 들을 수 없었고, 밤은 더할 나위 없이 고요했다. 다시 귀를 기울였다. 완전히 고요했다. 그는 자신이 혼자임을 느꼈다.

## 위원실의 담쟁이 날

잭 노인은 마분지 조각으로 타다 남은 찌꺼기를 함께 긁어 모으고, 하얀 석탄 더미 위에 그걸 골고루 폈다. 석탄 더미가 얇게 덮이자, 그의 얼굴은 어둠 속에 잠겼다. 그가 다시 화로를 부채질하기 시작하자, 그의 웅크린 그림자가 맞은편 벽을 오르고, 불빛 속으로 그의 얼굴이 천천히 다시 나타났다. 뼈가 몹시 앙상하고 털 많은, 노인의 얼굴이었다. 축축하고 푸른 두 눈이 화로를 쳐다보며 끔벅거렸고, 축축한 입이 때때로 벌어졌다가, 닫힐 때에는 기계적으로 한두 번 우물거렸다. 석탄재에 불이 붙자 그는 마분지 조각을 벽에 기대 세우고, 한숨을 쉬며 말했다.

"이제 한층 낫군요, 오코너 씨."

오코너 씨는 많은 부스럼과 여드름으로 얼굴이 일그러져 보이고, 회색 머리의 한 젊은이였다. 방금 궐련(卷煙)을 맵시 있는 원통형으로 말고 있었으나, 말을 걸어오자 생각에 잠겨 말았던 담배를 도로 풀었다. 그러더니 잠시 생각 끝에 종이에 침을 발랐다.

"티어니 씨가 언제 돌아온다고 했어요?" 그는 거칠고 가장된 목소리로 말했다.

"아무 얘기도 없었어요."

오코너 씨는 담배를 입에 물고 주머니를 뒤지기 시작했다. 그는 얇은 마분지 카드 뭉치를 꺼냈다.

"성냥을 찾아드리지요." 노인이 말했다.

“염려 마세요. 이거면 됩니다.” 오코너 씨가 말했다.

그는 카드 한 장을 골라 그 위에 적힌 것을 읽었다:

시의원(市議員) 선거

왕립거래소 선거구

빈민 구제법 운영위원, 리처드 J. 티어니 씨는 왕립 거래소 선거구의 다가오는 선거에서 귀하의 한 표와 성원을 간청하는 바입니다.

오코너 씨는 티어니의 대리인으로부터 선거구 일부를 유세하도록 고용되었으나, 날씨가 험악하고 신발이 젖었는지라, 위클로가(街)의 위원실에서 관리인 영감 잭과 함께 난롯가에 앉아 하루의 대부분을 보내고 있었다. 그들은 짧은 하루가 어두워진 이래 이렇게 계속 앉아 있었다. 때는 10월 6일이었고, 바깥은 음산하고 추웠다.

오코너 씨는 카드 한쪽을 찢어 댕긴 불을 담배에다 붙였다. 그렇게 하자 불꽃이, 코트 깃에 꽂혀 있는 윤기 나는 검은 담쟁이 한 잎을 환히 비추었다. 노인은 젊은이를 주의 깊게 지켜본 다음, 마분지 조각을 다시 집어 들면서, 동료가 담배를 피우는 동안 천천히 난로에 부채질을 하기 시작했다.

“아, 그래요.” 노인은 말을 계속했다. “아이들을 어떤 식으로 길러야 할지 모르겠어요. 녀석(자식)이 그렇게 변할지 누군들 생각했겠어요! 그 놈을 기독 형제(크리스천 브러더스) 학교에 보내고, 녀석을 위해 할 수 있는 일은 다 했는데도, 술이나 퍼마시고 돌아다니니. 좀 점잖게 만들려고 애를 썼는데…….”

그는 따분한 듯 마분지를 도로 놓았다.

“내가 늙지만 않았어도 그 녀석의 태도를 바꾸어 놓겠어요. 녀석을 감당할 수 있는 동안 작대기로 등을 갈겨줄 텐데 — 전에 여러 번 그랬듯이 말이지요. 글쎄 어미가 이래저래 녀석을 엉망으로 만들고 있거든요…….”

“그게 아이들을 망치는 거지요.” 오코너 씨가 말했다.

“확실히 그래요.” 노인이 말했다. “그걸 고마워할 줄은 모르고, 오히려 건방만 늘지요. 내가 한잔한 걸 보기만 하면 나를 억누르려 든답니다. 자식 놈이 아비한테 그런 식으로 말하다니 세상이 어찌 되려고 그럴까요?”

“나이가 몇인데요?” 오코너 씨가 물었다.

“열아홉이요.”

“왜 무슨 일이라도 하게 시키지 않으세요?”

“그래요. 아니 그 술고래 녀석이 학교를 마친 이후로 내가 일을 시키지 않았겠어요? ‘나는 널 먹여 살리지 않겠다.’ 그랬어요. ‘너 혼자 힘으로 일을 구해야 한다.’ 근데 일을 하면 더 나빠지기만 해요. 월급 받아서 술 퍼마시는 데 몽땅 써버리거든요.”

오코너 씨는 동정의 표시로 고개를 끄덕였고, 그러자 노인은 난로 속을 빤히 쳐다보면서 말문을 닫았다. 누군가가 방문을 열며 말했다.

“어라! 이건 프리메이슨의 모임이라도 하는 중인가?”

“누구요?” 노인이 물었다.

“어두운 곳에서 뭘 하고 있어?” 목소리가 물었다.

“자넨가, 하인스?” 오코너 씨가 물었다.

“그래, 자네 어두운 곳에서 뭘 하고 있나?” 하인스 씨가 난로의 불빛 속으로 다가오며 물었다.

그는 경쾌한 갈색 콧수염을 기른, 키가 크고, 호리호리한 젊은 남자였다. 금방이라도 떨어질 듯한 작은 빗방울들이 그의 모자챙에 매달려 있었고, 외투의 깃은 세우져 있었다.

“그래, 맷.” 그가 오코너 씨에게 말했다. “어떤가?”

오코너 씨는 고개를 저었다. 노인은 난롯가를 떠나, 방을 두리번거리며 살핀 다음, 초 두 자루를 들고 되돌아와 난롯불에 하나하나 차례로 불을 붙이고, 탁자로 날랐다. 텅 빈 방이 시야에 들어왔고, 난롯불은 경쾌한 빛을 모두 잃었다. 방의 벽에는 한 장의 선거 연설문이 붙어있을 뿐 아무것도 없었다. 방의 한복판에는 조그마한 탁자가 하나 놓여 있었고 그 위엔 서류가 쌓여 있었다.

하인스 씨가 벽난로에 몸을 기대고 물었다.

“급료는 받았나?”

“아니, 아직.” 오코너 씨가 대답했다. “정말이지 그가 오늘 밤 우리를 궁지에 내버려두지 않았으면 좋겠네.”

하인스 씨가 큰 소리로 웃었다.

“주겠지, 염려 말게.” 그가 말했다.

“그가 일을 제대로 할 생각이 있으면 정신 차리고 제때 처리해줘야 하는데 말이지.” 오코너 씨가 말했다.

“어떻게 생각해요, 잭?” 하인스 씨가 냉소적으로 노인에게 말했다.

노인은 난롯가의 자기 자리로 되돌아오며 말했다.

“그가 돈이 없는 건 아니니까, 아무튼 다른 땜장이와는 다르지요.”

"다른 땜장이라니요?" 하인스 씨가 물었다.

"콜건 말이오." 노인이 경멸하듯 말했다.

"콜건이 노동자라서 그렇게 말하는 겁니까? 착하고 정직한 벽돌공과 술집 주인과의 차이가 뭐란 말입니까 — 예? 노동자라 해서 그 밖에 누구만큼 시정(市政)에 참여할 권리가 없다는 겁니까 — 아니, 그래 손에 직함이나 들고 누구든 유권자 앞에서 늘 굽실거리는 저들 자칭 신사들보다 자격이 더 낫지 않단 말입니까? 그렇지 않나, 맷?" 하인스 씨가 오코너 씨에게 말을 건넸다.

"자네 말이 옳은 것 같아." 오코너 씨가 말했다.

"한 사람은 절대로 보수적이거나 불성실한 자가 아닌, 평범하고 정직한 사람이지. 그는 노동 계급을 대표하기 위해 출마했어. 그런데 자네가 일해 주고 있는 그 자는 이러저러한 일자리를 얻기 바라지."

"물론 노동 계급이 대표되어야지." 노인이 말했다.

"노동자는," 하인스 씨가 말했다, "보수는커녕 호되게 일만 하고 고생한단 말입니다. 그러나 노동자가 있어야 물건들을 만들어낼 수 있어요. 노동자는 자기 자식들이나 조카들, 그리고 사촌들을 위해 수익 많은 일자리를 찾지는 않아요. 노동자는 독일 황제를 기쁘게 하기 위해 더블린의 명예를 진창 속에 끌어들이지는 않아요."

"무슨 말이요?" 노인이 물었다.

"에드워드 국왕이 내년에 이곳에 오면 그들이 환영 연설을 하겠다는 걸 모르세요? 외국 왕에게 머리를 조아릴 필요가 어디 있단 말입니까?"

"우리 후보는 그런 연설에 찬성하지는 않을 거야." 오코너 씨가 말했다. "그는 국민당 공천으로 출마하고 있으니까."

"뭐, 앓을 거라고?" 하인스 씨가 물었다. "어디 두고 보세. 난 그 친구를 잘 알아. 트리키(사기꾼) 디키 티어니가 아닌가?"

"맙소사! 자네 말이 옳을지도 모르지, 조." 오코너 씨가 말했다. "어쨌거나 그가 돈이나 가지고 나타났으면 좋겠네."

세 사람은 침묵에 빠졌다. 노인은 더 많은 석탄재를 긁어모으기 시작했다. 하인스 씨는 모자를 벗어 턴 다음 외투의 깃을 접어 내렸다. 그러자 깃에 달린 담쟁이 잎이 드러났다.

"만일 이분이 살아 있다면." 그는 담쟁이 잎을 가리키면서 말했다. "우린 환영 연설 따윈 입 밖에도 내지 못할 거야."

"그건 사실이야." 오코너 씨가 말했다.

"정말 그때가 좋았지!" 노인이 말했다. "그땐 꽤 살 만했으니까."

방 안에 다시 침묵이 흘렀다. 그때 코를 킁킁거리며 귀가 몹시 시린 듯, 키가 작은 한 부산떠는 사나이가 문을 떼밀고 들어왔다. 그는 난로가 있는 곳으로 재빨리 걸어오며, 마치 불꽃을 일게 하려는 듯 두 손을 비벼댔다.

"무전(無錢), 여러분." 그는 말했다.

"자, 여기 앉아요, 헨치 씨." 노인이 의자를 내주며, 말했다.

"아, 움직일 것 없어요, 잭. 괜찮아요." 헨치 씨가 말했다.

그는 하인스 씨에게 고개를 시무룩하게 끄덕이며, 노인이 비워준 의자에 앉았다.

"안지어가(街)에서는 유세했나?" 그는 오코너 씨에게 물었다.

"응." 오코너 씨가 메모를 찾기 위해 주머니를 뒤지면서 말했다.

"그라임 씨를 방문했나?"

"그럼."

"글쎄? 그 사람 어느 편이야?"

"약속하지 않았어. '어느 쪽에 투표할지 아무한테도 말하지 않겠어'라고 하더군. 하지만 내 생각에 그는 믿어도 될 거야."

"왜?"

"내게 추천인이 누구냐고 묻더군. 그래서 말해줬지. 버크 신부의 이름을 대면서. 내 생각엔 믿어도 될 것 같아."

헨치 씨는 코를 킁킁거리며, 두 손을 난로 위에서 맹렬한 속도로 비비기 시작했다. 이어 그가 말했다.

"제발, 잭, 석탄 좀 이리 가져와요. 틀림없이 남은 게 있을 거야."

노인은 방에서 나갔다.

"틀렸어." 헨치 씨가 고개를 흔들며 말했다. "내가 그 작자한테 말해봤는데 뭐라는 줄 알아? 그가 말하기를 '오, 그런데 헨치 씨, 일이 적당히 잘되기만 하면 당신을 잊지 않겠소, 염려 마요', 이러던데. 야비한 땜장이 같으니! 정말이지 그 밖에 무슨 말이 필요하겠어?"

"내가 뭐라고 했나, 맷?" 하인스 씨가 말했다. "사기꾼 디키 티어니라고 했잖아."

"오, 그 친구 아주 사기꾼이야." 헨치 씨가 말했다. "과연 돼지새끼 같은 눈을 하고 있어. 빌어먹을 녀석! 사내답게 돈은 지불하지 않고, '오, 헨치 씨, 패닝 씨한테 말을 해봐야겠어요… 돈을 너무 많이 써버렸어요'라더군." "망할 놈의 비천한 녀석 같으니! 녀석은 그의 늙은 소심한 아비가 메리 골목길에서 값싼 헌옷 가게를 하던 시절을 잊었나봐."

"그런데 그게 사실인가?" 오코너 씨가 물었다.

"정말, 그래." 헨치 씨가 말했다. "그 얘기 못 들었어? 일요일 아침마다에 다른 술집들이 문을 열기 전에 사람들이 조끼나 바지를 사러 그곳에 가곤 했지 — 맙소사! 그런데 사기꾼 디키의 못난 늙은 아비는 한쪽 구석에 조그맣고 까만 술통 하나를 감춰두고 있었어. 이제 알 만하지? 바로 그렇게 된 거야. 거기가 그가 태어난 곳이야."

노인은 몇 개의 석탄 덩어리를 가지고 되돌아와 여기저기 불 위에 놓았다.

"그것 참 야단이군." 오코너 씨가 말했다. "돈도 지불하지 않으면서 우리더러 자기를 위해 일을 해달라니. 그럴 수가 있나?"

"나도 어쩔 수 없어." 헨치 씨가 말했다. "집에 가면 집달리가 현관에 기다리고 있을 텐데."

하인스 씨는 크게 웃고는 어깨 힘으로 벽난로에 기대 있던 몸을 일으켜, 떠날 준비를 했다.

"에드워드 왕이 오면 만사가 잘되겠지." 그는 말했다. "자, 여러분, 이 자는 현재로선 이만 물러갑니다. 나중에 봅시다. 안녕, 안녕."

그는 천천히 방에서 나갔다. 헨치 씨도 노인도 아무 말을 하지 않았으나, 문이 막 닫히려 하자 지금까지 난롯불을 침울하게 들여다보고 있던, 오코너 씨가 갑자기 고함을 냅다 질렀다.

"잘 가, 조."

헨치 씨는 잠시 기다렸다가 이내 문 방향으로 고개를 끄덕였다.

"말해 봐." 그는 난로 너머로 말했다. "저 친구 왜 여길 왔지? 그가 뭘 바라는 거야?"

"아니, 이 봐." 오코너 씨가, 담배꽁초를 불 속으로 던지며 말했다. "그도 우리처럼 돈이 떨어진 거지."

헨치 씨가 격렬하게 콧물을 훌쩍이고 너무나 침을 듬뿍 뱉었는지라 난롯불이 항의라도 하듯 쉿 소리를 내며 꺼질 뻔했다.

"내 개인적인 솔직한 의견을 말하면," 그는 말했다. "저 친구 다른 진영에서 온 것 같아. 말하자면 콜건의 스파이란 말이야. 잠깐 가서 그들이 어떻게 하고 있나 보고와. 그들이 의심하지는 않을 거야. 알겠어?"

"아, 가련한 조는 점잖은 사람이오." 오코너 씨가 말했다.

"그의 부친은 점잖고, 존경할 만한 사람이었어." 헨치 씨도 시인했다. "가엾은 래리 하인스 영감! 생전에 정말 좋은 일을 많이 했지! 그런데 저 친구는 그에 비하면 그 절반도 못 돼. 젠장, 사람이 궁한 건 이해할 수 있지만, 도무지 이해할 수 없는 건 남을 등쳐먹고 사는 놈이라는 거야. 그 녀석은 왜 사내다운 용기가 없는지 모르겠어."

"그 친구가 여기 오면 나한테서 따뜻한 환영을 받지 못하죠." 노인이 말했다. "자기 편을 위해 일이나 할 것이지, 스파이 짓하러 여기 오지는 말아야죠."

"전 모르겠어요." 오코너 씨가 의심스러운 듯 말하며, 담배 말이 종이와 담배를 꺼냈다. "제 생각에 조 하인스는 솔직한 사람 같아요. 그 친구는 역시 글재주가 있는 똑똑한 친구죠. 그가 쓴 것을 기억해요……?"

"언덕 중턱의 일부 사람들(힐사이드 당원)이나 페니언 당원들은 글쎄 약간 지나칠 정도로 똑똑해." 헨치 씨가 말했다. "이 녀석들에 대한 내 개인적이고, 솔직한 의견이 뭔지 알아? 그중 절반은 정청(政廳)에 매수되어 있을 거야."

"알 수 없지요." 노인이 말했다.

"오, 하지만 내가 보기에는 분명 사실이에요." 헨치 씨가 말했다. "그들은 정청의 앞잡이들이지요……. 하인스를 말하는 건 아니지만…… 아니. 젠장, 내 생각엔 그 녀석이 그보다 한 수 위인 것 같아요……. 하지만 사팔뜨기 눈을 한 어떤 못난 귀족 놈이 있어요. 내가 말하려는 그 애국자를 알겠어요?"

오코너 씨가 고개를 끄덕였다.

"말하자면 서 소령(小領)의 직계 후손이지! 오, 한 애국자의 심혈(心血)이라! 그가 자기 조국을 동전 네 닢에 팔아먹을, — 정말이지 — 그리고 무릎을 꿇고, 자신이 조국을 판 것을 전능하신 그리스도에게 감사하는 자란 말이야."

문을 두드리는 소리가 들렸다.

"들어오시오!" 헨치 씨가 말했다.

가난한 성직자 아니면 가난한 배우를 닮은 한 사람이 문간에 나타났다. 그는 작달막한 몸집에 까만 옷을 입고 단추를 단단히 채우고 있었는데, 그가 옷에 달린 깃이 성직자의 것인지 아니면 평신도의 것인지는 알 수 없었다. 왜냐하면, 천을 덧씌우지 않아 촛불을 반사하는 단추가 달린 그의 초라한 프록코트의 깃이 목 근처까지 세워져 있었기 때문이다. 그는 단단하고 까만 펠트 천의 둥근 모자를 쓰고 있었고, 빗방울로 반짝이는 얼굴은 장밋빛 반점이 광대뼈를 나타내는 곳 이외에는 축축하고 누런 치즈 같은 모습이었다. 그는 갑자기 매우 길쭉한 입을 벌려 실망을 표현했고, 동시에 몹시 반짝이는 푸른 눈을 크게 떠서 기쁨과 놀라움을 표시했다.

"오, 키온 신부님!" 헨치 씨가 의자에서 벌떡 일어서면서 말했다. "들어오시죠!"

"오, 아니, 아니, 아닙니다." 키온 신부는 마치 어린애에게 말을 걸듯

입술을 오므리며, 빨리 말했다.

"들어와 앉으시지 않겠어요?"

"아니, 아니, 아닙니다!" 키온 신부는 정중하고 관대한 부드러운 목소리로 말했다. "방해될까 봐서요! 패닝 씨를 잠시 찾고 있어요……."

"그인 「블랙 이글」 주점에 내내 있었어요." 헨치 씨가 말했다. "그래도 잠깐 들어와 앉으시지요?"

"아니, 아니, 고맙습니다. 그저 잠깐 볼일이 있어서요." 키온 신부가 말했다. "감사합니다, 정말."

그는 문간에서 물러났고, 헨치 씨가 촛대 하나를 붙들고, 아래층 신부를 비추기 위해 문간까지 갔다.

"아, 염려 마세요. 제발!"

"아닙니다. 계단이 너무 어두워서요."

"아니, 아니, 볼 수 있어요……. 감사합니다, 정말."

"이제 됐습니까?"

"됐어요. 감사해요……. 감사해요."

헨치 씨는 촛대를 들고 되돌아와 탁자에 놓았다. 그는 다시 난롯가에 앉았다. 잠깐 침묵이 흘렀다.

"말해 줘요, 존." 오코너 씨가 또 다른 마분지 카드로 그의 담배에 불을 붙이며 말했다.

"흠?"

"저 사람 정확히 뭘 하는 사람이지?"

"한층 쉬운 걸 물어봐." 헨치 씨가 말했다.

"패닝과 그는 아주 친밀한 것 같더군. 가끔 카바레나 주점에 함께 있어요. 저 사람 정말 신부 맞아?"

"음 그래, 그렇게 믿고 있어……. 소위 말하는 한 마리 검은 양(羊)(말썽꾸러기)인 것 같아. 그런 자가 많지는 않아, 다행히. 하지만 몇 명 있지……. 그는 일종의 불행한 사람이야……."

"그럼 생활을 어떻게 하지?" 오코너 씨가 물었다.

"그건 또 다른 수수께끼지."

"저 사람 무슨 성당이나 예배당 혹은 수도원, 아니면 기관 혹은……에 소속되어 있나?"

"아니." 헨치 씨가 대답했다. "자기 멋대로 저러고 돌아다니는 것 같아……. 안된 얘기지만," 그는 말을 덧붙였다. "나는 그가 들어오는 걸 보고 흑맥주 뭉치가 오는 줄 알았어."

"한잔할 수 없을까?" 오코너 씨가 물었다.

"나도 목이 마른데." 노인이 말했다.

"내가 그 작자한테 세 번이나 부탁을 했어." 헨치 씨가 말했다. "흑맥주 한 다스만 올려 보내지 않겠느냐고. 방금 재차 부탁을 했지만, 그 녀석은 셔츠 차림으로 카운터에 기대서서 시의원인 카울리와 큰 소리로 떠들고 있었어."

"왜 그에게 상기시키지 않았나?" 오코너 씨가 말했다.

"글쎄, 나는 녀석이 시의원 카울리에게 이야기하는 동안 상기시키고 싶지 않았어. 그와 시선이 마주칠 때까지 꼭 기다렸다가 말했지. '내가 당신한테 부탁한 저 작은 일에 대해…….' '잘될 거요, 헨(치) 씨.' 그가 말했어. 그래, 분명히 그 꼬마 바보 녀석이 그에 관해 몽탕 잊어버린 거야!"

"그쪽 지역에서 뭔가 거래가 있어." 오코너 씨가 생각에 잠긴 듯 말했다. "어제 서포크가(街) 모퉁이에서 그들 셋이 뭔가 꽤 분주한 걸 보았거든."

"그들이 꾸미고 있는 수작을 알 것 같아." 헨치 씨가 말했다. "요새는 시장 나리가 되려면 시의원들한테 돈을 쥐어 줘야 하니까. 그래야만 시장으로 뽑아주지. 정말이지 나도 요즘 시의원이 되고 싶은 생각을 심각하게 하고 있어. 어떻게 생각하나? 내가 그 일을 해낼 수 있을 것 같아?"

오코너 씨는 큰 소리로 웃었다.

"돈을 빌릴 수 있다면……."

"시장 관저에서 차를 몰고 나오는 거요." 헨치 씨가 말했다. "모피로 몸을 온통 감싸고, 여기 잭이 분(粉) 바른 가발을 쓰고 내 뒤에 서 있고 말이야 — 어때?"

"그리고 나를 당신의 개인 비서로 삼고 말이야, 존."

"그래요. 그리고 키오 신부를 내 개인 신부로 삼고. 우리 가족 파티나 한번 합시다."

"맹세코, 헨치 씨." 노인이 말했다. "당신은 그들보다 멋진 생활을 유지할 겁니다. 어느 날 내가 시장 댁 문지기, 키건 영감한테 말했지요. '그래 새 주인이 마음에 드오, 팻?' '보아하니 요새는 별반 연회가 많지 않은 것 같던데.' 그랬더니 그 영감이 이러던데요. '연회라니요!' '시장 나리는 기름걸레 냄새만 맡고도 살 수 있는 분이에요.' 그리고 그가 내게 뭐라 했는지 알아요? 글쎄, 맹세하지만 그 말을 믿을 수 없었다니까요."

"뭐라 했는데요?" 헨치 씨와 오코너 씨가 동시에 물었다.

"그가 그러더군요. '더블린 시장 나리가 만찬을 위해 양고기 한 근만 사오라고 한다면 당신은 어떻게 생각하겠어요? 높으신 분의 생활이 어찌 그럴 수가 있어요?' 그 말에 내가, '저런, 저런!' 했지요. 그는 '시장 관저에 달랑 양고기 한 근이 들어오다니'라기에, 내가 '정말! 도대체 어떤 사람이 그 같은 일을 할까?' 그랬지요."

이때 노크 소리가 나더니, 소년 하나가 머리를 디밀었다.

"뭐지?" 노인이 물었다.

"「블랙 이글」에서 왔는데요." 소년이 비스듬히 안으로 들어오며, 병 소리가 달그락거리는 바구니를 마루 위에 놓고 말했다.

노인은 소년을 도와 바구니에서 병을 탁자로 옮겨 놓고, 계산서를 쭉 훑었다.

소년은 다 옮겨 놓은 다음 바구니를 팔에 올려놓고 물었다.

"병 있어요?"

"무슨 병?" 노인이 물었다.

"우선 마셔야 빈 병이 나지." 헨치 씨가 말했다.

"빈 병이 있냐고 물어보라고 하시던데요."

"내일 다시 오너라." 노인이 말했다.

"이봐, 얘야! 오패럴 씨 댁에 달려가서 병따개 좀 빌려줄수 있는지 물어보겠니? 헨치 씨가 달란다고 말이야. 곧 돌려드린다고 해. 바구니는 거기 두고."

소년이 밖으로 나가자, 헨치 씨가 기분이 매우 좋은 듯 두 손을 비비면서 말했다.

"아, 글쎄, 그는 결국 그렇게 나쁜 사람은 아니야. 어쨌거나 약속은 지켰으니까."

"술잔이 없어요." 노인이 말했다.

“아, 걱정할 것 없어요, 잭.” 헨치 씨가 말했다.

“자고로 병째 마시는 사람이 많아요.”

“아무튼 없는 것보다야 낫지.” 오코너 씨가 말했다.

“나쁜 사람은 아니야.” 헨치 씨가 말했다. “단지 패닝이 그에게 빚을 많이 지고 있을 뿐. 그는 그런대로 마음은 착한 사람이지, 글쎄, 볼품없는 사람이지만.”

소년이 병따개를 가지고 돌아왔다. 노인이 세 병을 따고 소년에게 병따개를 돌려주자 헨치 씨가 소년에게 말했다.

“너도 한잔할래?”

“주신다면요, 나리.” 소년이 말했다.

노인은 마지못해 또 한 병을 따서, 소년에게 건네주었다.

“몇 살이니?” 그는 물었다.

“열일곱입니다.” 소년이 대답했다.

노인이 더는 말을 하지 않자 소년은 병을 들고 말했다. “헨치 씨에게, 최고의 존경을 드려요.” 그는 내용물을 다 마시자 병을 탁자 위에 도로 놓고, 소매로 입을 훔쳤다. 그런 다음 병따개를 들고 문 옆으로 걸어나가며 뭐라고 인사말을 중얼거렸다.

“술은 저렇게 시작하지요.” 노인이 말했다.

“사소한 일이 중대한 결과를 가져오기 일쑤지.” 헨치 씨가 말했다.

그가 방금 딴, 세 개의 병을 노인이 나누어주자 세 사람은 동시에 병나발을 불었다. 마신 다음 각자 손을 뻗어 각자의 병을 벽로대 위에 올려놓으며 만족한 듯 길게 숨을 들이켰다.

“글쎄, 오늘은 참 일을 많이 했어.” 헨치 씨가 잠시 후에 말했다.

"그래, 존?"

"그럼. 도슨가에서 한두 표를 확보했거든. 크로프턴과 내가 말이야. 우리끼리 얘기지만, 글쎄, 크로프턴은(물론 점잖은 사람이지만) 선거 운동원으로는 전혀 가치가 없는 사람이야. 누구한테 말 한마디도 못 해요. 내가 말하는 동안 그는 서서 사람들을 쳐다보고만 있더라고."

두 남자가 방으로 들어왔다. 그중 한 사람은 몸집이 아주 뚱뚱하고, 푸른색 서지 옷이 항아리 같은 몸에서 흘러내릴 것만 같았다. 그의 얼굴은 어린 송아지 같은 표정에, 빤히 노려보는 파란 눈과 콧수염은 희끗희끗한 색이었다. 또 한 사람은 더 젊고 연약하게 생긴 데다, 말끔히 면도한 얼굴이었다. 그는 아주 높은 더블칼라를 달고 있었고, 챙이 넓은 중산모를 쓰고 있었다.

"여보게, 크로프턴!" 헨치 씨가 뚱뚱한 사람에게 말했다. "호랑이도 제 말하면 온다더니……."

"술은 어디서 났나?" 젊은 사람이 물었다. "암소가 새끼라도 낳은 거야?"

"오, 물론, 라이언스는 역시 술을 먼저 알아보는군!" 오코너 씨가 껄껄 웃으면서 말했다.

"선거 운동하는 게 왜 이 모양이오." 라이언스 씨가 말했다. "크로프턴과 저는 찬비를 맞으며 표를 모으고 있는 판인데?"

"뭐라고, 젠장." 헨치 씨가 말했다. "나는 5분 동안 자네들 둘이서 일주일 동안 하는 것보다 더 많은 표를 얻을 수 있단 말이야."

"흑맥주 두 병 따요, 잭." 오코너 씨가 말했다.

"어떻게 따지요?" 노인이 말했다. "병따개가 없으니?"

"기다려요 글쎄, 기다려!" 헨치 씨가 재빨리 일어서면서, 말했다. "이런 작은 요술을 구경해본 적 있어?"

그는 탁자에서 두 병을 집어 들어 난롯가로 가져가서, 벽난로의 양쪽 시렁 위에 놓았다. 그런 다음 난로 곁에 다시 앉아, 병에서 또 한 모금 마셨다. 라이언스 씨는 탁자 가장자리에 걸터앉아 모자를 목덜미 쪽으로 밀어 쓴 다음 양다리를 흔들기 시작했다.

"어느 것이 내 병이지?" 그가 물었다.

"이거야, 친구." 헨치 씨가 말했다.

크로프턴 씨는 상자에 걸터앉아 시렁 위의 다른 쪽 병을 빤히 쳐다보았다. 그는 두 가지 이유 때문에 입을 다물고 있었다. 그 첫째 이유는—그것 자체로 충분한 것이 못되었지만—말할 건더기가 없었다. 두 번째 이유는 동료들을 자기보다 못났다고 생각한 것이다. 그는 보수당원이었던 윌킨스의 선거 운동원이었다. 그러나 보수당이 그들의 후보를 철회하고, 탐탁지 않은 두 후보 중에 보다 나은 자를 택하여 국민당 후보를 지지하자 티어니 씨를 위해 일해온 것이다.

몇 분이 지나자 변명조의 "폭!" 소리가 들리더니 라이언스 씨의 병에서 코르크 마개가 튀었다. 라이언스 씨는 탁자에서 껑충 뛰어내려 난롯가로 가서, 병을 들고 다시 테이블로 돌아왔다.

"내가 방금 그들에게 말하고 있던 중이야, 크로프턴." 헨치 씨가 말했다. "우린 오늘 확실히 몇 표를 얻었다는 걸."

"누구 표를 얻었는데?" 라이언스가 물었다.

"글쎄, 파크스 한 표, 그리고 앳킨슨 두 표, 그리고 도슨가의 동장(洞長)을 수중에 넣었지. 역시 그분은 정말 훌륭한 분이오—젠틀한 영감이야. 오랜 보수당원이지! '하지만 댁의 후보는 국민당원이 아니던가요?' 하고 그가 물었어. '그는 존경할 만한 사람입니다!' 내가 말했지. '이 나라에 이익이 될 거라면 뭐든지 호의를 갖지요. 그는 대단한 지방세 납부자랍니다.' 내가 말했지. '시에 광대한 가옥재산(家屋財産)과 세 개의 사업 장소를 갖고 있으니, 세금을 줄이는 것이 자기 자신의 이익을 위한 것이 아니겠어요? 그는 탁월하고 존경받는 시민입니다.' 내가 말했지. '빈민 구제법 운영위원이요. 좋든 나쁘든 혹은 상관없이, 어느 당에도 속하지 않아요' 그런 식으로 사람들에게 말하는 거야."

"왕에 대한 환영 연설은 어떻게 생각하나?" 라이언스 씨가 술을 마신 다음 입맛을 다시면서 물었다.

"내 말을 잘 들어봐요." 헨치 씨가 말했다. "이 나라에서 필요로 하는 건, 내가 동장에게 말했듯이 자본이란 말이야. 왕이 이곳에 오는 것은 이 나라에 돈이 들어오는 것을 의미하지. 더블린 시민은 그로 인하여 이익을 보게 되고, 저 부둣가에 있는 모든 공장들이 휴업중인 걸 보라고! 우리가 옛날의 산업 시설들, 제분소나 조선소, 그리고 각종 공장들을 움직이기만 한다면 나라 안에 생길 돈을 한번 생각해봐. 우리에게 지금 필요한 것은 자본이야."

"하지만 이것 봐, 존." 오코너 씨가 말했다. "우리가 왜 영국 왕을 환영해야만 하지? 파넬도……."

"파넬은," 헨치 씨가 말했다. "죽었어. 자, 난 이렇게 생각해. 그는 그의 노모 때문에 머리가 백발이 되도록 왕위에 오르지 못하고 있다가 이제야 겨우 즉위한 사람이야. 그는 세상을 잘 알고, 우리에게 호의를 갖고 있어. 글쎄 내 생각으로는 그는 꽤 멋있고 점잖은 사람이며, 악의라곤 전혀 없어. 그는 이렇게 혼잣말을 할 거야. '선왕께서는 이 야생의 아일랜드인을 결코 보러 간 적이 없어. 정말이지, 내가 친히 가서 그들이 어떠한지 좀 봐야겠어'라고 말이야. 그래 친선 방문차 이곳에 오는 사람을 우리는 모욕해야 할까, 응? 그렇지 않아, 크로프턴?"

크로프턴 씨는 고개를 끄덕였다.

"그러나 요컨대," 라이언스 씨가 따지듯 말했다. "에드워드 왕의 생활은 알다시피, 그다지……."

"지나간 일은 지나간 일로 내버려 두자고." 헨치 씨가 말했다. "나는 개인적으로 그 사람을 존경해. 자네들이나 나와 마찬가지로 그도 놀기 좋아하는 범인(凡人)에 불과하지. 술도 좋아하고 아마 난봉꾼 기질도 있을 수 있고, 훌륭한 스포츠맨이기도 하잖아. 젠장, 우리 아일랜드인은 페어플레이도 할 수 없단 말이야?"

"그건 모두 아주 타당한 말이야. 그러나 이제 파넬의 경우를 좀 생각해 보자고." 라이언스 씨가 말했다.

"도대체" 헨치 씨가 말했다. "두 사람 사이에 무슨 유사성이 있다는 거야."

"내 말은" 라이언스 씨가 말했다. "우리도 이상(理想)이 있다는 거야." "왜, 글쎄, 우리가 그따위 사람을 환영해야 하지? 파넬이 한 일을 보고도 그가 우리를 영도할 적임자였다는 생각이 드나? 그렇다면 왜 우리가 에드워드 7세를 위해 그따위 짓을 해야 한단 말인가?"

"오늘은 파넬의 추념일이야." 오코너 씨가 말했다. "그러니 감정 상할 그런 말은 하지 맙시다. 그분이 세상을 하직하고 안 계시기 때문에 우린 모두 그분을 존경하고 있소 — 심지어 보수당원까지도." 그는 크로프턴 씨를 돌아보며 덧붙여 말했다.

"폭!" 더딘 병마개가 크로프턴 씨의 병으로부터 날아갔다. 크로프턴 씨는 앉아 있던 상자에서 일어나 난롯가로 갔다. 술병을 손에 잡은 채 돌아오며 그는 굵은 목소리로 말했다.

"우리 당도 그를 존경해, 신사였으니까."

"자네 말이 맞아, 크로프턴!" 헨치 씨가 사납게 말했다. "그는 저 고양이 우리의 질서를 유지시킬 수 있었던 유일한 사람이었으니까. '앉아. 이 개들아! 드러누워. 이 똥개들아!' 하고 말이야. 이런 식으로 그는 그들을 다루었으니까. "들어와요, 조! 들어와요!" 그는 문간에 있는 하인스를 보자, 큰 소리로 불렀다.

하인스 씨가 천천히 들어왔다.

"흑맥주 한 병 더 따구려, 잭." 헨치 씨가 말했다. "오, 병따개가 없는 걸 잊었군! 자, 병을 이리 내요, 난롯가에 놓아둘 테니."

노인이 술 한 병을 그에게 건네주자, 그는 그것을 시렁 위에 놓았다.

"앉아, 조." 오코너 씨가 말했다. "우린 방금 수령에 관해 이야기하고 있었어."

"그래, 그래!" 헨치 씨도 말했다.

하인스 씨는 라이언스 씨 가까이 탁자 옆에 앉았으나, 아무 말도 하지 않았다.

"아무튼 한 사람밖에 없다니까." 헨치 씨가 말했다. "파넬을 배반하지 않은 이는. 맹세코 그렇지, 조! 아니, 맹세코 자네는 시종일관 그를 지지했잖아!"

"오, 조." 오코너 씨가 갑자기 말했다. "자네가 쓴 걸 이리 내놔

봐 — 기억하나? 지금 그거 가지고 있어?"

"오, 그래!" 헨치 씨도 말했다. "그걸 이리 내놔봐. 들어본 적이 있어, 크로프턴? 자, 들어봐. 참 근사한 거야."

"어서." 오코너 씨가 재촉했다. "시작해, 조."

하인스 씨는 그들이 말하는 것이 무엇인지 기억 나지 않는 듯했으나, 잠시 생각한 뒤에, 이내 말했다.

"오, 그거 말이군…… 그래, 그건 오래전 거야."

"자, 그걸 꺼내봐, 이 사람아!" 오코너 씨가 말했다.

"쉬, 쉬." 헨치 씨가 말했다. "자, 조!"

하인스 씨는 조금 더 오래 망설였다. 이어 모두 잠자코 있는 사이 그는 모자를 벗어, 탁자 위에 놓으며 일어섰다. 그는 마음속으로 연습해 보는 듯했다. 한참 후에 그는 큰 소리로 읊기 시작했다:

## 파넬의 죽음

1891년 10월 6일

그는 목청을 한두 번 가다듬더니 읊조리기 시작했다.

> 임은 가셨네. 무관(無冠)의 우리 왕은 가셨네.
>
> 오, 애린(愛隣)은 설움과 슬픔으로 애통하나니
>
> 임은 가시고 말았기에
>
> 현대의 잔인한 위선자들의 무리가 그를 영락했는지라.

임은 비열한 도당들에 의해 살해되시니
임은 오욕(汚辱)에서 영광으로 오르셨네.
그리하여 애린의 희망이요 애린의 꿈은
군주의 화장(火葬) 장작 더미 위에서 사라지네.

궁전이든 초가집 또는 오두막이든
거기 있어야 할 애린의 심장은
슬픔으로 정기(精氣)가 꺾였네 — 임은 가셨기에
조국의 운명을 짊어질 임이 가셨기에.

임은 애린의 명성을 떨치시고,
초록빛 깃발을 영광스럽게 휘날리시며,
조국의 정치가, 시인들, 용사들은 고양(高揚)되었는지라.
세계의 만백성 앞에.

임은 꿈꾸셨나니(아, 슬프도다. 꿈에 지나지 않음이!)
자유를. 그러나 그분은
저 꿈의 우상(偶像)을 얻으려 애쓰실 때에
배신이 그가 사랑했던 것들과 그를 갈라놓았는지라.

비겁자들 위에 수치를, 주님을 살해한 비열한 손들,
또한 키스로써 임의 친구가 아닌 — 해롱대는 성직자들의
오합지졸에게

임을 배신했는지라.

임의 자존심으로 저들을 물리치신
임의 거룩하신 이름을 애써 헐뜯고 더럽히려 한
그자들의 기억을
영원히 치욕으로 썩게 하소서.
임은 강자들이 쓰러지듯 쓰러졌나니,
최후까지 용감무쌍하셨도다.
그리하여 죽음이 이제 그분을 영합하게 했나니
과거 애린의 영웅들과 함께.
어떠한 투쟁의 소리도 임의 잠을 방해하지 말라!
고요히 임 잠드시니, 그 어떤 인간의 고통도,
그 어떤 야망도 그를 자극하지 말지니
영광된 정상(頂上)을 득(得)하기 위해.

저들은 마음대로 했도다. 저들은 임을 꺾었도다.
하지만 애린이여, 들어라, 임의 영혼은
솟으리라, 화염에서 불사조처럼,
그날의 먼동이 틀 때.

자유의 통치를 우리에게 가져다주는 그날.
애린이여,
기쁨에 축배 드는 술잔 속에 맹세할지라.

한 가지 슬픔 — 파넬의 기억을.

하인스 씨가 탁자 위에 다시 앉았다. 그가 시 낭송을 끝마치자 잠시 침묵이 흐르고 박수갈채가 터졌다. 심지어 라이언스 씨도 박수를 쳤다. 갈채는 얼마 동안 계속되었다. 그것이 끝나자 청중들은 모두 술병을 들고 말없이 술을 들이켰다.

"폭!" 코르크 마개가 하인스 씨의 술병에서 날아갔지만, 하인스 씨는 상기된 얼굴에 모자를 벗은 채 탁자 위에 그대로 앉아 있었다. 그는 술을 권하는 소리도 듣지 못한 듯 보였다.

"훌륭해, 조!" 오코너 씨는 자신의 감정을 감추려고 담배 종이와 쌈지를 꺼내면서 말했다.

"어떻게 생각하나, 크로프턴?" 헨치 씨가 소리쳤다. "근사하잖아? 어때?"

크로프턴 씨는 정말 근사한 시라고 말했다.

## 어머니

「에이레 독립협회」의 서기관 홀로헌 씨는 자질구레하고 불결한 서류 조각을 손에 그리고 주머니에 가득 채우고 음악회를 준비하느라 거의 한 달 동안 더블린 거리를 동분서주하고 있었다. 그는 다리를 절었는데, 그 때문에 친구들은 그를 호피(절름발이) 홀로헌이라고 불렀다. 그는 한결같이 왔다 갔다 했고, 거리 모퉁이에 서서 매시간 요점을 토론하고 메모를 했다. 그러나 결국, 모든 것을 준비한 사람은 바로 커니 부인이었다.

데블린 양은 홧김에 커니 부인이 되었다. 그녀는 상류 수도원에서 교육을 받았고, 그곳에서 불어와 음악을 배웠다. 그녀는 태어날 때부터 얼굴이 창백한 데다 남에게 굽힐 줄 모르는 성미였기 때문에 학교에서 친구가 별로 없었다. 결혼할 나이가 되자 그녀는 여러 집을 출입했는데, 거기서 그녀의 피아노 연주와 세련된 태도는 사람들로부터 칭찬을 받았다. 그녀는 스스로 쌓아 올린 소양의 싸늘한 울타리 안에 자리 잡고 앉아, 어떤 구혼자가 도전하여 자신에게 찬란한 생활을 안겨주길 기다리고 있었다. 그러나 그녀가 만난 청년은 평범했고, 그리하여 그녀는 그들에게 아무런 반응도 보이지 않은 채, 몰래 터키 눈깔사탕을 실컷 먹음으로써 자신의 낭만적인 욕망을 달래려고 노력했다. 그러나 혼기가 한계점에 도달하게 되고 친구들이 그녀에 관해 수군거리기 시작하자, 그녀는 커니 씨와 결혼을 함으로써 그들의 입을 막아버렸으니, 당시 그는 오먼드 부두의 구두 수선공이었다.

그는 그녀보다 나이가 훨씬 많았다. 텁수룩한 갈색 턱수염에서 흘러나오는 그의 이야기들은 심각하기만 했다. 결혼 생활의 첫 해가 지난 뒤, 커니 부인은 이러한 남자가 함께 살아가기에는 낭만적인 사내보다 한층 낫다는 것을 알아차리긴 했지만, 자기 본래의 낭만적인 생각들을 결코 버리지 못했다. 남편은 술도 안 마시는 데다가 검소하고 신앙심도 강했다. 그는 매달 첫째 주 금요일이면 제단(성당)에 때로는 아내와 함께 갈 때도 있었만, 혼자서 갈 때가 더 많았다. 하지만 그녀는 결코 신앙심이 약해지지 않았고 그에겐 훌륭한 아내였다. 어떤 낯선 집의 파티에서 아내가 눈썹을 조금만 치켜세워도 그는 곧 자리에서 일어나 그곳을 떠났고, 남편이 기침으로 고생할 때에는 솜털 이불로 발을 덮어주며, 그를 위해 독한 럼 펀치 술을 만들어 주었다. 그 또한 모범적인 아버지였다. 매주 어떤 조합에다 약간의 돈을 지급함으로써, 두 딸이 스물네 살이 되었을 때 각자 100파운드의 결혼 지참금을 받을 수 있도록 해두었다. 그는 큰딸 캐슬린을 좋은 수도원에 보냈고, 그곳에서 그녀는 불어와 음악을 배웠으며, 그다음에는 왕립 음악학교에 다니게끔 학비를 주었다. 해마다 7월이 되면 커니 부인은 어떤 친구에게 이렇게 말했다.

"남편이 우리더러 몇 주 동안 스케리스로 피서를 다녀오라지 뭐예요."

만일 그것이 스케리스가 아니면 호우스나 그레이스톤스였다.

아일랜드의 문예부흥이 평가를 받기 시작했을 때, 커니 부인은 딸의 이름을 이용할 결심을 했고, 그리하여 아일랜드어 교사를 집으로 초대했다. 캐슬린과 그녀의 동생은 아일랜드 그림엽서를 친구들에게 보냈는데, 그러면 친구들도 다른 아일랜드 그림엽서를 보내왔다. 커니 씨가 임시 성당으로 가족과 함께 미사를 보러 가는 특별한 일요일에는 몇몇 사람들이 미사 후에 성당 거리의 모퉁이에 모이곤 했다. 그들은 모두 커니 댁의 친구들 — 음악 친구들 또는 국민당 친구들 — 이었으며, 얼마간의 잡담이 끝나면 모두 함께 서로 악수를 했고, 서로 손을 맞잡은 채 웃어대며 아일랜드어로 작별 인사를 했다. 곧 캐슬린 커니 양의 이름이 모든 사람의 입에 자주 오르내리기 시작했다. 사람들은 그녀가 음악적 재능이 아주 뛰어나고 대단히 훌륭한 아가씨며, 더욱이 국어 운동의 신봉자라고 이야기했다. 커니 부인은 이에 매우 만족했다. 그래서 어느 날 홀로헌 씨가, 그의 협회가 앤티언트 음악당에서 주최하는, 일 년에 네 번 열리는 그랜드 콘서트에서 자기 딸을 피아노 반주자로 삼겠다고 제의했을 때도 놀라지 않았다. 그녀는 그를 응접실로 데리고 들어가 앉게 하고, 술병과 은제 비스킷 통을 내놓았다. 그녀는 이 사업에 하나하나 자세히 열성껏 파고들며 충고를 했고 권유도 했다. 마침내 계약이 이루어졌는데, 캐슬린은 네 번의 그랜드 콘서트에서 반주자로 출연하는 대가로 8기니를 받도록 되어 있었다.

홀로헌 씨는 광고문이나 프로그램 항목 처리와 같은 섬세한 일에서 초년생이었기 때문에, 커니 부인이 그를 도왔다. 그녀는 재주가 있었다. 어떤 '가수들'의 이름을 크게 쓰고 어떤 '가수들'의 이름을 작게 써야 하는지를 알고 있었다. 그녀는 제1테너가 미드 씨의 희극 순서 다음에 나오는 걸 좋아하지 않을 것임을 알고 있었다. 청중들에게 계속 관심을 환기시키기 위하여, 그녀는 옛날 유행곡 사이에 인기가 없는 곡들을 끼워 넣었다. 홀로헌 씨는 어떤 점에 관하여 그녀의 충고를 듣기 위해 매일같이 그녀를 만나러 왔다. 그녀는 변함없이 다정했고 충고를 해주었다 — 사실, 가정적이었다. 그녀는 그에게 술병을 내밀며 이렇게 말했다.

"자, 드시죠, 홀로헌 씨!"

그리고 그가 술을 들고 있는 동안 그녀는 말했다.

"염려 마세요! 염려할 것 없어요!"

만사는 원만히 진행되었다. 커니 부인은 캐슬린의 드레스 앞섶에 대려고 브라운 토머스 포목점에서 어떤 예쁜 분홍색 샤르뫼즈 비단을 샀다. 돈이 많이 들었으나, 이럴 때의 약간의 지출은 얼마든지 정당화될 수 있었다. 그녀는 마지막 음악회를 위한 2실링짜리 입장권 12장을 사서, 그렇게 하지 않으면 올 리 없는 저 친구들에게 보냈다. 그녀는 잊은 것이 하나도 없었고, 그녀 덕분에 해야 할 일은 모두 끝났다.

음악회는 수요일, 목요일, 금요일 그리고 토요일에 열릴 예정이었다. 커니 부인이 딸과 함께 수요일 밤에 앤티언트 음악당에 도착했을 때, 모든 것이 마음에 들지 않았다. 재킷에 반짝이는 푸른 배지를 단, 몇몇 젊은이들이 현관에 빈들빈들 서 있었다. 그들 중 아무도 야회복을 입고 있지 않았다. 그녀는 딸과 함께 그 옆을 지나가며, 홀의 문을 통해 언뜻 들여다보자 안내원들이 빈들거리는 이유를 알 수 있었다. 처음에 그녀는 시간을 잘못 안 게 아닌가 생각했다. 천만에, 시간은 8시 20분이었다.

무대 뒤의 의상실에서 그녀는 협회의 서기인 피츠 패트릭 씨에게 소개되었다. 그녀는 미소를 지으며 그와 악수를 했다. 그는 희고 멍청하게 생긴 얼굴에, 작은 몸집의 사나이였다. 그녀가 자세히 살펴보자 사나이는 부드러운 갈색 중절모를 아무렇게나 머리 한쪽에 얹어 놓았고, 말투는 아무런 억양이 없었다. 그는 한쪽 손에 프로그램을 쥐고 있었고, 그녀와 말하는 동안, 프로그램 한쪽 끝을 씹어 흐물흐물하게 만들었다. 그는 관객이 적은데 대한 실망을 가볍게 받아넘기는 눈치였다. 홀로헌 씨는 매표소로부터 매표 상황에 관한 보고를 받고 연방 의상실을 드나들었다. '가수들'

은 초조한 듯 자기네끼리 이야기를 하며, 이따금 거울을 쳐다보면서 악보를 말았다 폈다 했다. 거의 8시 30분이 되자, 현관의 몇몇 사람들이 이젠 시작하라고 웅성거리기 시작했다. 피츠 패트릭 씨가 들어와 멍하니 방 안을 둘러보고 싱긋 웃으며, 말했다.

"자, 신사 숙녀 여러분, 이제 시작하는 것이 좋을 듯합니다."

커니 부인은 전혀 억양이 없는 그의 마지막 말투를 경멸하는 듯한 빠른 시선으로 받아넘긴 뒤 딸에게 격려하듯 말했다.

"준비됐니, 얘야?"

그녀는 기회가 생기자 홀로헌 씨를 옆쪽으로 불러, 도대체 어떻게 된 영문인지 말해보라고 요구했다. 홀로헌 씨도 어떻게 된 노릇인지 알지 못했다. 그는 위원회가 음악회를 네 번씩이나 준비한 것은 잘못이라고 말했다. 네 번은 너무 많은 것이었다.

"그리고 가수들은!" 커니 부인이 말했다. "물론 모두 최선을 다하고 있지만 그들은 정말 신통치 않은 자들이야."

홀로헌 씨는 '가수들'이 신통치 않은 걸 인정했으나, 위원회가 처음 세 번의 음악회는 되는대로 내버려두고 모든 역량을 토요일 밤을 위하여 간직하도록 결정했다고 말했다. 커니 부인은 더는 아무 말도 하지 않았다. 그러나 시원찮은 곡목들이 차례로 무대에서 진행되고, 홀에 있는 얼마 안 되는 청중마저도 그 수가 점점 줄어드는 것을 보자, 그녀는 이따위 음악회에 어떤 비용을 스스로 부담한 것을 후회하기 시작했다. 모든 일이 돌아가는 꼴이 못마땅했고, 피츠 패트릭 씨의 얼빠진 미소가 그녀를 몹시 격분시켰다. 그러나 그녀는 아무 말도 하지 않았고, 결말이 어떻게 나는지 기다리고 있었다. 음악회는 10시 조금 전에 끝났고, 모든 이들은 재빨리 집으로 돌아갔다.

목요일 밤의 음악회에는 청중이 보다 많았으나, 커니 부인은 무료로 입장하는 사람이 너무 많다는 것을 곧 알아차렸다. 청중들은 음악회가 마치 비공식적인 의상 연습인 양 제멋대로 행동했다. 피츠 패트릭 씨는 흥이 난 듯 보였다. 그는 커니 부인이 자기의 행동을 성난 눈초리로 보고 있다는 것을 전혀 의식하지 못했다. 그는 칸막이 가장자리에 서서, 이따금 머리를 내밀며, 발코니 구석에 있는 두 친구와 웃음을 교환하고 있었다. 그날 밤 음악회가 진행되는 동안, 커니 부인은 금요일의 음악회는 그만두기로 하고, 위원회가 토요일 밤에 초만원을 이루게 하기 위해 전력을 다하기로 했다는 사실을 알았다. 이러한 소식을 듣자, 그녀는 홀로헌 씨를 찾았다. 그녀는 그가 어떤 젊은 여인을 위해 레모네이드 한 잔을 들고 절름발이 걸음으로 재빨리 걸어 나오자, 그를 붙들어놓고 그게 사실이냐고 따졌다. 과연 그건 사실이었다.

"그러나 물론 계약을 변경하지는 않겠지요." 그녀는 말했다. "계약은 네 번의 음악회로 되어 있어요."

홀로헌 씨는 급히 서두르는 척했다. 그는 피츠 패트릭 씨에게 말해보라고 했다. 커니 부인은 점점 당혹스러움을 느끼기 시작했다. 그녀는 피츠 패트릭 씨를 칸막이 밖으로 불러내서 네 번의 공연을 위해 서명을 했으니, 물론 계약서의 항목에 따라 위원회가 네 번의 공연을 갖든 말든, 딸은 당초에 약정한 액수를 받아야 마땅하다고 말했다. 피츠 패트릭 씨는 요점을 아주 재빨리 포착하지 못하고, 자기가 이 문제를 위원회에 내놓겠다고 말했다. 커니 부인은 화가 나서 단번에 얼굴색이 빨개지며, 따지고 싶은 것을 참으려고 무진 애를 썼다.

"도대체 '위원회'라는 게 누구예요?"

그러나 그녀는 그렇게 대드는 것이 숙녀답지 못하다는 걸 알고 입을 다물었다.

어린 소년들은 금요일 아침 일찍 여러 다발의 광고 뭉치를 들고 더블린의 주요 거리로 달려 나갔다. 모든 석간신문에는 음악 애호가들에게 다음 날 저녁에 있을 음악 향연을 상기시키는 특별 과장 광고가 실려 있었다. 커니 부인은 약간 안심이 되었으나, 그래도 남편에게 그녀가 미심쩍게 생각하는 부분을 일러주는 것이 좋겠다고 생각했다. 남편은 조심스럽게 귀를 기울이더니 토요일 밤에 자기와 같이 가는 게 좋겠다고 말했다. 그녀도 동의했다. 그녀는 큼직하고 안정감을 주는 확고한 존재로서 중앙우체국을 존경하듯 남편을 존경했다. 그리고 비록 그녀는 남편에게 별로 재주가 없다는 것을 알고 있었으나, 남성으로서의 그의 추상적인 가치를 인정했다. 그녀는 남편이 자기와 함께 가겠다고 제의한 것이 반가웠다. 그녀는 자신의 계획이 일단 끝난 것으로 생각했다.

대음악회(그랜드 오페라)의 밤이 왔다. 커니 부인은 남편, 딸과 함께 음악회가 시작되기 45분 전에 앤티언트 음악당에 도착했다. 운이 없게도 비가 내리는 저녁이었다. 커니 부인은 딸의 옷과 악보를 남편에게 맡기고, 홀로헌 씨나 피츠 패트릭 씨를 찾기 위해 장내를 온통 돌아다녔다. 그녀는 두 사람 모두 찾을 수가 없었다. 그녀가 안내원들에게 위원회 사람들이 홀 안에 있는지를 묻자, 안내원은 한참 애쓴 끝에 베언 양이라는 몸집이 작은 여인을 데리고 나왔다. 커니 부인은 그녀에게 서기들 중 한 사람을 좀 만났으면 좋겠다고 설명했다. 베언 양은 곧 그들이 나올 것이라고 말하고 도와드릴 일이 있느냐고 물었다. 커니 부인은 신뢰감과 열의의 표현을 찌푸리는 상대방의 늙은 얼굴을 쳐다보며 대답했다.

"아니요, 감사해요!"

몸집이 작은 그 여인도 장내가 만원이 되었으면 좋겠다고 말했다. 그녀는 바깥의 비를 쳐다보았는데, 마침내 젖은 거리의 우울함이 그녀의 찌푸린 얼굴에서 신뢰감과 열성을 모두 지워버리는 듯했다. 그러자 그녀는 작은 한숨을 지으며 말했다.

"아, 글쎄! 정말이지, 우린 최선을 다했는데……."

커니 부인은 의상실로 돌아가야만 했다.

'악사들'이 도착하고 있었다. 베이스와 제2테너는 이미 와 있었다. 베이스인 더건 씨는, 검은 콧수염이 드문드문 나 있고 몸집이 호리호리한 젊은이였다. 그는 시내에 있는 어떤 사무실 문지기의 아들이었는데, 어린 소년이었을 때, 소리가 울려 퍼지는 사무실 문간에서 길게 늘어뜨린 베이스 곡조로 노래했었다. 그는 이러한 비천한 신분에서 출세하여, 드디어 일류급의 '가수'가 되었다. 그랜드 오페라에 출연한 적도 있었다. 어느 날 밤, 한 오페라 '가수'가 병이 들었을 때, 그 대신 퀸즈 극장의 〈마리타나〉의 오페라에서 임금 역을 맡은 적도 있었다. 그는 대단한 감정과 성량으로 노래를 불렀고, 청중으로부터 열렬한 갈채를 받았다. 그러나 불행하게도, 그는 무심결에 한두 번 장갑 낀 손으로 코를 닦음으로써 그의 좋은 인상을 망가뜨렸다. 그는 겸손하고 말수도 적었다. '당신'이란 말을 어찌나 부드럽게 발음하는지 거의 들리지 않을 정도였고, 자신의 성대를 위하여 우유보다 더 독한 음료는 절대로 마시지 않았다. 제2테너인, 벨 씨는 페시 오일 음악에서 현상(懸賞)을 위해 매년 경연에 참여하는, 금발머리의 몸집이 작은 사나이였다. 네 번째 경연에서 그는 동메달을 받았다. 그는 지극히 신경질적이고 다른 테너 가수들에게 대단한 질투심을 품고 있었으며, 넘쳐흐르는 우정으로 자신의 신경질적인 질투를 감추었다. 그는 한 번의 연주회가 그에게 얼마나 힘든 일인지를 사람들에게 알리고 싶어 하는 성격이었다. 그가 더건 씨를 보자, 그에게 다가가며 물었다.

"당신도 출연하세요?"

"네." 더건 씨가 대답했다.

벨 씨는 함께 고생하는 동료를 보고 웃으면서, 손을 내밀며 말했다.

"악수합시다!"

커니 부인은 이 두 젊은 남자 옆을 지나 장내를 둘러보기 위해 칸막이 가장자리로 갔다. 좌석들이 급히 메워졌고, 장내에는 즐거운 분위기가 감돌고 있었다. 그녀는 자리로 돌아와 남편에게 은밀하게 말했다. 그들의 대화는 캐슬린에 관한 것이 분명했다. 왜냐하면 그들은 그녀가 국민당 친구 중 하나요, 콘트랄토 가수인 힐리 양과 이야기하며 서 있자, 가끔 그녀를 흘끗흘끗 쳐다보았기 때문이다. 창백한 얼굴을 가진 어떤 낯설고 고독하게 생긴 여인이 방을 지나 걸어갔다. 여자들은 그녀의 빈약한 몸매에 걸친 퇴색된 푸른 드레스를 날카로운 눈으로 뒤쫓았다. 누군가가 그녀가 소프라노 마담 글린이라고 말했다.

"어디서 저런 여자를 구했는지 모르겠어." 캐슬린이 힐리 양에게 말했다. "정말 이름도 들어보지 못한 여자야."

힐리 양은 미소를 지을 뿐이었다. 홀로헌 씨가 그 순간 의상실로 절름거리며 들어오자, 두 젊은 여인은 그에게 저 낯선 여자가 누구냐고 물었다. 홀로헌 씨는 그녀는 런던에서 온 마담 글린이라고 말했다. 마담 글린은 방 한쪽 구석에 자리 잡고 서서, 둘둘 만 악보를 앞쪽으로 뻣뻣이 들고,

놀란 듯 이따금 시선의 방향을 다른 데로 돌렸다. 그림자가 그녀의 빛바랜 옷을 가려주었으나, 그 대신 복수나 하듯 가슴의 쇄골 뒤쪽 움푹 들어간 곳을 두드러지게 했다. 홀의 떠드는 소리가 한층 요란했다. 제1테너 가수와 바리톤 가수가 함께 도착했다. 그들은 모두 옷을 잘 입었고, 건장하고 만족한 듯 보였으며, 무리 가운데 부유한 인상을 풍기고 있었다.

커니 부인은 딸을 그들에게로 데리고 가서, 상냥하게 말을 걸었다. 그녀는 그들과 친하게 지내길 원했다. 그녀가 예의 바르게 대하려고 무던히 애쓰는 동안에도 그녀의 눈은 절름거리며 비틀거리는 코스로 돌아다니는 홀로헌 씨를 뒤따랐다. 그녀가 이내 그들에게 양해를 구하고 그를 뒤따라 밖으로 나갔다.

"홀로헌 씨, 잠깐 얘기할 게 있어요." 그녀가 말했다.

두 사람은 복도의 조용한 곳으로 내려갔다. 커니 부인은 딸이 언제 출연료를 받게 되느냐고 물었다. 홀로헌 씨는 피츠 패트릭 씨가 그걸 담당하고 있다고 말했다. 커니 부인은 피츠 패트릭 씨에 대해서는 아는 바 없다고 말했다. 그녀의 딸은 8기니를 받기로 계약했기 때문에, 돈을 받아야 한다고 했다. 홀로헌 씨는 그건 자기 소관이 아니라고 말했다.

"왜 그것이 당신 소관이 아니에요?" 커니 부인은 따져 물었다. "계약서를 당신이 직접 딸에게 가져오지 않았어요? 어쨌든 만일 그것이 당신 소관이 아니라면, 내 소관임은 분명해요. 어디 한번 따져봐야겠어요."

"피츠 패트릭 씨한테 말씀해 보는 것이 좋을 겁니다." 홀로헌 씨가 단호히 말했다.

"피츠 패트릭 씨에 관해서는 아는 바가 없다니깐요." 커니 부인은 거듭 말했다. "저는 계약을 했으니 그것이 이행되는 걸 봐야겠어요."

그녀가 의상실로 돌아왔을 때, 그녀의 뺨은 약간 상기되어 있었다. 방에는 활기가 넘쳤다. 외출복을 입은 두 사나이가 벽난로를 차지하고 힐리 양과 바리톤 가수와 함께 다정하게 이야기를 나누고 있었다. 그들은 『프리먼』지 기자와 오머든 버크 씨였다. 『프리먼』지 기자는 어떤 미국인 신부가 시장 관저에서 하는 연설을 취재해야 하기 때문에 자신은 음악회를 더는 기다릴 수 없음을 알리기 위해서 왔다고 했다. 그는 자신에게 기사를 보내 주면, 그것을 『프리먼』지에 실어 보겠다고 그들에게 말했다. 그럴듯한 목소리와 조심스러운 태도를 지닌 백발의 남자였다. 그는 불이 꺼진 시가를 손에 쥐고 있었는데, 담배 연기의 향내가 그의 주변에 떠돌았다. 그는 음악회와 '가수들'이 그를 몹시 귀찮게 하기 때문에 잠시도 머물 의향이 없지만, 벽난로에 몸을 기댄 채 그대로 있었다. 힐리 양이 이야기하고 웃어대면서, 그의 정면에 서 있었다. 그는 그녀의 공손한 태도에 대하여 그 이유를 알 수 있을 만큼 충분히 나이가 들었으나, 마음은 그와 같은 기회를 이용하기에는 충분히 젊었다. 그녀 몸의 온기, 향내 그리고 빛깔이 그의 감각을 자극했다. 그가 자신의 눈 아래 천천히 오르내리는 그녀의 앞가슴이 그 순간 자기를 위해서 오르내리고 있음을, 그녀의 웃음과 향기와 추파가 자기에게 바쳐진 공물(供物)임을 즐거운 마음으로 의식하고 있었다. 그는 더는 머무를 수 없게 되자 아쉬워하며 그녀 곁을 떠났다.

"오머든 버크가 짤막한 기사를 쓸 겁니다." 그는 홀로헌 씨에게 설명했다. "그러면 제가 실어드리지요."

"대단히 고맙습니다, 헨드리크 씨." 홀로헌 씨가 말했다. "실어주실 것으로 압니다. 자, 가시기 전에 뭘 좀 드시지 않겠어요?"

"상관없어요." 헨드리크 씨가 말했다.

두 사람은 어떤 꼬불꼬불한 복도를 지나 컴컴한 층계를 올라가, 어느 으슥한 방에 당도했는데, 그곳에서는 접대원 하나가 몇몇 신사들을 위해 술을 따르고 있었다. 이 신사들 가운데 하나는 오머든 버크 씨로서, 그는 본능에 따라 이 방을 찾아냈다. 그는 미끈한 중년 신사로, 쉴 때에는 커다란 비단 우산에 자신의 당당한 체구를 의지했다. 그에게 붙여진 서부의 과장된 이름은 그가 자신의 미묘한 재정 문제를 균형 잡게 해주는 도덕적 우산이기도 했다. 그는 널리 존경을 받고 있었다.

홀로헌 씨가 『프리먼』지의 기자를 대접하는 동안, 커니 부인이 너무나 남편에게 열을 올리며 떠들어대는지라 남편은 아내에게 목소리를 좀 낮추라고 타이르지 않을 수 없었다. 의상실에 있던 다른 사람의 대화는 긴장되어 있었다. 첫 번째 순서인, 벨 씨가 악보를 들고 준비 자세를 취하고 있었으나, 반주자는 움직일 기색조차 보이지 않았다. 분명히 뭔가 잘못되고 있었다. 커니 씨는 자신의 턱수염을 쓰다듬으면서 앞을 똑바로 바라보고 있었고, 한편 커니 부인은 캐슬린의 귀에다 대고 낮은 말투로 뭔가 속삭이고 있었다. 홀로부터 재촉하는 소리, 박수와 발을 구르는 소리가 들려왔다. 제1테너와 바리톤 그리고 힐리 양이 함께 서서, 조용히 기다리고 있었으나, 벨 씨의 신경은 청중이 그가 늦게 온 것으로 생각할까봐 두려웠기 때문에 크게 동요되어 있었다.

홀로헌 씨와 오머든 버크 씨가 방 안으로 들어왔다. 잠시 후 홀로헌 씨는 숨을 죽인 듯한 고요함을 알아차렸다. 그는 커니 부인에게 건너가, 그녀와 열렬히 말했다. 그들이 이야기하는 동안 홀에서는 떠드는 소리가 한층 더 커졌다. 홀로헌 씨는 몹시 흥분했고, 얼굴은 아주 붉어져 있었다. 그는 장황하게 이야기했으나, 커니 부인은 간간이 짤막하게 대꾸할 뿐이었다.

"그 앤 안 나가요. 그 앤 8기니를 받아야만 해요."

홀로헌 씨는 청중들이 박수를 치며 발을 구르고 있는 홀을 절망적으로 가리켰다. 그는 커니 씨와 캐슬린에게 호소했다. 그러나 커니 씨는 턱수염만 계속 쓰다듬었고, 캐슬린은 그녀의 새 구두 끝을 움직이면서, 아래쪽을 내려다보았다. 그녀의 잘못이 아니었다. 커니 부인은 거듭 말했다.

"그 앤 돈을 받지 않고는 안 나가요."

다급히 오고가는 입씨름 뒤에 홀로헌 씨가 절름거리며 급히 밖으로 나갔다. 방은 잠잠하기만 했다. 침묵의 긴장이 약간 고통스러워지자, 힐리 양이 바리톤에게 말했다.

"이번 주에 팻 캠벨 부인을 보셨어요?"

바리톤은 그녀를 보지 못했지만 그녀가 아주 잘 있다는 말을 들었다. 대화는 더 이상 계속되지 않았다. 제1테너는 고개를 숙이며, 허리를 가로지른 금시계 줄 연결 고리를 헤아리기 시작했고, 미소를 지으며 콧구멍의 공간 효과를 살피기 위해 아무렇게나 콧노래를 흥얼거리고 있었다. 이따금 사람들이 커니 부인을 흘끗흘끗 쳐다보았다.

피츠 패트릭 씨가 방안으로 부리나케 달려 들어오고, 뒤이어 홀로헌 씨가 숨을 헐떡이면서 들어왔을 때, 관람석의 소음은 아우성 소리로 치솟았다. 홀 안에서 박수 치는 소리와 발을 구르는 소리가 휘파람 소리에 의해 점철되었다. 피츠 패트릭 씨는 몇 장의 지폐를 손에 쥐고 있었다. 그는 그중 넉 장을 세어 커니 부인에게 쥐어주며, 나머지 반은 휴식 시간에 주겠다고 말했다. 커니 부인이 말했다.

"이건 4실링이 모자라요."

그러나 캐슬린은 치마를 끌어 모으며, 첫 번째 출연자를 향해, "자, 벨 씨." 하고 말했다. 그는 사시나무처럼 파르르 떨고 있었다. 가수와 반주자가 함께 무대로 나갔다. 홀 안의 소음이 점점 사라졌다. 몇 초 동안 잠잠하더니, 이내 피아노 소리가 들렸다.

음악회의 전반부는 마담 글린의 항목을 제외하고는 매우 성공적이었다. 그 가련한 여인은 자신의 노래에 우아함을 가미하리라 생각한 구식의 상투적인 억양과 발성으로 〈킬라니〉를 노래했는데, 그녀의 목소리는 헐떡거렸고, 알맹이가 없었다. 그녀는 마치 낡은 무대 분장실에서 부활한 듯한 모습이었고, 홀의 싸구려 객석에서는 그녀의 높고 울부짖는 노랫가락을 야유했다. 제1테너와 콘트랄토는 만장의 박수갈채를 받았다. 캐슬린은 아일랜드 가곡을 골라 연주했는데, 이들은 아낌없는 갈채를 받았다. 음악회의 제1부는 아마추어 극을 각색한 바 있는 한 젊은 여인에 의해 낭송된, 한 편의 감동적인 애국시로 막을 내렸다. 그것은 당연한 갈채였으며, 연주가 끝나자 사람들은 만족한 채, 막간을 이용해 휴게실로 나왔다.

그동안 분장실은 흥분의 도가니였다. 한쪽 구석에는 홀로헌 씨, 피츠패트릭 씨, 베언 양, 안내원 두 사람, 바리톤 가수, 베이스 가수, 그리고 오머든 버크 씨가 있었다. 오머든 버크 씨는 이번 음악회는 자기가 지금까지 목격한 것 중에서 가장 수치스러운 광경이라고 말했다. 캐슬린 커니 양의 음악가로서의 생애는 이후로 더블린에서는 끝장났다고 말했다. 바리톤 가수는 캐슬린 양의 이번 행동을 어떻게 생각하느냐는 질문을 받았다. 그는 아무 말도 하고 싶지 않았다. 이미 출연료를 받은 터라 사람들과 평화롭게 지내기를 바랐다. 그러나 그는 커니 부인이 '가수들'을 좀 고려하는 것이 좋았을 거라고 말했다. 안내원들과 간사들은 중간 휴식이 다가오면 어떻게 할 것인가에 대해 열렬히 토론했다.

"나는 베언 양의 의견에 동의합니다." 오마든 버크 씨가 말했다. "그녀에게 한 푼도 주지 마세요."

방의 다른 구석에는 커니 부인과 그녀의 남편, 벨 씨, 힐리 양 그리고 애국시를 낭송해야 했던 그 젊은 여인이 있었다. 커니 부인은 위원회가 자기를 모욕적으로 대우했다고 주장했다. 그녀는 자신이 온갖 수고와 비용을 아끼지 않았는데도 이렇게 대접받았다고 말했다.

그들은 자신들의 상대가 단지 소녀에 불과하고, 따라서 그들은 그녀를 마구 무시할 수 있다고 생각했다. 그러나 그녀는 그들에게 그들의 잘못을 밝힐 것이다. 그들은 만일 그녀가 남자였다면 감히 그렇게 대접하지는 못했을 것이다. 그러나 그녀는 딸이 자신의 권리를 찾는 것을 보아야했다. 즉, 그녀는 절대로 바보처럼 속아 넘어가지 않을 것이다. 만일 그들이 그녀에게 마지막 한 푼까지 지급하지 않으면 더블린을 떠들썩하게 만들 것이다. 물론 그녀는 다른 '가수들'에게 미안했다. 하지만 별 도리가 없지 않은가? 그녀가 제2테너에게 호소했을 때, 그는 자기도 그녀가 부당하게 대우받고 있다고 생각한다고 말했다. 이어 그녀는 힐리 양에게 호소했다. 힐리 양은 다른 무리에 합류하고 싶었으나, 그녀가 캐슬린과 아주 친한 친구이고, 커니 댁이 가끔 초대한 적이 있었기 때문에 그렇게 하고 싶지 않았다.

제1부가 끝나자마자 피츠 패트릭 씨와 홀로헌 씨는 커니 부인에게로 나아가, 나머지 4기니는 다음 화요일 위원회의 모임 후에 지급하겠으며, 딸이 제2부를 위해 연주하지 않을 경우에는 위원회는 계약이 파기된 것으로 간주하고 한 푼도 지급하지 않을 것이라고 말했다.

"저는 위원회 따윈 구경도 못했어요." 커니 부인은 화가 나서 말했다. "우리 딸은 계약을 했어요. 그 애가 4파운드 8실링을 손에 받아 쥐지 않는 한, 한 발짝도 저 무대 위에 발을 올려놓지 않을 거예요."

"정말 당신에게 놀랐습니다. 커니 부인." 홀로헌 씨가 말했다. "우릴 이런 식으로 대할 줄은 꿈에도 생각지 못했어요."

"그러는 댁은 저를 어떻게 대접했나요?" 커니 부인도 물었다.

그녀의 얼굴은 화가 나서 이글이글 타는 듯했고, 마치 누구든 손으로 후려갈길 듯이 보였다.

"전 제 권리를 요구하고 있을 뿐이에요." 그녀가 말했다.

"체면도 좀 생각하셔야죠." 홀로헌 씨가 말했다.

"정말 이럴 건가요? ……딸이 언제 돈을 받을 수 있느냐고 묻는데 친절한 대답 한마디 받을 수 없잖아요."

그녀는 머리를 좌우로 흔들며, 일부러 거만한 목소리를 내는 척했다.

"당신은 서기에게 말씀해야 해요. 그건 저의 일이 아닙니다. 저를 아주 바보 천치로 아시는군요."

"전 점잖은 분으로 생각했는데요." 홀로헌 씨가 갑자기 그녀 곁을 떠나 걸어가면서 말했다.

그 뒤로 커니 부인의 행동은 사방에서 비난을 받았다. 누구나 위원회의 처사는 당연하다고 했다. 그녀는 분노로 핼쑥해진 채 문간에 서서 남편과 딸과 함께 삿대질을 하며, 다툼을 하고 있었다. 그녀는 서기들이 자기에게 접근해오려니 하는 희망 속에서 제2부가 시작될 때까지 기다리고 있었다. 그러나 힐리 양은 한두 번 반주를 하겠다고 친절하게 응낙했다. 커니 부인은 바리톤과 반주자가 무대까지 나갈 수 있도록 길을 비켜주어야만 했다. 그녀는 성난 돌부처처럼 잠시 잠자코 서 있다가, 노래의 첫마디가 그녀의 귓전을 울리자, 딸의 외투를 집어들고 남편에게 말했다.

"마차를 잡아요!"

그는 즉시 밖으로 나갔다. 커니 부인은 외투로 딸을 감싸고 남편을 뒤따랐다. 문간을 지나갈 때, 그녀는 발걸음을 멈추고 홀로헌 씨의 얼굴을 뚫어지게 노려보았다.

"당신과의 일은 아직 끝나지 않았어요."

"하지만 전 다 끝났습니다." 홀로헌 씨가 말했다.

캐슬린은 어머니를 순순히 뒤따랐다. 홀로헌 씨는 마치 피부가 타는 듯 느꼈기 때문에 몸을 식히기 위하여 방 안을 왔다 갔다 하기 시작했다.

"참 지독한 여인이야!" 그는 말했다. "아, 정말 지독한 여인이야!"

"자넨 합당한 행동을 했어, 홀로헌." 오머든 버크 씨가 우산에 몸을 기대고 찬의를 표했다.

# 은총

당시 화장실에 있던 두 신사가 그를 일으켜 세우려고 애를 썼다. 그러나 그는 별도리가 없었다. 그는 굴러떨어진 계단 아래에 웅크린 채 누워 있었다. 그들은 겨우 그를 돌려 눕히는 데 성공했다. 그의 모자는 몇 야드 저쪽에 굴러떨어져 있었고, 얼굴을 처박고 드러누워 있는 마룻바닥의 먼지와 질퍽한 물로 옷은 더러워져 있었다. 그는 두 눈은 꼭 감겨 있었고, 그르렁거리며 숨을 쉬고 있었다. 입 모퉁이로부터 가느다랗게 피가 흘러내렸다.

이 두 신사와 바텐더 중 하나가 그를 2층으로 들어 올려, 다시 주점의 마룻바닥에 눕혔다. 2분도 채 안되어 사람들이 둥그렇게 그를 둘러쌌다. 주점의 지배인은 그 사람은 누구며 그와 함께 있던 이는 누구냐고 모든 이에게 물었다. 그가 누군지를 아는 사람은 아무도 없었으나, 바텐더 중 하나가 그분에게 럼주를 조금 대접했다고 말했다.

"저분 혼자였나?" 지배인이 물었다.

"아뇨, 다른 신사 두 분과 함께 있었습니다."

"그분들은 어디 있어?"

아무도 아는 사람이 없었다. 누군가가 말했다.

"바람을 쐬게 해요. 그인 기절했어."

둥글게 원을 이룬 구경꾼들이 탄력성 있게 물러났다가 다시 다가섰다. 꺼먼 핏덩이가 바둑판 무늬의 마루 위에 누워 있는 그 사나이의 머리 근처에 엉겨 있었다. 지배인은 사나이의 얼굴의 잿빛 창백함에 깜짝 놀라, 순경을 부르기 위해 사람을 보냈다.

사람들이 그의 칼라와 넥타이를 풀어줬다. 그는 잠시 눈을 떴다가 한숨을 쉬고는 다시 눈을 감았다. 그를 2층으로 옮겨준 신사 중 하나가 더럽혀진 실크 모자를 손에 들고 있었다. 지배인은 다친 사람이 누구인지 혹은 같이 있던 사람들은 어디로 갔는지 아는 사람이 없느냐고 거듭 물었다. 주점의 문이 열리고 몸집이 큰 순경 하나가 들어왔다. 골목길을 따라 순경을 뒤쫓아온 군중이 유리창을 통해 안을 들여다보려고 서로 다투면서, 문밖에 모여들었다.

지배인은 이내 자기가 아는 대로 이야기하기 시작했다. 얼굴 모습이 우악스럽게 생긴 젊은 순경이 귀를 기울였다. 순경은 자신이 마치 사기극의 희생자가 될까 염려하듯, 지배인에게세 바닥에 누운 사람에게로 머리를 좌우로 천천히 움직였다. 이어 그는 장갑을 벗고 허리춤에서 조그마한 수첩을 꺼내 연필심에 침을 묻혀 적을 준비를 했다. 그는 의심하는 듯한 지방 사투리로 물었다.

"이 사람 누구요? 이름과 주소는?"

자전거 복장을 한 청년 하나가 원처럼 빙 둘러선 구경꾼들을 헤치고 나타났다. 그는 재빨리 다친 사람 옆에 무릎을 꿇더니 물을 가져오라고 말했다. 순경도 도우려고 무릎을 꿇었다. 젊은이는 다친 사람의 입에서 피를 씻어낸 다음 브랜디를 가져오라고 말했다. 순경은 명령조의 목소리로 같은 말을 반복하자, 마침내 바텐더가 술잔을 들고 달려왔다. 브랜디가 사나이의 목구멍에 흘러 들어갔다. 몇 초가 지나자 사나이는 눈을 뜨고 주변을 둘러보았다. 그는 사람들이 빙 둘러서 있는 것을 보고 사태를 이해한 듯, 자리에서 일어나려고 애를 썼다.

"이제 괜찮으십니까?" 자전거 복장을 한 청년이 물었다.

"그래, 아무렇지도 않아요." 다친 사람이 자리에서 일어나려고 애를 쓰면서 말했다.

그는 부축을 받고 일어섰다. 지배인이 병원에 관해 무슨 말을 했고, 구경꾼 중 몇 사람들도 충고했다. 쭈그러진 실크 모자가 사나이 머리 위에 얹혀졌다. 순경이 물었다.

"어디 사시오?"

사나이는 아무 대답도 하지 않고, 콧수염 끝을 꼬기 시작했다. 자신의 사고를 가볍게 생각하는 눈치였다. 아무것도 아니라고 했다. 단지 조그마한 사고라고 그는 아주 탁하게 말했다.

"어디 사시오?" 순경이 거듭 물었다.

사나이는 사람들더러 마차를 불러달라고 했다. 마차를 부를까 말까 하는 문제로 떠들어대는 동안, 키가 크고 민첩하게 생겼으며 혈색이 좋아 보이는 누런 얼스터코트를 입은 신사 한 사람이, 주점 저쪽 끝에서 다가왔다. 그 광경을 보고 그는 말했다:

"여보게, 톰! 자네 웬일인가?"

"아무 일도 아닐세." 사나이가 말했다.

새로 온 신사는 자기 앞에 있는 애처로운 사람의 모습을 훑어본 뒤 순경을 향해 몸을 돌리며 말했다.

"염려 말아요, 순경 양반. 내가 집까지 바래다주겠소."

순경이 거수경례를 하며 대답했다.

"알겠습니다, 파우어 씨!"

"자, 가세, 톰." 파우어 씨가 친구의 팔을 잡으며 말했다. "뼈는 다치지 않았군. 어때, 걸을 수 있겠어?"

자전거 복장을 한 청년이 다른 팔을 잡자 군중이 갈라졌다.

"어쩌다가 이 지경이 됐나?" 파우어 씨가 물었다.

"계단에서 굴러떨어졌어요." 자전거 복장을 한 청년이 말했다.

"저…… 정말 감사합니다, 선생." 다친 사람이 말했다.

"천만에요."

"우리 간단히 한잔……?"

"다음에요, 다음에."

세 사람은 주점을 떠나고, 군중도 문을 빠져나와 골목길 속으로 흩어졌다. 지배인은 사고 현장을 조사하기 위해 순경을 계단으로 데리고 갔다. 그들은 신사가 발을 헛디딘 게 틀림없다는 데 의견을 모았다. 손님들은 카운터로 돌아왔고, 바텐더가 마루의 핏자국을 닦기 시작했다.

그들이 그래프턴가(街)로 나오자, 파우어 씨가 휘파람으로 마차를 불렀다. 다친 남자는 다시 성의껏 감사를 표했다.

"저…… 정말 감사하오. 다시 만나길 바라오. 내 이름은 커넌이오."

충격과 초기의 아픔이 그로 하여금 얼마간 취기에서 깨어나게 했다.

"천만에요." 젊은 사나이가 말했다.

두 사람은 서로 악수를 했다. 커넌 씨는 차 위로 끌어올려졌고, 파우어 씨가 마부에게 방향을 지시하는 동안, 커넌 씨는 젊은이에게 감사를 표시하며 같이 술 한 잔 나눌 수 없는 것이 유감이라고 말했다.

"다음에요." 젊은이가 말했다.

마차는 웨스트 모어랜드가를 향해 달려갔다. 마차가 화물 취급소 앞을 지날 때, 시계는 9시 반을 가리키고 있었다. 하구(河口)에서 불어오는, 동풍이 살을 에는 듯 그들을 때렸다. 커넌 씨는 추위로 몸을 웅크리고 있었다. 그의 친구가 그에게 어떻게 해서 사고가 발생했는지 말해보라고 했다.

"알 수가 없어." 그가 대답했다. "혀…… 혀를 다쳤어."

"어디 보세."

상대방이 차바퀴 너머로 몸을 굽히고, 커넌 씨의 입속 을 들여다보았으나 볼 수가 없었다. 그는 성냥을 켜서 조가비처럼 가린 다음, 다시 커넌 씨가 고분고분 벌린 입 속을 들여다보았다. 마차가 흔들리는 바람에 성냥이 벌린 입 앞에서 이리저리 흔들렸다. 아랫니와 잇몸이 굳은 피로 덮여 있었고, 혀끝이 조금 떨어져 나간 듯 보였다. 성냥불이 꺼졌다.

"보기 흉한데." 파우어 씨가 말했다.

"아…… 아무렇지 않아." 커넌 씨가 입을 다물고 더러워진 외투 깃을 끌어당겨 목을 덮으면서 말했다.

커넌 씨는 무엇보다 자기 직업의 권위를 소중히 믿는 구파(舊派)의 외판원이었다. 그가 시내에 모습을 나타낼 때에는 언제나 약간 점잖은 실크 모자를 쓰고 각반을 차고 있었다. 이 두 가지 옷치장 덕분에 언제나 검열을 통과할 수 있을 것이라 그는 말했다. 그는 극단주의자인 나폴레옹의 전통을 계승했고, 전설과 흉내로 그 위인의 기억을 때때로 일깨웠다. 현대적 상업 방식은 크로가에 조그마한 사무실을 간신히 마련할 정도였는데, 사무실의 창문 커튼에는 회사 이름이, '런던, 동 중앙 구(區)'라는 주소와 함께 쓰여 있었다. 이 조그만 사무실의 벽난로 위에는 납으로 된 양철통이 군보병대처럼 여러 개 진열되어 있었고, 창문 앞의 탁자 위에는 검은 액체가 항상 반쯤 차 있는 네댓 개의 도자기 사발들이 놓여 있었다. 커넌 씨는 이 사발에 담긴 차 맛을 보았다. 차를 한 모금 가득 머금고, 홀쩍 빨아들여

혓바닥을 그걸로 흠뻑 적시고는, 이어 벽난로 속에 내뱉었다. 그리고 그는 잠시 멈추고 맛을 판단했다.

파우어 씨는 훨씬 젊은 사람으로, 더블린 정청(政廳)의 아일랜드 왕립 경찰본부에 고용되어 있었다. 그의 사회적 출세의 호(弧)는 친구의 몰락의 호와 서로 교차했지만, 커넌 씨의 몰락은 그가 성공의 절정에 있을 때 그를 알고 있던 몇몇 친구들이 여전히 그를 한 인물로서 간주하고 있다는 사실 때문에 누그러졌다. 파우어 씨도 이러한 친구 중 한 사람이었다. 그의 이해하기 힘들 정도의 의리는 친구들 사이에서도 유명했다. 그는 예의 바른 젊은이였다.

마차가 글레스네빈 한길의 조그마한 집 앞에 멈추자, 커넌 씨는 집안까지 부축을 받았다. 그의 아내가 그를 침대에 눕히는 동안, 파우어 씨는 아래층 부엌에 앉아 아이들에게 학교에 다니는지, 그리고 무슨 책을 읽는지 물었다. 아이들 — 딸 둘과 아들 하나 — 은 아버지는 술 취해 있고 어머니의 부재를 알고는, 그와 거친 장난을 시작했다. 그는 아이들의 태도와 말투에 놀라 걱정이 되어 이맛살이 찌푸려졌다. 잠시 후에 커넌 부인이 소리를 지르며 부엌으로 들어왔다.

"저 꼴이라니! 오, 저인 저러다 어느 날 망하고 말 거예요. 천벌이에요. 저인 금요일 이래 내내 술을 마시고 있어요."

파우어 씨는 자기는 책임이 없으며, 그가 단지 우연한 사고로 현장에 갔을 뿐이라고 조심스레 설명했다. 커넌 부인은 자신들의 가정 싸움이 있는 동안 파우어 씨의 훌륭한 중재 역을, 그리고 비록 적지만 여러 번 적시에 돈을 빌려준 것을 기억하면서 말했다:

"오, 말씀하실 필요 없어요, 파우어 씨. 댁은 저이의 친구요, 저이가 사귀는 다른 몇몇 친구들과는 다르다는 걸 알고 있어요. 그들은 저이 주머니에 돈이 있는 한 더할 나위 없이 좋아하며 아내나 가족은 얼씬도 못 하게 하죠. 흥, 좋은 친구들이라! 저이가 오늘 저녁 누구와 같이 있었는지, 알고 싶군요?"

파우어 씨는 고개를 흔들었으나 아무 말도 하지 않았다.

"죄송합니다." 그녀는 말을 계속했다. "집에 아무것도 대접할 것이 없으니. 하지만 잠깐만 기다리시면 모퉁이 포가티 가게에 사람을 보내겠어요."

파우어 씨는 일어섰다.

"우린 저이가 돈을 가지고 집으로 오기를 기다리고 있었어요. 저인 가정이 있는 걸 결코 생각지 않는 것 같아요."

"오, 이제, 커넌 부인," 파우어 씨가 말했다. "우리는 그가 새 생활을 시작하도록 해보겠어요. 제가 마틴에게 말하죠. 그는 이런 문제에 적합한 사람이요. 우리는 곧 여기 와서 그걸 상의하겠어요."

그녀는 그를 문까지 배웅했다. 마부는 몸을 따뜻하게 하려고 보도에서 위아래로 발을 구르고, 양팔을 휘두르고 있었다.

"그를 집까지 데려다 주셔서 대단히 감사합니다."

"천만에요." 파우어 씨가 말했다.

그는 마차에 올라탔다. 마차가 움직이기 시작하자 그는 부인에게 경쾌하게 모자를 쳐들었다.

"우리가 그를 새 사람으로 만들어 보겠습니다." 그는 말했다. "안녕히 계시오, 커넌 부인."

***

커넌 부인은 마차가 시야에서 사라질 때까지 당황한 눈으로 지켜보고 있었다. 그러다 이내 시선을 거두고 집안으로 들어가 남편의 주머니를 비웠다.

그녀는 활동적이고 실질적인 중년 여인이었다. 얼마 전에 은혼식을 축하하는 잔치가 있었는데, 그때 파우어 씨의 반주에 맞추어 남편과 왈츠를 추며 새삼스레 그와 한층 가까워졌었다. 연애 시절에는, 커넌 씨도 불친절한 사람으로 여겨지지 않았다. 그녀는 지금도 어디에선가 결혼식이 있다는 소식이 들릴 때마다 성당으로 달려갔고, 신랑 신부를 보면서, 자신이 어떻게 샌디 마운트의 바다의 별 성당에서 걸어 나왔는지를 생생한 기쁨으로 회상했는지라. 당시 그녀는 프록코트와 라벤더 색 바지를 말쑥하게 차려입고, 한쪽 팔에는 실크 모자를 우아하게 걸쳐든, 쾌활하고 건강한 남자의 팔에 기대 있었다. 결혼 생활 3주일 후에 그녀는 아내의 생활에 염증을 느꼈고, 이어 얼마 있다가, 그것을 견딜 수 없다고 느끼기 시작했을 때는, 이미 한 아이의 어머니가 되어 있었다. 어머니의 역할이 그녀에게 견딜 수 없을 정도로 어렵지 않았기 때문에, 25년 동안 그녀는 남편을 위해 빈틈없이 집을 꾸려 나갔다. 그녀의 첫째와 둘째 아들은 독립해 나갔다. 한 아이는 글래스고의 어떤 포목점에서 일했고, 다른 하나는 벨파스트의 어떤 차(茶) 가게에서 서기로 있었다. 그들은 착한 아들들이었고 규칙적으로 편지를 썼고, 때때로 돈도 보내왔다. 다른 아이들은 아직 학교에 다니고 있었다.

커넌 씨는 다음 날 자기 사무실로 편지를 보내고 그냥 잠자리에 누워 있었다. 부인은 남편을 위해 고기 수프를 끓여주고 그를 모나지 않게 나무랐다. 그녀는 남편의 빈번한 폭음을 날씨 탓으로 받아들였고, 병을 앓을 때마다 정성껏 간호한 데다가, 언제나 억지로라도 조반을 먹게 했다. 세상에는 이보다 못한 남편도 많았다. 남편은 애들이 다 자란 이래로 결코, 난폭하게 군 적도 없었고, 조그만 주문이라도 받기 위해 토머스가 끝까지 걸어갔다가 다시 돌아올 사람임을 그녀는 알고 있었다.

이틀 밤이 지난 뒤, 그의 친구들이 그를 보기 위해 찾아왔다. 그녀는 그들을 2층 침실로 안내했는데, 방의 공기가 그의 체취로 가득했으며, 난로 곁 의자에 앉도록 권했다. 커넌 씨의 혀는 이따금 쑤시는 고통으로 그를 종일 약간의 짜증이 나게 했으나, 한층 품위를 되찾았다. 그는 침대에 베개를 괴어 놓고 앉아 있었는데, 그의 부어오른 작은 양 뺨의 색깔이 따뜻한 숯불을 닮은 듯했다. 그는 손님들에게 방이 어수선한 데 대해선 사과를 했으나, 동시에 술에 대한 선임병의 자부심으로 얼마간 으스대며, 그들을 바라보았다.

그는 자신이 친구들인 커닝엄 씨, 맥코이 씨, 파우어 씨가 응접실에서 커넌 부인에게 폭로한 음모의 희생자임을 전혀 의식하지 못했다. 그러한 생각은 파우어 씨의 것이었으나, 그것을 실행하는 일은 커닝엄 씨에게 맡겨졌다. 커넌 씨는 신교도 집안 태생이었으며, 비록 그가 결혼할 당시 가톨릭 신앙으로 개종하기는 했지만, 20년 동안 성당 경내에 발을 들여놓지 않았다. 그는 더욱이 가톨릭교를 측면 공격하기를 좋아했다.

커닝엄 씨는 이러한 일에 아주 적임자였다. 그는 파우어 씨의 나이 많은 동료였다. 그 자신의 가정생활은 그다지 행복하지 못했다. 사람들은 그를 몹시 동정했는데, 그 이유는 그가 고질적인 술꾼인 여자와 결혼한 사실이 알려졌었기 때문이다. 그는 아내를 위하여 여섯 번이나 가재도구를 마련해 주었지만 아내는 그때마다 남편의 이름으로 가구를 저당 잡혔다.

모든 사람이 가련한 마틴 커닝엄을 존경했다. 그는 철저하게 분별력이 있었으며, 영향력과 지력(智力)을 겸비했다. 치안 재판소의 여러 가지 사건들과 오랫동안 접촉함으로써 특별해진, 그의 칼날 같은 인간적 지식과 천부적인 예리함은 총체적 철학이라는 물결 속에 잠시 잠김으로써 완화되어 있었다. 그는 박식했다. 그의 친구들은 그의 의견에 머리를 숙였고, 얼굴이 셰익스피어를 닮았다고 생각했다.

커넌 부인에게 음모를 폭로하자 그녀는 말했다.

"모든 걸 선생님의 손에 맡기겠어요, 커닝엄 씨."

결혼 생활 사반세기(四半世紀)가 지난 뒤, 그녀에게 꿈이라곤 별반 남아 있지 않았다. 그녀에게 종교는 일종의 습관이었으며, 남편 또래의 사람이 죽기 전에 크게 바뀌리라고는 생각지 않았다. 그녀는 이번 사고가 당연히 그랬어야 마땅하다고 괴상하게 생각하고 싶을 정도였으며, 혹독한 마음씨를 가진 것처럼 보이고 싶지 않아서 그렇지, 커넌 씨의 혀가 잘린 것쯤은 조금도 괴로워할 것이 못 된다고 신사들에게 말했을 것이다. 그러나 커닝엄 씨는 유능한 사람이었으며, 그에게 종교는 종교일 뿐이었다. 계획은 잘될 것이고, 그렇지 않더라도 최소한 해가 될 리는 없었다. 그녀의 신앙은 무모한 것이 아니었다. 그녀는 모든 가톨릭 신앙 가운데서도 성심(聖心)이야말로 일반적으로 가장 유익한 것임을 한결같이 믿었으며, 성체(聖體)를 시인했다. 그녀의 신앙은 부엌의 테두리 안에 있긴 했으나, 경우에 따라서 요정이나 성령 또한, 믿을 수 있었다.

신사들은 이번 사고에 관하여 이야기하기 시작했다. 커닝엄 씨는 한때

이와 비슷한 사건을 직접 본 적이 있다고 말했다. 일흔 살 난 어떤 노인이 간질병으로 발작 때문에 한쪽 혀끝이 떨어져 나갔는데, 나중에 도로 메워졌는지라, 그래서 아무도 물린 자리를 볼 수 없었다고 말했다.

"글쎄, 난 일흔이 아니잖아." 환자가 말했다.

"맙소사." 커닝엄 씨가 말했다.

"이제, 아프지는 않아?" 맥코이 씨가 물었다.

맥코이 씨는 한때 명성 있는 테너 가수였다. 소프라노 가수였던 그의 아내는 적은 레슨비를 받고 아이들에게 피아노를 여전히 가르치고 있었다. 그의 인생의 행로는 두 점 사이의 가장 짧은 거리가 아니었고, 한동안은 그의 재치로 그럭저럭 살아갔다. 그는 한때 중부 철도회사의 서기, 『아이리시 타임스』지와 『프리먼스 저널』지의 광고 외무원, 석탄회사의 시내 위탁 판매원, 사설탐정, 부(副)집달리의 사무실 서기였고, 최근에는 시 검시관(市 檢屍官)의 비서가 되었다. 그의 새로운 직책 때문에 이번 커넌 씨의 사건에 흥미를 느꼈다.

"아프냐고? 별로." 커넌 씨가 대답했다. "하지만 구역질이 나. 토할 것 같아."

"그건 술 탓이야." 커닝엄이 단호히 말했다.

"아니야." 커넌 씨가 말했다. "마차에서 감기가 든 것 같아. 목구멍으로 뭐가 계속 넘어올 것만 같아. 가랜지 뭔지……."

"쓴 물이야." 맥코이 씨가 말했다.

"목구멍 아래에서 자꾸만 뭐가 나오려고 해. 메스꺼운 것이."

"그래, 그래." 맥코이 씨가 말했다. "그건 흉강(胸腔)이야."

그는 커닝엄 씨와 파우어 씨를 도전적 태도로 동시에 쳐다보았다. 커닝엄 씨가 고개를 빠르게 끄덕이자, 파우어 씨는 말했다.

"아, 좋아. 끝이 좋으면 다 좋은 거야."

"정말 고맙네, 자네." 환자가 말했다.

파우어 씨가 손을 저었다.

"나와 함께 있던 그 두 사람은……."

"자네 누구하고 같이 있었지?" 커닝엄 씨가 물었다.

"어떤 친구야. 그의 이름을 모르겠어. 젠장, 그 친구 이름이 뭐였더라? 연한 갈색 머리칼을 한 친군데……."

"그리고 그 밖에 누가?"

"하포드."

"흠!" 커닝엄 씨가 말했다.

커닝엄 씨가 그런 말을 했을 때, 사람들은 말이 없었다. 그가 비밀 소식통을 갖고 있다는 것을 알고 있었기 때문이다. 이럴 때 "흠!" 하는 단음절에는 어떤 도덕적 의도가 숨어 있었다. 하포드 씨는 때때로 다른 친구들과 작은 분견대(分遣隊)를 형성하여 도시의 외곽에 있는 어느 술집으로 될 수 있는 한 일찍 도착할 목적으로 일요일 정오가 지나면 이내 도시를 떠났는데, 그곳의 구성원은 진짜 '진실한' 나그네들이라는 자격을 충분히 갖추고 있었다. 그러나 그의 동료—나그네들은 절대로 그의 근본을 관대히 보아주려고 들지 않았다. 그는 노동자들에게 소액의 돈을 높은 이자로 빌려주는 어떤 모호한 사채업자로 인생을 시작했었다. 뒤에 그는 리피 대부 은행에서 골드버그라는, 아주 뚱뚱하고 키가 작은 신사와 동업자가 되었다. 비록 그는 유대적 윤리 법전 이상의 것은 마음속에 품어본 적이 없었으나, 그의 동료—가톨릭교도들은, 그들이 개별적으로 또는 대리인에 의해 가혹한 빚 재촉에 시달림을 받을 때마다, 그를 아일랜드의 유대인 놈이니 무식쟁이라고 욕했으며, 고리대금에 대한 하느님의 불만이 백치 아들의 몸을 통하여 나타났음을 알았다. 그렇지 않을 때에는 그들은 그의 좋은 점들을 기억했다.

"그이가 어디로 갔는지 모르겠어." 커넌 씨가 말했다.

그는 사건의 상세한 것들이 몽롱한 채 남아 있기를 바랐다. 그는 어떤 착오가 있어서, 하포드 씨와 그가 서로 엇갈린 것이라고 친구들이 생각하기를 바랐다. 친구들은 하포드 씨의 술버릇을 너무나 잘 알고 있는지라, 침묵을 지켰다. 파우어 씨가 다시 말했다:

"끝이 좋으면 다 좋은 거야."

커넌 씨는 즉시 화제를 바꾸었다.

"그 젊은이는 참 점잖은 사람이었어, 그 의학도 말이야." 그는 말했다. "그가 없었더라면……."

"오, 그가 없었더라면," 파우어 씨가 말했다. "벌금을 택할 것도 없이, 7일간의 구류 처분을 받았을 거야."

"그래, 그래." 커넌 씨가 생각하려고 애를 쓰면서 말했다. "그때 순경이 한 사람 있던 게 이제 생각나. 그는 점잖은 젊은이 같았어. 도대체 어떻게 그런 일이 일어났었담?"

"자넨 술 때문에 곤드레만드레가 된 것 같았어, 톰." 커닝엄 씨가 신중히 말했다.

"사실이야." 커넌 씨가 마찬가지로 신중하게 말했다.

"자네 순경을 매수한 게로군, 잭?" 맥코이 씨가 말했다.

파우어 씨는 자신이 세례명으로 불리는 것을 탐탁지 않게 생각했다.

그는 성미가 까다로운 사람은 아니었지만, 맥코이 씨가 최근에 맥코이 씨의 부인이 있지도 않은 지방 공연을 수행할 수 있도록 하려고 손가방과 여행 가방을 구하러 사방에 순회하고 다녔다는 것을 잊을 수가 없었다. 그는 자신이 희생당했다는 사실에 분개하는 이상으로, 그와 같은 저질 장난에 분개했다. 그래서 그는 마치 커넌 씨가 묻기라도 한 듯 질문에 대답했다.

이야기는 커넌 씨를 몹시 화나게 했다. 그는 자신의 시민권을 예리하게 의식했고, 시와 상호 명예로운 관계를 유지하며 살기를 원했으며, 그가 시골 촌뜨기라고 부르는 사람들한테서 모욕을 당한 것에 대하여 분개했다.

"우리가 세금을 내는 게 그따위를 위해서야?" 그는 물었다. "저 바보 얼간이들을 먹이고 입히려고……. 그들은 아무것도 아니란 말이야."

커닝엄 씨는 껄껄 웃었다. 그는 근무 시간에만 정청(政廳)의 공무원이었다.

"그들은 그 밖에 뭐가 될 수 있겠어, 톰?" 그는 물었다.

그는 탁한 지방 사투리를 가장하여 명령조로 말했다:

"65번, 양배추 받아!"

모든 사람이 크게 웃었다. 맥코이 씨는 어떻게 해서든지 대화에 참여하기를 바랐는지라, 그 이야기를 여태 결코 듣지 못한 척했다. 커닝엄 씨가 말했다:

"글쎄 — 사람들 말이, 이 엄청나게 덩치 큰 시골 녀석들, 멍청이들을 글쎄, 훈련하는 수용소에서나 날 법한 일이라는 거야. 경사가 그들을 벽에다 일렬로 기대 세우고 그들의 접시를 번쩍 들게 한단 말이야." 그는 괴상한 몸짓으로 이야기를 설명했다.

"식사 때 말이야, 알아. 경사가 자기 앞 식탁에다 경치게도 큰 통을 그리고 삽만큼이나 큰 숟가락을 가지고 있지. 그는 숟가락에 양배추 뭉치를 떠서 그걸 맞은편 방으로 던지면, 그 가련한 녀석들은 그걸 접시에 받아야만 한단 말이야: 65번 양배추 받아."

모두가 또다시 큰 소리로 웃었다. 그러나 커넌 씨는 여전히 약간 화를 내고 있었다. 그는 신문에 투서하겠다고 말했다.

"여기 그 야후 짐승 같은 촌뜨기들이 상경하여," 그는 말했다. "사람들을 부리려고 생각한단 말이야. 그놈들이 어떤 인간들인지는 말 안 해도 알 테지, 마틴."

커닝엄 씨는 적당히 찬성했다.

"세상만사가 다 그런 거야." 그는 말했다. "좋은 사람도 있고 나쁜 사람도 있지."

"오, 그래, 좋은 사람도 더러 있다는 건, 나도 인정해." 커넌 씨가 만족한 듯 말했다.

"그따위 녀석들에게는 그저 아무 말도 하지 않는 게 상책이야." 맥코이 씨가 말했다. "그게 내 의견이야!"

커넌 부인이 방으로 들어와 탁자 위에 쟁반을 놓으며 말했다.

"어서들 드세요, 여러분."

파우어 씨는 체면을 차리느라고 일어서며 의자를 부인에게 권했다. 부인은 아래층에서 다림질하는 중이라면서 사양했다. 그리고 파우어 씨의 등 뒤에서 커닝엄 씨와 서로 고갯짓을 주고받은 다음, 방을 떠나려고 했다. 그녀의 남편이 그녀에게 고함을 질렀다:

"내게는 아무것도 없단 말이오, 여보?"

"아, 당신! 내 손등이나 핥구려!" 커넌 부인이 앙칼지게 쏘아붙였다.

남편은 부인 등에다 대고 다시 고함을 질렀다.

"이 가련한 남편한테는 아무것도!"

그가 이렇게 우스꽝스러운 목소리와 얼굴을 지어 보였는지라 흑맥주 술병들의 분배가 온통 환락 속에 이루어졌다.

신사들은 잔에 술을 따라 마시고는 다시 탁자 위에 놓으며 멈추었다. 이어 커닝엄 씨가 파우어 씨에게 고개를 돌리며 무심히 말했다.

"목요일 밤이라고, 했지, 잭."

"그래, 목요일, 그래." 파우어 씨가 말했다.

"좋아!" 코닝엄 씨가 재빨리 말했다.

"우린 몰리 댁에서 만나기로 하지." 맥코이 씨가 말했다. "그곳이 제일 편리한 곳일 테니까."

"하지만 늦어서는 안 되네." 파우어 씨가 진지하게 말했다. "틀림없이 사람들이 문간까지 꽉 찰 테니까."

"그럼 7시 반에 만날 수 있지." 맥코이 씨가 말했다.

"좋아!" 커닝엄 씨가 말했다.

"몰리 댁에서 7시 반으로 하세!"

잠시 침묵이 흘렀다. 커넌 씨는 자기도 친구들의 비밀 이야기에 끼어들 수 없을까 하는 눈초리로 기다리고 있었다. 이어 그는 물었다.

"도대체 무슨 일이야?"

"오, 아무것도 아니야." 커닝엄 씨가 말했다. "목요일을 위해 단지 사소한 일을 해볼까 하는 것뿐이지."

"오페라 말인가?" 커넌 씨가 물었다,

"아니야, 아니." 커닝엄 씨가 회피적인 말투로 말했다. "그건 그저 사소한…… 정신적인 문제야."

"오." 커넌 씨가 말했다.

다시 침묵이 흘렀다. 그러자 파우어 씨가 노골적으로 말했다.

"사실대로 말하면, 톰, 우린 묵상 기도(피정)를 하려고 하네."

"그래, 그거야." 커닝엄 씨가 말했다. "잭과 나, 그리고 여기 맥코이가— 우린 모두 단지를 씻을까 해."

그는 은근히 힘을 주어 비유를 말하고, 자신의 목소리에 힘을 얻은 듯, 다시 말을 이었다.

"글쎄, 우린 모두 생각하면 한 패의 악당들이란 걸 인정하는 게 좋아. 너나 할 것 없이. 글쎄, 너나 할 것 없이." 그는 무뚝뚝하게 연민에 찬 듯 말을 덧붙이고, 파우어 씨에게로 고개를 돌렸다. "자, 자백하자고!"

"자백하지." 파우어 씨가 말했다.

"그리고 나도 자백하겠어." 맥코이 씨가 말했다.

"그래, 우리 모두 함께 단지를 씻으러 가려는 거야." 커닝엄 씨가 말했다.

무슨 생각이 문득 그에게 떠오르는 것 같았다. 그는 갑자기 환자에게로 고개를 돌리고 말했다.

"톰, 자네 방금 내게 무슨 생각이 떠올랐는지 알아? 자네도 합세할 수 있지. 그리고 우린 사인조무(四人組舞)를 추는 거야."

"좋은 생각이야." 파우어 씨가 말했다. "우리 넷이 함께 말이야."

커넌 씨는 잠자코 있었다. 그와 같은 제의도 그의 마음엔 거의 의미를 가져다주지 못했다. 하지만 그 어떤 영혼의 섭리가 그를 위해 작용하려는지를 이해하면서, 자신이 시치미를 떼는 것이 자신의 위신에 대한 의무라고 생각했다. 그는 한참 동안 그들의 대화에 끼지 않았으나, 다소 적의를 품은 듯한 태도로 귀를 기울이고 있었는데, 그동안 그의 친구들은 예수회를 토론했다.

"나도 예수회에 대하여 그렇게 나쁘다고는 생각지 않아." 그는 마침내 끼어들며 말했다. "그들은 교육받은 종단(宗團)이지. 그들의 취지도 역시, 좋다고 믿어."

"그들은 성당에서 가장 큰 종단이야, 톰." 커닝엄 씨가 열렬히 말했다. "예수회 총 회장은 교황 다음이니까."

"그에 대해서는 틀림이 없어." 맥코이 씨가 말했다. "무슨 일이든 특별히 잘되기를 바란다면, 예수회로 가야 해. 그들은 영향력이 대단한 사람들이지. 한 가지 적절한 예를 들면……."

"예수회 종단은 훌륭한 인간 집단이야." 파우어 씨가 말했다.

"참 묘한 일이지." 커닝엄 씨가 말했다. "예수회 종단에 관해 성당의 모든 다른 교단은 언젠가 다시 개혁해야 했지만, 예수회 교단만은 단 한 번도 개혁한 적이 없어. 그건 부패한 적이 결코 없었단 말이야."

"그런가?" 맥코이 씨가 물었다.

"그건 사실이야." 커닝엄 씨가 말했다. "역사가 증명하지."

"그들의 성당을 봐." 파우어 씨가 말했다. "거기 모이는 회중을 보란 말이야."

"예수회는 상류 계급의 기호(嗜好)에 맞지." 맥코이 씨가 말했다.

"물론." 커넌 씨가 말했다.

"그래." 커넌 씨가 말했다. "그것이 내가 그들에게 호감이 가는 이유야. 그중 몇몇 속된 신부들은 무식하고, 오만하고……."

"그들도 모두 착한 사람들이지." 커닝엄 씨가 말했다. "제 나름대로 말이야. 아일랜드의 성직은 전 세계에서 존경을 받고 있어."

"오, 그래." 파우어 씨가 말했다.

"유럽 대륙의 몇몇 성직자들과는 다르지." 맥코이 씨가 말했다. "이름 값도 못 하는."

"아마 자네가 옳을지 몰라." 커넌 씨가 누그러지며 말했다.

"물론 내가 옳지." 커닝엄 씨가 말했다. "내가 오랫동안 이 세상을 살아오면서, 그리고 모든 면을 보아오면서 인물 판단도 못 했겠나."

손님들은 서로를 따라 하듯, 다시 술을 마셨다. 커넌 씨는 마음속으로 무엇을 곰곰이 생각하는 눈치였다. 그는 감명을 받았다. 커닝엄 씨를 인격의 판단자로서 그리고 다른 사람에 대한 감식자로서 높이 평가했다. 그는 자세한 것을 물어보았다.

"오, 그저 묵상 기도일 뿐이야, 알아." 커닝엄 씨가 말했다. "퍼든 신부가 그걸 주재하지. 사업가들을 위한 거야, 알아."

"그는 우리한테 지나치게 압박하지는 않을 거야, 톰." 파우어 씨가 권유하듯 말했다.

"퍼든 신부라? 퍼든 신부?" 환자가 말했다.

"오, 자네 그분은 잘 알아야 해, 톰." 커닝엄 씨가 힘주어 말했다. "멋지고 쾌활한 분이지! 세상일에 밝은 것은 물론이고 우리와 다를 바 없는 사람이야."

"아…… 그래. 그를 알 것 같아. 얼굴이 좀 붉고, 키가 큰."

"바로 그분이야."

"그런데 말해 봐, 마틴…… 설교를 잘하는 분인가?"

"음 아니…… 꼭 설교라곤 할 수 없지, 알아. 그건 마치 일종의 친구들

간의 대화 같은 거야, 알아, 상식적인 면에서…….”

커넌 씨는 생각에 잠겼다. 맥코이 씨가 말했다:

“오, 톰 버크 신부. 그분은 대단한 사람이야!”

“오, 톰 버크 신부는,” 커닝엄 씨가 말했다. “타고난 웅변가지. 톰, 자네 그의 설교를 들은 적이 있나?”

“들은 적이 있느냐고!” 환자는 흥분한 듯 말했다. “아무렴! 들었지…….”

“그런데도 사람들 말이 대단한 신학자라고들 하지 않던걸.” 커닝엄 씨가 말했다.

“그래?” 맥코이 씨가 물었다.

“오, 물론, 아무 잘못은 없지, 알겠나. 단지 이따금 사람들 말이, 그가 아주 정통파의 것을 설교하지 않는다는 거야.”

“아!…… 그분은 참 훌륭한 사람이야.” 맥코이 씨가 말했다.

“나는 언젠가 그분의 설교를 들었어.” 커넌 씨가 말을 계속했다. “설교 제목을 지금은 기억나지 않지만. 크로프턴과 나는 거기 뒷좌석에 있었지…… 왜 있잖나…… 그ㅡ.”

“본당 말인가?” 커닝엄 씨가 말했다.

“그래, 뒷좌석 문 가까이에서. 무슨 설교인지 기억나지 않는데…… 오, 그래. 교황에 관한 것이었어. 돌아가신 교황 말이야. 이제 기억나는군. 정말이지 멋있었어, 말솜씨가. 그리고 목소리! 맙소사! 정말 멋진 목소리였어! 그는 교황을 바티칸의 죄수라고 불렀어. 우리가 바깥에 나왔을 때 크로프턴이 내게 한 말을 나는 기억하지.”

“하지만 그는 오렌지 당원이야, 크로프턴, 그렇잖아?” 파우어 씨가 물었다.

"물론 그래." 커넌 씨도 말했다. "그리고 매우 착실한 오렌지 당원이지. 우린 무어가(街)의 버틀러 주점에 들어갔어 — 정말 사실대로 말하자면 마음으로 감동했어 — 그리고 난 당시 그가 한 말을 정말 잘 기억하고 있어. 그분은 말했어. '커넌, 우린 서로 다른 제단을 섬기고 있지만' 그러면서, '우리의 믿음은 매한가지요'라고 하셨어. 정말 표현을 잘하셔서 감동했어."

"그 말에는 많은 뜻이 담겨 있어." 파우어 씨가 말했다. "톰 신부가 설교하는 예배당에는 언제나 신교도들이 떼를 지어 왔었지."

"우리 사이에는 별반 차이가 없어." 맥코이 씨가 말했다. "우린 양쪽 다 믿지……."

그는 잠깐 주춤거렸다.

"……구세주를 믿지. 신교도들은 교황과 성모를 믿지 않을 뿐이야."

"그러나 물론" 커닝엄 씨는 조용하고 적절하게 말했다. "우리의 종교가 '진짜' 종교야. 오랜 고유의 신앙이지."

"의심의 여지 없지." 커넌 씨가 흥분하여 말했다.

그때 커넌 부인이 침실 문간에 나타나며 알렸다.

"여기 손님이 오셨어요!"

"누군데요?"

"포가티 씨입니다."

"오, 들어와요, 들어와."

창백한 타원형의 한 얼굴이 불빛 속으로 다가왔다. 길게 늘어뜨린 호(弧) 같은 금빛 콧수염은, 즐거운 듯 놀란 두 눈 위의 고리를 이룬 금빛 눈썹과 닮아 보였다. 포가티 씨는 신중한 식료품상이었다. 그는 한때 시내의 유허가(有許可) 주점 사업을 하다가 실패했는데, 그 이유인즉 그의 재정 상황이 여의치 않아 이류 증류업자 및 양조업자들과 계약해야 했기 때문이다. 그는 글래스네빈 가도에 조그마한 가게를 열었고, 거기서 그는 자신의 태도가 그 지역의 아낙네들의 비위를 맞출 수 있다는 데, 자못 만족하고 있었다. 그는 점잖은 품위로 처신했으며, 꼬마 아이들을 칭찬해주었고, 세련된 말투로 이야기했다. 그는 교양도 없지 않았다.

포가티 씨는 반 파인트짜리 특제 위스키를 그와 함께 선물로 가져왔다. 그는 예의 바르게 커넌 씨의 안부를 묻고, 선물을 탁자 위에 놓은 다음, 친구들과 함께 다정하게 앉았다. 커넌 씨는 자신과 포가티 씨 사이에 약간의 해결되지 않은 식료품 외상값이 있다는 것을 알고 있었기 때문에, 그 선물을 한층 더 감사히 여겼다. 그는 말했다:

"자네가 올 줄 알았어. 그걸 좀 따주겠나, 잭?"

파우어 씨는 다시 맡은 역할을 했다. 잔들을 헹구고, 다섯 잔에 작은 양의 위스키를 따랐다. 이 새로운 술기운이 대화에 활기를 북돋웠다. 포가티 씨는 의자 끝 부분에 앉아서 특별히 관심을 보였다.

"교황 레오 13세는," 커닝엄 씨가 말했다. "시대의 등불 중 하나였지. 그의 위대한 사상은 라틴 성당과 그리스 정성당의 통합이었어. 그것이 그의 필생의 목표였지."

"나는 그가 유럽에서 가장 지적인 사람 중의 하나라는 말을 가끔 들었어." 파우어 씨가 말했다. "내 말은, 그가 교황인 것을 별개로 하고라도 말이야."

"그랬지." 커닝엄 씨가 말했다. "가장 지적이었다고 할 수는 없어도.

그의 모토는 교황으로서, 룩스 어폰 룩스 — 빛 위의 빛 — 이었지."

"아니, 아니야." 포가티 씨가 열렬히 말했다. "그 점에선 자네가 틀린 것 같아. '룩스 인 테네브리스'야, 내 생각에 — '어둠 속의 빛'이었어."

"오 그래." 맥코이 씨가 말했다. "테네브레."

"잠시만 그게 아니야." 커닝엄 씨가 적극 말했다. "'룩스 어폰 룩스'가 맞아. 그리고 그의 전임자인 교황 비오 9세의 모토는 '크룩스 어폰 크룩스' — '십자가 위의 십자가'로서, 두 교황과의 직위의 차이를 보여주지."

이 같은 추론은 인정을 받았다. 커닝엄 씨가 말을 계속했다.

"교황 레오는 위대한 학자이며 시인이었어."

"그는 강한 인상을 지녔었지." 커넌 씨가 말했다.

"그래." 커닝엄 씨도 동의했다. "그는 라틴어로 시를 썼어."

"그래?" 포가티 씨가 물었다.

맥코이 씨는 만족스러운 듯 위스키를 맛보았으며, 이중의 의도를 가지고 고개를 흔들면서 말했다.

"그건 농담이 아니야."

"우린 그걸 배운 적이 없어, 톰." 파우어 씨도, 맥코이 씨의 예를 따르면서 말했다. "우리가 빈민학교에 다닐 때도 말이야."

"겨드랑이 밑에 뗏장을 끼고 빈민학교에 다닌 사람들 가운데도 위대한 사람이 참 많았지." 커넌 씨가 격언적으로 말했다. "옛날 제도가 최고야. 소박하고 정직한 교육 말이야. 오늘날의 실속 없는 것과는 달라……."

"그렇고말고." 파우어 씨가 말했다.

"불필요한 것은 하나도 없었지." 포가티 씨가 말했다. 그는 말을 분명히 한 뒤, 신중하게 술을 마셨다.

"예전에 읽은 것이 기억나." 커닝엄 씨가 말했다. "교황 레오의 시들 중 하나는 사진의 발명에 관한 것이었어 — 물론 라틴어로 말이야."

"사진에 관해서!" 커넌 씨가 외쳤다.

"그래." 커닝엄 씨가 말했다.

그도 역시 술잔을 비웠다.

"글쎄, 알아." 맥코이 씨가 말했다. "사진이란 생각해보면 정말 신기한 것 아닌가?"

"오, 물론" 파우어 씨가 말했다. "위대한 마음은 사물을 볼 수 있지."

"시인이 말했듯 '위대한 마음이란 광기(狂氣)와 아주 가깝도다'라는 말이군." 포가티 씨가 말했다.

커넌 씨는 마음이 괴로운 듯 보였다. 그는 어떤 괴로운 문제에 관한 신교의 교리를 기억해내려고 애쓰다가, 마침내 커닝엄 씨에게 말을 걸었다.

"말해보게, 마틴." 그는 말했다. "교황 가운데 약간은 — 물론, 현재의 교황이나, 또는 그의 전임자는 아니나, 옛날 교황들 가운데 몇몇은 — 꼭 그렇게…… 완전무결하지는 않지?"

침묵이 흘렀다. 커닝엄 씨가 말했다:

"오, 물론, 몇몇 나쁜 자들도 있지……. 하지만 놀라운 것은 바로 이거야. 그들 가운데 어느 한 사람도 아무리 지독한 술주정뱅이도, 가장……철저한 악한도, 그중 한 사람도 '교황의 권위로서' 한마디 거짓 교리를 설파한 적이 없어. 이건 정말 놀라운 일이 아닌가?"

"사실이야." 커넌 씨가 말했다.

"그래. 교황이 '교황의 권위로서' 말할 때는 절대로," 포가티 씨가 설명했다. "그는 불과오(不過誤)하기 때문이지."

"그래." 커닝엄 씨가 말했다.

"오, 나는 교황의 불과오설(不過誤設)에 관해 알고 있어. 내가 기억하기로는 내가 어렸을 때였는데…… 그게 아닌가……?"

포가티 씨가 말을 가로챘다. 그는 술병을 들어 다른 사람들에게 술을 조금 더 권했다. 맥코이 씨는, 술이 한차례 돌기에는 충분치 못함을 보고, 아직 첫 잔의 술을 다 비우지 않았다고 했다. 다른 사람들은 마지못해 술을 받았다. 술잔 속으로 떨어지는 위스키의 가벼운 음악 소리가 근사한 간주곡을 만들었다.

"자네 어디까지 이야기했지, 톰?" 맥코이 씨가 물었다.

"교황의 불과오설이야." 커닝엄 씨가 말했다. "그건 성당의 전(全) 역사에서 가장 위대한 장면이었어."

"어떤 장면이었는데, 마틴?" 파우어 씨가 물었다.

커닝엄 씨는 두 개의 굵은 손가락을 쳐들었다.

"추기경들, 대주교들, 주교들로 구성된 추기경 단(團)에서 두 사람이 그것(불과오설)에 반대했지. 다른 사람들은 그에 찬성했는데 말이야. 전체 비밀회의는 이 두 사람을 제외하고는 만장일치였어. 부(否)야! 이 두 사람은 그에 찬(贊)하려 하지 않았어!"

"하!" 맥코이 씨가 말했다.

"그리고 그중 한 사람은 이름이 돌링인지…… 다울링인지…… 아니면……. 독일 추기경이었어."

"다울링은 독일 이름이 아니야. 그런데 그건 틀림없어." 파우어 씨가 큰 소리로 웃으며, 말했다.

"글쎄, 이 위대한 독일 추기경이, 이름이야 어쨌든, 그중 한 사람이었어. 다른 사람은 존 맥헤일이었지."

"뭐라고?" 커넌 씨가 소리쳤다. "튜엄의 존 말인가?"

"그래, 그게 확실해?" 포가티 씨가 의심스러운 듯 물었다. "난 어떤 이탈리아인 아니면 미국인이라고 생각했어."

"튜엄의 존," 커닝엄이 반복해 말했다. "바로 그 사람이었어."

그가 술을 들이켜자 다른 사람들도 그를 따라 마셨다. 그는 이어 말을 계속했다.

"그들이 일대 논쟁을 벌였지. 세계 곳곳에서 온 모든 추기경, 주교들 및 대주교들과 이 두 투사(鬪士)가, 그러자 마침내 교황이 몸소 벌떡 일어나 '교황의 권위로서' 불과오설을 성당의 교리로 선언했지. 바로 그 순간에 지금까지 계속 반대하고 반대해오던, 존 맥헤일이 벌떡 자리에서 일어나, 사자 같은 목소리로 '찬성이오!' 하고 소리쳤지."

"'나는 믿소!'라는 말이군." 포가티 씨가 말했다.

"찬성이오!" 커닝엄 씨가 말했다. "그건 그가 지녔던 신앙을 보여준 거야. 그는 교황이 말하는 순간 복종하고 만 거야."

"그리고 다울링은 어떻게 됐어?" 맥코이 씨가 물었다.

"그 독일 추기경은 복종하려 하지 않았어. 그는 성당을 떠나고 말았지."

커닝엄 씨의 말은 듣고 있던 사람들의 마음속에 성당이라는 거대한 이미지가 솟아났다. 그의 깊고, 우렁찬 목소리가 신앙과 복종이란 말을 터뜨리자 그들을 전율시켰던 것이다. 커넌 씨 부인이 손을 말리며 방 안에 들어왔을 때, 그녀는 엄숙한 무리와 부딪쳤다. 그녀는 침묵을 깨뜨리지 않았으나 쇠 난간 너머로 침대 발치에 몸을 기댔다.

"난 한때 존 맥헤일을 보았어." 커넌 씨가 말했다. "그리고 난 그 일을 내가 살아 있는 한 결코, 잊을 수 없을 거야."

그는 확인을 요구하듯 아내 쪽으로 고개를 돌렸다.

"당신한테 가끔 이야기했지?"

커넌 부인은 고개를 끄덕였다.

"존 그레이 경의 동상 제막식 때였어. 에드먼드 드와이어 그레이가 수다를 떨면서 연설하는데, 거기에 그 나이 많은 친구 심술궂게 생긴 영감이, 짙은 눈썹 밑으로부터 그를 노려보고 있었지."

커넌 씨는 이맛살을 찌푸리고, 화난 황소처럼 고개를 숙이면서 아내를 노려보았다.

"맙소사!" 그는 본래의 얼굴로 돌아가며 외쳤다. "난 사람 얼굴에 달린 그런 눈은 처음 봤어. 그건 마치 '너를 제대로 알아봤다, 요놈' 하고 말하는 것 같았어. 그는 마치 매(鷹)와 같은 눈을 하고 있었어."

"그레이가(家)에는 쓸모 있는 사람은 아무도 없어." 파우어 씨가 말했다.

잠시 침묵이 흘렀다. 파우어 씨는 커넌 부인에게로 몸을 돌리고 불쑥 명랑하게 말했다:

"글쎄, 커넌 부인, 우리는 여기 주인 양반을 독실하고 경건한, 하느님을 두려워하는 로마 가톨릭교도로 만들어볼 작정입니다."

그는 그곳에 모인 사람들을 다 포함한다는 듯 팔을 휘둘렀다.

"우린 다 함께 묵상 기도(피정)를 하고 우리의 죄를 고백할 작정입니다. 우리에겐 그게 몹시 필요해요."

"난 상관없어." 커넌 씨가 약간 신경질적으로 웃으며 말했다.

커넌 부인은 자신의 만족을 감추는 것이 한층 현명하리라 생각했다. 그래서 그녀는 말했다

"당신 이야기에 귀를 기울여야 하는 신부님이 가엾기도 하시지."

커넌 씨의 표정이 바뀌었다.

"만일 그가 듣기 싫다면," 그는 퉁명스럽게 말했다. "딴짓이나 하라지. ……난 그저 조그마한 근심거리를 그에게 이야기하려는 거야. 난 그렇게 나쁜 사람은 아니란 말이야……."

커닝엄 씨가 재빨리 말을 가로막았다.

"우리 모두 악마를 물리치도록 하세." 그는 말했다. "다 함께 악마가 한 일과 허세를 잊지 말고."

"사탄이여, 뒤로 물러가라!" 포가티 씨가 소리 내어 웃으며, 다른 사람들을 쳐다보면서 말했다.

파우어 씨는 입을 다물고 있었다. 그는 완전히 함정에 빠진 느낌이었다. 그러나 곧 즐거운 표정이 얼굴을 스쳤다.

"우리가 해야 할 모든 것은 불 켠 양초를 손에 들고 영세 서약을 반복하는 거야." 커닝엄 씨가 말했다.

"오, 양초를 잊지 말게, 톰." 맥코이 씨가 말했다. "무엇을 하든 간에."

"뭐라고?" 커넌 씨가 말했다. "양초를 들어야 한다고?"

"오 그럼." 커닝엄 씨가 말했다.

"천만에, 빌어먹을." 커넌 씨가 정색하며 말했다. "내가 선(線)을 긋지. 나도 그만한 일은 충분히 할 수 있어. 묵상 기도의 일이나 고해를 하겠어. 그리고…… 모든 그러한 일을. 하지만…… 촛불은 안 돼! 천만에, 경칠, 촛불은 반대야!"

그는 익살스럽게도 진지하게 머리를 저었다.

"저이 하는 소리 좀 들어 봐요." 그의 아내가 말했다.

"난 촛불만은 반대야." 커넌 씨는 그의 청중에게 자기가 한 말이 효과를 나타냈음을 의식한 채, 계속 머리를 이리저리 저으면서 말을 계속했다. "그따위 요술—등 같은 일은 반대야."

모두가 한바탕 웃어댔다.

"당신 정말 훌륭한 가톨릭교도로군요!" 그의 아내가 말했다.

"촛불은 안 돼!" "그것만은 안 돼!" 커넌 씨는 단호하게 거듭 말했다.

* * *

가디너가(街)의 예수회 성당의 수랑(袖廊)은 사람들로 거의 가득 차 있었다. 그리고 시시각각 신사들이 옆문으로부터 들어왔고, 조수사(助修士)에 의해 안내된 채, 발끝으로 통로를 따라 들어가 드디어 앉을 자리를 찾았다. 신사들은 모두 옷을 잘 차려 입고 질서정연했다. 성당의 등불이 여기저기 트위드 나사복(羅紗服)으로 돋보이는 검은 옷과 하얀 색깔 차림의 한 무리 위에, 까맣고 얼룩덜룩한 녹색 대리석 기둥 위에 그리고 우중충한 유화(油畵) 위에 떨어졌다. 신사들은 그들의 바지를 무릎 위로 약간 끌어올린 다음, 긴 의자에 앉아 있었고, 모자를 그들의 무릎 위에 안전하게 놓았다. 그들은 등을 기대고 앉아, 높은 제단 앞에 매달린 먼 곳의 빨간 불빛 반점을 차분히 응시하고 있었다.

설교단 근처의 의자 중 하나에 커닝엄 씨와 커넌 씨가 앉았다. 그 뒤 의자에는 맥코이 씨가 혼자 앉았다. 그리고 그의 뒤편 의자에는 파우어 씨와 포가티 씨가 앉았다. 맥코이 씨는 다른 사람들과 같은 의자에 앉으려고 자리를 찾았으나 성공하지 못했는지라, 그리고 무리가 주사위의 다섯 눈 형태로 앉았을 때, 그는 그걸 우스갯말로 말하려고 애를 썼으나 성공을 거두지 못했다. 그는 이러한 말들이 잘 받아들여지지 않자, 포기하고 말았다. 심지어 그는 경건한 분위기를 감지했고, 종교적 자극에 호응까지 하기 시작했다. 귓속말로 커닝엄 씨는 커넌 씨의 주위를, 약간 거리를 두고 앉아 있던, 고리대금업자인 하포드 씨에게로, 그리고 새로 선출된 시의원 중의 한 사람 옆에 설교단 바로 아래 앉아 있던 등기업자요, 시의 시장 — 보좌역인 패닝 씨에게로 끌었다. 오른쪽으로 세 개의 전당포 소유자인, 마이클 그라임스 노인과 시 서기 사무소의 일에 내정된, 단 호건의 조카가 앉아 있었다. 앞쪽 한층 먼 곳에 『프리먼즈 저널』지의 주필인, 헨드릭 씨와 한때 실업계의 상당한 인물이었던 커넌 씨의 옛 친구인 가련한 오캐롤 씨가 앉아 있었다. 점차 그가 낯익은 사람들을 알아차리자, 커넌 씨는 마음이 놓이기 시작했다. 그의 모자는 아내가 수선해 주었는지라, 그의 무릎 위에 놓여 있었다. 한두 번 그는 한 손으로 소매 끝을 끌어내렸고, 다른 한 손으로 모자챙을 가볍게, 그러나 단단히 붙들고 있었다.

당당하게 보이는 몸집에, 상체에는 하얀 중백의(中白衣)를 걸친 사람이 애써 올라가는 것이 눈에 띄었다. 동시에 동요하는 회중들이, 손수건을 꺼내, 그 위에 조심스럽게 무릎을 꿇었다. 커넌 씨는 모두의 예를 따랐다. 신부가 이제 설교단에 똑바로 서자, 커다랗고 붉은 얼굴이 왕관처럼 얹혀진, 거구의 3분의 2가 난간 위로 드러났다.

퍼든 신부는 무릎을 꿇고, 빨간 반점 같은 불빛을 향해 몸을 돌려, 양손으로 얼굴을 가리면서 기도를 드렸다. 잠시 간격이 있은 후에 그는 얼굴을 드러내고 자리에서 일어섰다. 회중들도 자리에서 일어나 의자에 앉았다. 커넌 씨는 그의 모자를 무릎 위 본래 자리에 도로 놓고 설교자 쪽으로 주의 깊게 얼굴을 제시했다. 설교자는 커다란 세련된 몸짓으로, 그의 중백의의 넓은 소매를 하나하나 뒤로 젖힌 다음, 회중의 줄지은 얼굴들을 천천히 살폈다. 그런 다음 그는 말했다.

> 세속의 자녀는 그들의 세대에서 빛의 자녀보다 더 현명하도다. 그런고로 세속의 재물로라도 친구를 사귀어라, 그러면 그대가 죽을 때 그들은 너희를 영원한 거처로 받아들이리.

퍼든 신부는 우렁차고 확신에 찬 목소리로 성구를 전개해 나갔다. 그것은 모든 성서에서 가장 어려운 구절 중의 하나라고, 그는 말했다. 그것은 우연한 관찰자에게 예수 그리스도께서 다른 곳에서 설교하신 고매한 도덕성과는 모순될지도 모른다. 그러나 그는 청중들에게 이 성구는 아직 세속적인 인생을 영위해야 할 운명에 있는 사람들, 그리고 그러한 인생을 속되지 않게 영위하고자 하는 사람들의 지침으로서 특별히 적합하다고 말했다. 이 성구는 실업가와 직업인을 위한 것이었다. 예수 그리스도께서는, 인간의 성품의 모든 구석구석에 대한 성스러운 이해를 하고, 모든 인간은 종교 생활로 소명 받는 것이 아니요, 단연 다수의 인간은 억지로라도 속세에서, 그리고 어느 정도는 속세를 위하여, 살아가야 함을 이해하고 계셨다. 그리하여, 이 성구 속에 예수께서는 그들에게 충고의 말씀을 주고자 계획하셨고, 모든 사람 가운데서 종교 문제에 가장 관심이 없는 바로 저들 배금주의자들을 종교 생활의 모범으로 그들 앞에 두고자 하셨던 것이다.

그는 청중들에게 자신은 어떤 무서운, 어떤 과장된 목적을 위해서 거기 있는 것이 아니라, 속세의 한 인간으로서 그의 동료에게 이야기하는 것이라 말했다. 그는 사업자들에게 말하기 위해 왔으며, 사업자 같은 방식으로 이야기하고 싶다고 했다. 만일 그가 은유를 쓸 수 있다면, 그는 말했는지라, 자신은 그들의 정신적 회계사라고 했다. 그리하여 그는 듣고 있는 사람들 각자가 자신의 장부를 펼치고, 그것이 양심과 정확하게 맞는지를 살펴보도록 하고 싶다고 했다.

예수 그리스도께서는 엄한 감독은 아니셨다. 그분께서는 우리의 작은 실패를 이해하셨고, 우리의 불쌍하고 타락한 본성의 미약함을 이해하셨으며 이 세상의 여러 가지 유혹들을 이해하셨다. 우리는 유혹에 빠질 뻔했으며, 때때로 빠진 적도 있었다. 우리는 실패를 저지를 뻔했으며 또한, 저지른 적도 있었다. 그러나 단 한 가지, 그는 말했나니, 그의 청중들에게 요구하고 싶다고 했다. 그것은 하느님께 솔직하고 인간다워야 한다는 것이었다. 그들의 장부가 모든 점에서 꼭 들어맞는다면 이렇게 말하라고 했다.

"글쎄, 저는 제 회계장부를 확인해 보았습니다. 모든 것이 다 맞았습니다."

그러나 만일, 가끔 일어나는 일이나, 무슨 착오가 있다면, 사실을 시인하고, 솔직하고 사람답게 다음과 같이 말하라고 했다.

"글쎄, 저는 회계장부를 조사해 보았습니다. 저는 이 점과 이 점이 잘못임을 알았습니다. 그러나 하느님의 은총으로, 이러이러한 것을 시정하겠습니다. 저의 장부를 올바로 고치겠습니다."

## 죽은 사람들

문지기의 딸 릴리는 문자 그대로 발이 닳아빠질 지경이었다. 그녀가 1층 사무실 뒤에 있는 부엌 뒤의 작은 식료품실로 신사 한 분을 안내한 후 그의 외투를 벗겨주자마자 씩씩거리는 현관문 초인종이 다시 찌르릉 울렸고, 텅 빈 현관 마루로 달려가 또 다른 손님을 맞아들여야 했다. 여자 손님들의 시중을 맡지 않은 것이 그녀에게는 정말 다행이었다. 그러나 케이트와 줄리아가 그 점을 미리 생각해서 2층 목욕실을 여자 탈의실로 개조해 놓았다. 케이트와 줄리아는 떠들고 깔깔거리며 수선을 떨다가, 층계 꼭대기까지 서로를 앞다투어 걸어가, 난간 너머 아래를 기웃거리면서, 릴리에게 누가 왔느냐고 고함을 지르며 물어보았다.

모컨 자매가 해마다 갖는 댄스파티는 언제나 큰 행사였다. 그들을 아는 사람들은 모두 파티에 초대되었고, 일가친척들, 가문의 옛 친구들, 줄리아의 합창단 단원들, 이제 충분히 성인이 된 케이트의 제자들, 그리고 심지어 메리 제인의 몇몇 제자도 있었다. 파티가 재미없게 끝난 적은 한 번도 없었다. 누구나 기억할 수 있는 한, 이 파티는 여러 해 동안 정말 멋진 스타일로 해마다 치러져 왔다. 그들의 오빠 팻이 사망한 뒤로 케이트와 줄리아가 스토니 배터의 집을 떠나, 하나뿐인 조카 메리 제인과 함께 어셔스 아일랜드에 있는 어둡고 음산한 집의 위층을 1층에서 곡물 도매상을 하며 사는 풀럼 씨에게 세내어 함께 산 이래로 이어져 온 연례행사이다. 그 모임을 시작한지도 줄잡아 족히 30년이 되었다. 당시 작은 옷을 입고 있던 소녀 메리 제인은, 이제 집안의 기둥 역할을 했는데, 그 이유인즉 그녀는 헤딩턴 가도에서 오르간을 쳤기 때문이다. 그녀는 왕립 음악 학교를 수료했고, 매년 앤티언트 음악당의 2층에서 제자의 연주회를 개최했다. 그녀의 제자 가운데 많은 이들이 킹스타운과 달키 혈통의 부유한 가문에 속했다. 비록 나이가 많긴 해도, 그녀의 고모들은 역시 자기들의 몫을 했다. 줄리아는 백발이 다 되었어도, 아담과 이브 성당에서 지도급 소프라노였고, 케이트는 몸이 너무 허약하여 밖에 나다닐 수 없는지라, 뒷방에 있는 오래된 구식 피아노로 초보자들에게 음악 레슨을 했다. 문지기의 딸인 릴리가 그들을 위해 살림을 도맡았다. 그들의 생활은 검소했으나, 잘 먹는 것이 그들의 신조였다. 무엇이든 제일 좋은 것, 즉 다이아몬드 형태의 뼈가 박힌 등심, 3실링짜리 차와 병에 담긴 최고급 흑맥주. 릴리는 좀처럼 주문에 실수가 없어서 세 마님과 사이좋게 지냈다. 세 마님은 지나치게 수선을 떨었는데, 그것이 전부였다. 그러나 그들이 참을 수 없는 단 한 가지는 말대꾸였다.

물론 그들이 오늘 같은 밤에 수선을 떠는 데는 그럴듯한 이유가 있었다. 그리고 때는 10시가 지난 지 오래인데도 게이브리얼과 그의 아내가 올 기미는 보이지 않았다. 게다가 그들은 프레디 맬린스가 술에 취해 나타나지나 않을까 몹시 염려했다. 그들은 어떤 일이 있어도 메리 제인의 학생들에게 그의 술 취한 꼴을 보이고 싶지 않았다. 그는 술에 취하면 때때로 다루기가 몹시 힘이 들었다. 프레디 맬린스는 언제나 늦게 왔지만, 게이브리얼이 왜 이렇게 늦는지 그들은 궁금했다. 그 래서 자매는 2분마다 난간으로 가서 게이브리얼이나 프레디가 왔는지 릴리에게 물었다.

"오, 콘로이 씨." 릴리가 게이브리얼에게 문을 열어주며 말했다. "케이트 아주머니와 줄리아 아주머니께서 아저씨가 안 오시는 줄 생각하셨어요. 안녕하세요, 콘로이 부인."

"그러셨을 테지." 게이브리얼이 말했다. "그러나 여기 내 아내가 옷을 입는 데 꼬박 3시간이 걸린다는 것을 잊으셨군."

그가 매트 위에 서서 덧신에서 눈을 탁탁 터는 동안, 릴리는 그의 아내를 계단 발치까지 안내하며 고함을 질렀다.

"케이트 아주머니, 콘로이 부인이 오셨어요."

케이트와 줄리아는 어두컴컴한 계단 아래를 뒤뚱거리며 당장 걸어 내려왔다. 두 사람은 게이브리얼의 아내에게 키스하며, 추워서 몹시 고생했겠다고 말하고, 게이브리얼이 같이 오지 않았느냐고 물었다.

"편지처럼 정확히 여기 와 있습니다, 케이트 이모님! 올라가시죠, 곧 뒤따르겠습니다." 게이브리얼이 어둠 속에서 소리쳤다.

그는 세 여인이 크게 웃으며, 2층 탈의실로 올라가는 동안 계속 신발을 활발하게 털고 있었다. 눈의 가벼운 테두리가 그의 외투 양어깨 위에 마치 망토처럼, 그리고 덧신의 부리에 모자처럼 놓여 있었다. 그가 눈으로 뻣뻣해진 털 나사(羅紗) 천을 통해 삐걱 소리와 함께 외투 단추를 풀자, 바깥의 차갑고 향기로운 공기가 외투의 틈과 주름으로부터 도망쳤다.

"다시 눈이 오나요, 콘로이 씨?" 릴리가 물었다.

그녀는 그를 앞장서서 식료품실로 들어가 그가 외투를 벗도록 도왔다. 게이브리얼은 그녀가 자신의 이름을 세 음절로 부른 것에 미소를 지으며, 흘끗 쳐다보았다. 그녀는 날씬한, 한창 피어나는 처녀로, 창백한 얼굴에 건초 빛을 띤 머리칼을 하고 있었다. 식료품실의 가스등이 그녀의 얼굴을 한층 창백하게 했다. 게이브리얼은 그녀가 아이였을 때, 층층대 맨 아래 계단에 앉아 헝겊 인형을 어르며 놀던 때부터 그녀를 알고 있었다.

"그래, 릴리." 그는 대답했다. "밤새도록 올 것 같구나."

그는 2층 마루에서 발을 쿵쿵거리고 질질 끌어서 흔들리는 식료품실 천장을 쳐다보며, 잠깐 피아노 소리에 귀를 기울였고, 이어 소녀를 흘끗 쳐다보았는데 그녀는 선반 끝에서 그의 외투를 조심스레 접고 있었다.

"말해봐, 릴리." 그는 다정한 말투로 말했다. "아직도 학교에 다니니?"

"오, 아뇨, 아저씨." 그녀는 대답했다. "학교를 졸업한 지가 1년도 더 돼요."

"오, 그럼," 게이브리얼이 경쾌하게 말했다. "어느 날 신랑과 함께 하는 네 결혼식에 가야 할까 보다, 그렇지?"

처녀는 어깨너머로 그를 흘끗 뒤돌아보며, 몹시 신랄하게 말했다.

"요새 남자들은 모두 입만 까져서 허풍만 떨려고 하는 걸요."

게이브리얼은 잘못을 저지른 것처럼 얼굴을 붉혔다. 그리고 그녀를 쳐다보지도 않은 채, 덧신을 벗어버리고 목도리로 에나멜가죽 구두를 활발히 털었다.

그는 건장하고 키가 큰 젊은이였다. 그의 두 뺨의 발그레한 빛이 심지어 이마에까지 위쪽으로 밀고 올라가, 그곳에서 몇몇 무형(無形)의 붉은 반점이 되어 흩어졌다. 그리고 섬세하고 한시도 안절부절못하는 눈을 가려주던 안경의 잘 닦은 렌즈와 반짝이는 도금한 안경테가 털 없는 그의 얼굴 위에서 끊임없이 번쩍거렸다. 윤기 나는 검은 머리카락은 한가운데로 가르마를 타서 귀 뒤로 긴 굴곡을 이루며 빗겨져 있었는데, 모자 쓴 자국에 아래에서 약간 꼬부라져 있었다.

구두에 윤기를 내자 그는 자리에서 일어나, 통통한 몸에 한층 꼭 끼는 조끼를 끌어내렸다. 그런 다음 주머니에서 동전 한 닢을 재빨리 꺼냈다.

"오, 릴리." 그는 동전을 그녀의 손에 쥐여 주며 말했다. "크리스마스 때야, 그렇잖니? 아주 조금이야……. 여기……."

그는 문쪽으로 재빨리 걸어갔다.

"오, 아니에요, 아저씨!" 소녀가 뒤따르며 소리쳤다. "정말이에요, 아저씨, 안 받을래요."

"크리스마스 때야! 크리스마스 때!" 게이브리얼은 계단까지 거의 달리다시피 가면서, 애원하듯 손을 흔들며 말했다.

소녀는 그가 이미 계단까지 다다른 것을 보면서, 그의 등 뒤에다 소리쳤다.

"그럼, 고마워요, 아저씨."

그는 왈츠가 끝날 때까지 응접실 문밖에서 기다리며, 마루를 스치는 치맛자락과 질질 끄는 구두 소리를 귀담아듣고 있었다. 그는 소녀의 신랄하고 갑작스러운 대꾸로 여전히 마음이 뒤숭숭했다. 그것이 그에게 침울함을 던져주었는데, 그는 소맷부리와 넥타이 매듭을 바로잡음으로써 그것을 흩어버리려고 애썼다. 그리고 조끼 호주머니에서 작은 종잇조각을 꺼내, 연설을 위해 써놓은 제목을 얼른 쳐다보았다. 그는 로버트 브라우닝에서 인용한 시행(詩行)에 관해 마음을 정하지 못했다. 왜냐하면 그것이 듣는 이들의 두뇌 수준에 너무 높지 않을까 두려웠기 때문이다. 그들이 이해할 만한 셰익스피어나 「서정시집」에서 인용하는 것이 한층 나으리라 싶었다. 상스럽게 탁탁 치는 남자들의 구두 굽 소리와 질질 끄는 소리가 그들의 교양 정도가 자신의 것과는 다르다는 것을 상기시켰다. 그들이 이해하지 못하는 시를 그들에게 인용함으로써 자신을 우스꽝스럽게 만드는 것이 아닌가 싶었다. 모두 그가 자신의 높은 교양을 뽐내고 있다고 생각할지도 모른다. 그는 식료품실의 소녀와 실패했듯이, 그들과도 실패하지 않을까 싶었다. 그는 잘못된 어조를 택했던 것이다. 그의 연설 전체가 처음부터 마지막까지 전적으로 실패였다.

바로 그때 그의 두 이모와 아내가 여성용 탈의실에서 나왔다. 이모들은 둘 다 몸집이 작고 수수한 옷을 입은, 나이 많은 여자들이었다. 줄리아 이모가 1인치가량 더 컸다. 그녀의 머리칼은 귀 윗부분까지 내려뜨린 백발이었고, 크고 축 늘어진 얼굴은 한층 검은 그림자들로 잿빛이었다. 비록 그녀가 체격이 튼튼하고 꼿꼿이 서 있긴 해도, 그녀의 느린 눈과 벌어진 입술은 자기가 어디에 있는지 또는 어디로 가고 있는지를 알지 못하는 듯한 여인의 모습을 보여주었다. 케이트 이모는 조금 더 생기를 띠고 있었다. 동생보다 한층 건강해 보이는 얼굴에는 마치 시든 붉은 사과처럼 온통 주름투성이였고, 구식으로 똑같이 땋은 머리칼은 잘 익은 밤(栗) 색깔을 잃지 않았다.

두 이모는 게이브리얼에게 허물없이 키스를 했다. 그는 그들의 사랑하는 조카이며, 항만국(港灣局)에 근무하는 T. J. 콘로이와 결혼한 지금은 고인이 된 언니 엘린의 아들이었다.

"그레타가 말하기를, 오늘 밤 몽크스타운으로 돌아가지 않는다지, 게이브리얼?" 케이트 이모가 물었다.

"네." 게이브리얼이 아내에게 고개를 돌리며 말했다. "우리는 작년에 혼이 났어요, 그렇잖아? 기억 안 나요, 케이트 이모님. 그 때문에 그레타가 얼마나 지독한 감기에 걸렸었는지? 마차 창문이 도중에 내내 덜커덕거리고 우리가 메리언가를 지난 다음부터는 돌풍이 계속 불어댔지요. 정말 지독했어요. 그레타는 지독한 감기에 걸렸지요."

케이트 이모는 얼굴을 몹시 찌푸리며 말끝마다 고개를 끄덕였다.

"정말 옳아. 게이브리얼, 정확히 맞았어." 그녀는 말했다. "조심해서 남 주겠니."

"하지만 그레타를 그대로 내버려두면 눈 속을 걸어서라도 집으로 갈 거예요." 게이브리얼이 말했다.

콘로이 부인이 소리 내어 웃었다.

"저이 말 듣지 마세요, 케이트 이모님." 그녀가 말했다. "그인 정말 지독한 사람이에요, 밤에는 톰의 눈에 푸른 가리개를 씌우거나, 아령을 하게 하고, 에바에게는 억지로 귀리죽을 먹인단 말이에요. 불쌍한 아이 같으니! 그 앤 귀리죽을 보기만 해도 싫어해요……. 오, 저한테 뭘 신게 하는지는 결코 상상도 못하실 거예요."

그녀가 깔깔 웃음을 터뜨리고는, 남편을 흘끗 쳐다보자, 그의 감탄하는 그리고 행복한 눈이 그녀의 드레스에서 그녀의 얼굴 그리고 머리칼로 떠돌고 있었다. 두 이모는 한껏 웃었다. 왜냐하면 게이브리얼의 지나친 우려가 그들에게는 지속적인 장난거리였기 때문이다.

"골로시(덧신)!" 콘로이 부인이 말했다. "그건 최근의 것이랍니다. 발 아래 땅이 질 때는 언제나 골로시를 신어야만 해요. 오늘 밤만 해도 저인 제가 그걸 신기를 바랐으나, 전 그러고 싶지 않았어요. 다음에는 잠수복을 사줄 거예요."

게이브리얼은 신경질적으로 크게 웃으며 타이를 재확인하듯 가볍게 쳤다. 한편 케이트 이모는 허리가 거의 끊어질 정도로, 방금 농담을 실컷 즐졌다. 미소가 이내 줄리아 이모의 얼굴에서 사라졌으며, 그녀의 침울한 눈이 조카의 얼굴 쪽으로 쏠렸다. 잠시 후 그녀는 물었다.

"그런데 골로시가 뭐냐, 게이브리얼?"

"골로시 말이야, 줄리아!" 그녀의 언니가 부르짖었다. "맙소사, 골로시가 뭔지 몰라? 신 위에다……. 뒤집어쓰는 거지, 그레타, 그렇잖아?"

"그래요." 콘로이 부인이 말했다. "구타페르카 같은 거요. 우리는 한 켤레씩 갖고 있어요. 게이브리얼 말이 대륙에서는 모든 사람이 그걸 신는데요."

"오, 대륙에서는," 줄리아 이모가 고개를 천천히 끄덕이면서 중얼거렸다.

게이브리얼은 이맛살을 찌푸리고, 약간 화가 난 듯이 말했다.

"별로 이상할 것도 없지만 그레타는 골로시란 말이 크리스티 순회 극단을 상기시킨다 해서 아주 우습게 생각하지요."

"그런데 말이야, 게이브리얼." 케이트 이모가 눈치 빠르게 말했다. "물론 방은 봐 두었겠지? 그레타가 말하던데……."

"오, 방은 문제없어요." 게이브리얼이 대답했다. "그레셤 호텔에 하나 잡아두었으니까요."

"아무렴." 케이트 이모가 말했다. "참 잘했구나. 그리고 아이들은, 그레타, 아이들은 걱정할 것 없겠지?"

"오, 하룻밤인데요." 콘로이 부인이 말했다. "게다가 베시가 돌봐줄 거예요."

"아무렴." 케이트 이모가 다시 말했다. "그처럼 믿을 수 있는 소녀가 있으면 얼마나 안심이니! 그런데 릴리 말이야. 요즘에 저 애한테 무슨 일이 생겼는지 알 수가 없어. 저 애, 전과는 아주 딴판이야."

게이브리얼은 이 점에 관해서 몇 가지 질문을 이모에게 하려 했으나, 그녀는 갑자기 말을 멈추고 층계 아래로 내려가 어슬렁거리며, 난간 너머로 목을 황새처럼 길게 뻗고 있는 동생을 바라보았다.

"그런데 이봐." 그녀는 거의 성급하게 말했다. "줄리아는 어딜 가는 거지? 줄리아! 어딜 가는 거야? 줄리아!"

층계 계단을 반쯤 내려간 줄리아가 돌아와 덤덤하게 알렸다.

"프레디가 왔어요."

그와 때를 같이하여 손뼉 치는 소리와 피아니스트의 최후 탄음(彈音)이 왈츠가 끝났음을 알렸다. 응접실 문이 안에서 열리며, 몇 쌍의 부부가 나왔다. 케이트 이모가 게이브리얼을 황급히 옆으로 끌고가 귓속에 소곤거렸다.

"슬쩍 내려가봐, 게이브리얼. 얼른 그리고 프레디가 괜찮은지 봐. 술에 취했으면 올려보내지 마. 분명히 취했을 거야. 확실히 그럴거야."

게이브리얼은 계단으로 가서 난간 너머로 귀를 기울였다. 그는 두 사내가 식료품실에서 이야기하는 소리를 들을 수 있었다. 그는 프레디 맬린스의 웃음소리를 알아차렸다. 게이브리얼은 계단을 소란스럽게 내려갔다.

"정말 마음이 놓이는군." 케이트 이모가 콘로이 부인에게 말했다. "게이브리얼이 왔으니 말이야. 게이브리얼이 있으면 언제나 마음이 아주 놓인단 말이야……. 줄리아, 데일리 양과 파우어 양에게 음료를 대접하지. 댁의 아름다운 왈츠에 감사해요, 데일리 양. 덕분에 즐거웠어요."

뻣뻣한 반백의 콧수염과 거무스름한 피부를 지닌 키가 크고 시든 얼굴의 한 사나이, 그는 자기의 파트너와 함께 밖으로 빠져나오며 말했다.

"우리도 음료를 좀 마셔도 되겠어요, 모컨 여사님?"

"줄리아," 케이트 이모가 즉석에서 말했다. "여기 브라운 씨와 펄롱 양이 계셔. 데일리 양과 파우어 양과 함께 안으로 안내해."

"저는 부인들을 위해 있는 사람입니다." 브라운 씨가 콧수염이 빳빳이 설 때까지 입술을 꼭 다물고, 온통 주름투성이가 되어 미소를 지으면서 말했다. "아시죠, 모컨 여사님, 여자들이 저를 그토록 좋아하는 이유를……."

그는 자기 문장을 다 끝마치지 않았으나, 케이트 이모가 귀 밖으로 듣는 것을 보고, 이내 세 젊은 귀부인들을 뒷방으로 안내했다. 방의 중간은 끝과 끝을 맞대어 붙인 두 개의 네모진 식탁이 점령했고, 이 식탁 위에 줄리아 이모와 문지기가 커다란 식탁보를 평평히 잡아당기며 펴고 있었다. 찬장에는 큰 접시와 쟁반, 그리고 술잔과 나이프 및 포크 그리고 숟가락 뭉치들이 정렬되어 있었다. 구식 피아노 덮개는 음식과 과자를 놓는 선반 구실을 하고 있었다. 한쪽 구석에 있던 보다 작은 찬장 곁에 두 젊은이가 서서, 홉으로 만든 쓴 술을 마시고 있었다.

브라운 씨는 그가 맡은 숙녀들을 그곳으로 안내하고, 뜨겁고 독한 그리고 달콤한 여성용 펀치 술로 농담 삼아 그들 모두를 초대했다. 그들이 독한 술은 절대로 마시지 않는다고 하자, 그는 그들을 위해 레모네이드 세 병을 열었다. 그런 다음 그는 한 젊은 청년에게 좀 비키라고 하고, 술병을 들고 자신을 위해 상당한 양의 위스키를 가득 따랐다. 젊은 사내들은 그가 시음하는 동안 경의를 표하듯 그를 쳐다보았다.

"하느님 도우소서." 그는 미소를 지으며 말했다. "이건 의사의 처방이야."

그의 시든 얼굴이 크게 웃음을 터뜨렸고, 세 젊은 여인은 몸을 이리저리 흔들거나 어깨를 신경질적으로 흔들면서, 그의 농담에 음악적 메아리로 소리 내어 웃었다. 그중 가장 대담한 여인이 말했다.

"오, 그런데 브라운 씨, 의사가 설마 그런 처방을 내렸을리 없어요."

브라운 씨는 위스키를 한 모금 더 마시고 은근히 흉내를 내며 말했다.

"글쎄, 이것 봐요. 난 그 유명한 캐시디 부인이란 말이오. 그분은 이렇게 말한 걸로 알려져 있어요. '자, 메리 그라임스, 제가 마시지 않으면 강제로라도 마시게 해요. 마시고 싶으니까.'"

그는 열띤 얼굴을 조금 지나치다 싶게 앞으로 내밀고 아주 천박한 더블린 말투로 흉내를 냈기 때문에, 젊은 여인들은 본능적으로, 그의 말을 묵묵히 받아들였다. 메리 제인의 제자 중 하나인 펄롱 양은 데일리 양에게 그녀가 방금 연주한 아름다운 왈츠 곡의 제목이 뭐냐고 물었다. 그리고 브라운 씨는 자신이 무시당하고 있음을 눈치채고, 자기를 좀 더 알아주는 듯싶은 두 사내에게로 재빨리 몸을 돌렸다.

짙은 보랏빛 옷차림의 얼굴이 붉은 한 젊은 여인이 흥분하여 손뼉을 치며 소리를 지르면서, 방으로 들어왔다.

"카드리유 추실 분! 카드리유 추실 분!"

케이트 이모가 그녀의 뒤꿈치를 바싹 뒤따라가며 소리쳤다.

"남자 둘과 여자 셋, 메리 제인!"

"오, 여기 버긴 씨와 케리건 씨가 있어요." 메리 제인이 말했다.

"케리건 씨, 파우어 양과 짝이 되시겠어요? 펄롱 양, 파트너로 버긴 씨가 어때요? 오, 그럼 이제 다 됐군요."

"여자가 셋, 메리 제인." 케이트 이모가 말했다.

두 젊은 신사는 숙녀들에게 함께 춤을 출 수 있는지 묻자, 메리 제인은 데일리 양에게 몸을 돌렸다.

"오, 데일리 양, 정말 고마워요. 마지막 두 무도곡을 쳐주어서. 하지만 정말로 우린 오늘 밤 여자들이 너무 모자라요."

"전 조금도 상관없어요, 모컨 여사님."

"하지만 멋진 파트너가 있어요. 테너 가수 바텔 다시 씨 말이에요. 나중에 그분에게 노래를 한 곡 부탁할 거예요. 더블린이 온통 그분 때문에 떠들썩해요."

"멋진 목소리야, 멋진 목소리!" 케이트 이모가 말했다.

피아노가 최초 피겨의 서곡을 두 번 연주하자, 메리 제인은 새로 보충한 인원들을 재빨리 방 밖으로 안내했다. 그들이 나가자마자 줄리아 이모가 뒤쪽의 뭔가를 쳐다보면서, 천천히 방안으로 걸어 들어왔다.

"무슨 일이야, 줄리아?" 케이트 이모가 근심스레 물었다. "누구지?"

한 묶음의 테이블 냅킨을 갖고 들어오던 줄리아가 언니를 돌아보며 의외의 질문이라는 듯 대꾸했다.

"프레디예요, 케이트. 게이브리얼이 그와 함께 있어요."

사실 그녀 바로 뒤에 게이브리얼이 프레디 맬린스를 층계참을 가로질러 안내하는 것을 볼 수 있었다. 프레디는 게이브리얼과 비슷한 몸집에 어깨가 둥근 마흔 살 정도의 젊은 남자였다. 그의 얼굴은 살이 찌고 창백했으며, 두텁고 늘어진 귓불과, 넓적한 코 날개에만 붉은빛이 감돌았다. 그의 용모는 거칠었다. 코는 뭉툭하고, 이마는 불룩하다가 기울어 있었고, 입술은 부어오른 듯 튀어나와 있었다. 그의 두툼한 눈꺼풀의 눈과 헝클어져 성긴 머리칼이 그를 졸린 듯 보이게 했다. 그는 아까 게이브리얼에게 층계에서 했던 이야기에 목청이 터지라 마음껏 웃으면서, 동시에 그의 왼손 주먹의 관절 마디로 왼쪽 눈을 앞뒤로 연방 비비고 있었다.

"안녕하세요, 프레디." 줄리아 이모가 말했다.

프레디 맬린스는 습관처럼 막히는 목소리 때문에 듣기에 퉁명스러울 정도로 모컨 자매에게 저녁 인사를 했다. 그런 다음 브라운 씨가 찬장 있는 곳에서 자신을 보며 씩 웃는 것을 보고는 건들거리는 걸음으로 방을 가로질러 가서 방금 게이브리얼에게 한 이야기를 나지막한 목소리로 되풀이하기 시작했다.

"그렇게 많이 취한 것 같진 않은데, 그렇잖니?" 케이트 이모가 게이브리얼에게 말했다.

게이브리얼의 안색이 어두웠으나, 재빨리 표정을 바꾸며 대답했다.

"오, 아니, 눈에 띌 정도는 아니에요."

"글쎄, 정말 지독한 사람이잖아!" 그녀가 말했다. "그의 불쌍한 어머니가 섣달 그믐날 밤에 그에게 금주 맹세를 시켰지……. 자, 게이브리얼, 모두 응접실로 가요."

게이브리얼과 같이 방을 떠나기에 앞서, 그녀는 이맛살을 찌푸리고 집게손가락을 경고조로 흔들면서 브라운 씨에게 신호를 보냈다. 브라운 씨는 고개를 끄덕였고, 그녀가 나가자 프레디 맬린스에게 말했다.

"자, 그럼, 테디. 자네가 기운이 나도록 레모네이드를 한 잔 듬뿍 채워 주지."

프레디 맬린스 마침 이야기의 정점에 가까이 오고 있었는지라, 이 제안을 성급히 손을 저어 뿌리쳤다. 브라운 씨는 우선 프레디 맬린스의 흐트러진 옷으로 그의 주의를 환기한 다음, 레모네이드를 한 잔 가득 따라 그에게 건넸다. 프레디 맬린스는 왼손으로 잔을 기계적으로 받았고, 오른손은 자신의 옷을 기계적으로 바로잡는 데 바빴다. 브라운 씨의 얼굴은 환희로 다시 한 번 주름이 졌으며, 자신을 위해 위스키를 한 잔 따랐다. 한편 프레디 맬린스는, 이야기의 정점에 미처 도달하기도 전에, 기관지염에 걸린 사람처럼 경련을 일으키듯 폭소를 터뜨렸고, 맛도 보지 않은 넘치는 잔을 내려놓으며, 왼손 주먹 관절 마디로 왼쪽 눈을 앞뒤로 비비기 시작했고, 발작적인 웃음을 터뜨리는 것과 동시에 마지막 말을 되풀이했다.

***

메리 제인이 숨을 죽인 듯한 조용한 응접실에서, 빠른 연주와 어려운 악절(樂節)로 가득한 아카데미 곡을 연주하는 동안에도, 게이브리얼은 그것에 귀를 기울일 수가 없었다. 그는 음악을 좋아했지만 그녀가 연주하는 곡은 그에게는 아무런 멜로디가 없는 듯했고, 다른 사람들이 메리 제인에게 근사한 곡을 연주해달라고 청했지만, 그들에게 그 멜로디가 느껴질지 의심스러웠다. 네 명의 젊은이는 음료실에서 나와 문간에 서서 피아노 소리를 듣다가, 몇 분 후에 짝을 지어 급히 사라져 버렸다. 음악을 이해하는 듯 보이는 유일한 사람은 두 손을 건반을 따라 움직이거나 순간적인 저주를 내리는 여사제처럼 쉼표가 있는 곳에서 손을 치켜드는 메리 제인 자신과 그녀의 팔꿈치에서 악보를 넘겨주며 서 있는 케이트 이모뿐이었다.

밀랍 초로 닦아 번쩍번쩍 빛나는 마룻바닥에 묵직한 샹들리에 불빛이 비쳐 눈이 부셨던 게이브리얼은 피아노 위의 벽 쪽을 쳐다보았다. 〈로미오와 줄리엣〉의 발코니 장면 그림이 그곳에 걸려 있었고, 그 곁에는 런던

탑에서 살해된 두 왕자의 그림이 걸려 있었는데, 이는 줄리아 이모가 소녀였을 때 붉은색, 푸른색 그리고 갈색 털실로 수놓은 것이었다. 아마도 이모들은 소녀일 때 다녔던 학교에서 저런 것을 한 해 동안 배웠는지도 모른다. 그의 어머니는 언젠가 생일 선물로 그에게 보랏빛의 태비넷 천으로 조끼를 지어준 적이 있었는데, 조그마한 여우 머리들을 수놓고 갈색 새털 천으로 가장자리를 두른 동그란 뽕나무 단추를 단 것이었다. 케이트 이모는 어머니를 늘 모컨 가문의 재주 단지라 부르곤 했지만, 어머니에게 아무런 음악적 자질이 없었다는 것은 이상했다. 케이트와 줄리아 이모는 언제나 그들의 신중하고 자상한 언니를 조금 자랑스러워 하는 눈치였다. 어머니의 사진이 체경(體鏡) 앞에 놓여 있었다. 사진 속 그녀는 무릎 위에 책을 펴놓고, 해군복 차림으로 그녀 발 곁에 누워 있는 콘스탄틴에게 책 속의 무엇인가를 가리키고 있었다. 아들들의 이름을 지어준 것도 어머니였는데, 그녀는 가족생활의 권위에 관하여 대단히 민감했기 때문이다. 어머니 덕택에 콘스탄틴은 지금 밸브리건에서 수석 보좌 신부로 있고, 게이브리얼 자신은 왕립 대학에서 학위를 받았다. 게이브리얼은 자신의 결혼을 반대하며 무뚝뚝한 반응을 보였던 어머니를 기억하자, 얼굴 위로 한 가닥 그림자가 스쳐 지나갔다. 어머니가 한 몇 마디 멸시의 말들이 아직도 그의 기억 속에서 쩽그렁거렸다. 그녀는 언젠가 그레타를 촌뜨기 말괄량이라고 불렀는데, 그레타에게 전혀 어울리는 말이 아니었다. 몽크스타운에 있던 그들의 집에서 어머니가 오랫동안 병을 앓고 있었을 때에도 그녀를 간호해준 것은 그레타였다.

그는 메리 제인의 연주가 거의 끝나는 것이 틀림없다고 알았다. 그녀는 소절이 하나하나 끝날 적마다 음계를 빠른 연주하면서 도입부의 멜로디를 다시 연주하고 있었기 때문이다. 곡이 끝나기를 기다리는 동안 그의 마음속에 깃든 노여움은 사라졌다. 곡은 트레블(고음)의 옥타브와 저음부의 마지막 짙은 옥타브로 끝났다. 커다란 박수가 메리 제인을 맞이하자, 그녀는 얼굴을 붉히며 악보를 신경질적으로 말아 들고 도망치듯 방을 나갔다. 가장 활기찬 박수가 문간의 네 젊은이로부터 터져 나왔는데, 그들은 연주가 시작되자 음료실로 갔다가 피아노 연주가 끝나자 되돌아왔던 자들이다.

랜서 춤이 마련되었다. 게이브리얼은 아이버스 양과 파트너가 된 것을 알았다. 그녀는 솔직하고 말이 많았으며, 튀어나온 갈색 눈과 주근깨가 있는 얼굴의 젊은 여인이었다. 그녀는 가슴팍이 깊이 팬 옷을 입지 않았고, 칼라 앞에 고정된 커다란 브로치에는 아일랜드의 문장(紋章)과 제명(題銘)이 새겨져 있었다.

그들이 자리를 잡았을 때, 그녀는 불쑥 말했다.

"당신과 좀 따져볼 일이 있어요."

"나하고?" 게이브리얼이 말했다.

그녀는 고개를 신중히 끄덕였다.

"뭔데요?" 게리브리얼은 그녀의 엄숙한 태도에 미소를 지으며 말했다.

"G. C.가 누구예요?" 아이버스 양이 그에게 눈길을 돌리며 반문했다.

게이브리얼이 얼굴을 붉히며 마치 이해할 수 없다는 듯 미간을 찌푸리려고 하자, 그녀가 퉁명스럽게 말했다.

"오, 천진한 에이미 같으니! 당신이 『데일리 익스프레스』지를 위해 글을 쓰는 걸 벌써 잘 알고 있었어요. 그래, 어쩌면 부끄럽지도 않아요?"

"내가 부끄러워할 이유가 어디 있소?" 게이브리얼은 눈을 깜박거리면서 그리고 미소를 지으려고 애쓰면서 반문했다.

"글쎄, 저는 당신이 부끄러워요." 아이버스 양이 솔직하게 말했다. "당신이 그와 같은 신문에다 글을 쓰다니……. 당신이 웨스트 브리튼(친영파)인 줄은 미처 몰랐어요."

게이브리얼의 얼굴에 당황한 기색이 역력했다. 그가 수요일마다 『데일리 익스프레스』지에 문학 칼럼을 쓰고, 그 대가로 15실링의 고료를 받는 것은 사실이었다. 그러나 그렇다고 해서 자신이 웨스트 브리튼이 될 까닭은 전혀 없었다. 서평용으로 보내오는 책들이 그가 받는 하찮은 원고료보다 한층 더 달가웠다. 그는 새로 인쇄된 책들의 커버를 만지작거리며, 페이지를 넘겨 보는 것을 사랑했다. 거의 매일 대학에서 강의가 끝나면 그는 부두 아래로 헌책방까지, 배철러 산책로의 히키 서점까지, 애스턴 부두의 웨브 서점 또는 매씨 서점까지, 혹은 뒷골목의 오클로이 씨 서점까지 어슬렁거리곤 했다. 그는 이 여자의 공격에 어떻게 대처해야 할지 몰랐다. 그는 문학은 정치를 초월한다고 말해주고 싶었다. 그러나 그들은 다년간 사귀어 온 친구였으며, 처음에는 대학에서 그리고 나중에 학교 교사로 그들의 경력도 서로 평행을 유지했었다. 그는 그녀에게 과장된 언사를 감히 쓸 수가 없었다. 그는 계속 눈을 깜빡거리며, 미소를 지으려고 애를 쓰면서, 책의 서평을 쓰는 것에 정치적인 것은 아무것도 없다고 어설프게 중얼거렸다.

그들이 교대할 차례가 되었을 때도 그는 여전히 당황스럽고 마음을 가누지 못했다. 아이버스 양은 재빨리 그의 손을 따뜻하게 잡으며, 상냥하고 다정한 말씨로 말했다.

"물론 농담이에요. 자, 교대해요."

두 사람이 다시 짝이 되었을 때, 그녀가 대학 문제에 관하여 이야기를 하자 게이브리얼은 한층 마음이 놓였다. 그녀의 친구 중 하나가 브라우닝의 시에 대한 그의 평을 그녀에게 보여주었던 것이다. 그것이 그녀가 비밀을 알아낸 경위였다. 그녀는 그 평을 굉장히 좋아했다. 갑자기 그녀가 말했다.

"오, 콘로이 씨. 이번 여름에 애런 섬으로 유람 여행을 가지 않겠어요? 우린 거기서 한 달 내내 머물 작정이에요. 대서양 밖으로 참 멋있을 거예요. 꼭 가세요. 클랜시 씨도 가요, 그리고 킬켈리 씨와 캐슬린 커니도. 그레타도 가면 참 좋아할 텐데. 부인이 콘노트 출신이죠, 그렇잖아요?"

"친정이 거기죠." 게이브리얼은 퉁명스럽게 말했다.

"하지만 당신은 가겠죠, 네?" 아이버스 양은 그녀의 따뜻한 손을 그의 팔 위에 열렬히 얹으며 말했다.

"사실은" 게이브리얼이 말했다. "어디 가기로 이미 약속이 되어 있는데……."

"어디로 가요?" 아이버스 양이 물었다.

"글쎄, 알다시피 해마다 몇몇 친구들과 자전거 여행을 떠나지요. 그래서……."

"어디로요?" 아이버스 양이 다그쳤다.

"글쎄, 우린 보통 프랑스나 벨기에, 아니면 아마 독일로 가죠." 게이브리얼은 어색하게 대답했다.

"그런데 왜 프랑스나 벨기에로 가는 거죠?" 아이버스 양이 말했다. "자기 나라를 찾는 대신에."

"글쎄," 게이브리얼은 말했다. "여러 언어를 접해보고 싶기도 하고, 기분전환을 위해서이기도 하죠."

"그럼 당신은 자신의 나라 언어를 접해보고 싶은 생각은 없어요, 아일랜드어요?" 아이버스 양이 물었다.

"글쎄," 게이브리얼이 말했다. "그런 식이라면 아일랜드어는 나의 언어가 아니지요."

주변 사람들이 이 힐문(詰問)을 귀담아들으려고 몸을 돌렸다. 게이브리얼은 신경질적으로 좌우를 힐긋 보며, 그러한 시련(試鍊)속에서 명랑한 표정을 지으려고 애를 썼는데, 그것이 그의 이마에 붉은빛이 솟아나게 하고 있었다.

"그러면 당신은 조국에 가볼 만한 곳이 없다는 건가요?" 아이버스 양이 말을 이었다,

"당신이 전혀 모르는 자신의 민족이나, 조국 말이에요……."

"오, 솔직히 말하면," 게이브리얼이 갑자기 대꾸했다. "나는 내 조국에 진저리가 나요. 진저리가!"

"왜요?" 아이버스 양이 물었다.

게이브리얼은 대답하지 않았다. 그의 대꾸가 그를 너무 열나게 했기 때문이다.

"왜요?" 아이버스 양이 거듭 물었다.

그들은 함께 방문 동작을 취할 때가 되었다. 그가 대답하지 않자, 아이버스 양이 흥분하여 말했다.

"물론 할 말이 없겠죠."

게이브리얼은 크게 힘을 내어 춤에 열중함으로써 그의 동요를 감추려고 애를 썼다. 그는 그녀의 시선을 피하려고 했는데, 그녀의 얼굴에 시큼

한 표정을 보았기 때문이다. 그러나 두 사람이 길게 이어진 고리에서 다시 만났을 때, 그는 자신의 손이 세게 짓눌린 것을 느끼고 깜짝 놀랐다. 그녀가 잠시 짓궂게 쳐다보자 그는 마침내 미소를 지었다. 행렬이 다시 막 움직이기 시작할 무렵, 그녀는 발끝으로 서서 그의 귓속에다 대고 속삭였다.

"친영파!"

랜서 춤이 끝나자 게이브리얼은 프레디 맬린스의 어머니가 앉아 있는, 방의 먼 구석으로 갔다. 그녀는 듬직하고, 백발의 창백한 노파였다. 그녀의 목소리는 아들의 그것처럼 막혀 있었고 말을 조금 더듬었다. 그녀는 아들이 거기에 와 있다는 것을 그리고 그다지 술에 취하지 않았다는 것을 들었다. 게이브리얼은 그녀에게 무사히 도항(渡航)했는지 물었다. 그녀는 글레스고에 사는 출가한 딸과 살고 있으며, 1년에 한 번씩 더블린에 다녀갔다. 그녀는 참 멋진 도항을 했으며, 선장이 아주 잘 보살펴주었다는 것을 차분히 대답했다. 그녀는 글래스고에 있는 딸의 아름다운 집에 관해서, 그리고 그곳에 있는 모든 친구들에 관해서 말했다. 노파의 혀가 두서없이 계속 떠드는 동안, 게이브리얼은 아이버스 양과의 불쾌한 사건에 관한 기억을 자신의 마음에서 모두 몰아내려고 애를 썼다. 물론 그 소녀, 아니 여인은, 아무튼 그녀가 뭐든 간에 열성가임은 분명했지만, 모든 일에는 때가 있는 법이었다. 아마 그는 그런 식으로 대답하지 말았어야 했는지도 모른다. 그러나 그녀는 농담으로라도 많은 사람 앞에서 자신을 친영파로 부를 권리는 없었다. 그녀는 토끼 눈으로 자신을 힐난하고 노려보면서, 사람들 앞에 그를 놀림감으로 삼으려고 했었다.

그는 그녀가 왈츠를 추는 여러 쌍을 헤치고 자기 쪽으로 걸어오고 있는 것을 보았다. 그녀가 그에게 다다르자 그녀는 그의 귓속에 대고 말했다.

"게이브리얼, 케이트 이모님이 여느 때처럼 당신이 거위를 잘라 주겠느냐고 물으세요. 데일리 양은 햄을 자르고, 나는 푸딩을 맡을 거예요."

"좋아." 게이브리얼이 말했다.

"이모는 이 왈츠가 끝나자마자 젊은이들을 먼저 들여보내신대요. 우리끼리만 식사하도록 말이에요."

"당신 춤을 추었소?" 게이브리얼이 물었다.

"물론 추었죠. 절 못 보셨어요? 몰리 아이버스하고 무슨 말다툼을 했어요?"

"말다툼은 무슨……. 아니야. 왜? 그 여자가 그렇게 말했소?"

"그와 비슷한 말을 했어요. 저기 다시 씨에게 노래를 부탁해볼까 해요. 제 생각에는 자부심이 넘치는 분 같아요."

"말다툼은 없었어." 게이브리얼이 침울하게 말했다, "그녀가 아일랜드 서부로 함께 여행을 가기를 바랐는데, 내가 안 가겠다고 말했을 뿐이야."

그녀는 흥분해서 두 손을 꼭 잡고, 약간 껑충 뛰었다.

"오, 가요, 게이브리얼, 그녀는 소리쳤다, 골웨이를 다시 보고 싶어요."

"원한다면 가시오." 게이브리얼이 냉정하게 말했다.

그녀는 그를 잠깐 쳐다보며, 이내 맬린스 부인에게 고개를 돌리고 말했다.

"참으로 멋진 남편이죠, 맬린스 부인."

그녀가 방을 가로질러 되돌아가는 동안, 맬린스 부인은 이야기가 중단된 것에도 개의치 않은 채, 스코틀랜드에는 얼마나 아름다운 곳과 아름다운 경치가 많은지 게이브리얼에게 계속 말했다. 그녀의 사위는 매년 그들을 호수로 데리고 가, 낚시질을 하곤 했다. 그녀의 사위는 정말 훌륭한 낚시꾼이었다. 하루는 그가 아름다운 큰 물고기를 한 마리 잡았는데, 호텔

요리사가 그걸 그들의 저녁 식사로 요리해 주었다.

게이브리얼은 그녀가 하는 말을 거의 듣지 않았다. 이제 만찬 때가 거의 다 되었기 때문에, 그는 자신의 연설과 인용에 대해서 다시 생각하기 시작했다. 게이브리얼은 프레디 맬린스가 자신의 어머니를 만나려고 방을 가로질러 오는 것을 보았을 때, 그를 위해 의자를 비워주고, 창의 흉벽 속으로 물러났다. 방은 벌써 깨끗이 치워져 있었고, 뒷방에서는 접시와 나이프의 쨍그랑거리는 소리가 들려왔다. 아직 응접실에 남아 있던 사람들은 춤에 지친 듯했고, 조그맣게 떼를 지어 조용히 이야기를 나누고 있었다. 게이브리얼의 따뜻하고, 떨리는 손가락이 차가운 창유리를 가볍게 두드렸다. 바깥은 얼마나 추울까! 처음에는 강가를 따라 그리고 공원을 빠져나와, 홀로 거닐면 얼마나 기분이 좋을까! 눈은 나뭇가지 위에 쌓여 있을 것이고, 웰링턴 기념비의 꼭대기에도 반짝이는 모자를 씌운 듯 쌓여 있으리라. 저녁 식탁에 앉아 있는 것보다 그곳이 한층 더 즐거우리라!

그는 자신의 연설 서두를 훑어갔다. 아일랜드의 후대(厚待), 슬픈 추억들, 미의 세 여신, 파리스, 브라우닝의 인용. 그는 자신의 서평에 썼던 한 글귀를 혼자 거듭했다. '우리는 사상으로 고통받는 음악을 듣는 듯한 느낌이 들지요.' 아이버스 양은 서평을 칭찬했었다. 그녀는 진심이었을까? 그녀가 아일랜드를 사랑한다는 모든 그녀의 선전 뒤에 자신의 어떤 생명이 정말로 있는 걸까? 그들 사이에 그러한 불쾌한 감정은 그날 저녁 이전에는 결코 없었다. 그녀가 만찬에서 그가 연설하는 동안, 비판적이고 조롱하는 듯한 시선으로 쳐다볼 것을 생각하니 맥이 풀렸다. 아마 그녀는 그의 연설이 실패로 끝난 것을 보고 미안한 생각이 들지 않을지 모른다. 한 가지 생각이 마음에 떠오르며 그에게 용기를 북돋워 주었다. 그는 케이트 이모와 줄리아 이모를 넌지시 암시하며 말하리라. '신사 숙녀 여러분, 지금 우리 가운데 사라져 가는 세대에도 결점은 있습니다. 하지만 그래도 이 세대는 환대, 유머, 인간성의 어떤 특징들을 지니고 있다고 생각합니다. 그리고 이러한 특징들이 우리 주변에서 자라나고 있는 새롭고 아주 진지하며 고도로 교육받은 세대에는 결여되어 있는 듯합니다.' 아주 훌륭하다. 그건 아이버스 양에게 합당했다. 이모들은 단지 무식쟁이 노파일 뿐인데 무슨 상관이겠는가?

방 안의 웅성거리는 소리가 그의 주위를 끌었다. 브라운 씨가 줄리아 이모를 멋지게 안내하며, 문 쪽에서 들어오고 있었는데, 이모는 그의 팔에 몸을 기대고 미소 지으며 고개를 떨구고 있었다. 총소리 같은 불규칙한 박수 소리가 피아노 있는 곳까지 그녀와 동행했다. 메리 제인이 피아노 의자에 앉고, 줄리아 이모가 이제 더는 미소를 짓지 않은 채, 자신의 목소리가 방 안으로 아주 멋지게 잘 들리도록 몸을 반쯤 돌리자 박수소리는 점차 사라졌다. 게이브리얼은 전주곡을 알고 있었다. 그것은 줄리아 이모의 옛 노래 〈신부로 단장하고〉의 전주곡이었다. 그녀의 목소리는 힘차고 맑았으며, 음률은 곡을 미화하는 빠른 음을 커다란 정기(精氣)로 시작했다. 그녀가 아주 빠른 속도로 노래했지만, 수식음(修飾音)의 가장 적은 것까지 놓치지 않았다. 노래하는 이의 얼굴을 보지 않고, 그 목소리를 따르다 보면 빠르고 안전한 비상(飛翔)의 흥분을 함께 느끼고 나누게 되는 것이다. 게이브리얼은 노래가 끝나자 다른 사람들과 함께 크게 박수를 쳤고, 보이지 않는 식탁 쪽에서도 박수갈채가 터져 나왔다. 너무나 진지한 박수 소리였기 때문에 줄리아 이모가, 자신의 이름의 첫 글자들이 표면에 박힌 낡은 가죽 장정의 노래책을 악보대에 다시 놓으려고 허리를 굽혔을 때, 조그마한 홍조가 그녀의 얼굴에 퍼졌다. 프레디 맬린스는 그녀의 노래를 더 잘 들으려고 머리를 비스듬히 기울인 채 귀담아듣고 있었다. 다른 모든 사람이 멈추었을 때도 여전히 박수를 치며 그의 어머니에게 생기있게 이야기하고 있었으며, 그의 말이 맞다는 듯 정중하게 그리고 천천히 고개를 끄덕였다. 마침내 더는 박수를 칠 수 없게 되자, 갑자기 자리에서 일어나 방을 가로질러 줄리아 이모에게로 급히 가서, 그녀의 손을 두 손으로 꼭 쥐고 말이 잘 안 나오거나 목소리의 막혀 견딜 수 없으면 잡은 손을 흔들어 댔다.

"방금 어머니께 이야기하고 있었어요." 그는 말했다. "이토록 노래를 잘 부르시는 것을 결코 들어보지 못했어요. 결코, 아니, 오늘 밤처럼 이토록 멋진 여사님의 목소리를 들어보지 못했어요. 자! 그걸 이제 믿겠지요? 정말입니다. 정말로 그리고 명예를 걸고 이건 진실이에요. 난 이토록 신선하고 그토록…… 그토록 맑고 신선한 목소리는 결코 들어보지 못했어요, 결코."

줄리아 이모는 미소를 활짝 띠며, 그의 손아귀에서 손을 빼면서 찬사에 대해 뭔가를 중얼거렸다. 브라운 씨는 그녀를 향해 손을 뻗으며, 쇼맨이 군중에게 신기한 것을 소개하듯이 가까이 있는 사람들에게 말했다.

"제가 최근에 발견한 줄리아 모컨 여사입니다!"

자신이 한 이 말에 스스로 아주 기분이 좋은 듯 너털웃음을 웃자, 프레디 맬린스가 그를 돌아보며 말했다.

"글쎄, 브라운, 당신의 말씀이 진정이라면 그 발견은 잘못된 것일지도 모르지요. 내가 말할 수 있는 것은 여기 온 이래로 그녀가 오늘의 절반만큼이라도 노래를 잘한 적은 결코 없었어요. 이것만은 솔직한 진실입니다."

"나도 그래요." 브라운 씨가 말했다. "내 생각에 목소리가 크게 개선

된 것 같아요."

줄리아 이모가 어깨를 으쓱하며 얼마간 자랑스럽게 말했다.

"목소리에 관한 한 30년 전에도 나쁘지 않았어요."

"줄리아에게 자주 말했지요." 케이트 이모가 강조하듯 말했다. "줄리아는 합창단에서 단지 버림받은 거라고. 하지만 그녀는 내 말을 결코 들으려 하지 않아요."

그녀는 말을 듣지 않는 아이에 대해 타인의 훌륭한 판단에 호소라도 하듯 고개를 돌렸다. 한편 줄리아 이모는 정면을 응시하고 있었는데, 추억의 한 가닥 막연한 미소가 그녀의 얼굴 위에 드러났다.

"아니지." 케이트 이모가 계속했다, "그녀는 매일같이 밤낮 가리지 않고, 성가대에서 노예처럼 일하며, 누구의 말도 듣지도 따르지도 않았어요. 크리스마스 아침에는 6시부터 말이에요! 그게 다 무슨 소용인가요?"

"글쎄, 그건 하느님의 영광을 위해서가 아니겠어요, 케이트 고모?" 메리 제인이 피아노 의자 위에서 몸을 비틀어 돌려 앉아 웃으면서 물었다.

케이트 이모는 조카 쪽으로 고개를 사납게 돌리며 말했다.

"하느님의 영광에 관해서는 다 알고 있어, 메리 제인. 하지만 내 생각에 모든 생애를 그곳에서 노예처럼 일해온 여자들을 성가대에서 몰아내고, 그 대신 하찮은 꼬마 애송이 사내들을 그들의 머리 위에 올려놓는 교황의 처사는 전혀 영광스러운 것 같지 않아. 만일 교황의 처사라면, 그건 성당의 이익을 위해서겠지. 그러나 그건 공평치가 않아, 메리 제인, 옳지 않아."

그녀는 격분하기 시작했고, 동생을 계속 옹호하고 싶었다. 동생에게 가슴 아픈 문제였기 때문이다. 메리 제인은 춤추는 자들이 모두 돌아온 것을 보고 달래듯 말참견을 했다.

"그런데 케이트 고모, 고모님은 브라운 씨에게 창피를 주고 있어요. 그는 다른 교파에 있잖아요."

케이트 이모가 브라운 씨에게 고개를 돌리자, 그는 자신의 종교에 대한 이러한 암시에 히죽거리고 있었다.

"오, 교황이 정당하다는 데는 의심하지 않아요. 나는 어리석은 늙은 여자일 뿐이에요. 그런 일은 생각해본 적도 없어요. 하지만 우리의 일상에는 예의나 감사와 같은 것이 있지요. 만일 내가 줄리아의 처지였다면, 힐리 신부님의 면전에서 직접 말하겠……."

"게다가 케이트 고모님." 메리 제인이 말했다. "저희는 정말 모두 배가 고파요. 배고플 때는 모두 다투게 마련이지요."

"목이 마를 때 또한, 다투게 마련이죠." 브라운 씨가 덧붙여 말했다.

"그러니까 이제 저녁 식사를 시작하는 것이 좋겠어요." 메리 제인이 말했다. "그리고 토론은 나중에 끝마치기로 하고요."

응접실 바깥의 층계참에서 게이브리얼은 그의 아내와 메리 제인이 아이버스 양에게 저녁 식사를 하고 가라고 애써 권유하는 것을 보았다. 그러나 아이버스 양은 이미 모자를 쓰고 외투의 단추를 채우고 있었는지라, 머물지 않겠다고 했다. 그녀는 조금도 배고프지 않은데다가, 너무 오래 머물렀다고 말했다.

"단 10분만이라도 더 있다 가요, 몰리." 콘로이 부인이 말했다. "그 정도는 괜찮을 거예요."

"조금이라도 들고 가세요." 메리 제인이 말했다. "춤을 추셨으니."

"정말 그럴 수가 없어요." 아이버스 양이 말했다.

"전혀 즐기지 못한 게 아닌지 모르겠어요." 메리 제인이 별수 없다는 듯이 말했다.

"정말 즐거웠어요." 아이버스 양이 말했다. "하지만 정말 저를 좀 가게 해주셔야 해요."

"하지만 집까지 어떻게 가죠?" 콘로이 부인이 물었다.

"오, 부두까지 단 몇 걸음만 가면 되는 걸요."

게이브리얼이 잠시 주저하다가 말했다:

"괜찮다면 아이버스 양, 정말 가야 한다면 내가 집까지 바래다 드리지요."

그러나 아이버스 양은 그들에게서 떨어져 나왔다.

"듣기 싫어요." 그녀가 소리쳤다. "제발 들어가셔서 저녁이나 드시고 제 걱정일랑 마세요. 제 일은 제가 알아서 할 테니까요."

"글쎄, 당신은 이상한 아가씨예요, 몰리." 콘로이 부인이 솔직하게 말했다.

"빈낙트 리브(안녕히 계셔요)." 아이버스 양은 계단을 뛰어 내려가면서 큰 웃음과 함께 부르짖었다.

메리 제인은 얼굴에 침울하고 당황한 표정을 띠며, 그녀의 뒷모습을 바라보았고, 콘로이 부인은 몸을 난간 너머로 기댄 채 현관문 닫히는 소리에 귀를 기울였다. 게이브리얼은 그녀의 별안간 떠나는 이유가 자기 때문인지 자문했다. 그러나 그녀는 기분이 별로 나쁜 것 같지는 않았다. 그녀는 웃으면서 떠났다. 그는 멍하니 계단을 내려다보았다.

그때 케이트 이모가, 절망 속에 두 손을 거의 비틀며, 식당에서 아장아장 걸어 나왔다.

"게이브리얼은 어디 있어?" 그녀는 소리쳤다. "도대체 게이브리얼은 어디 있어? 모두 저 안에 준비를 다 갖추고 기다리고 있는데, 거위를 자를 사람이 없으니!"

"여기 있어요, 케이트 이모님!" 게이브리얼이 갑자기 생기있게 소리쳤다. "필요하다면 거위 떼라도 자를 준비가 되어 있어요."

식탁 한쪽 끝에 한 마리 살진 갈색 거위가 놓여 있었고, 다른 끝에는 파슬리 잔가지로 뒤덮인 주름진 종이 깔개 위에 겉껍질을 벗기고 빵가루를 뿌린 커다란 햄이 놓여 있었다. 햄의 정강이뼈 주위에는 말쑥한 종이 주름 장식이 되어 있었고 그 곁에는 양념한 고기가 쌓여 있었다. 이 상반되는 양쪽 끝 사이에는 작은 요리 접시들이 평행을 이루며 늘어서 있었다. 사원 모양의 젤리가 담긴 두 접시, 블랑망제와 붉은 잼 덩어리가 가득한 좁은 접시 하나, 자줏빛 건포도와 껍질 벗긴 아몬드가 담긴 풀줄기 모양 손잡이가 달린 커다란 초록 이파리 모양의 접시 하나, 붉고 노란 스미르와 무화과가 단단한 장방형으로 쌓인 같은 모양의 접시 하나, 채친 육두구(肉荳蔲)를 위에 올린 커스터드 접시 하나, 금은 종이로 싼 초콜릿과 당과를 가득 담은 작은 사발 하나, 그리고 약간의 기다란 셀러리 줄기가 꽂힌 유리 꽃병이 있었다. 식탁 한가운데에는 세공 유리(컷글라스)의 땅딸막한 구식 술병 두 개가 오렌지와 미국산 사과를 피라미드식으로 쌓아 담은 과일 쟁반을 지키는 보초처럼 놓여 있었는데, 하나에는 포트와인이 담겨 있었고 다른 하나에는 까만 셰리주가 들어 있었다. 뚜껑이 닫힌 구식 피아노 위에는 엄청나게 큰 노란 접시에 푸딩이 기다리고 있었으며, 그 뒤에는 흑맥주와 에일주 및 탄산수 병이 군복 색깔에 따라 3개 분대로 정렬되어 있었는데, 첫 두 분대는 갈색과 빨간 딱지가 붙은 까만색이었고, 세 번째 제일 작은 분대는 초록색 횡선 견장이 달린 흰색이었다.

게이브리얼이 대담하게 식탁 머리에 자리를 잡고, 칼날 끝을 쳐다본 다음, 포크를 거위 속으로 힘껏 찔렀다. 그는 이제야 아주 마음이 놓였는데, 고기 자르는 데에는 선수인 데다가 잘 차린 식탁 머리에 앉는 것보다 더 기분 좋은 일은 없었기 때문이다.

"펄롱 양, 뭘 드릴까요?" 그는 물었다. "날개를 드릴까요? 아니면 가슴살 한 점을 드릴까요?"

"가슴살 조금만요."

"히긴스 양은 뭘 드릴까요?"

"오, 아무거나요, 콘로이 씨."

게이브리얼과 데일리 양이 거위 고기 접시 및 햄과 양념한 고기 접시를 서로 주고받는 동안, 릴리는 손님들 사이를 오가면서 하얀 냅킨에 싼 뜨거운 전분(澱粉)의 감자를 권했다. 이것은 메리 제인의 착상으로 거위에 사과즙을 치자는 제안도 했으나, 케이트 이모는 사과즙을 치지 않은 그냥 구운 거위 고기가 언제나 아주 맛이 좋았다면서 그보다 맛이 덜한 것은 먹지 않기를 바란다고 말했다. 메리 제인은 자기 제자들의 시중을 들었고, 그들이 제일 맛이 좋은 조각을 집도록 살폈다. 케이트 이모와 줄리아 이모는 피아노 위에서, 남자 손님들에게는 흑맥주와 에일주를, 여자 손님들에게는 탄산수 병을 따서 가져왔다. 혼잡스러움과 웃음 소리, 주문하는 소리와 주문을 취소하는 소리, 나이프와 포크 소리, 코르크 마개와 병마개를 따는 소리가 마구 들렸다. 게이브리얼은 고기 나눠주는 일이 한 차례 끝나자마자 자신은 먹지도 않은 채, 두 번째 고기를 자르기 시작했다. 모든 사람이 크게 항의하자, 고기 써는 일에 땀이 나던 차에 흑맥주를 한 모금 길게 들이키며 항의를 무마시켰다. 메리 제인은 조용히 자리에 앉아서 식사했지만, 케이트 이모와 줄리아 이모는 서로를 바싹 따라다니며 부딪히기도 하고 서로 듣지도 않는 주문을 하면서, 여전히 식탁 주변을 아장아장 돌아다니고 있었다. 브라운 씨는 그들에게 앉아서 식사하도록 간청했고, 게이브리얼도 그렇게 말했으나, 두 여인은 시간은 충분하다고 말했다. 마침내 프레디 맬린스가 자리에서 일어나 케이트 이모를 억지로 잡아 의자에 털썩 앉혔고 모두가 한바탕 웃었다. 모두 충분히 대접을 받았을 때, 게이브리얼이 미소를 지으며 말했다.

"자, 누구든지 남자 분이고 여자 분이고 막말로 배가 꽉 차도록 더 드실 분이 계시면 말씀하세요."

모든 목소리가 이구동성으로 그에게 식사를 시작하라고 했고, 릴리는 그를 위해 남겨둔 감자 세 개를 가지고 앞으로 다가왔다.

"그럼 좋습니다." 게이브리얼은 식사에 앞서 흑맥주를 또 한 모금 들이켜며 상냥하게 말했다. "신사 숙녀 여러분, 잠시만 저의 존재를 잊어주십시오."

그는 식사를 시작했고 사람들의 대화에도 끼어들지 않았다. 릴리가 접시 치우는 소리가 들리지 않을 만큼의 떠들썩한 대화였는데도 말이다. 마침 이야기의 주제는 왕립 극장에서 공연 중인 오페라단이었다. 멋진 콧수염에 얼굴빛이 까만 젊은이인 테너 가수 바텔 다시 씨는 오페라단의 지휘 콘트랄토 가수를 극구 칭찬했으나, 펄롱 양은 그녀의 연기 스타일이 통속적이라고 생각했다. 프레디 맬린스가 말하기를, 게이어티 극장의 팬터마임 제2부에서 어떤 추장이 노래를 불렀는데, 지금껏 들어본 중 가장 훌륭한 테너 목소리였다고 했다.

“그의 목소리를 들어보셨어요?” 그는 식탁을 가로질러 바텔 다시 씨에게 물었다.

“아니요.” 바텔 다시 씨가 건성으로 대답했다.

“왜냐하면” 프레디 맬린스가 설명했다. “그에 대한 당신의 의견을 몹시 듣고 싶기 때문입니다. 내 생각에 그의 목소리는 훌륭해요.”

“테디는 정말 훌륭한 것을 찾아내지요.” 브라운 씨가 스스럼없이 말했다.

“그 사람이라고 좋은 목소리를 갖지 말라는 법이 있나요?” 프레디 맬린스가 날카롭게 물었다. “그가 단지 흑인이기 때문인가요?”

아무도 이 물음에 대답하지 않자, 메리 제인이 화제를 정극(正劇) 오페라로 돌렸다. 그녀의 제자 중의 하나가 〈미뇽〉의 초대권을 준 적이 있다. 물론 그 공연은 참 좋았다고 그녀는 말했다. 그러나 그것은 가련한 조지나 번스를 그녀에게 생각나게 했다. 브라운 씨는 훨씬 먼 이야기로 돌아가, 과거에 더블린에 늘 오곤 하던 옛날 이탈리아 오페라단 이야기를 했는데, 팃젠즈, 일마 데 무르즈카, 캄파니니, 위대한 트레벨리, 기우글리니, 라벨리, 아람부를 언급했다. 그는 더블린에서 노래다운 노래를 들을 수 있었던 것은 그 시절이었다고 했다. 그는 또한, 왕립 극장의 꼭대기 층이 어떻게 사람들로 꽉 차곤 했는지, 어느 날 밤 한 이탈리아 테너 가수가 매번 고음부의 C로 시작하는 〈병사처럼 죽으리〉에 어떻게 다섯 번이나 앙코르를 받았는지, 발코니의 관람객들이 열광한 나머지 어떤 위대한 프리마돈나가 탄 마차의 말들의 멍에를 벗기고 거리를 지나 호텔까지 몸소 마차를 끌고 갔는지 이야기했다. 왜 지금은 〈디노라〉, 〈루크레치아 볼리아〉와 같은 옛날의 그랜드 오페라를 공연하지 않는지 그는 물었다. 그런 것들을 노래할 목소리를 구할 수 없기 때문이라는 것이 이유였다.

“오, 글쎄,” 바텔 다시 씨가 말했다, “추측건대 옛날처럼 오늘날도 훌륭한 가수들이 있을 테죠.”

“어디 있어요?” 브라운 씨가 도전적으로 물었다.

“런던, 파리, 밀라노에 있지요.” 바텔 다시 씨가 흥분하여 말했다. “예를 들면, 카루소는 방금 당신이 언급한 사람 중 누구보다 낫다고는 할 수 없어도 뒤지지는 않을 겁니다.”

“아마 그럴 테죠.” 브라운 씨가 말했다. “하지만 정말 의심스러워요.”

“오, 카루소가 노래하는 것을 들을 수 있으면 소원이 없겠어요.” 메리 제인이 말했다.

“나를 만족시킨 테너 가수가 한 명 있었지요. 하지만 여러분 중에는 아무도 그 사람에 관해 들어본 적이 없을 거예요.” 아까부터 뼈를 뜯고 있던 케이트 이모가 말했다.

“그가 누군데요, 모컨 여사님?” 바텔 다시 씨가 공손히 물었다.

“그의 이름은,” 케이트 이모가 말했다. “파킨슨이었어요. 그가 한창 시절일 때 그의 노래를 들었어요. 내 생각이지만 그는 가장 순수한 테너 목소리였던 것 같아요.”

“이상하군요.” 바텔 다시 씨가 말했다. “내가 그 사람에 관해서 전혀 듣지 못했다니 말입니다.”

“그래요, 그래. 모컨 여사님 말이 맞아요.” 브라운 씨가 말했다. “나도 파킨슨 노인의 노래를 들은 것을 기억해요. 그러나 그 사람은 내게도 너무나 먼 옛날 분이에요.”

“아름답고, 순수하고, 감미롭고, 무르익은 영국의 테너였지요.” 케이트 이모가 열성적으로 말했다.

게이브리얼이 식사를 끝마치자, 커다란 푸딩이 식탁으로 옮겨졌다. 포크와 숟가락이 달그락거리는 소리가 다시 나기 시작했다. 게이브리얼의 아내가 푸딩을 숟가락으로 가득 퍼서 분배하며 접시를 식탁으로 돌렸다. 중간쯤에서 메리 제인이 그것을 받아, 산딸기나 오렌지 젤리 또는 블랑망제, 그리고 잼을 곁들여 다시 전달했다. 푸딩은 줄리아 이모의 작품으로, 그녀는 사방에서 칭찬을 받았다. 그녀는 좀 더 갈색이었더라면 좋았을 걸, 하고 말했다.

"글쎄, 모컨 여사님. 저는 당신을 위해 충분히 브라운(갈색)이지요. 아시다시피 저의 이름은 온통 브라운인걸요." 브라운 씨가 말했다.

게이브리얼을 제외한 모든 신사는, 줄리아 이모에 대한 인사로 약간의 푸딩을 먹었다. 게이브리얼은 단것을 절대로 먹지 않기 때문에 그를 위해 셀러리가 남겨졌다. 프레디 맬린스는 셀러리 줄기를 집어 푸딩과 함께 먹었다. 그는 셀러리가 피에 매우 좋다는 말을 들었고, 당시 의사의 치료를 받고 있었다. 저녁 식사 내내 말이 없던, 맬린스 부인은 자기 아들이 1주일가량 있으면 맬러리산으로 여행을 떠날 거라고 말했다. 그러자 식탁의 화제는 맬러리산으로 옮겨졌는데, 그곳 공기가 얼마나 신선하고 수도승들이 얼마나 친절하며 찾아오는 손님에게 한 푼의 돈도 결코 요구하는 일이 없는지에 관해 이야기했다.

"그러면 누구나 그곳에 가서 마치 호텔인 양, 온갖 맛있는 음식을 먹고 지내다가, 아무것도 지급하지 않고 떠나도 된단 말입니까?" 브라운 씨가 믿어지지 않는다는 듯 물었다.

"오, 대부분의 사람은 그곳을 떠날 때 수도원에 어느 정도 희사를 하지요," 메리 제인이 말했다.

"우리의 성당에도 그와 같은 기관이 있었으면 해요." 브라운 씨가 솔직하게 말했다.

그는 수도승들이 결코 말을 하지 않는 데다가, 새벽 2시에 일어나고, 관(棺) 속에서 잔다는 말을 듣고 깜짝 놀랐다. 그는 왜 그런 짓을 하느냐고 물었다.

"그게 교단(敎團)의 법칙이에요." 케이트 이모가 단호하게 말했다.

"그래요? 하지만 왜?" 브라운 씨가 물었다.

케이트 이모는 그것이 법칙이며, 그게 이유의 전부라고 거듭 말했다. 브라운 씨는 여전히 알아듣지 못하는 듯했다. 프레디 맬린스는 수도승들이 외부 세계의 모든 죄인에 의해 저질러진 죄를 보상하려고 애쓰고 있다는 것을, 될 수 있는 한 가장 잘 그에게 설명했다. 그러나 이러한 설명도 명쾌하지 않았는데, 브라운 씨가 히죽 웃으며 이렇게 말했기 때문이다.

"나도 그런 생각을 대단히 좋아하지요. 그러나 편안한 스프링 침대가 관과 마찬가지로 그들에게 제구실을 하지 않을까요?"

"관은" 메리제인이 말했다. "최후의 종말을 그들에게 상기시키지요."

화제가 음산해지자, 그것은 식탁의 침묵속으로 빠져들었고, 맬린스 부인이 분명치 않은 나직한 목소리로 옆 사람에게 말하는 소리가 들렸다.

"그들은 참 착한 사람들이지요. 그 수도승들 말이에요. 참 경건한 사람들입니다."

건포도와 아몬드, 무화과 열매와 사과 그리고 오렌지와 초콜릿 및 사탕이 이제 식탁 주변을 한 바퀴 돌았고, 줄리아 이모는 모든 손님에게 포트와인이나 셰리주를 마시도록 권했다. 처음에 바텔 다시 씨는 아무것도 들지 않겠다고 거절했으나, 그의 옆 사람이 옆구리를 푹 찌르며 무슨 말을 소곤거리자 하는 수 없이 잔을 채웠다. 점차 마지막 술잔들이 채워지면서 대화는 멈추었다. 잠시 침묵이 흐르고, 오직 술 따르는 소리와 의자를 흩트리는 소리만이 뒤따랐다. 모컨 자매 세 사람이 식탁보를 내려다보았다. 누군가 한두 번 기침했고, 그러자 몇몇 신사들이 조용하라는 신호로 식탁을 가볍게 두드렸다. 침묵이 다가오자, 게이브리얼이 의자를 뒤로 밀고 자리에서 일어섰다.

식탁을 탁탁 치는 소리가 격려하듯 한층 크게 울리다가, 이내 모두 다 함께 멈추었다. 게이브리얼은 그의 떨리는 열 손가락을 식탁보 위에 짚고, 일동에게 불안한 듯 미소를 보냈다. 그는 자신을 올려다보는 얼굴들의 행렬과 마주하면서, 눈을 샹들리에 쪽으로 치떴다. 피아노가 왈츠를 연주하고 있었고, 치맛자락이 응접실 문을 스치는 소리를 그는 들을 수 있었다. 사람들은 아마 바깥 부둣가의 눈 속에 서서, 불이 켜진 창문을 빤히 쳐다보며 왈츠 음악에 귀를 기울이고 있을 것이다. 그곳의 공기는 맑으리라. 멀리 공원이 있고 그곳 나무들에는 눈이 무겁게 드리워져 있으리라. 웰링턴 기념비는 피프틴 에이커스의 하얀 들판 너머 서쪽을 향해 번뜩이는 찬란한 모자를 쓰고 있을 것이다.

그는 시작했다.

"신사 숙녀 여러분,"

"지난 수년처럼 한 가지 대단히 즐거운 과제를, 오늘 밤 수행하는 것이 저에게 주어진 듯합니다. 그러나 연설자로서의 보잘것없는 저의 능력이 그를 위해 너무 부적절한 게 아닌가, 저는 두렵습니다."

"천만에요, 천만에!" 브라운 씨가 말했다.

"그러나 그것이 어떻든 간에, 저의 행동에 대한 의지를 받아 주시고,

오늘 제가 무엇을 느꼈는지 여러분에게 말로 표현하는 동안 잠시 주의를 기울여 주시기를 청하는 바입니다."

"신사 숙녀 여러분, 우리가 이 환대 넘치는 지붕 아래, 이렇게 환대가 넘치는 식탁에 모인 것은 처음이 아닙니다. 우리가 이곳의 훌륭하신 귀부인들의 환대를 받는 것은 — 아니 아마, 이렇게 말하는 것이 더 낫겠지만, 어떤 선량한 귀부인들의 환대의 희생자가 된 것은 — 처음 있는 일이 아닙니다."

그는 팔로 공중에 한 바퀴 저으며 말을 멈추었다. 모든 사람이 케이트 이모와 줄리아 이모 그리고 메리 제인에게 크게 웃거나 미소를 지었으며 이 세 사람은 기쁨으로 얼굴이 홍당무가 되었다. 게이브리얼은 한층 대담하게 말을 계속했다.

"저는 해를 거듭할수록 한층 강하게 느끼고 있습니다만, 우리나라가 그토록 많은 명예를 돌리고, 그토록 질투하며 지켜야 할 것은 환대의 전통 이외에는 아무것도 없다는 것입니다. 그것은 저의 경험이 미치는 한 (저는 적잖은 나라들을 방문한 바 있습니다만) 현대의 여러 민족 사이의 한 가닥 특유의 전통입니다. 혹자들 아마 이것을 우리의 자랑이라기보다는 오히려 우리와 함께한 한 가지 실패라고 할지도 모르겠습니다. 그러나 설사 그렇다 하더라도, 그것은 제 마음에는 귀중한 실패요, 그리고 우리 사이에서 오래 배양되어야 할 것으로 믿습니다. 적어도 이 한 가지만은 확신합니다. 이 집 지붕이 방금 말씀드린 선량한 귀부인들을 보호하는 한 — 그리고 앞으로 다가올 여러 해 동안 그렇게 하리라 진심으로 바랍니다만 — 진정하고 따뜻한 마음씨를 가진, 예의 바른 아일랜드의 환대의 전통, 우리의 조상이 우리에게 물려주었고, 우리가 우리의 후손에게 물려주어야 할, 이 전통

이야말로 우리 사이에 여전히 살아 있을 것입니다."

마음에서 우러나오는 수궁의 속삭임이 식탁 주위를 달렸다. 아이버스 양이 여기 있지 않고, 무례하게도 떠나버린 생각이 게이브리얼의 마음속을 화살처럼 뚫었다. 그리하여 그는 마음속으로 자신을 갖고 말했다.

"신사 숙녀 여러분,"

"한 새로운 세대가 우리 사이에서 자라고 있으니, 새로운 관념과 새로운 원칙에 자극을 받은 세대 말입니다. 이 세대는 이러한 새로운 관념에 대하여 심각하고도 열성적이요, 심지어 그것이 오도되고 있을지라도 이 세대는 대체로 성실합니다. 그러나 우리는 지금 회의적이고, 이 말을 해도 될지 모르겠지만, 고통받는 시대에 살고 있습니다. 때때로 저는 교육을 받은 아니 최고의 교육을 받은 이 새로운 세대가 지난날에 속했던 인간성의, 후대의, 상냥한 유머의 특질들이 결핍되고 있지 않나 두렵습니다. 과거의 저 많은 위대한 가수들의 이름을 오늘 밤 귀담아들으면서, 저는 고백해야 하겠습니다. 우리는 덜 관용적인 시대에 사는 것 같습니다. 과거의 날들은 과장됨이 없이 관용의 날들이라 불러도 좋을 것입니다. 그리고 만일 그러한 날들이 회상을 초월하여 사라진다 해도 우리는 희망합시다. 적어도 이 같은 모임에서 우리는 여전히 긍지와 애정을 가지고 그날들을 여전히 이야기하고, 세계가 그들의 명성을 쉽게 잊지 않을, 돌아가신 그리고 가버린 위대한 자들의 추억을 우리의 마음속에 여전히 고이 간직하도록 말입니다."

"경청, 경청!" 브라운 씨가 큰 소리로 외쳤다.

"그러나 이 같은 모임에서는 우리의 마음에 언제나 떠오르는 한층 슬픈 생각들이 있습니다." 게이브리얼은 소리를 한층 부드러운 억양으로 낮추면서 말을 계속했다. "즉 과거에 대한, 젊음에 대한, 변화에 대한, 오늘 저녁 여기 참석하지 않은 얼굴들에 대한 생각들 말입니다. 우리의 인생 행로는 이러한 많은 슬픈 추억들로 흩어져 있습니다. 만일 우리가 그러한 생각들에만 잠겨 있으면 우리는 살아 있는 사람들 사이에서 우리의 과업을 용감히 수행할 마음을 찾을 수가 없을 것입니다. 우리의 불굴의 노력을 요구하는 그것도 정당히 요구하는, 우리 모두가 살아 있는 의무, 살아 있는 애정을 갖고 있습니다.

"따라서 저는 과거에만 집착하지 않을 것입니다. 저는 오늘 밤 어떤 우울한 도덕관도 강요하지 않을 것입니다. 여기 우리는 매일매일 일과의 소요와 번거로움에서 벗어나 잠깐 함께 모였습니다. 우리는 친구로서 훌륭한 우정의 정신 속에 동료로서, 어느 정도는 '동지'의 참된 정신에서, 뭐랄까요? 그러니까 더블린 음악 세계 — '세 미녀 여신'의 손님으로서 이곳에 모였습니다."

이러한 비유에 식탁에서는 박수와 웃음소리가 터졌다. 줄리아 이모는 옆에 앉은 사람들에게 게이브리얼이 무슨 말을 했는지 막연히 물었다.

"우리가 '세 미녀 여신'이라고 했어요, 줄리아 고모." 메리 제인이 말했다.

줄리아 이모는 이해하지 못했으나, 미소를 지으며 게이브리얼을 쳐다보자, 그는 같은 어조로 말을 계속했다.

"신사 숙녀 여러분,"

"저는 파리스가 다른 경우에 했던 역할을 오늘 밤 행하려고 시도하지 않을 것입니다. 저는 그들 중 어느 한 사람을 택하려고도 하지 않을 것입니다. 그러한 일은 비위에 거슬리는 일이며 제 미약한 힘에 겨운 일입니다. 왜냐하면 이분들을 번갈아 바라볼 때, 너무나도 착한 마음씨를 가지신 분이라 그녀를 아는 모든 사람에게 하나의 격언이 되어버린 우리의 여주인이어야 할지, 혹은 사철의 젊음을 천부로 타고난 듯 노래 솜씨가 오늘밤 틀림없이 우리 모두에게 하나의 경이요, 하나의 계시가 되어버린 그녀의 동생인지, 아니면 마지막이긴 하지만 결코 남 못지않은 재주 있고, 명랑하고, 열심히 — 일하는 최고의 여 조카, 가장 어린 주인인지를, 제가 생각할 때, 신사 숙녀 여러분, 그들 가운데 어느 분에게 제가 상을 수여해야 할지 알 수 없음을 고백하는 바입니다."

게이브리얼은 아래로 그의 이모들을 흘끗 보았다. 그러자 줄리아 이모의 얼굴 위에 커다란 미소와 케이트 이모의 눈에 솟아난 눈물을 보면서 서둘러 연설을 끝마쳤다. 그는 좌중의 모든 사람이 기대하며 술잔을 손가락으로 만지작거리는 동안, 술잔을 당당히 쳐들고 큰 소리로 말했다.

"우리 모두 세 분을 위해 다 함께 축배를 듭시다. 그분들의 건강, 부, 장수, 행복 그리고 번영을 위하여 잔을 듭시다. 그리고 그분들이 자신들의 천직으로 지닌 자랑스러운, 스스로 얻은 지위, 그들이 지닌 명예와 애정의 지위를 우리의 마음속에 오래 계속 지니도록 기원합시다."

모든 손님이 손에 잔을 들고 일어섰다. 그리고 착석한 세 귀부인을 향해, 브라운 씨의 선창으로 함께 노래했다:

모두 즐겁고 쾌활한 사람들,
모두 즐겁고 쾌활한 사람들,
모두 즐겁고 쾌활한 사람들,
아무도 부정할 사람 없네.

케이트 이모는 대놓고 손수건을 사용하고 있었고, 줄리아 이모도 감동한 듯했다. 프레디 맬린스가 푸딩 포크로 장단을 맞추자 사람들은 음률 회의라도 하듯 몸을 돌려 서로 마주보고 힘주어 노래했다.

그가 거짓말을 않는다면,
그가 거짓말을 않는다면.

이어 다시 한 번 그들은 여주인들 쪽으로 몸을 돌리고 노래했다.

모두 즐겁고 쾌활한 사람들,
모두 즐겁고 쾌활한 사람들,
모두 즐겁고 쾌활한 사람들,
아무도 부정할 사람 없네.

잇따른 환호성이 만찬 식당의 문 너머의 다른 손님들에 의해 시작되었고, 프레디 맬린스가 포크를 높이 쳐들어 지휘관 역을 하면서 몇 번이고 되풀이되었다.

* * *

살을 에는 새벽 공기가 사람들이 서 있는 현관으로 들어오자 케이트 이모가 말했다.

"누가 문 좀 닫으세요. 맬린스 부인이 심한 감기에 걸리겠어요."

"브라운이 저기 밖에 있어요, 케이트 고모님." 메리 제인이 말했다.

"브라운은 안 가는 데가 없지." 케이트 이모가 목소리를 낮추면서 말했다.

메리 제인은 그녀의 말투에 깔깔 웃었다.

"정말이에요." 그녀는 짓궂게 말했다. "아주 세심한 분이에요."

"그이는 여기서 계속 취하셨어," 케이트 이모는 똑같은 말투로 말했다. "크리스마스 동안 내내."

그녀는 이번에는 아주 기분 좋게 웃고 나서 재빨리 덧붙여 말했다.

"그러나 그이더러 들어오시라고 해, 메리 제인. 그리고 문을 닫아요. 그가 제발 내 말을 듣지 않았어야."

그 순간 현관문이 열리고 브라운 씨가 가슴이 터질 듯 껄껄 웃으며, 문간에서 안으로 들어왔다. 그는 가짜 아스트라칸 커프스와 칼라가 달린 기다란 초록색의 외투 차림이었고, 머리에는 타원형의 털모자를 쓰고 있었다. 그는 눈으로 덮인 부두 쪽을 가리켰는데, 그러자 그곳에서부터 날카롭고 기다란 휘파람소리가 들려 왔다.

"테디가 더블린의 마차를 몽땅 불러낼 모양이야," 그는 말했다.

게이브리얼은 외투를 애써 입으면서, 사무실 뒤의 작은 식료품실에서 나왔다. 그리고 현관을 둘러보면서 말했다.

"그레타는 아직 내려오지 않았나요?"

"옷을 입고 있어, 게이브리얼." 케이트 이모가 말했다.

"피아노를 치고 있는 이는 누구예요?" 게이브리얼이 물었다.

"아무도 없어요. 모두 다 갔어요." 메리 제인이 말했다. "바텔 다시 씨와 오캘러헌 양은 아직 가지 않았어요."

"아무튼 누군가가 피아노에서 장난을 하고 있군요." 게이브리얼이 말했다.

메리 제인이 게이브리얼과 브라운 씨를 흘끗 쳐다보며 떨리는 목소리로 말했다.

"두 신사분이 그렇게 몸을 감싸고 있는 걸 보니 몹시 추운 느낌이 드는군요. 저 같으면 이 시간에 집에 돌아가려고 나서지 않겠어요."

"나 같으면 이 순간보다 더 신 나는 때는 없을 거야." 브라운 씨가 단호하게 말했다. "시골에서 뚜벅뚜벅 걷는 멋진 산책이나, 아니면 근사한 잘 달리는 말에 끌채를 채우고 급히 달리는 것 보다."

"옛날 우리 집에는 아주 멋진 말과 이륜마차가 있었는데." 줄리아 이모가 슬픈 듯 말했다.

"그 꿈에도 잊지 못할 조니." 메리 제인이 웃으면서 말했다.

케이트 이모와 게이브리얼도 역시 크게 웃었다.

"아니, 조니가 그렇게도 근사했습니까?" 브라운 씨가 물었다.

"고인(故人) 패트릭 모컨, 말하자면 우리 조부는," 게이브리얼이 설명했다, "만년에 노신사로 통상 알려졌었는데, 아교 — 제조업자였죠."

"오, 그런데 게이브리얼," 케이트 이모가 소리 내어 웃으며 말했다. "그분은 녹말 공장을 갖고 계셨지."

"글쎄요, 아교든 녹말이든." 게이브리얼이 말했다. "노신사는 조니라는 이름의 한 필 말을 갖고 있었죠. 그리고 조니는 영감님의 공장에서 연자방아를 돌리기 위해 빙글빙글 돌면서, 일하곤 했지요. 그것까지는 좋았어요. 그러나 이제 조니에 관한 슬픈 이야기가 시작됩니다. 어느 쾌청한 날 노신사는 높으신 분들과 함께 공원의 군대 열병식에 말을 타고 가고 싶은 생각이 들었죠."

"주님 그분의 영혼에 자비를 베푸소서." 케이트 이모가 동정적으로 말했다.

"아멘." 게이브리얼이 말했다. "그래서 노신사는 제가 말했듯이, 조니에게 마구를 채우고 제일 좋은 춤 높은 모자에, 제일 좋은 폭넓은 칼라를 달고, 어딘가 백 레인 근처라 생각됩니다만, 그의 조상 대대의 저택에서 의젓한 모습으로 말을 몰고 나오셨지요."

모든 이들 심지어 맬린스 부인까지도, 게이브리얼의 태도에 크게 웃었고, 케이트 이모가 말했다.

"오, 그런데 게이브리얼. 그분은 백 레인에 사시지 않았어, 정말이야. 공장이 거기에 있었을 뿐이야."

"선조의 저택에서 나와," 게이브리얼은 말을 계속했다. "그는 조니와 차를 몰았지요. 그리고 모든 일은 조니가 빌리 왕의 동상이 시야에 들어올 때까지는 아주 순조로웠습니다. 그런데 그 녀석이 빌리 왕이 타고 있는 말에 반했던지, 아니면 공장에 다시 되돌아온 줄로 생각했던지, 아무튼 녀석이 동상 주위를 빙빙 돌기 시작했답니다."

게이브리얼은 다른 사람들이 크게 웃는 가운데, 덧신을 신고 홀 주위를 원으로 터벅터벅 걸었다.

"빙글빙글 그는 마구 돌았어요." 게이브리얼이 말했다. "그러자 노신사, 그는 대단히 점잔 빼는 신사였는지라, 크게 화가 났지요. '계속해, 이놈! 무슨 짓이야, 이놈? 조니! 조니! 정말 괴상망측한 짓이야! 이놈을 이해할 수 없단 말이야!'"

이러한 사건에 대한 게이브리얼의 흉내에 이어진 높은 웃음소리는 이

때 현관문의 울려 퍼지는 노크 소리에 중단되었다. 메리 제인이 달려가 문을 열고 프레디 맬린스를 안으로 들여보냈다. 모자를 머리 뒤로 한껏 젖혀 쓰고, 양어깨를 추위 때문에 웅크린 채, 프레디 맬린스는 애쓴 뒤라 숨을 훅훅 거리며, 입김을 내뿜고 있었다.

"마차를 한 대밖에 못 잡았어요." 그는 말했다.

"오, 부두를 따라 또 한 대를 잡으면 돼요." 게이브리얼이 말했다.

"그래." 케이트 이모가 말했다. "맬린스 부인이 바람받이에 계속 서 있지 않도록 하는 게 좋아."

맬린스 부인은 그녀의 아들과 브라운 씨의 도움으로 현관 정면 층계를 내려와 여러 번 기동(機動) 끝에, 마차에 올라앉았다. 프레디 맬린스가 그녀의 뒤를 이어 마차에 올랐고, 브라운 씨 충고의 도움으로, 한참 뒤에 그녀를 안전하게 자리에 앉혔다. 마침내 그녀가 편안하게 자리에 앉자, 프레디 맬린스가 브라운 씨를 마차 안으로 불러들였다. 많은 우왕좌왕 잡소리가 끝나자, 이어 브라운 씨가 마차에 올라탔다. 마부는 무릎 위로 덮개를 바로 하고, 허리를 굽혀 목적지를 물었다. 잡소리는 한층 더 커졌고, 프레디 맬린스와 브라운 씨는, 제각기 마차 창문으로 머리를 내밀어 마부에게 각자 다른 방향을 지시했다. 문제는 가는 도중 어디서 브라운 씨를 내려 주느냐를 아는 것이었고, 그러자 케이트 이모, 줄리아 이모 그리고 메리 제인이 서로 어긋나는 방향과 모순된 방향 그리고 풍부한 웃음소리와 함께 문간으로부터 토론을 거들었다. 프레디 맬린스로 말하면, 그는 웃음으로 말문이 막혔다. 그는, 모자가 크게 벗겨질 듯, 창문 안팍으로 연방 머리를 내밀었고, 이야기가 어떻게 진행되고 있는지 그의 어머니에게 알리자, 드디어 브라운 씨가 모든 사람의 웃는 소음을 제치고 어리둥절한 마부에게 고함을 질렀다.

"트리니티 대학을 아시오?"

"예, 나리." 마부가 대답했다.

"그럼, 트리니티 대학 정문까지 팽하니 달려갑시다." 브라운 씨가 말했다. "거기서 어디로 가야 할지 말할 테니, 이제 아셨소?"

"예, 나리." 마부가 대답했다.

"트리니티 대학을 향해 새처럼(신 나게) 달립시다."

"좋습니다, 나리." 마부가 대답했다.

채찍이 말을 내리치자, 마차는 웃음소리와 작별 인사의 합창 속에, 부두를 따라 덜걱덜걱 달렸다.

게이브리얼은 다른 사람들과 문까지 가지 않았다. 그는 현관의 한쪽 어두운 곳에서 층계를 빤히 쳐다보고 있었다. 한 여인이 역시 어둠 속에, 첫 층계참 꼭대기 근처에 서 있었다. 그는 그녀의 얼굴을 볼 수 없었으나, 그림자로 까맣고 하얘진 그녀 치마의 적갈색 및 연분홍색의 밑단을 볼 수 있었다. 그것은 그의 아내였다. 그녀는 난간에 기대서서, 뭔가 귀담아듣고 있었다. 게이브리얼은 그녀가 꼼짝 않고 서 있는 것에 놀라, 역시 들으려고 귀를 긴장시켰다. 그러나 그는 웃음소리와 정면 층계의 말다툼 소리, 피아노를 치는 몇 마디 화음 그리고 노래하는 남자의 몇몇 곡조 이외 별로 들을 수가 없었다.

그는 목소리가 노래하는 선율을 잡으려고 애를 쓰면서 그리고 아내를 빤히 쳐다보면서, 현관의 어두컴컴한 곳에 잠자코 서 있었다. 아내는 마치 그 무엇의 상징인양 그녀의 태도에 우아함과 신비함을 지녔다. 그는 어둠 속 계단에 서서, 황홀한 음악에 귀를 기울이고 있는 여인은 무엇의 상징일까, 스스로 자문했다. 만일 그가 화가라면 아내의 저런 모습을 그렸으리라. 그녀의 파란 펠트 모자가 어둠을 배경으로 그녀의 청동색 머리카락을 돋보이게 하고, 치마의 검은 밑단을 연하고 돋보이게 그리리라. 만일 그가 화가라면 그는 그림을 〈황홀한 음악〉이라 부르리라.

현관문이 닫히고 케이트 이모와 줄리아 이모, 그리고 메리 제인이 여전히 웃으면서 안으로 들어왔다.

"글쎄, 프레디는 지독하잖아요?" 메리 제인이 말했다. "정말 지독해요."

게이브리얼은 아무 말도 하지 않았으나, 아내가 서 있는 층계 쪽을 가리켰다. 이제 현관문을 닫아서, 목소리와 피아노 소리를 더욱 선명하게 들을 수 있었다. 게이브리얼은 손은 들어 그들에게 조용히 하라고 했다. 노래는 옛날 아일랜드의 음조인 듯했고, 노래하는 사람은 가사나 자신의 음정에 자신이 없는 듯했다. 목소리는 거리와 노래하는 사람의 목쉼 때문에 서글프게 들렸으며, 슬픔을 나타내는 가사와 함께 곡의 운율을 아련하게 비춰 주었다.

> 오, 비는 내 짙은 머리채에 내리고
> 이슬은 내 살갗을 적시는데,
> 내 아이는 차갑게 누워……

"오." 메리 제인이 부르짖었다. "바텔 다시 씨가 노래하고 있어요. 저녁 내내 안 부르려 하시더니. 오, 가시기 전에 노래를 한 곡 더 불러달라고 해야겠어요."

"오, 그렇게 해, 메리 제인." 케이트 이모가 말했다.

메리 제인은 다른 사람들을 스쳐 지나며 층계 쪽으로 달려갔으나, 그녀가 거기 도착하기 직전에 노래는 멈추었고 피아노도 불쑥 닫히는 소리가 났다.

"오, 정말 유감이야!" 그녀가 부르짖었다. "그분이 지금 내려오시나요, 그레타?"

게이브리얼은 아내가 그렇다고 대답하는 것을 들었고, 그녀가 그들을 향해 내려오는 것을 보았다. 그녀의 몇 발자국 뒤에 바텔 다시 씨와 오캘러헌 양이 있었다.

"오, 다시 씨." 메리 제인이 소리쳤다. "우리 모두 당신의 노래를 들으면서 황홀감에 빠져 있었는데 그처럼 뚝 끝내다니, 정말 너무하세요."

"제가 저녁 내내 그를 졸랐지 뭐예요." 오캘러헌 양이 말했다. "그리고 콘로이 부인도 역시, 그런데 그는 지독한 감기에 걸려 노래를 부를 수 없었어요."

"오, 다시 씨." 케이트 이모가 말했다. "그건 순 거짓말이에요."

"까마귀처럼 목이 쉰 걸 못 들었나요?" 다시 씨가 거칠게 말했다.

그는 급히 식료품실로 들어가 외투를 입었다. 다른 사람들은 그의 무뚝뚝한 말투에 주춤한 채, 말문이 막히고 말았다. 케이트 이모는 이맛살을 찌푸리며 그와 같은 화제는 그만두도록 신호를 보냈다. 다시 씨는 목도리로 목을 조심스럽게 감싸며 찡그린 표정을 하고 서 있었다.

"날씨 탓이에요." 줄리아 이모가 잠시 뒤에 말했다.

"그래요, 모든 사람이 감기에 걸렸어요." 케이트 이모가 얼른 말했다. "모두가요."

"사람들 말이 30년 동안 그와 같은 눈을 보지 못했대요. 그리고 오늘 아침 조간신문에서 읽었는데, 눈은 아일랜드 전역에 내린대요." 메리 제인이 말했다.

"나는 눈 오는 모습이 좋아요." 줄리아 이모가 슬프게 말했다.

"저도 그래요. 크리스마스에는 땅에 눈이 없으면 정말 크리스마스 같지 않아요." 오캘러헌 양이 말했다

"그러나 가련한 다시 씨는 눈을 좋아하지 않아요." 케이트 이모가 미소를 띠면서 말했다.

다시 씨는 목을 온통 감싸고 외투 단추를 채운 채, 식료품실에서 나오며 후회하는 듯한 목소리로 감기에 걸린 내용을 그들에게 말했다. 모든 사람이 그에게 충고했고 참 안됐다는 말을 하며, 밤 공기에 목을 조심하라고 타일렀다. 게이브리얼은 대화에 합세하지 않은 아내를 빤히 쳐다보았다. 그녀는 먼지 낀 부채꼴 창 아래 서 있었고, 가스등 불빛이 며칠 전 그녀가 난롯불에 머리를 말릴 때 보았던 짙은 청동색의 머리카락을 비추고 있었다. 그녀의 같은 자세로 있었고, 주위의 이야기를 의식하지 못하는 듯했다. 마침내 아내가 사람들 쪽으로 몸을 돌리자, 게이브리얼은 그녀의 두 뺨이 홍조를 띠며, 눈이 반짝이는 것을 보았다. 갑작스러운 기쁨의 물결이 그의 마음속에서 도약하고 있었다.

"다시 씨, 아까 부르시던 노래 제목이 뭐죠?" 그녀가 말했다.

"〈오그림의 처녀〉라고 합니다." 다시 씨가 말했다. "하지만 기억이 잘 안 나는군요. 왜요? 그 노래를 아세요?"

"〈오그림의 처녀〉라." 그녀는 거듭 말했다. "이름이 생각나지 않아서요."

"참 멋진 곡이에요." 메리 제인이 말했다. "오늘 밤 목소리가 제대로 나오지 않아 아쉽군요."

"글쎄, 메리 제인." 케이트 이모가 말했다. "다시 씨를 괴롭히지 마. 나라면 그러지 않겠어."

모두가 떠날 채비를 하자 그녀는 사람들을 문까지 안내했고, 거기서 작별 인사를 했다:

"자, 안녕히 계세요, 케이트 이모님. 즐거운 저녁 시간이었어요. 정말 감사해요."

"잘 가거라, 게이브리얼. 잘 가, 그레타!"

"안녕히 계세요, 케이트 이모님. 그리고 참 감사해요."

"안녕히 계세요, 줄리아 이모님."

"오, 잘 가거라, 그레타. 내가 보지 못했군."

"잘 가요, 다시 씨. 잘 가요, 오캘러헌 양."

"안녕히 계세요, 모컨 여사님."

"다시 한 번, 잘 가요."

"잘 가요. 모두 조심히 가세요."

"안녕히 계세요, 안녕히."

아침은 아직 어두웠다. 무디고 누런빛이 집들과 강 위에 펼쳐 있었다. 그리고 하늘은 내려앉을 것만 같았다. 발아래는 질척했으며, 눈 줄무늬와 조각들이 지붕 위와 부두의 난간 위에, 그리고 지하 출구의 철책 위에 쌓여 있었다. 가로등들은 거무스름한 대기 속에서 아직도 붉게 타고 있었고, 강을 가로질러 궁전 같은 대법원 건물이 둔탁한 하늘을 등지고 위협하듯 서 있었다.

그녀는 갈색 보자기에 싼 구두를 한쪽 팔 아래에 끼고, 두 손으로 치마를 진창에서 쳐들고, 바텔 다시 씨와 함께 그 앞에서 걸어가고 있었다. 그녀는 더 이상 우아한 자태를 지니고 있지 않았으나, 게이브리얼의 두 눈은 여전히 행복으로 빛나고 있었다. 피가 그의 혈관을 따라 약동하며 흘렀고, 머릿속에는 자랑스럽고, 즐겁고, 정답고, 격동적인 여러 생각들이 용솟음쳤다.

그녀는 그의 앞을 너무나 사뿐히 그리고 너무나 꼿꼿이 걷고 있었으며, 그는 소리 없이 그녀를 뒤쫓아가서 어깨를 잡고 뭔가 바보스럽고 다정한 말을 귓속에다 소곤거리고 싶었다. 그녀가 너무나 연약해 보여서, 그는 그녀를 무엇에 맡겨 보호하고 그녀와 단둘이 있기를 동경했다. 그들의 비밀스러운 생활의 순간들이 별처럼 그의 기억 위에 터져 나왔다. 그 옛날 연보랏빛(헬리오트롭) 봉투 하나가 조반용 컵 옆에 놓여 있었고, 그는 한 손으로 그걸 만지작거리고 있었다. 새들은 담쟁이 속에서 지저귀고 있었고, 거미줄 같은 환한 커튼이 마루를 따라 아른거리고 있었다. 그는 행복에 겨워 먹을 수가 없었다. 그들은 군중으로 가득한 기차 플랫폼에 서 있었고, 그는 아내의 장갑 낀 따뜻한 손바닥 안에 기차표 한 장을 쥐여 주고 있었다. 그는 추위 속에 그녀와 같이 서서, 한 남자가 활활 타는 용광로에서 병을 만드는 것을 창문으로 들여다보고 있었다. 날씨는 몹시 추웠다. 아내의 얼굴이 찬 공기 속에서 향기를 품은 채, 그의 얼굴에 바싹 붙어 있었고, 그러자 갑자기 그는 용광로에서 일하는 남자에게 소리를 질렀다.

"불이 뜨거운가요, 선생?"

사나이는 용광로의 소음으로 말을 듣지 못했다. 그건 상관없었다. 아마 그는 버릇없이 대답했을 것이다.

한층 정다운 즐거움의 파도가 여전히 그의 심장으로부터 도주하며, 따뜻한 홍수가 되어 그의 동맥을 따라 굽이쳐 흘렀다. 별들의 정다운 불처럼, 아무도 알지 못하는 또는 아무도 영원히 알지 못할, 그들과 함께하는 생활의 순간들이 터져 나와 그의 추억을 비추었다. 그는 이러한 순간들을 아내에게 상기시켜서, 그들이 함께한 지루한 세월은 모두 잊게 하고, 단지 황홀한 순간들만을 기억하게 하고 싶었다. 왜냐하면 그러한 세월이 그의 혹은 아내의 영혼의 불을 끄지 못한 듯했기 때문이다. 그들의 아이들, 그의 글, 아내의 집안 근심들 모두 그들의 영혼의 정다운 불꽃을 끄지 못했다. 당시 그가 아내에게 쓴 한 통의 편지 속에 그는 이렇게 말했다. '이 말들이 왜 이다지도 둔감하고 냉정하게 느껴질까? 당신의 이름에 합당한 정다운 말이 없기 때문일까?'

먼 곳의 음악처럼 여러 해 전에 썼던 말들이 과거로부터 되살아나 그에게로 다가왔다. 그는 아내와 단둘이만 있고 싶었다. 다른 사람들이 다 가버리고, 그와 아내가 그들의 호텔 방에 도착하게 되면, 그들은 단둘이 있게 되는 것이다. 그리고 아내를 조용히 부르리라.

'그레타!'

아마 아내는 즉시 듣지 못할지 모른다. 옷을 벗고 있으리라. 그러면 그의 목소리의 뭔가가 그녀를 충동하리라. 아내는 몸을 돌려 그를 쳐다볼 것이다…….

와인태번 거리의 모퉁이에서 그들은 마차를 잡았다. 마차의 덜커덕거리는 소리 때문에 대화를 나눌 수 없는 것이 기뻤다. 그녀는 창밖을 내다보고 있었고, 피곤해 보였다. 다른 사람들은 어떤 건물이나 거리를 가리키면서, 몇 마디 말을 할 뿐이었다. 말은 그의 덜커덕거리는 객차를 말굽 뒤로 끌면서, 음산한 새벽하늘 아래 지친 듯 급히 달렸고, 게이브리얼은 그녀와 함께 다시 마차를 탄 채 배를 타고 신혼여행을 가기 위해 급히 달리고 있었다.

마차가 오코넬 다리를 건널 때 오캘러헌 양이 말했다.

"사람들 말이, 흰 말을 보지 않고는 오코넬 다리를 결코, 건너지 못한다지요."

"이번에는 하얀 사람이 보이는군." 게이브리얼이 말했다.

"어디요?" 바텔 다시 씨가 물었다.

게이브리얼은 눈 뗏장들이 군데군데 놓여 있는 동상을 가리켰다. 이어 그는 다정하게 동상을 향해 고개를 숙이며 손을 저었다.

"안녕, 댄." 그는 명랑하게 말했다.

마차가 호텔 앞에 다다르자, 게이브리얼이 밖으로 껑충 뛰어내려, 바텔 다시 씨의 반항에도 마부에게 차비를 치렀다. 그는 마부에게 차비에다 팁으로 1실링을 더 얹어 주었다. 마부는 인사를 하며 말했다.

"신년에 복 많이 받으십시오, 나리."

"당신도요." 게이브리얼이 진심으로 말했다.

아내는 마차에서 내리며 그의 팔에 잠시 몸을 기댔고, 가장자리 돌 위에 서 있는 동안, 다른 사람들에게 작별 인사를 했다. 그녀는 몇 시간 전에 그와 춤을 추었을 때처럼 사뿐히 그의 팔에 몸을 기댔다. 그러자 그는 자랑스럽고 행복했다. 그리고 그녀가 자신의 소유물임에 행복했고, 그녀의 우아함과 아내다운 몸가짐을 자랑스럽게 느꼈다. 그러나 이제 그토록 많은 기억들에 다시 불이 붙은 만큼, 율동적이며 야릇하고, 향내 어린 그녀의 육체와의 첫 감촉이 그의 몸에 예리하고 고통스러운 욕정을 일으켰다. 아내 침묵의 덮개 아래로 그는 아내의 팔을 자기 옆구리에 바싹 눌렀다. 그리고 두 사람이 호텔 문 앞에 서자, 그는 그들이 자신들의 생활과 의무로부터 도망치고 있음을 느꼈다.

한 노인이 현관에서 덮개 씌운 커다란 의자에 앉아 졸고 있었다. 노인은 사무실에서 촛불을 켜고 두 사람 앞의 층계에 나아갔다. 그들이 말없이 그를 뒤따르자, 그들의 발이 두꺼운 융단 깔린 층계 위에 사뿐사뿐 떨어졌다. 아내는 층계를 오르며 머리를 숙이고, 가냘픈 어깨가 무거운 짐을 진 듯 굽고, 치마가 몸에 꼭 낀 듯, 문지기 뒤로 층계를 올랐다. 그는 양팔로 아내의 양 엉덩이 주변을 휘감아, 그녀를 조용히 붙들 수 있었다. 그의 양팔이 그녀를 꼭 붙들 욕망으로 부들부들 떨고 있었고, 단지 그의 손바닥을 누르는 손톱의 압력이 육체의 거친 충동을 억제할 수 있었기 때문이다. 문지기는 녹아 떨어지는 양초를 바로잡기 위해 층층대 위에 멈추어 섰다. 두 사람 역시, 그 아래 층층대에 멈추었다. 침묵 속에 게이브리얼은 녹아내리는 양초가 쟁반에 떨어지는 소리와 자신 심장의 고동이 늑골을 치는 소리를 들을 수 있었다.

문지기는 복도를 따라 그들을 안내하여 문을 열었다. 그런 다음 그는 간들거리는 양초를 화장대 위에 내려놓고, 아침 몇 시에 깨울지 물었다.

"여덟 시." 게이브리얼이 말했다.

문지기는 전등 스위치를 가리키며, 뭔가 사과의 말을 중얼거리기 시작했으나, 게이브리얼이 그의 말을 가로챘다.

"아무 전등도 필요 없어요. 거리의 불빛이면 충분해요." 그리고 "글쎄," 그는 촛불을 가리키며 덧붙여 말했다. "저 성가신 물건을 치워 주세요, 얼른."

문지기는 다시 양초를 천천히 집어 들었다. 이러한 괴상한 생각에 놀랐기 때문이다. 그런 다음 그는 저녁 인사를 중얼거리며, 밖으로 나갔다. 게이브리얼은 이내 자물쇠를 채웠다.

거리의 가로등으로부터 핼쑥한 불빛이 창문에서 문까지 기다란 한 줄기로 놓여 있었다. 게이브리얼은 외투와 모자를 소파 위에 내던지고, 창문을 향해 방을 가로질렀다. 그는 감정을 가라앉히기 위해 거리를 내려다보았다. 그런 다음 그는 몸을 돌려 빛을 등지고 옷장에 기대었다. 아내는 모자를 벗고, 크고 흔들리는 거울 앞에 서서, 단추를 풀고 있었다. 게이브리얼은 그녀를 쳐다보면서 잠시 멈추었다가, 이내 말했다,

아내는 거울에서 천천히 돌아서서 기다란 빛줄기를 따라 그를 향해 걸어왔다. 그녀의 얼굴이 너무 심각하고 피곤해 보였으므로, 게이브리얼의 입술에서 말이 나오려 하지 않았다. 아니야, 아직 때가 아니야.

"당신 피곤해 보였어."

"조금요." 그녀가 대답했다.

"아프거나 허약해진 거요?"

"아니, 피곤해요. 그게 다예요."

아내는 창문까지 걸어가 밖을 내다보며, 그곳에 서 있었다. 게이브리얼은 다시 기다렸다. 그리고 이내 주춤거림이 그를 정복할까 두려워하며, 그는 불쑥 말했다.

"그런데 그레타."

"뭐예요?"

"그 말린스란 친구 알지?" 그는 재빨리 말했다.

"네, 왜요?"

“글쎄, 가련한 친구 같으니, 그는 예의 바른 사람이야.” 게이브리얼은 꾸민 목소리로 말을 이었다. “어쨌든 그가 내게 빌린 그 1실링을 갚았단 말이오. 정말, 생각지도 않았던 건데. 그가 저 브라운과 떨어지려 하지 않으니 안됐어. 그는 나쁜 사람이 아닌데 말이요, 정말이지.”

그는 이제 속이 타서 몸이 부들부들 떨렸다. 왜 아내는 저렇게 멍청하게 보이는 걸까? 그는 말을 어떻게 시작해야 좋을지 몰랐다. 아내도, 역시, 그 무엇으로 속이 타고 있는 걸까? 만일 그녀가 단지 몸을 돌려 스스로 그에게 와주었으면! 지금 있는 그대로 그녀를 뺏으면 짐승 같은 짓일까. 아니야, 우선 그녀의 눈 속에서 어떤 욕망을 보아야 한다. 그는 그녀의 이상한 기분의 정복자가 되기를 갈망했다.

“그분한테 언제 돈을 빌려 주었는데요?” 잠시 휴식 뒤에 아내가 물었다.

게이브리얼은 그 술고래 같은 말린스와 그가 빌려 준 돈에 대해 무례한 말이 터져 나오는 것을 억제하려고 무척 애를 썼다. 그는 아내에게 영혼으로부터 호소하고, 그녀의 몸을 자신의 것에 누르며, 그녀를 정복하기를 갈구했다. 그러나 그는 말했다.

“오, 크리스마스에, 그가 헨리 거리에, 조그마한 크리스마스카드 가게를 열었을 때.”

그는 이처럼 분노와 욕망의 열기에 가득 차 있었기 때문에 아내가 창문에서 다가오는 소리도 듣지 못했다. 아내는 잠시 그이 앞에 서서, 이상하게 그를 쳐다보았다. 이어 갑자기 발가락 끝으로 곧이 서서, 그의 양어깨에 손을 올려놓으며 그에게 키스했다.

“당신은 참 관대한 분이구려, 게이브리얼.” 그녀가 말했다.

게이브리얼은 그녀의 갑작스러운 키스에 그리고 기이한 말에 몸을 부들부들 떨며, 손을 그녀의 머리카락에 얹고, 손가락으로 달락 말락 만지작거리면서, 그걸 뒤로 쓰다듬기 시작했다. 머리카락은 감아서 부드럽게 윤기가 흘렀다. 그의 마음은 행복으로 넘치고 있었다. 막 그가 원하는 순간에 그녀 스스로 자기에게 다가왔던 것이다. 아마 아내의 생각도 그와 함께 달리고 있었으리라. 아마 그녀는 그가 품고 있던 충동적 욕망을 느꼈고, 이내 몸을 내맡기려는 기분이 떠올랐을지도 모른다. 이제 아내는 그토록 쉽사리 그에게 굴복했는지라, 왜 그가 지금까지 주춤거렸는지 알다가도 모를 일이었다.

그는 두 손으로 아내의 머리를 잡으며 서 있었다. 이어 한쪽 팔로 미끄러지듯 아내의 몸을 자신을 향해 급히 끌어당기며, 다정하게 말했다.

"그레타, 여보, 뭘 생각하는 거요?"

아내는 대답도 하지 않고 몸을 그의 팔에 전적으로 내맡기지도 않았다. 그는 다시 부드럽게 말했다.

"뭔지 말해 봐요, 그레타, 뭐에 관해 생각하고 있지?"

아내는 즉시 대답하지 않았다. 그러자 이어 그녀는 울음을 터뜨리며 말했다.

"오, 전 그 노래를 생각하고 있어요. 〈오그림의 처녀〉 말이에요."

그녀는 그에게서 벗어나 침대로 달려갔고, 침대 난간에 양팔을 던지며 얼굴을 감추었다. 게이브리얼은 깜짝 놀라 꼼짝도 않고 잠깐 섰다가, 이내 아내를 뒤따랐다. 그가 체경으로 향하는 길을 지날 때, 자신의 전신(全身), 자신의 넓고, 꼭 맞은 와이셔츠, 그가 거울에서 볼 때 언제나 자신을 당황하게 했던 표정, 그리고 번쩍이는 금테 안경을 흘끗 보았다. 그는 아내로부터 몇 걸음 떨어져 서서 말했다.

"그 노래가 어떻다는 거요? 왜 그것 때문에 우는 거요?"

아내는 양팔에서 얼굴을 들고, 아이처럼 손등으로 눈물을 말렸다. 그가 의도했던 것보다 상냥한 음조가 그의 목소리에 담겨 있었다.

"왜, 그레타?" 그는 물었다.

"오래전에 그 노래를 부르던 사람을 생각하고 있어요."

"오래전 그 사람이 누군데?" 게이브리얼은 미소를 띠며 말했다.

"제가 골웨이에서 어머니하고 살고 있었을 때 알던 사람이었어요." 그녀는 말했다.

게이브리얼의 얼굴에서 미소가 급히 사라져 버렸다. 한 가닥 무딘 분노가 마음 뒷면에 다시 모이기 시작했고, 그의 욕정의 둔탁한 불꽃이 그의 혈관에 골이 난 듯 이글거리기 시작했다.

"당신이 사랑했던 사람이오?" 그는 비꼬듯 물었다.

"제가 알던 어린 소년이었어요." 그녀는 대답했다.

"이름이 마이클 퓨리였어요. 그는 〈오그림의 처녀〉라는 저 노래를 부르곤 했었어요. 그는 몸이 아주 허약했어요."

게이브리얼은 말이 없었다. 그는 아내더러 자신이 몸이 허약한 그 소년에게 흥미가 있는 듯 생각하게 하고 싶지 않았다.

"그이 모습이 눈에 선해요." 아내는 잠시 후 말했다. "그의 두 눈은 정말, 크고 까만 눈이었어요! 그리고 그 눈 속의 표정 — 한 가닥 표정!"

"오, 그럼, 당신은 그를 사랑했었군?" 게이브리얼이 물었다.

"그와 늘 산책을 나서곤 했어요." 그녀가 말했다. "제가 골웨이에 있을 때 말이에요."

한갓 생각이 게이브리얼의 마음을 가로질러 스쳤다.

“아마 그 때문에 당신은 아이버스 양과 골웨이에 가고 싶었던 게로군?” 그는 냉정하게 말했다.

그녀는 그를 쳐다보며 놀란 듯 물었다,

“무엇 때문에?”

그녀의 눈이 게이브리얼을 어색하게 느끼게 했다. 그는 어깨를 으쓱하며, 말했다.

“내가 어떻게 알아? 그를 만나기 위해서겠지, 아마.”

그녀는 그로부터 시선을 돌려 빛 기둥을 따라 말없이 창문쪽을 쳐다보았다.

“그는 죽었어요.” 그녀는 마침내 말했다. “그가 겨우 열아홉이었을 때 죽었어요. 그처럼 어린 나이에 죽다니 정말 끔찍하잖아요?”

“뭘 하던 친군데?” 게이브리얼이 여전히 비꼬듯 물었다.

“가스 공장에서 일했어요.” 그녀가 대답했다.

게이브리얼은 자신의 비꼼의 실패로 그리고 이 죽은 자의 인물, 가스 공장 소년의 소환으로 수치를 느꼈다. 그가 그들 내외의 비밀스러운 생활의 기억들로 가득 찬 채, 애정과 기쁨과 욕망으로 가득 차 있는 동안, 아내는 마음속으로 다른 남자와 자기를 비교하고 있었던 것이다. 자신에 대한 수치스런 의식이 그를 엄습했다. 그는 자신이 이모들을 위한 한 푼짜리 — 심부름꾼 역을 하는, 한 우스꽝스러운 인물, 속인들에게 열변을 토하며, 자신의 광대 같은 욕정을 이상화하는, 한 신경질적인, 신의의 감상주의자, 거울 속에서 언뜻 보았던 애처로운 녀석으로 자신을 생각했다. 본능에 따른 자신의 불타는 수치를 아내가 보지 못하도록 등을 불빛 쪽으로 한층 돌렸다.

그는 냉정히 질문하는 자신의 말투를 유지하려고 애를 썼으나, 그의 음성은 비루하고 힘이 빠져 있었다.

"당신은 이 마이클 퓨리를 사랑했던 모양이군, 그레타." 그는 말했다.

"당시 저는 그와 참 잘 지냈어요." 그녀가 말했다.

그녀의 목소리는 베일에 가린 듯 슬퍼 보였다. 게이브리얼은 이제, 자신이 의도했던 곳으로 아내를 이끌려고 노력했던 것이 얼마나 헛된 것이었는가를 느끼면서, 그녀의 한쪽 손을 쓰다듬으며, 역시 슬프게 말했다.

"그런데 왜 그토록 일찍 죽었지, 그레타? 폐병이었나?"

"저 때문에 죽은 것 같아요." 그녀가 대답했다. 이 대답에 한 가닥 막연한 공포가 게이브리얼을 사로잡았는데, 마치 그가 의기양양하려고 했던 바로 그 순간에, 어떤 불가사의하고 복수심에 찬 존재가 그의 몽롱한 세계 속에서 그와 대적하기 위해 힘을 모으면서, 그를 향해 오는 듯했다. 그러나 그는 이성적인 노력으로 그것을 뿌리치며, 계속 그녀의 손을 애무했다. 그는 더는 아내에게 묻지 않았는지라, 왜냐하면, 아내가 스스로 이야기해 주리라 느꼈기 때문이다. 아내의 손은 따뜻하고 촉촉했다. 아내는 그의 감촉에 아무런 반응도 보이지 않았으나, 그는 마치 저 봄날 아침 자신에게 그녀 최초의 편지를 애무하듯, 그것을 계속 애무했다.

"때는 겨울이었어요." 그녀는 말했다. "초겨울의 시작쯤, 할머니 댁을 떠나 이곳 수도원으로 오려고 하던 때였어요. 그는 당시 골웨이에 있는 하숙집에서 앓고 있었는데, 외출이 금지되었기에, 오터라드에 있는 그 집 식구들에게 편지로 알렸지요. 그는 사람들 말이, 폐병인지, 그와 비슷한 걸 앓고 있었어요. 저는 전혀 정확히 알지 못했어요."

아내는 잠시 말을 멈추고, 한숨을 쉬었다.

"가련한 친구." 아내는 말했다. "그는 나를 무척이나 좋아했고, 아주 착한 소년이었어요. 우린 함께 밖으로 외출하곤 했지요. 사람들이 시골서 그러하듯 산책도 하면서 말이에요. 그는 건강만 아니었으면 노래 공부를 할 작정이었어요. 그의 목소리는 참 훌륭했어요. 불쌍한 마이클 퓨리."

"글쎄. 그래서?" 게이브리얼이 물었다.

"제가 골웨이를 떠나 수도원으로 올 때쯤에 그는 병이 악화했고 제가 그를 만나는 것도 금지되었어요. 저는 더블린으로 가고 여름에 되돌아올 거라고, 그리고 곧 몸이 완쾌되기를 희망한다고 그에게 편지를 썼지요."

아내는 목소리를 가다듬기 위하여 잠시 말을 멈추었다가, 이어 말을 계속했다.

"떠나기 전날 밤, 넌스 아일랜드에 있는 할머니 댁에서 짐을 꾸리고 있었는데, 창문에 자갈 던지는 소리를 들었어요. 창문이 비에 젖어 있었기 때문에 볼 수 없었고, 그대로 아래층으로 달려가 뒤쪽 마당으로 살며시 빠져나가자, 마당 끝에서 가엾게도 그가 부들부들 떨고 있었어요."

"그래, 당신은 그에게 집으로 돌아가라고 타이르지 않았소?" 게이브리얼이 물었다.

"즉시 집으로 돌아가라고 애원했고, 비를 맞으면 죽을 수 있다고 말했지요. 그런데 그는 살고 싶지 않다고 말했어요. 그의 눈을 지금도 생생하게 기억나요! 그는 한 그루 나무가 서 있던 담 끝에 서 있었어요."

"그래서 그는 집으로 돌아갔소?" 게이브리얼이 물었다.

"그래요, 집으로 갔어요. 그리고 제가 수도원에 온 지 1주일 만에 죽었고, 친척들의 출신지인 오터라드에 묻혔어요. 오, 그걸, 그가 죽었다는 것을 듣던 날!"

그녀는 흐느끼다 목이 메어 말을 멈추었다. 그리고 감정에 압도되어 몸을 침대에 털썩 내던지고 얼굴을 파묻은 채, 이불 속에서 흐느꼈다. 게이브리얼은 어찌할 바를 몰라 잠깐 아내의 손을 더 쥐고 있다가 이내 그녀의 슬픔에 자신이 끼어드는 것을 수줍어하며, 손을 살며시 놓고 창문으로 조용히 걸어갔다.

그녀는 빨리 잠이 들었다.

게이브리얼은 팔꿈치로 기대면서, 아내의 헝클어진 머리카락과 반쯤 벌린 입을 잠깐 성마르지 않게 쳐다보며, 그녀의 깊이 내쉬는 숨소리에 귀를 기울였다. 그래, 그녀의 인생에 저런 로맨스가 있었구나. 한 남자가 그녀를 위해 죽었던 로맨스 말이다. 그녀의 남편인 그가 그녀의 인생에서 얼마나 보잘것없는 역할을 했는가를 생각하니 이제 그에게 별 고통을 주지 않았다. 잠자는 그녀의 모습을 빤히 쳐다보니, 마치 자신과 그녀가 한 사람의 남편과 아내로서 결코 살아온 적이 없는 듯했다. 호기심에 찬 그의 눈은 그녀의 얼굴과 머리카락 위에 오래 머물러 있었다. 그리고 그녀의 첫 소녀다운 아름다운 시절에, 그녀가 당시 어떠했을까를 생각하자, 그녀에 대한 이상하고 친근한 연민이 그의 영혼 속으로 파고들었다. 그는 그녀의 얼굴이 더는 아름답지 않다고 스스로 말하고 싶지 않았으나, 그것이 마이클 퓨리가 죽음을 무릅쓰고 사랑했던 얼굴이 더는 아님을 알았다.

아마 그녀는 모든 이야기를 하지 않았는지도 모른다. 그의 눈은 그녀가 옷가지들을 벗어 던진 의자 쪽으로 움직였다. 속치마 끈이 마루에 댕그랑 매달려 있었다. 구두 한 짝이, 위쪽 나긋한 부분이 꺼진 채, 곧게 서 있었다. 다른 한 짝은 옆으로 누워 있었다. 그는 한 시간 전에 느꼈던 감정의 격동을 이상히 여겼다. 그것은 어디에서 비롯되었던가? 이모 댁의 만찬에서, 자신의 어리석은 연설에서, 포도주와 무도, 현관에서, 작별할 때의 농담, 강을 따라 눈 속 산책의 기쁨에서. 불쌍한 줄리아 이모! 그녀 또한 패트릭 모컨 그의 말의 그림자와 더불어, 곧 한 가닥 그림자가 되고 말리라. 그는 이모가 〈신부로 단장하고〉를 노래하고 있었을 때, 그녀의 핼쑥한 용모를 잠깐 포착했었다. 곧 아마 그는 상복을 입고, 자신의 무릎 위에 실크 모를 올려놓은 채, 바로 그 응접실에 앉아 있으리라. 까만 창가리개가 처져 있을 것이고, 케이트 이모가 그의 곁에 앉아 울며 코를 풀면서 줄리아가 어떻게 죽었는지 그에게 말해 주리라. 그는 이모를 위로할 몇 마디 말을 마음속으로 두루 찾으리니, 그것이 단지 부질없고 쓸모없는 것임을 알게 되리라. 그래, 그래, 그것은 아주 곧 다가오리라.

방의 공기가 그의 어깨를 오싹하게 했다. 그는 조심스럽게 시트 아래 몸을 뻗고, 이내 아내 곁에 누웠다. 하나하나, 그들은 모두 그림자가 되리라. 세월과 더불어 사라지거나, 음울하게 시들기보다 어떤 정열이 충만한 영광 속에 저 타계 속으로 대담하게 지나가는 것이 한층 나으리라. 그는 자기 곁에 누워 있는 그녀가 자신의 연인이 살고 싶지 않다고 그녀에게 말했을 때, 그의 눈의 이미지를 어떻게 그토록 오랜 세월 동안 마음속에 간직하고 있었는지를 생각했다.

관용의 눈물이 게이브리얼의 눈을 가득 채웠다. 그는 어떤 여인에 대해서도 스스로 지금까지 그와 같은 감정을 결코 느껴보지 못했으나, 이러한 감정이 사랑임을 알았다. 눈물은 더 짙게 눈에 괴었고, 희미한 어둠 속에서 빗물이 뚝뚝 떨어지는 나무 아래 서 있는 한 젊은 남자의 모습을 상상했다. 다른 형상들도 가까이 있었다. 그의 영혼은 수많은 죽은 사람들의 커다란 무리가 사는 지역으로 점점 다가왔다. 그는 그들의 걷잡을 수 없는 깜박이는 존재를 의식했으나, 이해할 수 없었다. 그 자신의 정체는 회색의 불가사의한 세계 속으로 사라지고 있었다. 이러한 죽은 자들이 한때 그 속에 쳐들고 살았던 견실한 세계 자체가 녹으며 줄어들고 있었다.

유리창을 가볍게 치는 몇몇 소리가 그를 창문쪽으로 몸을 돌리게 했다. 다시 눈이 내리기 시작했다. 그는 은색과 검은색의 눈송이들이 가로등 불빛을 배경으로 비스듬히 내리는 것을 졸린 듯 지켜보았다. 서부로 여행을 떠날 시간이 다가왔다. 그렇다, 신문이 옳았다. 눈은 아일랜드 전역에 내리고 있었다. 눈은 또한 마이클 퓨리가 묻혀 있는 언덕 위 외로운 묘지의 구석구석에도 내리고 있었다. 눈은 굴곡진 십자가와 묘비 위에, 조그마한 대문의 창살 위에, 삭막한 가시들 위에, 바람에 나부낀 채 두툼이 쌓여 있었다. 그리고 그의 영혼은 온 우주에 사뿐히 내리는 눈 소리, 그들 최후의 내림처럼 모든 살아있는 자들과 죽은 자들 위에 사뿐히 내려앉는 눈 소리를 들으며 천천히 이울어 갔다.

## 역자 해설 및 줄거리

### 자매

『더블린 사람들』의 첫 이야기로서, '유년기'로 분류하여 소개되며 전체 이야기 중 최초로 쓰인 것이다. 본래의 판본은 『아이리시 홈스테드(Irish Homestead)』지의 1904년 8월 13일 판에 조이스의 당시 익명인 스티븐 데덜러스(Stephen Daedalus)로 수록되었다. 조이스는 『더블린 사람들』이 1914년 출판되기 전에 그것을 크게 수정했다.

「자매」는 이야기 전집을 특징짓는 많은 주제를 소개한다. 한 어린 소년인 화자의 심리에 대해 초점을 맞춤으로써, 이야기는 『더블린 사람들』을 통하여 일관되게 서술되는 그의 '밀실공포증적(claustrophobic)' 환경 또는 '미로적(labyrinthic)' 분위기에 대한 초기의 영향을 묘사한다. 「자매」는 무명의 어린 소년이 한 늙은 신부 제임스 플린의 죽음의 의미를 파악하려고 애쓸 때 자신의 반응을 답습하며, 나아가 『더블린 사람들』의 중요 등장인물들에게 공통된 갈등과 좌절의 모형을 개관한다.

이야기는 놀랄 정도로 모호한 구절로서 시작된다. "이번에는 그분에게 희망이 없었다." 단아한 그러나 사람의 마음을 끄는 간략한 이 서술은 플린 신부가 그의 병이 3번째 발작한 때에 점점 쇠약해져 가는 몸을 극복하기 위하여 애를 쓸 때의 고통을 포착한다. 조이스는 플린 신부의 생활을 둘러싸고 있는 듯한 무(無) 희망의 개념을 완곡하게 소개한다. 마침내 '그분에게'란 단어가 누구에게 언급하는지에 대한 일시적 모호성을 통해서, 또한 이야기의 과정을 통하여 소년이 싸워야 하는 정신적 황량함의 위험을 암시한다. 마비, 노몬(평행사변형에서 한 각을 포함하는 그 닮은꼴을 떼어낸 나머지 꼴) 및 성직매매란 말들은 모두 첫 문단에 나타나는데, 이들은 이야기에서 발견되는 육체적, 정신적 및 종교적 부패 및 마비를 강조한다.

어린 화자는 신부의 죽음을 예기(豫期)하면서 그의 집을 예의 주시하는데, 그는 신부의 죽음을 아는 최초의 외래자요 가장 가까운 이웃이 되는 것이 그의 목표다. 소년은 이러한 욕망에서 좌절되는데, 그 이유는 그가 외출해서 함께 사는 자신의 숙부모의 집으로 되돌아오자, 그의 이웃인 코터 영감이 이미 그 소식을 가져왔기 때문이다. 이런 일 뒤로, 소년은 자기 자신의 즉각적인 실망뿐만 아니라, 숙부와 코터 영감의 플린 신부에 대한 상반되는 감정을 함께 다루지 않으면 안 된다.

플린 신부의 죽음의 현실이 가라앉기 시작하자, 소년은 신부의 생활을 한층 자세히 음미한다. 비록 플린 신부는 소년의 종교적 가르침에 열심이었지만, 이 아이의 회상은 가톨릭 교리에 대한 신부 자신의 반응은, 총체적으로 말하건대 극히 이질적이었다는 것을 암시한다. 과연 소년이 기억하는 신부가 저지른 행동의 현저한 요소들은 더해 가는 나이와 연관되는 것을 훨씬 초월하는데다가, 신념의 근본적 상실과 관련된 비참과 환멸을 반영하는 듯하다.

다음 날 저녁, 소년과 그의 숙모가 존경의 예를 표하기 위하여 그레이트 브리튼가에 있는 신부의 집을 방문할 때, 사자인 플린 신부가 그의 누이와 함께 살았던 집의 비속함이 이야기에 스며 있는 수치스런 우울한 분위기를 가중시킨다. 마지막 끝맺는 페이지들에서, 그의 누이 일라이저가 플린 신부의 괴벽스런 행동을 서술할 때, 사회로부터 신부의 소외는 너무나 명백하다. 일라이저는 오라버니의 행동에 대하여 단순한 틀에 박힌 문구로 그녀 자신의 분노를 극복하려고 애쓴다. "오라버니는 언제나 너무 꼼꼼하셨어요." 그럼에도 그녀는 오라버니가 어느 날 밤 "고해소의 어둠 속에 혼자 눈을 동그랗게 뜨고 조용히 웃고 있는 듯" 앉아 있는 것을 두 다른 신부들에게 어떻게 발견되었는지를 설명할 때, 그의 괴벽한 행동이 그의 자매에게 가져다준 엄청난 긴장감은 너무나도 분명하다.

플린 신부의 최후의 수년을 고갈시켰던 절망과 반신불수를 스스로 극복하지 못하는 그의 분명한 무능, 그의 있을 법한 신앙의 상실 그리고 그의 어떤 정신적 붕괴 속에, 조이스는 『더블린 사람들』의 모든 이야기의 근저가 되는 정신적 마비의 개시를 암암리에 소개한다. 동시에 그는 이 이야기에 대한 또는 이 작품의 다른 이야기들에 대한 한 가지만의 있을 법한 접근을 교묘히 피한다. 플린 신부의 생활과 모든 다른 등장인물의 처절한 생활은 독자의 동정을 유발하지만, 심지어 여기 이 감정마저도 너무나 혼성적이요 애매하다. 여기 『더블린 사람들』에서 모더니즘 작품의 특성인, 해석성의 모호성(ambiguity)이 품은 '열린 결말(open ending)'이 있다.

이야기의 제목 자체도 모호한데, 이는 조이스가 의도하는 아이러니의 정도를 우리로 하여금 불확실하게 만든다. 제목이 언급하는 나이 든 자매는 관찰자의 역할을 넘어 행동상의 역할을 하지 못하는 듯하다. 결국 「자매」는 조이스 자신이 "재(灰) 구덩이와 오래된 잡초 및 찌꺼기의 냄새가 나의 이야기들 주변에 매달려 있다"(『서간문』 I.64)라고 서술한 의미를 예리하게 제공한다.

이야기의 모호성에도, 「자매」는 독자의 절망감을 금한다. 조이스의 등장인물들의 일상생활 속의 고유한 비극을 허무주의로서 볼 필요도, 보아서도 안 된다. 과연 이야기를 서술하는 바로 그 행동 속에, 무명의 화자는 이야기의 복잡성을, 그리고 플린 신부를 압도했던 세계 죽음의 효과를, 비록 오직 본능적일지라도, 저항하려는 그 자신의 결심을 증언한다.

## 뜻밖의 만남

이 이야기는 『더블린 사람들』의 두 번째 이야기로서, '유년기'로 분류된다. 이는 1905년 9월에 창작되었다.

비록 이 이야기는 당대 독자들에게 무해한 것처럼 보였어도, 「뜻밖의 만남」은 조이스에게 그의 출판자들과 심각한 문제를 일으켰다. 1906년에 『더블린 사람들』을 출판하기로 동의했던 출판자 그랜트 리처즈는 이 단편 속의 '괴자 노인(a queer old josser)'의 이야기에 불안을 느낀 나머지 이를 생략하려고 했다. 그러나 조이스가 이와 그리고 그 밖의 변경에 대해 거절하자 리처즈는 이 책의 출판 제의를 철회했다. 하지만 결국 1914년 리처즈가 책을 출판했을 때, 이 이야기는 조이스가 본래 의도했던 그대로 모두 포함되었다.

「뜻밖의 만남」은 광활한 서부의 모험을 꿈꾸는 두 소년이 밀실공포증적 또는 미궁적 도시(또는 엘리엇의 말을 빌려 '정신적 황무지') 더블린으로부터 도피를 시도하며, 그들의 모험을 추구하나, 결국에는 성인 세계의 두 가지 수치를 발견하고 꿈이 좌절되고 만다는 내용을 담고 있다. 무명의 주인공인 민감하고 상상력이 풍부한 1인칭 화자 — 소년은 머호니(Mahony)라는 친구와 함께 지루한 학교생활에서 벗어나 진짜 모험을 즐기기 위해 학교를 하루 까먹으면서(mitching), 더블린 만(灣)에 위치한 발전소인 '피전 하우스(Pigeon House)'에 가기로 한다. 다음 날 두 소년은 시내의 한 다리에서 만나 나룻배를 타고 리피강을 건너 부두에 다다르고, 그곳에 정박한 노르웨이 상선에 접근한다. 소년들은 학교에서 배운 바이킹 해적의 모습을 상선의 선원에게서 기대하지만, 실제 그들이 만난 사람은 서툰 영어나 지껄이는 평범한 익살꾼에 불과함으로써, 그들의 최초 만남의 꿈은 좌절되고 만다.

그러자 이 두 소년은 '피전 하우스'까지의 모험을 포기하고, 돌아가는 길에 들판에서 한 괴짜 영감을 만나는데, 그는 그들에게 자신의 여자 친구들의 이야기를 해댄다. 소녀의 아름다움을 묘사하면서 그는 지신의 말에 스스로 도취된 듯, "그의 생각이 궤도를 따라 천천히 그리고 빙글빙글 맴돌고 있는 듯한 인상을 준다." 이어 괴짜 영감은 들판 한쪽으로 나아가, 괴상한 짓(아마도 수음 행위)을 하고 되돌아와서는 다시 혼자 이야기를 중얼거린다. 그는 젊은 소녀들과 이번에는 매질[가학성(加虐性)의 표시]에 관해 이야기하기 시작한다. 홀로 남은 화자 — 소년에게 이 이야기는 받아들이기 너무 지나친지라, 두려움을 느낀 그는 별안간 현장을 떠나 먼저 간 친구 머호니와 합세하기 위해 그를 소리쳐 부른다.

이야기는 구조상으로 소년들의 모험 계획과 꿈, 낭만적 모험의 실현, 그리고 결과적으로 그들이 경험하는 환멸과 꿈의 좌절로 양분되어 있다. 이야기의 종말에서 소년은 평소에 그가 무시한 머호니에 대하여 마음의 가책을 느낀다. 자신도 그와 조금도 다를 바 없는 비겁자임을 스스로 인지하기 때문이다. 이는 바로 자기 발견의 에피파니이다.

> 내 목소리에는 억지로 용기를 내려는 듯한 기운이 어려 있었는데, 내 자신의 하찮은 잔꾀가 부끄러웠다. 머호니가 나를 보고 '어이' 하고 대답하기 전에 그의 이름을 다시 부르지 않을 수 없었다. 그가 들판을 가로질러 내게로 달려왔을 때 내 가슴은 얼마나 두근거렸던가! 그는 마치 나에게 구원을 가져다 주듯 달려왔다. 그리고 뉘우쳤다. 마음속으로 언제나 그를 약간 무시하고 있었기 때문이다.

이 이야기는 소년들이 부지불식간에 노인에게서 느끼는 정신적 마비 외에도, 독자에게 뭔가 불만감을 남긴 채 끝난다. 따라서 우리는 우리가 원하는 만큼 더 많은 의미를 텍스트에서 찾을 수 있을 것이다. 여기 해석의 복수성(plurality)이 존재한다.

## 애러비

'유년기'의 마지막 이야기인 「애러비」는 1905년 10월에 쓰였으며, 조이스의 전체 단편 중 11번째의 것이다.

「애러비」 역시 앞서 두 단편처럼 내성적이고 책을 즐기는 소년 — 화자가 경험하는 낭만적 모험이 좌절되는 비슷한 형태를 보이고 있다. 그는 이웃 친구인 맹건(Mangan)의 누나와의 젊음과 낭만의 심취를 회상한다. 그러나 유년시절 사랑의 단순한 설명 이상으로, 이야기는 상상력을 정당하게 사용하는 보다 큰 문제를 펼치는데, 즉 한 활동적 마음이 심미적 즐거움의 근원으로서 생산하는 이미지들과 도피주의의 한 형식으로서 창조되는 것들 사이에 존재하는 차이들이(만일 있다면) 무엇인가 하는 것이다.

처음 열리는 문단들에서 화자는 그가 한 소년으로서 사는 노스 리치먼드가의 감금된 환경을 생생하게 묘사한다. 그는 이 막다른 골목의 둘러싸인 한계와 '부엌 뒤의 황량한 방' 속에 발견되는 책들에 의해 제공되는 상상적 잠재력을 대조한다. 그러나 화자는 상상적 자극에 대한 탐색을 책들에만 한정하지 않으며, 그가 학교에 가는 아침이면 자신이 맹건의 누나가 — 그녀 자신이 무명인지라 — 그녀의 집을 떠나는 것을 앞 응접실의 낮은 창갈이를 통하여 자신이 어떻게 살펴보곤 했는지를 자세히 설명한다. 그는 자신이 그녀와 길을 걸을 때는 그녀의 갈색 몸집에서 조금도 눈을 떼지 않고 있다가, 길이 서로 갈라지는 지점까지 갔을 때, 발길을 재촉하고 그녀 곁을 지나가며 우연히 몇 마디 말을 나눈 일 이외에는 그녀에게 말을 건네 본 적이 결코 없음을 서술한다. 그는 그녀와 더는 대화를 전혀 나눌 수 없었으나, 어느 날 저녁 그녀가 그에게 말을 걸며, 애러비 바자에 가지 않겠느냐고 물었을 때 몹시 당황한다. 그는 맹건의 누나가 바자에 흥미를 느끼고 있으면서도, 교회 피정(避靜) 때문에 갈 수 없다고 하자, 자신이 바자에 가서 그녀에게 선물을 사다 주겠다고 자진해서 말한다.

비록 이러한 바자는 매일 일어나지 않았지만, 조이스 당시에 이러한 행사는 더블린에 아주 흔한 것이었으며, 이런 종류의 '대 동양적 축제(Grand Oriental Fete)'가 1894년에 개최되었는데, 이는 이 이야기 시기와 비슷한 대응을 이룬다. '애러비'라는 말 자체는 아라비아의 시적 단어로서 바자에 적용되어, 멀고 신비한 나라의 이국적 운(韻)을 이야기한다. 화자는 그러나 애러비 본래의 번지르르한 한 상업성의 노출에는 별반 관심이 없다. 오히려 그것은 그에게 자기 자신의 깨어나는 상상력을 불러일으키는 힘의 상징으로서 작용한다. 이 바자가 있기 전 며칠 동안 그것의 화려한 이미지들이 그의 생각을 지배한다. 애러비와 맹건의 누나를 그의 주변의 세속적 존재에 대한 대안 속으로 병합하면서, 소년은 그가 바자에 갈 수 있을 때까지 경과해야 하는 시간에 자신의 주의를 힘겹게 고착시킨다.

이때 긴장은 바자의 토요일에 고조되는데, 소년이 바자에 가는 여행에 필요한 돈을 따기 위하여 숙부의 귀가를 기다릴 때이다. 숙부의 귀가가 늦어지면서 소년의 근심은 증가한다. 그의 숙부가 술에 취한 채, 소년의 계획을 잊고 귀가하자, 소년의 좌절과 숙부의 관심 부재가 애러비의 중요성이 대수롭지 않음을 암시해 준다.

그러자 화자는 어떻게 자신이 맹건의 누나를 위하여 선물을 사기 위해 낭만적 탐색을 시작하는지를 말한다. 도시를 통한 기차 여행 도중 서술은 소년이 통과해야 하는 도시의 불결과 추태를 강조하는데, 이는 독자로 하여금 소년이 거의 마감 시간에 현장에 드디어 도착하자, 그가 느끼는 실망을 마련한다. 전시회는 거의 끝난 상태인 데다 회장은 텅텅 비어 있고, 바자의 전시자들도 자신들의 매물에 별반 관심이 없다.

이야기는 좌절과 비참의 기미로 끝난다. 화자가 전시장을 떠나는 자기 자신을 서술할 때, 이 외견상보다 성숙한 듯한 화자는 그의 의식 속에 짧지만, 한층 비참한 통찰력을 느낀다. "어둠을 꿰뚫어보면서, 나 자신이 허영에 몰리고 조소당한 한 마리 짐승처럼 보였다. 그리고 나의 두 눈은 번뇌와 분노로 불탔다." 동시에 이야기를 통하여 거듭 일어나는 조소적 기운은 독자에게 소년의 실망에 대한 의미를 해석하게 하는 작업을 남긴다. 그는 자신이 애러비 여행의 의미를 부풀리기 위해 얼마나 어리석었던가를 인식하기 때문에, 또는 그가 무료한 상상의 기만적 힘에 대한 보다 깊고, 보다 영원한 실망을 느끼기 때문에 그 자신이 풀이 죽어 있는가? 이야기는 이 문제를 해결하기 위해 너무나도 엉뚱하게 불쑥 끝나지만, 그러나 독자가 사고해야 하는 상상의 역할 문제를 교묘히 증진했다.

『더블린 사람들』의 다른 이야기처럼, 「애러비」는 풍부한 종교적 이미지들을 포함한다. 가장 특별한 것은 가톨릭의 연도(連禱)나 성배 탐색을 야기하는 신화적 상징에 대한 인유들로 가득하다.

> 번지르르한 거리를 헤치며 걸어갔다. 이러한 잡음들이 한데 모여 나에게 생에 대한 안일한 감동으로 바뀌었다. 즉 나는 수많은 적의 무리 속을 뚫고 성배(聖杯)를 무사히 운반하는 듯 상상했다.

종교와 낭만주의의 융합은 노스 리치먼드가에 사는 상상적 힘을 지닌 사람이라면 누구나 느낄 수 있는 도피를 위한 충격을 예시한다. 나아가 이러한 태도에 연관된 이미지는 화자의 육체적 향락을 통한 그의 정신적 여로의 투쟁과 고통스러운 인식에 대한 독자의 느낌을 한층 고양시킨다.

## 이블린

이 이야기는 『더블린 사람들』의 4번째 이야기로, 작품의 '청년기' 부류의 시작을 기록한다. 이는 젊은 조이스의 분신 격인 스티븐 데덜러스라는 익명으로 『아이리시 홈스테드』지의 1904년 9월 호에 게재되었다.

이야기는 주인공 이블린 힐(Eveline Hill) 양의 의식에 초점을 맞추는데, 그녀의 생활은 점원 서기로서의 직업과 가정부의 책임 및 동생들에 대한 대리모로서 둘러싸여 있다. 이러한 숨 막히는 조건들에 긴장하면서, 그녀는 자신의 약혼자인 프랭크와 부에노스아이레스로 사랑의 도피를 계획한다. 그녀는 현재 자신이 더블린에서 갖지 못했던 안정된 가정과 순수한 사랑을 그곳에서 발견할 것이며, 거기서 한 기혼녀로서 그녀가 현재 즐기지 못하는 존경의 삶을 대우받을 것을 상상한다.

이야기는 자신의 집의 창가에 앉아 있는 이블린과 더불어 시작된다. "그녀의 머리는 창문 커튼에 기대 있었으며" 자신의 의식을 추구하면서, 그녀가 "갑작스러운 발작적인 공포에 질려 자리에서 일어"설 때까지 저녁 내내 거기서 꼼짝달싹하지 않는다. 그녀는 외로운 땅거미가 내리는 것을 바라보며, 자신의 유년시절 가족과 자신의 무의미한 존재에 관하여 음미한다. 그녀는 임종을 앞둔 어머니에게 가정을 지킬 것을 약속했으나, 더블린이란 사회가 그녀에게 맡기는 부담에서 오는 일종의 불안을 느낀다. 이블린은 생각에 깊이 몰입하자, 어머니 일생의 불쌍한 환영이 그녀 몸의 급소까지 사무치듯, 어머니가 살아 계실 때 되뇌던 목소리를 회상하며 새김질한다. "여인의 종말은 비참!" 프랭크가 이블린에게 약속한 생활은 그녀가 지금까지 알아왔던 생활과는 완전히 딴판이지만, 그녀의 의기소침이 그녀로 하여금 집을 떠나고, 어머니에게 행한 약속을 저버려야 하는 것이 옳은지 번민하게 한다. 역설적으로 그녀가 어머니의 죽음을 생각할 때만, 그러한 생각이 가일층 분명해진다. 그녀는 "갑작스러운 발작적인 공포"에 사로잡히며, "그녀를 구하고 그녀에게 생활을 부여할" 프랭크와 함께 도망할 긴박감을 인식한다. 그럼에도 더블린 생활의 타성적 힘이 지극히 강함을 느낀다. 이블린이 프랭크와 함께 보트를 타기 위해 노스 월 부두에 도착할 때, 그녀는 갑자기 — 미지의 공포에 의하여 — 몸의 부동과 마비를 느끼고 현장을 떠나지 못한 채, 그 자리에 남는다.

그는 난간 너머로 달려가며 그에게 따라오라고 소리쳤다. 사람들이 발리 앞으로 나아가라고 고함을 질렀으나, 그는 여전히 그녀를 부르고 있었다. 그녀는 어쩔 수 없는 짐승처럼 아무런 반응도 없이 창백한 얼굴로 그를 바라보고 있었다. 그녀의 눈은 사랑이나 작별 또는 인식의 아무런 표시도 그에게 보여주지 않았다.

죽음의 마비가 그녀의 어머니 무덤을 넘어 도착한 것이다. 지금까지 비평가들은 이블린이 더블린을 떠나는 그녀의 결정에 따라 그녀에게 열려 있거나 닫혀 있는 선택들에 대하여 광범위한 해석을 내려왔다. 단 한 가지 완전한 해석도 확실한 결말은 없다(아마도 가장 두드러진 것은 프랭크가 이블린을 결코 부에노스아이레스에 데리고 갈 의도가 없으며, 오히려 그녀를 창녀로 삼을 것이라는 휴 케너의 비평일 것이다). 누가적(累加的)으로 그러나 이러한 다양한 해석들은 서술을 통하여 흐르는 상반된 모호성들을 나타낸다. 이 이야기의 제목이며 중심인물이기도 한 이블린의 한정된 지엽적 조망과 암묵적 비평에도, 서술은 독자로 하여금 이블린이 어떠한 사실적 선택을 취해야 하는지를 생각하게 한다. 독자는 이야기의 비관론을 그것의 종말에 고착시켜야 할 것인지, 또는 그녀의 가부장적 양육이 그녀에게 어떤 다른 대안의 가능성을 부정할 정도로 너무나 공황적(恐慌的)이라는 보다 넓고 보다 어두운 견해를 취해야 할 것인지를 결정하지 않으면 안 된다.

## 경주가 끝난 뒤

'청년기'의 두 번째 이야기인 「경주가 끝난 뒤」는 『아이리시 홈스테드』지의 1904년 12월 17일 자 호에 처음 실렸다.

이 이야기는 3가지로 구분되는데, 1) 골든 벤네트라는 국제 자동차 경주, 아일랜드의 킬데어주, 퀸즈주를 거처 나스가로, 인치 코어, 더블린 시내의 대임가, 시 중심부의 아일랜드 은행에 이르는 그의 경기 과정, 특히 차 한 대에 타고 있는 네 명의 젊은이. 차 주인인 프랑스인 세구앵, 캐나다 태생의 젊은 전기 기술자 앙드레 리비에르, 헝가리인 빌로나 및 아일랜드인 도일의 묘사, 2) 앞서 동승한 선수 중 프랑스 출신의 세구앵이 펼치는 경기 끝의 호텔 저녁 파티 장면, 3) 이들이 킹스타운 만에서 미국인 팔리 소유의 요트 선상에서 갖는 파티와 밤을 지새우는 카드놀이 현장 등이 그것이다.

우리는 「경주가 끝난 뒤」에서 이 이야기와 『더블린 사람들』의 다른 이야기 간의 차이가 거의 즉각적으로 나타남을 읽는다. 「경주가 끝난 뒤」는 이 단편집의 대부분이 중하위급 더블린 사람들의 생활에 대한 자세한 견해를 제공하는 데 반해, 더블린의 한 벼락부자 가족 출신인 지미 도일이라는 인기 있는 젊은이의 이야기로 두드러진다. 이야기는 또한, 그의 줄거리의 본질적 특성으로서, 부유함과 외국의 탐나는 시민권이 아일랜드의 초라한 인물들로부터 거리를 두게 하는 여타 인물들을 통합하는데, 이는 그들에 대한 암암리의 비평적 대조를 창조한다. 이런 식으로 조이스는 지미와 그의 가족이 도피하기를 희구하는 환경에 대한 현저한 차이를 드러낸다. 그러나 이들 차이는 다른 이야기들을 특징짓는 정교함이 없이, 날카롭게, 거의 교훈적으로 묘사되고 있다.

「경주가 끝난 뒤」의 열리는 구절에서, 서술은 아일랜드의 생활과 대륙의 템포 간의 아이러니한 대조가 묘사된다. "인치 코어의 고개 마루턱에서 구경꾼들이 결승점을 향하여 달려오고 있는 자동차들을 보기 위해 떼를 지어 모였고, 이 빈곤과 무기력을 뚫고 유럽 대륙이 그의 부(富)와 산업의 속력을 내고 있었다." 지미와 그의 친구들의 태연함이 아일랜드 구경꾼들의 지방적인 호기심과 날카로운 대조를 이루고 있다. 비록 서술은 이야기의 행동을 진전시키기 위해 장면 너머로 급히 움직이지만, 이러한 열린 이미지들은 지미의 의식 속에 자리한 불확실한 갈등에 대한 상징적 인상을 형성한다.

처음 페이지에서 물질성의 강조에도, 「경주가 끝난 뒤」는 다른 이야기들과 마찬가지로 개인적인 정신적 소외와 결핍을 전제한다. 잇따르는 「참혹한 사건」의 제임스 더피가 직면하는 딜레마를 반복하면서, 이 이야기는 지미 자신의 물질적 안전이 거짓임을 나타내는 싸늘한 결말의 음조로서,

그의 함정 또는 마비를 묘사한다. 비록 이러한 주제들은 『더블린 사람들』 대부분의 주요 등장인물들에 의하여 구체화되어 있지만, 특히 이 이야기는 다른 이야기들에서 보다, 조이스가 영향을 받았다고 전해지는 러시아 작가들인 도스토옙스키 또는 투르게네프의 그것과 한층 가까운 모습으로 그의 중심적 인물들을 묘사한다.

지미는 한 상황에서 다른 상황으로, 한 활동적 참여자라기보다 오히려 피동적 관찰자로서 움직인다. 많은 점에서 이것은 그가 택해야 할 가장 적합한 역할인지라, 왜냐하면, 26세라는 그의 나이와 더블린 생활의 친숙함에도, 이 이야기에 묘사되고 암시되는 상황들 — 케임브리지 대학 생활, 레스토랑에서의 사적이요 술 취한 만찬, 요트 선상의 밤늦은 카드놀이 — 은 모두 그의 경험의 영역 밖에 있기 때문이다. 그가 행동에 임할 때, 그것은 언제나 자신의 사회적 실족(失足)의 가장자리에 있다는 느낌과 함께한다.

그리하여 만일 부유한 지미 도일이 아일랜드 풍요의 전망을 구체화한다면, 그러한 전망은 불확실한 것이다. 자신 부친의 격려와 함께, 지미는 유산의 상당한 액수를 '자동차 사업'에 투자하려고 계획하는 데, 이 계획을 그는 심각하게 받아들이지만, 이를 — 이야기를 통하여 그의 행동이 드러나듯 — 독자는 회의적 시각으로 받아들일 수밖에 없다. 이야기의 종말에서, 돈을 크게 잃은 지미는 밤샘의 카드놀이 뒤에 지치고 빚에 몰리는데, 이는 그의 미래에 대한 적절한 상징이다. 새날이 "태양의 회색 빛살 속에" 동트는지라, 이는 지미에게 개인적 가책과 다가올 일을 예시하는 구실을 한다.

그는 아침이면 스스로 후회할 것이라는 걸 알았지만, 지금은 쉴 수 있는 것이 기뻤고, 자신의 우행을 들어 줄 무감각한 상태가 기뻤다. 그는 식탁 위에 팔꿈치를 괴고 두 손으로 머리를 붙잡은 채 관자놀이의 맥박을 세어 보았다. 선실 문이 열리고 헝가리인이 회색 빛살 속에 서서 외치는 것이 보였다. “동이 틉니다. 여러분!” 여기 지미가 느끼는 자기 인식의 에피파니는 아침의 회색 햇빛과 더불어 더욱 선명해진다. 후광을 업은 그리스도처럼!

지미의 사회적 신분과 『더블린 사람들』의 다른 인물들의 그것 사이의 의미심장한 차이에도, 이 최후의 글귀들은 그들 모두가 함께 사는 꼭 같은 도덕적 풍경 속에 그를 자리하게 한다. 죄와 부정(否定) 간의 자신의 상극 속에, 지미는 조이스의 다른 이야기들 속에 무수한 다른 인물들이 표현하는 확신에 대한 같은 결핍을 반영한다. 그것은 단지 그가 자신의 행동을 냉정하게 판단할 수 없거나 혹은 의향이 없다는 것을 의미하지 않는다. 오히려 그의 태도는 자신의 생활에 대한 정확한 평가를 마련하기 위한 어떤 표준적 가치의 능력에서 신념의 철저한 결핍을 반영한다.

## 두 건달

『더블린 사람들』의 6번째 이야기로 ‘청년기’의 3번째에 해당한다. 작가는 1905~1906년의 겨울에 걸쳐 이를 썼다.

「두 건달」은 더블린의 한 저녁 동안 두 젊은 사내인 존 코얼리와 레너헌의 행동을 자세히 서술한다. 그것은 명상과 빗댐을 통하여 간접적으로 표현되는 코얼리의 호색적 모험이 텍스트에서 지리적으로 서술되는, 그의 친구 레너한의 고독한 순례와 익살스럽게 대조를 이룬다(두 인물은 『율리시스』에서, 각자 의미심장하게 축소된 환경에서 재등장한다). 비록 서술은 레너헌과 그의 비참함에 초점을 맞추지만, 그의 자기연민과 자기도취는 그에게서 우리의 동정을 위한 어떠한 요구도 박탈한다. 나아가 이야기의 종말에서 코얼리와의 금전상의 공모는 독자에게 그의 행동의 타락한 성격을 뼈저리게 느끼게 한다.

「두 건달」 첫 페이지들에서 서술을 통하여 출현하는 무위(無爲), 무감각, 위선과 비참의 주제들을 소개한다. 레너헌과 코얼리가 도시 주변을 돌며 하는 삭막한 산책의 종말이 가까워지자, 코얼리는 다양한 젊은 여인들과의 그의 애정행각을 토론하고, 레너헌은 조롱하는 반응으로 그를 격려한다.

코얼리는 성 스티븐스 공원 근처에서 레너헌 곁을 떠나, 부유한 가정의 한 젊은 하녀를 만나기 위해 그곳을 출발한다. 솔직한 야비성을 심지어 보다 조잡한 관음증(觀淫症)과 결합하는 장면에서, 코얼리는 사전 계획으로 레너헌으로 하여금 젊은 여인을 보다 분명히 볼 수 있도록 그 커플을 지나 걸어가게 허락한다. 코얼리와 소녀가 그들을 교외로 데리고 갈 도니브루크 행 전차를 타기 위해 떠난 다음, 레너헌은 거리를 무심하게 다니며, 두 사내가 다시 만나기로 약속한 10시 반까지 시간을 보내기 위해 자신을 구해줄 다양한 탈선 행위들을 모색한다.

레너헌의 산책은 대충 당일 그와 코얼리가 진작 통과했던 똑같은 지역을 커버한다. 그리고 이 반복은 단지 그의 산책의 육체적 및 정신적 무축(無軸)의 방랑(앞서 「뜻밖의 만남」에서 '괴짜 영감'의 경우처럼)이 아니라, 그의 생활의 보다 큰 무의미를 의미한다. 그의 허세에도 레너헌은 자신이 타락한 상태에 있다는 것을 아주 잘 인식하는 듯하다. 레너헌은 코얼리와 젊은 여인의 되돌아옴을 끈기 있게 기다리면서, 자신의 변경(邊境)의 사회적 신분을 생각하거나 안락한 중류 생활을 꿈꾸며 시간을 보낸다. 그는 그래프턴가의 군중을 통하여 움직이자, 자신을 스쳐 지나가는 남녀들로부터 소외를 날카롭게 느낀다. 과연 이 위인은 자신의 동료 더블린 사람들로부터 뿐만 아니라, 자기 자신의 천성으로부터 이탈되어 있다. 그는 어떠한 상황에 대해서도 자신의 행동을 적응시키는 카메론적 능력 및 외견상 아첨(阿諂)의 무한한 자질을 전시하면서, 군중과 어울려 자기 자신이 즐길 수 있는 사람이다. 그러나 혼자가 되면, 흥미의 자원이 완전히 고갈 상태인지라, 그의 동료가 되돌아오는 몇 시간 동안 스스로 마음을 점령할 단순한 일마저 그를 좌절하게 한다.

레너헌이 루트랜드 광장 건너의 간이 바에서 뭘 먹기 위해 자신의 순례를 멈출 때, 그의 상황이 분명해진다. 그는 조반 이래 아무것도 먹지 않았는데다가, 2페니 반짜리 한 접시 땅콩과 맥주 한 병 이외 살 돈이 없다. 서술은 계급의 인식으로 그의 상태를 생생히 묘사한다. 자신의 제정으로 인해 보다 나은 레스토랑에 들어가는 것이 무산되고, 초라하게 보이는 간이 점에 들어가는 것이 발각될 것이라 당황한 채, 그는 "그는 점잖은 티를 감추려고 일부러 거칠게 말"함으로써 스스로 궁지를 보상하려고 노력한다. 이 노동자 계급의 카페에서는 분명히 불안하고, 31세의 이 방랑자는 자신의 중류계급의 기대와 자신의 줄어든 야망의 현실 사이에 사로잡히는 바, 그는 인정하기를 증오한다. 그의 미래가 삭막하게 보일지라도, 그는 여전히 멋진 일자리와 즐거운 가정을 꿈꾼다.

레너헌은 시청 근처의 지역을 향해 남쪽으로 방향을 틀면서, 몇몇 지인들을 만난다. 간접적 담론의 간결한 글귀 속에 개관(槪觀)된, 이 남자들의 혼수상태의 대화는 레너헌의 교재의 기계적 특성을 드러낸다. 그도 그의 동료들도 짧은 익살의 교환 이외에 우연한 대화에서 아무런 흥미를 갖지 않는다. 서술의 그리고 레너헌의 동작의 템포는 코얼리가 젊은 여인과 함께 도회로 되돌아올 때 속력을 더한다. 코얼리가 여인을 집까지 배웅할 때, 레너헌은 그녀의 문까지 이들 양자를 열렬히 뒤따른다. 여인은 집에 들어가지만, 이내 급히 되돌아와 코얼리에게 뭔가를 준 다음, 집안으로 다시 들어간다. 레너헌은 코얼리와 합세하고, 극적 휴지 뒤에, 후자는 여인이 그에게 준, 손바닥 위의 작은 한 잎의 황금 동전을 전자에게 보여줄 뿐이다.

「두 건달」에는 개척과 타협의 전반적 느낌이 배어 있다. 레너헌, 코얼리 그리고 그들의 희생자인 듯한 젊은 여인까지도 마음속에 자기—봉사적 목적을 가지고 접근한다. 어떠한 인물도 이러한 포상적(褒賞的) 동기 없이는 아무것도 서로 나누지 못한다. 주시하기, 쳐다보기 및 관찰하기에 대한 조이스의 강조는, 이러한 더블린 사람들이 서로 연민을 느끼는 것을 암시하는 것이 아니라, 오히려 각자로 하여금 그 밖의 누군가의 물질적 이득을 세밀히 살피도록 촉진하는 계속된, 저급한 시기(猜忌)인 것이다.

그의 마비된 무기력 속에, 레너헌은 비참하고 자기 연민적 더블린 사람의 종류요, 그의 금전적 타락은 독자가 그에 대하여, 또한 비슷하게 영향받은 다른 어떤 등장인물들에 대하여 원초적으로 느끼는 그 어떤 동정도 뒤엎는다. 확실히 중하위 계급의 더블린 사람들의 생활의 야만적이요, 볼썽사나운 조건들에 대한 무자비한 탐사 및 더블린 거리의 삶의 리듬에 대한 그것의 강력한 표현 속에, 「두 건달」은 『더블린 사람들』 이야기 가운데서도 한 예증적(例證的) 상황을 나타낸다.

1906년 5월 20일 자의 한 서한에서, 조이스는 그랜트 리처즈에게 「두 건달」은 (「위원실의 담쟁이 날」에 이어) "나를 가장 기쁘게 하는 이야기이다"

라고 말했다. 그러나 독자들은 이야기들에 대한 조이스의 애정을 언제나 나누지 않았다. 출판자인 리처즈는 1906년에 그리고 조지 로버츠는 1912년에, 이들 다양한 구절들의 무례함에 대하여 강한 반대를 제기했으며, 양자들은 개정과 삭제를 요구했다. 비록 각 경우에서 조이스는 어떤 반대할 수 있는 말들['경칠(bloody)'과 같은 말]을 삭제하는 범위에서 서술을 수정할 의향을 보였을지라도, 그는 『더블린 사람들』로부터 이 이야기를 완전히 삭제하려는 모든 노력에 거세게 저항했다. 「두 건달」에 대한 의견 불일치는 1906년에 리처즈에 의하여 그리고 1912년에 로버츠에 의하여 작품을 출판하지 않겠다는 결정에 이바지했다[로버츠의 결정은 부분적으로 그의 인쇄업자 J. 팔코너(Falconer)에 의해 교사되었는데, 그는 자신이 어떤 구절들을 반대하기 때문에 그것의 활자화를 완료하기를 거절했다]. 그럼에도 리처즈가 1914년 『더블린 사람들』을 마침내 출판하겠다고 동의했을 때, 「두 건달」은 조이스가 본래 제시했던 형식을 그대로 존속시켰다.

## 하숙집

『더블린 사람들』의 7번째 이야기로 '청년기'의 마지막이다. 1905년 7월 1일에 집필 완료하고, 1914년에 출간된 『더블린 사람들』에 최초로 실렸다.

이야기는 더블린의 한 하숙집 여주인 무니 부인이 그녀의 집에 기숙하는 밥 도런이란 젊은이를 자기의 딸 폴리와 강제로 결혼시키려는 그녀의 의도와 노력에 초점을 맞춘다. 이야기의 사건들은 아일랜드 생활의 보다 광범위한 긴장감을 축소판으로 반영한다. 이야기의 계속되는 갈등은 한 가지 도덕적 선택으로서가 아니라, 오히려 선택 그 자체의 문제로서 두

드러지다, 독자가 무니 부인, 폴리 및 도런의 생활의 세목들을 일별할 때, 이들 등장인물 중 아무도 자기 스스로 행사할 어떤 참된 선택권을 갖지 못하는 것이 분명해진다. 선택은 사회적 인습의 비중에 의하여 압도되어 있는데, 이는 각 인물에 의한 각 행동을 처음 서행들에서 마지막까지 기왕의 결론으로 삼고 있다.

비록 이야기는, 일요일 조반과 시 중심의 말버러가에 있는 성 메리 성당의 저녁 미사의 짧은 기간에 한정되어 있긴 하지만 그의 일련의 과거 회상(flashback)을 통하여 폴리와 도런 사이의 점진적인 친밀한 관계를 답습한다. 그러나 서술은 유혹이나 종결의 직설적 설명이 아니다. 무니 부인과 도런의 대결을 궁극적으로 야기하는 사건들은 독자에게 과단적(果斷的) 무니 부인, 놀라고 골난 도런 및 비록 개성 없이 굴종적이지만 자신에 넘치는 폴리의 여러 견해로부터 번갈아 드러난다.

세 인물이 보여주듯 사실들은 모두 한결같은지라, 그것은 도런이 폴리와 잠을 잤다는 것이다. 폴리는 임신한 것 같지는 않지만, 그녀의 신분은 그럼에도 그들이 사는 더블린의 도덕적 세계가 본 바로는 급진적으로 변했다. 독자는 유리된 위치에서, 책임의 문제에 대하여 명상할 수 있지만, 과연 화자는 도런을 그가 유혹자요, 유혹당하는 자로 보는 타당한 이유를 마련한다. 익살스러운 음조로서, 화자는 무니 부인이 "그녀는 한 가지 그가 상당한 급료를 받고 있음을 알고 있었고, 얼마간의 돈도 저축하고 있지 않을까 싶었다"라고 서술한다. 보다 큰 스케일에서, 그러나 죄와 책임의 문제는 이야기의 배경 속으로 사라지는지라, 그 이유는 서술이 행동에 대한 보다 근본적 문제들을 야기하기 때문이다. 그것은 이 이야기에서 두드러진 역할을 행하는 모든 인물, 어머니, 딸 그리고 하숙인이, 복잡하고, 굳이 규범적 역할을 각자에게 부과하는 사회의 인습들을 어떻게 감수하느냐를 보여준다. 그들은 모두 동등하게 희생자들이요 약탈자들이다.

무니 부인, 폴리와 도런은 모두 자신들의 행동을, 물질적, 사회적 또는 성적인, 근본적 필요 위에 두고 있다. 동시에 각자는 사회적 인습만이 이러한 필요의 욕구를 합법화할 수 있다는 것을 인식해 왔다. 각자는 타자들의 안전을 먼저 도모함이 없이 행동해 왔으며, 장기적 대가가 무엇이든 간에 각 가해자는 보상을 치러야 한다.

결국 우리는 등장인물들에 대한 사회적 준엄성과 기대의 영향에 대해 예의 주의하지 않고는 「하숙집」을 이해하기 힘들다는 결론이다. 조이스의 이야기는 중 하위급 인물의 유혹에 대한 상투적이요, 멜로드라마적 견해를 조심스럽게 회피한다. 그 대신, 그것은 개인들의 행동이 아니라, 그러한 행동의 도덕적 상황, 즉 이야기의 가장 활동적이요 강력한 '성격'을 눈에 띄게 강조한다. 이 이야기는 주인공들을 둘러싼 인습과 전통의 굴레를 가장 생생하고 역력하게 묘사한 에밀 졸라 풍의 자연주의 소설의 별미에 속한다.

## 작은 구름

『더블린 사람들』의 8번째 이야기로 '성숙기'의 첫째를 기록한다. 1906년 초에 쓰인 「작은 구름」은 「하숙집」과 함께 H. L. 멩컨(Mencken)이 편집하던 미국 잡지 『스마트 셋(Smart Set)』의 1915년 5월 호에 실렸다.

이야기의 제목은 성경의 「열왕기상」 18장 44절의 운시에서 도래한다. "일곱 번째에 이르러서는 저가 고하되, 바다에서 사람의 손만 한 작은 구름이 일어나나이다." 이 구절은 하나님의 예언자 엘리야에 의하여 바알(Baal)의 예언자들의 패배를 설명한다. 이스라엘 백성을 괴롭혔던 긴 가뭄을 종결시킴으로써, 엘리야는 그들에게 하나님의 힘을 개시했으며, 아합의 백성에게 주님의 숭배를 되돌렸다. 조이스가 그로부터 제목을 끌어온 글줄은 바알의 예언자들과 엘리야의 싸움에서 전환점을 이룬다(조이스는 『피네간의 경야』에서 성 패트릭과 드루이드족의 대결을 설명하면서, 아마도 이 싸움에 기초를 둔 비슷한 시합을 묘사한다).

「작은 구름」은 그의 친구들과 화자에게 '꼬마 챈들러'로서 알려진, 법률 서기인 토머스 말론 챈들러(Chandler)의 감정에 초점을 맞춘다. 서술은 챈들러와 이그네이셔스 갤러허라는 그의 옛 친구와의 만남을 상술하는데, 후자는 런던의 한 신문 기자로서 성공을 거둔 후에 더블린을 방금 재차 방문한다. 이야기는 꼬마 챈들러가 택한 인생의 패턴이 자신의 여생을 보낼 방도를 결정하리라는 것을 분명히 하는 한 가정의 장면으로 결론짓는다.

이야기는 '자유 간접적 담론'(free indirect discourse, 지배적 서술 목소리 속에 타자의 언어적 특성을 합체시켜, 독자로 하여금 누가 말하는지를 결정하게 하는 문체적 기법)의 형식으로 전개된다. 화자는 사건들을 3인칭으로 서술하지만, 챈들러 견해의 관점에서 이끌린 통렬한 관찰들로서 구두점을 찍는다. 이 두 갈래로 갈라진 기법의 효과는 제목 인물의 생활의 낡은 인습적 특성과 그의 자라나는 불만족을 개괄하는 것이요, 또한 자신의 젊음의 예술적 야망을 개발하는 자신의 무능과 함께 그의 좌절을 강조한다. 짧은 방문을 위해 더블린으로 되돌아온 갤러허의 귀환은 챈들러에게 불만을 품게 한다. 갤러허의 기자로서의 성공은 챈들러가 시인으로서 인정을 받으려는 자기 자신의 좌절된 노력을 상기시킨다. 나아가 갤러허의 물질적 성공과 개방된 생활 방식은 챈들러를 위해 자신의 가정의 환경적 조건들을 과소평가한다.

독자의 조망에서 보아, 이그네이셔스 갤러허의 성격은 눈으로 보기보다 덜 한 것처럼 보인다. 우리는 갤러허가 버링턴 호텔(조이스 시절에는 그곳 지방인들에게 그의 지배인 토머스 코얼리의 이름을 딴 코얼리 호텔로서 알려졌거니와)의 바에서 되뇌는 범속적이며, 직업적 및 개인의 성공을 내세우는 허세와 호통의 정도를 거의 어김없이 목격할 수 있다(갤러허의 신문 기자로서의 탐색은 『율리시스』 제7장 「아이올러스」에서 『프리먼즈 저널』지의 술 취한 편집장, 마일리스 크로포드에 의해 불확실하나마, '위대한 갤러허'라는 찬사의 형식으로 설명된다. "여기를 봐요. 이그네이셔스 갤러허가 무엇을 했지? 내가 자네한테 말해주지. 천재 영감이야. 당장 케이블을 쳤지."(U 7. 650~651).

독자가 갤러허의 성취를 의심스럽게 생각할지 몰라도, 그가 지금까지 소유하고 택한 기회들은 챈들러에게 자신 인생의 소심함을 날카롭게 강조한다. 갤러허가 런던과 파리의 생활에 관해 말할 때, 도시들 자체의 단순한 서술은 자신의 이야기에 매력의 기품을 제공한다. 챈들러의 매력은 표면적 가치에서 갤러허 이야기의 안이한 감수로부터가 아니라, 갤러허가 즐겼던 기회들에 대한 솔직한 경외(敬畏)로부터 나온다.

고통스러운 아이러니와 함께 이야기의 희망적 타이틀로 결말 짓는 최후의 장면에서, 갤러허의 광적 독신 생활과 대조적으로 맞섰던 챈들러의 가정적 평온함은 이제 숨 막히는 것으로 표현된다. 챈들러가 갤러허와의 만남에서 취할 행복감이 무엇이든 간에, 자신의 아내 애니가 그가 집에 늦게 돌아온 것을 꾸짖고, 뷸리(Bewley's) 상점에서 사다주기로 한 커피를 잊은 것에 비판하자, 그것은 재빨리 발산되어 버린다. 마실 차를 사기 위해 황급히 나가는 그녀를 대신해 챈들러는 홀로 남아 아기를 돌보고 젖을 먹여야 한다.

아내가 돌아오기를 기다리는 동안, 그는 일련의 절망적, 수사적인 의문들 속에 자신의 감정을 표현한다. "이 조그마한 집으로부터 도망칠 수는 없을까? 갤러허처럼 용감하게 살려고 애쓰기에는 너무 늦었을까? 런던으로 갈 수는 없을까?"[『율리시스』 제17장 「이타카」에서 리오폴드 블룸은—그의 아내의 간음 뒤에 자신의 선택을 명상하면서—똑같은 질문들을 스스로 묻고, 챈들러보다 한층 가깝게 그들에게 대답할 뻔한다. "그는 영원히 방랑하리라, 자기 자신에게 이끌려, 자신의 혜성적 궤도의 극한까지……공간의 극한까지. 이 나라에서 저 나라로……"(U 17. 2013~4)] 이러한 명상에 잠겨 있는 동안, 아이가 잠에서 깨어나 울기 시작한다. 그를 달래려는 챈들러의 시도는 상황을 더 악화시킬 뿐이다. 애니가 돌아오자 그녀는 남편의 애정 없는 노력을 꾸짖으며 그를 따돌린다. 그가 수치와 분노 속에서 허우적대는 동안, 아내는 챈들러를 배제한 채 아기를 계속 달랜다. "아가야! 우리 아가!" 조이스는 이러한 마지막 장면을 마련했는데, 이는 그가 창조한 물질적으로 안락한 중산 가정의 사로잡힘과 무력화의 감각을 챈들러를 통해 강조한다. 동시에 조이스는 이야기의 충분한 의미를 간파하기 위한 견해를 하나만 허락하지 않는다.

챈들러의 감정은 그가 자신의 가정생활을 지속하는 물질적 및 심리적 유대에 자신의 등을 돌릴 용기가 있음을 보여준다. 아이가 마구 울기 시작하자, 챈들러는 그 울음 소리에 골이 나지만 또한 눈에 띄게 근심을 느끼기도 한다.

그는 아기의 찡그러지는 표정과 마구 떠는 모습 보고 갑자기 겁이 나기 시작한다. 일곱 번이나 계속해서 흐느껴 우는 횟수를 헤아려 보고, 갑자기 겁에 질려 아기를 가슴에 꼭 안았다. "혹시 이러다가 죽으면……!" 그가 하릴없이 아이를 달래는 애니 곁에 서 있는 동안, 진정한 이해가 그의 분개와 노여움을 대신한다. "그는 아이의 흐느끼는 울음이 점점 가라앉는 동안 귀를 기울였다. 그러자 자책의 눈물이 그의 눈에 고이기 시작했다."

이야기의 마지막 행의 서술은 지금까지의 과정을 통해서 너무나 조심스럽게 수립해 놓은 아일랜드 부르주아 가정의 태도에 대한 거친 비판을 되찾을 수 없는 데 있다. 또한 그럴 생각도 없다. 그러나 그것은 우리에게 챈들러의 감정의 복잡함을 분명히 해준다. 만일 챈들러가 갤러허의 것과 같은 생활에 대조되는 일종의 가정적 지옥에 살고 있다면, 그것은 그가 지금까지 세심하게 구축해 놓은 그리고 자기 자신을 위해 의식적으로 유지해온 것일 테다.

조이스는 이 이야기의 구조에서 본래의 심미적 복잡성을 충분히 인식한다. 그의 동생 스태니슬로스에게 보낸 1906년 10월 18일 자의 서한에서, 그는 "「작은 구름」의 한 페이지가 나의 모든 운시들보다 내게 더 많은 기쁨을 준다"고 단언하며, 이 이야기의 중요성에 대한 자신의 감정을 강조한다.

## 짝패들

『더블린 사람들』의 9번째 이야기로, '성숙기'의 두 번째를 기록한다. 1905년 7월 12일에 완료되었다.

이야기는 어떤 변호사와 서기 패링턴의 갈등 상황을, 그의 불만 가득한 오후의 작업을 통하여, 그리고 저녁의 방탕스런 과정을 거쳐 발생하는 일련의 회피와 수치 속으로 몰고 가는 과정을 서술한 것이다. 주인공 패링턴 행동의 서술 가운데 강한 흥미를 주는 요소는, 그가 자신의 가족이 달리 사용할 수 있는 그의 수입의 상당 부분을 술을 마셔 없애는 자기—방종보다, 오히려 자기의 행동을 특징짓는 그의 생활의 무미건조함이다. 그는 음주를 즐거움이나 향락의 한 수단으로 간주하지 않는다. 그 대신 그는 단지 존속의 고통을 무마시키기 위해 술을 마신다.

「짝패들」은—상관의 명령적인 "패링턴을 올려보내"라는 말과 더불어—질책에 직면하는 패링턴과 더불어—노함과 좌절의 기미 위에 막이 열린다. 그것은 그가 견뎌야 하는 그리고 어떤 경우에서 '크로스비 앤드 앨런 법률 사무소'의 일에서 오후 과정을 통해 불운에 빠질지 모를, 일련의 수치들 가운데 최초의 것이다. 서술은 이러한 비방을 자기 자신에게 가져오는 패링턴의 음모를 조심스럽게 지적하는 반면에, 그의 고용자들의 무감각성과 야만성을 분명히 한다. 사장 앨런 씨는 패링턴을 그의 결점들과 함께 수차례 대면한 뒤에, 사태는 패링턴이 공공연하게 꾸중받고 부주의한 재담 때문에 사과해야 할 때 표면화된다. 두 사람의 대화의 교환은 패링턴을 극도의 분노 속에 몰아넣으며, 알코올을 위한 술맛을 자극한다. 그는 자신의 시계를 밤의 음주를 지급하기 위하여 전당포에 맡기고, 그날의 수치를 망각하려고 애쓴다.

패링턴이 도시 중심부에 있는 술집들을 순회할 때, 그는 앨런 씨와 자신이 나눈 이야기를 자기 자신을 보다 우월하게 보이기 위해 변경한다. 저녁이 흘러가자, 그러나 그는 자신이 술값을 치러 왔던 술집의 순례로부터 거의 만족을 느끼지 못함을 느낀다. 그는 멀리건 주점에서 한 젊은 여배우에게 놀림을 당하고, 이어 그가 술을 대접했던 한 젊은 사나이와의 팔씨름에서 패배했음을 스스로 발견하자, 밤은 더욱 비참한 종말로 나아간다. 패링턴은 실쭉하고 골난 상태에서 집으로 돌아온다. 그는 자신이 돈을 몽땅 다 썼는데도, 여전히 술에 취할 수 없음에 분노한다. 자신의 분노의 탈출구를 탐색하려고 애쓰면서, 패링턴은 아들 톰이 화덕의 불을 꺼버린 이유로, 그러나 사실은 자신의 부당한 행실로 인한 좌절 속에, 아들을 위협하고 매질한다.

이야기의 거친 현실적 주제는 중 하위급 더블린 사나이들의 생활을 삼투하는 심리적 좌절을 그린 복잡한 초상을 기록한다. 동생 스태니슬로스에게 한 1906년 11월 13일 자의 편지에서, 조이스는 이야기에 대해 다음과 같은 평을 썼다. "나는 네가 알다시피, 폭력의 친구가 아니다. 그러나 많은 남편이 야만적이라면, 그들이 사는 환경 또한, 야만적이요, 아내들과 가정은 행복에 대한 욕망을 거의 만족할 수 없을 것이다."(『서간문』 II. 192)

이 이야기는 패링턴이 동경하는 한 젊은 여인에 대한 조이스의 서술 때문에, 그랜트 리처즈의 인쇄공이 식자를 거절한 이야기 중의 하나다.(『서간문』 II. 132쪽 참조) 조이스는 사실상, 서술을 수정했지만, 리처즈는 이야기들을 여전히 출판하기를 거절했다.

## 진흙

이 이야기는 『더블린 사람들』의 10번째 것으로, '성숙기'의 3번째에 해당한다. 조이스가 「크리스마스 이브」라 불리는 이야기를 포기한 직후인 1905년 초에 완료되었다. 그것은 본래 「만성일(萬聖日) 전야(Hallow Eve)」라는 타이틀이었는데, 조이스는 이 이야기가 1914년 6월에 『더블린 사람들』의 일부로서 나타나기 전 몇 차례 그의 출판을 시도했으나 실패했다.

「진흙」은 노처녀 마리아에 관한 이야기로서, 그녀는 더블린의 외곽 볼스브리지에 있는 개심(改心)한 매춘부들을 위한 신교도 기관인, '더블린 등불 세탁소'에서 한 설거지 하녀로서 일한다. 이야기가 일어나는 날 — 만성일 전야[모든 성인의 날(All Saints' Day) 전야(10월 31일 저녁)] — 마리아는 그곳 여인들에게 차와 케이크를 대접한 후에 저녁 외출을 할 수 있는 허락을 받는다. 그녀는 만성일 전야의 파티에 참석하기 위해 드럼콘드라에 있는 조 도널리, 그의 아내 및 그들의 아이들의 집을 방문할 계획이다. 마리아는 조와 그의 형제인 앨피가 아이들이었을 때, 그들의 가족을 위하여 일한 적이 있었으며, 소년들이 어른이 되자, 그들은 나중에 그녀에게 현재의 세탁소 일자리를 마련해 주었다.

도널리 가정의 방문은 분명히 마리아에게는 대단한 기대이며, 그리하여 그녀는 만사가 순조로워져 가는 것을 보기 위해 특별한 노력을 기울인다. 그녀는 그들을 방문하는 도중 전차에서 내려, 페니 케이크를 사기 위해 다운즈 점에서 우선 멈추고, 이어 "그곳의 케이크는 그 위에 아몬드 설탕이 충분히 입혀 있지 않기 때문에" 헨리가에 있는 다른 상점에 들려 플럼 케이크를 산다. 그녀의 조심스러운 계획에도 불구하고, 그러나 마리아는 쉽사리 당황하는 듯한 성미인지라, 그녀가 전차에서 술 취한 한 남자 곁에 앉자, 그녀는 너무나 당황한 나머지 자신의 플럼 케이크를 차 속에 그만 놓고 내린다.

도널리 댁에서, 가족들은 그녀에 대해 커다란 소동을 피우지만, 동시에 그녀는 모든 몸짓을 조심스럽게 음미하며, 파티의 축제 분위기를 망치는 일이 없도록 희망하면서, 분명히 마음이 몹시 불안하다. 마리아의 근심의 한 근원은 조 도널리와 그를 다시는 보지 않겠다는 그의 동생 간의 긴장과 갈등이다. 이는 그녀가 두 사나이 간의 싸움을 중재하기를 시도하나, 단지 조의 분노를 야기함으로써 한층 분명해진다. 그럼에도, 모두 파티가 즐겁게 진행되기를 바라며, 따라서 기분 전환으로 한판 경기가 벌어진다. 마리아는 접시 경기 놀이(미래를 점치는 경기)를 하는데, 옆집 소녀들의 속임으로 그중 진흙을 선택하는바, 이는 죽음을 상징한다. 이는 도널리 부인의 날카로운 질책을 가져온다. 비록 그 일은 잊어버린 듯하지만, 나중에 마리아가 〈내 살기를 꿈꾸었네〉를 노래할 때, 그녀는 잘못하여 노래의 첫 구절을 반복한다. 이러한 실수가 잘못된 기억에 의해서든, 혹은 자신의 죽음에 대한 불유쾌한 기억을 피하기 위한 욕망에 의해서든 간에, 그것은 이야기를 한갓 모호하고 불안한 결론으로 이끈다.

주제의 분명한 온화함에도, 「진흙」은 중 하위급 더블린 여성들의 생활의 불길한 견해를 제시한다. 마리아의 존재가 질서 있고 안정된 듯 보이지만, 그녀가 저녁의 과정을 통하여 저지르고 느끼는 실수, 생략 및 조용한 당혹감은 그녀의 신분의 빈약함을 지적한다. 가족도 혹은 재원(財源)도 없는 한 여성으로서, 그녀는 위협 아래 명민하지만 계속, 통렬하게 상처받기 일쑤다. 비록 그녀는 도널리 가족의 선의를 즐길지라도, 조의 우울한 기분과 이웃 소녀의 짓궂음은 그녀의 위치가 얼마나 많이 타자들의 관용 위에 놓여 있는지를 보여준다. 『더블린 사람들』의 다른 이야기들에서 등장인물들처럼, 마리아의 생활은 선택과 기회의 결여로 제한되어 있다. 그녀 신분의 불안정함을 인정하기를 피하고자 그녀가 동원하는 재치 있는 전략은 그녀가 얼마나 의식적인지를 불분명하게 남겨두지만, 독자는 그의 존재의 황당함을 부인할 수 없다. 이야기의 결구는 마리아를 '온당한 어머니'로서 이야기하는, 그러나 그럼에도 그녀를 노역과 감금 속에 살게 내 벼려두는 사나이의 '말의 야비성' 속에 일종의 에피파니를 이룬다.

그러나 아무도 그녀의 잘못을 지적하려 하지 않았다. 그녀가 노래를 끝내자 조는 몹시 감동을 했다……. 그의 눈은 눈물로 가득 차서 자기가 찾고 있던 것도 찾지 못하고, 마침내 아내에게 병따개가 어디 있는지 찾아봐 달라고 말해야 했다. 여기 그녀의 행동에 '깊이 감동된' 조는 그녀가 부른 노래의 생략 의미를 직감한다. 그는 아마도 자기의 이러한 직감이나 이해를 삼키려는 듯 술과 병마개를 요구한다. 이는 마리아의 것이 아닌 조의 에피파니요, 불모와 사랑의 공허, 무질서, 손실 등을 암시하는 정신적 현현이리라.

## 참혹한 사건

『더블린 사람들』의 11번째 이야기로 '성숙기'의 마지막을 기록한다. 1905년 7월 12일에 쓰였으며 거듭 개정되었다.

이야기는 제임스 더피 씨와 에밀리 시니코 부인 간의 정신적인 사랑과 그의 좌절 및 불모의 관계를 다룬 핵심적 사건을 기록한다. 시니코 부인이 애정과 우정을 혼합하기를 원할 때, 더피는 그녀를 거절하고 그녀와의 관계를 끊는다. 4년 뒤에, 더피 씨는 "참혹한 사건"이란 글을 담은 한 신문 기사를 읽는데, 그 내용은 시니코 부인의 죽음에 대한 법원의 판결문을 담고 있다. 즉 그녀는 시드니 퍼레이드 철도역에서 철로를 건너려고 애쓰다 기차에 치여 죽는다(톨스토이의 『안나 카레니나』의 종말을 강하게 상기시키거니와. 조이스의 동생 스태니슬로스는 조이스가 이 이야기에 대한 영감을 자기 자신보다 나이 많은 여인과의 경험을 바탕으로 하고 있다고 주장하는데, 이러한 주장을 그는 자신의 일기에 기록하고 있다).

이야기는 다소 익살스럽게 전개되기 시작하는데, 그 사건의 배경 지역은 더블린 시 외곽의 채프리조드요, 한 염세적 청년인 제임스 더피 씨의 거처로서, 여기는 『피네간의 경야』에서 예로부터 전해오는 한 쌍의 전형적 애인들인 트리스탄과 이솔트(chapel of Iseult)와 연관되는 현장이요(조이스 부친 존 조이스는 한때 이곳 양조장에서 일했다), 피닉스 공원 근처의 마을이다. 더피 씨의 방들에 대한 서술적 묘사는 대응하는 '산만한' 정신적 토대를 들어내기보다는 오히려, 그들의 '정연한' 금욕적 특질을 강조한다. 이 이야기에서 주인공들의 자신들을 위한 훈련과 자기부정에 초점을 맞추면서, 처음의 서술은 더피 씨를 신념이 결핍한 한 사나이로서 수립한다. "그는 동료도 친구도 없고, 교회도 신앙도 없었다."

그의 유리(琉璃)된 상태에도 불구하고, 더피 씨의 환상은 꾀나 투과적(透過的)이다. 에밀리 시니코 부인은 어느 저녁 로툰다(더블린 중심 역사 고원)에서 거행된 한 콘서트에서, 그와 우연히 대화를 시작한다. 두 사람은 얼스포드 테라스의 다른 콘서트에서 우연히 재회하는데, 이는 그들을 '절친해지려는' 기회로 다시 인도한다. 오늘의 독자들은 이 말을 이미 수립된 성적 관계의 암시로서 해석할지 모르지만, 이어지는 서술은 우리로 하여금 이러한 해석을 이내 불식시킨다. 이러한 있을 법한 오독(誤讀)에 대한 잠재성은, 그러나 이 이야기의 다변적 해석의 힘을 암시하기도 한다.

성적 친분, 또는 적어도 육체적 미묘함의 이러한 형태는 분명히 시니코 부인이 희구하는 것일 수 있지만, 더피 씨에게 그러한 욕망 자체는 개인적 심오한 관계에 방해된다. 그는 시니코 부인과 마지막으로 만난 지 두 달 뒤에, 책상에 놓인 종이에다 다음과 같은 글귀를 남겼다. "남자와 남자간의 사랑은 성적 관계가 있어서는 안 되기 때문에 불가능하고, 남자와 여자간의 우정은 성적 관계가 있어야 하기 때문에 불가능하다." 이는 물론 더피 씨 삶의 향연에 대한 자의식적 동경에도 불구하고, 그가 고통 하는 어쩔 수 없는 남녀 간의 애증의 도덕적 괴리를 설명한다.

조이스는, 시니코 부인의 분명한 자살에 관한 신문 기사에 바짝 다가가기보다는, 오히려 이 사건을 이야기의 바로 중간지점을 지나 위치하게 한다. 이야기의 두 번째 절반은 이 뉴스의 충분한 영향을 흡수하려는 더피 씨의 머뭇거리는 노력에 대한 설명을 제공한다. 이러한 비극이 자신의 결정의 정확성을 강조하고 있음을 스스로 재확인한 다음, 더피 씨는 자신이 뉴스를 들은 시의 레스토랑으로부터, 별 뜻 없이 그가 뜨거운 위스키 펀치를 몇 잔 마시는 채프리조드 다리의 술집까지 움직일 때, 그의 점점 더해가는 불안을 경험한다. 더피 씨는 술집을 떠나 피닉스 공원 속으로 걸어 들어간다. 거기 매거진 힐(유명한 군수물 창고 벽으로, 『피네간의 경야』의 중요한 배경 중 하나)의 꼭대기에 서서, 그는 도시를 내려다본다. "그는 아무것도 들을 수 없었다. 밤은 더할 나위 없이 고요했다. 그는 다시 귀를 기울였다. 완전히 침묵한 채. 그는 자기 혼자임을 느꼈다."

이 끝맺는 글귀에서, 더피 씨가 처음부터 경험해 왔던 소외감이 재확인된다. 그러나 그가 인류의 그 밖에 나머지 사람들과는 다른, 자신의 고독을 이전에 찬미했을지라도, 이러한 견해를 가능하게 했던 자신감은 이제 사라진 것 같다. 서술은 더피 씨가 느낀 바에 대하여 자세히 설명하지는 않지만, 그것은 인간관계의 복잡성에 대한 새로운 감각을 모호하게나마 알려주는 듯하다.

조이스의 이 작품에 대한 빈번한 개작은 그의 구조를 충분히 만족하지 못했음을 지시한다. 그럼에도, 「참혹한 사건」은 『더블린 사람들』의 전반적 패턴과 주제들을 쉽사리 적용하고 있다. 시니코 부인의 정신적 연금 생활과 더피 씨의 일상의 삭막한 생활은 이 전집의 모든 이야기에 삼투되고 있는 불모성 및 정신적 황무지를 예시한다. 동시에 마지막 글귀에 담긴 의식적(意識的) 모호성은 더피 씨 자신의 쇠미적(衰微的) 허무주의가 자초하는 결말의 유형을 좌절시킨다. 더피 씨의 경험들과 새로운 통찰력이 그의 성격 또는 행동에 어떤 변화를 가져올 것인지는 이야기의 구조에 합당한 문제가 아니다. 왜냐하면, 어떤 인습적 형태를 통해 서술 속에 야기되는 문학적 결말에 대한 안이한 해법은 당시의 조이스의 작품 속에 출현하고 있던 모더니스트의 관념들과는 반대되기 때문이다. 모더니즘 문학은 '작가의 텍스트(writerly text)'가 아닌, 바로 '독자의 텍스트(readerly text)'요, 작가는 주인공들에게 근거 없는 극복 의지나 재활의 희망을 제시함으로써, 독자로 하여금 작품의 결구를 재래식으로 분석하게 하는 우를 범하지 않는다.

## 위원실의 담쟁이 날

『더블린 사람들』의 12번째 이야기로 마지막 4개의 '대중 생활'의 첫 번째를 기록하며, 1905년 늦여름에 쓰였다.

이야기는 특정 해가 아닌, 1901년이거나 춥고, 삭막한 비 오는 날인 1902년 10월 6일(담쟁이 날)에 일어난다. 행동은 1901년 1월의 빅토리아 여왕의 사망 후 그리고 1903년 7월의 에드워드 왕의 아일랜드 방문 전에 일어나는 것이 서술상으로 분명하다. 「위원실의 담쟁이 날」은 찰스 스튜워드 파넬의 죽음의 기념일(기일)이기 때문에, 제목의 위원실은 런던의 영국 의회의 15호 위원실을 또한, 암시하는바, 그곳에서 1890년에 파넬은 아일랜드 자치당의 통제권을 상실당했다.

이야기는 다양한 정치적 거짓 충성을 띤 다수의 직업적 선거 운동원들(정상배들과 다름없는)을 중심으로 일어나는데, 이들은 사리(私利) 추구란 이유로, '교활한 티어니'(왕립 거래소 선거구의 입후보자)에게 고용되고, 선거구로 하여금 그에게 찬성 투표하도록 광고하고 있다. 그날 종말에, 그들은 더블린의 위클로가에 있는 왕립 거래소 선거구 사무실에 모여 있다. 그곳에서 그들은 맥주를 마시거나, 현재의 시의원 선거, 정치적 진행 상황 및 그를 위해 자신들이 일하는 후보들에 관한 냉소적 의견들을 표현한다. 그들의 비판적 태도에도 불구하고, 파넬의 기억을 위한 그들의 감정적 애정이, 이야기의 종말에서, '파넬의 죽음'이란 조 하인스에 의한 시 낭송 뒤에 크게 부상한다. 이러한 감상적인 작품에 대한 무비판적 감수는 정치적 과거에 대한 그들의 붕괴된 이상화를 독자에게 지시한다. 이는 『율리시스』의 「세이렌」과 「키클롭스」에서 우매한 대중의 편협한 민족주의가 블룸의 한결같은 조소의 대상이 되는 것과 맥을 같이한다.

「위원실의 담쟁이 날」은 향수적 회상들로 충만되어 있으며, 이들은 다양한 화자들에 의하여 그들이 당대의 아일랜드 사회의 타락한 상태로서 간주하는 것과 자주 비교된다. 그러나 서술은 이러한 조망을 약화시킨다. 예를 들면, 늙은 잭은 사람들이 모여 있는 건물의 관리인이지만, 그가 처음 페이지들에서 솔직히 시인하듯이, 사실상 그는 자신의 생활을 거의 통제하지 못하고 있다. 특히, 그는 방 안에 있는 다른 남자 오코너 씨인, 자기 자신보다 별반 나을 것도 없는 자에게 자신의 쓸모없는 아들을 비난한다.

> 아이들을 어떤 식으로 길러야 할지 모르겠어요. 녀석(자식)이 그렇게 변할지 누군들 생각했겠어요! 그 놈을 기독 형제(크리스천 브러더스) 학교에 보내고, 녀석을 위해 할 수 있는 일은 다 했는데도, 술이나 퍼마시고 돌아다니니. 좀 점잖게 만들려고 애를 썼는데…….

서술이 진행되고 다양한 정치적 일꾼들이 위원실의 안과 밖을 넘나드는 동안, 인간의 실패, 무능과 자기 기만의 패턴이 나타나기 시작한다. 한 무리의 사람들 — 오코너, 조 하인스, 존 핸치, J. T. A. 크로프턴 및 라이언스(아마 '밴텀' 라이언스로서, 뒤에 『율리시스』에 나오는 경마광) — 이 국민당 후보, 티어니를 위해 투표를 얻기 위해 왕립 거래소에서 일하도록 고용되어 있다. 남자들은 자신들의 개인적인 정치적 견해가 넓은 스펙트럼(영역)을 커버하며, 자신들은 얼마간의 재정적 이득의 약속으로 행동하고 있음을 자유로이 인정한다. 표를 얻으려는 그들의 실질적 노력은 이따금 난롯가에서 온종일 한가로이 앉아 잡담하거나, 후보자의 선전 삐라를 불붙여 담배를 피우는 것이 고작이다.

이러한 냉담성과 무관심은 그들을 전반적 정치 기관들이나 에드워드 7세에서 특히 티어니 자신에 이르기까지 광범위한 정치적 인물들을 탄핵하는 것으로부터 막지 못한다. 그들의 허세에도 불구하고, 그러나 각자는 '자기 과거의 찬미자(『젊은 예술가의 초상』 제5장에서 스티븐의 그의 부친에 대한 묘사)'가 될 뿐이다. 결국 냉소주의와 비참한 분위기가 그들 모두의 언행에 어려 있다. 조이스는 여기 서술을 예측할 수 있는 직선적 담론으로 자신을 꾸미는 것을 금한다. 남자들의 세계에 대한 자신들의 자조적 비평이 최고조에 달했을 때, 알코올과 센티멘털리즘에 도취한 조 하인스가 앞으로 나오며, 파넬에 관한 시를 낭송한다.

시 자체는 위원실의 다른 사람들이 이야기를 통해서 내내 표현했던 꼭 같은 진부하고 나약한 감정으로 가득 차 있다(과연 몇몇 비평가들은 하인스의 운시를, 지금은 사라지고 없는, 조이스가 9살 때 쓴 시 「힐리여, 너마저」의 변형일 거라 추단한다). 이야기를 시로 끝맺음으로써, 조이스는 그의 작품에서 이러한 중요한 역할을 하는 상극성과 모호성의 양상들에 대한 독자의 경험을 강조한다. 운시의 범속한 특질은 하인스와 다른 사람들을 떠받치고 있는 파넬에 대한 극단적으로 단순한, 향수적 견해의 증거가 된다. 동시에 하인스의 낭송, 그리고 운시 자체의 부정할 수 없는 성실성은 금일의 무감각과 위선에 대한 강한 대조를 이룬다.

주로 대화로 이루어진 문장들은[조이스의 당대 친구였던 E. 헤밍웨이의 단편인 「살인자들(killers)」의 그것들을 상기시키거니와] 극히 극적 효과를 나타내며, 맨 처음 장면은 무대 지시(stage direction)처럼 무대 위에 등장인물들을 올려놓은 듯 묘사되고, 그에 나오는 불(화로)은 조광기(調光機)의 효력을 노린 듯하다. 『율리시스』의 「키르케」에서 주점의 방향 잃은 무질서한 대화들처럼, 이 단편 속의 부질없는 대화에서 독자는 원칙과 질서가 파괴되고 신념과 희망이 결한 부정적 에피파니(negative epiphany), 즉 더블린 정계의 그릇된 현실의 현현을 읽을 수 있다.

## 어머니

『더블린 사람들』의 13번째 이야기로, 마지막 4개의 '대중 생활'의 2번째를 기록한다. 1905년 9월 하순경에 쓰였다. 「어머니」의 화자는 커니 부인과 그녀의 딸 캐슬린 커니의 음악적 생애를 촉진하기 위한 노력에 초점을 맞춘다. 이야기는 세기의 전환기 더블린에서 콘서트의 공연과 그 진흥을 둘러싼 무대 뒤의 간계 및 음모를 상술하거니와 이러한 표현을 통해서 조이스는 당시의 대중문화에 대한 아일랜드 문예부흥의 효과에 관하여 정교한 그리고 익살맞은 비평을 내릴 수 있다.

이야기가 열리자, 커니 부인의 성벽은 그녀의 태도가 잇따르는 사건들을 형성할 방법을 넌지시 비춘다. "데블린 양은 홧김에 결혼해서 커니 부인이 되었다." 악의는 그녀의 남편에게 향하지 않는다. 왜냐하면, 그녀는 자신의 가족에 대하여 예리한 충정을 지녔는바, "그녀의 친구들이 그녀의 오랜 독신에 대하여 혀를 마구 놀리기" 때문이다. 대중의 여론은 분명히 커니 부인의 생애를 통틀어 커다란 의미를 지녔으나, 그녀의 뿌리 깊은 프라이드가 또한, 다른 사람들의 지시를 따르기보다는 오히려 그녀의 스스로 방식대로 판단하는 방법을 추구하게 한다. 그녀의 행동을 꾸미는 것은 이러한 반대되는 힘인 것이다.

자신의 결혼 후로, 커니 부인은 그녀의 욕망을 그녀의 딸 캐슬린에 대한 지역 사회의 평가에 집중하는데, 딸이 사회적으로 입지를 세우는 일에 아주 야심적이다. 아일랜드의 문예부흥이 그녀의 노력을 위한 편리한 도구를 자신에게 마련하자, 커니 부인은 캐슬린의 음악적 재능이, 아일랜드 문화에서 커지는 대중의 관심을 그녀가 개척할 수 있을 것이라는 태도 속에 배양된다는 것을 알게 된다.

이러한 목적을 추구하기 위하여, 커니 부인은 그녀의 딸을 '에이레 아부 협회'에 의하여 계획된 일련의 4번의 콘서트들을 위한 피아노 반주자가 되도록 허락하는 데 동의한다['에이레 아부(Eire Abu)는 대충 '성숙한 아일랜드'란 뜻으로 해석된다. 조이스는 아마도 그의 독자로 하여금 이러한 허구적 협회를 당시 아일랜드 문예부흥의 파생물로서 우후죽순처럼 솟고 있던 비슷한 그룹들의 하나와 연관하도록 의도했던 것 같다]. 커니 부인은 그녀의 딸에게 콘서트를 위해 준비하도록 엄청난 노력을 퍼붓는데, 심지어 이를 촉진하기 위하여 협회의 서기보인 '뛰는' 홀로헌의 부조리한 노력을 돕는다. 그러나 커넌 부인은 콘서트의 성공 — 부가적으로 딸의 성공 — 의 많은 것이 조직과 연출자들의 공연에 책임을 가진 일군의 애매한 남자들의 에너지에 달려 있다는 것을 인식하기 시작할 때, 그녀는 이틀 밤의 허망스런 참가 뒤에, 금요일의 콘서트가 "토요일 밤의 대성공을 거두기 위하여" 취소된다.

그러나 최후의 연출이 있는 밤에, 서술은 커다란 정교함을 가지고 그것의 강조를 음악으로부터 한층 세속적인 사회적 관심을 향해 돌리기 시작한다. 이는 돌이켜 커넌 부인의 야망의 취약성(脆弱性)을 강조한다. 비록 서술은 커넌 부인의 견해에 풍부한 주의를 제공하지만, 그녀는 연출의 실질적인 질에 거의 또는 전혀 생각을 두지 않는 것이 드러난다. 오히려, 그녀는 콘서트가 얼마나 성공적으로 이루어질 가의 문제에 고착된다. 이 시점에서, 그녀는 참석할 관중의 수를 통제할 수 없게 됨을 알게 되고, 필경 보상으로서, 캐슬린이 그녀의 연출의 대가로 지급 받을 돈에 자신의 주의를 돌리게 되는데, 이 연출이야말로 커넌 부인에게는 자기 자신의 성공의 지표로서 간주한다. 끈질긴 결심으로, 그녀는 무대 뒤를 통하여 홀로헌을 추구하며, 캐슬린이 계약상 합의한 연주료 8기니를 빠짐없이 받게 될 것을 확인하려고 애쓴다.

조직 위원들이 돈을 지급하기 위해 미리 나타나지 않자, 그녀는 자신의 딸로 하여금 무대 위로 올라가는 것을 거절함으로써 연출을 지연시킨다. 그러자 이어 타협에 의해, 커넌 부인은 4파운드를 받게 되고, 콘서트의 전반부가 진행된다. 막간에서, 그러나 조직자들은 "위원회가 다음 화요일에 모임을 한 후"까지 돈을 더는 지급할 수 없다고 한다. 커넌 부인은 재차 자신의 딸이 연주하는 것을 거절하지만, 이번에는 교체가 발견되어, 콘서트의 후반부는 캐슬린 없이 시작된다. 이야기는 커넌 부인이 홀을 뒤져 나가고, 다음 행동을 위협함으로써 결론 난다.

커넌 부인의 성격상, 「어머니」는 가족의 여가장적(女家長的) 영역 이내에서, 자신의 완전하고 의심의 여지가 없는 권위를 행사하는 한 횡포한 여성을 절묘하게 묘사한다. 『더블린 사람들』의 다른 이야기들처럼, 그러나 그것은 또한, 단지 한 사람 또는 심지어 한 유형의 개인의 것이 아닌, 오히려 전체 더블린의 소시민 계급(프티 부르주아)의 정신 상태를 비판한다. 서술을 통하여 커넌 부인을 독려하는 성격의 힘은 오히려 미약한 사회 구조에 의한 정당성의 심오한 불안전과 의존에 놓여 있다. 커니 부인은 홀로헌(그녀가 어떤 상황에서도 교제하기를 거절할 남자)과 같은 남자들을 괴롭히지 않을 수 없으며, 결과로서 그들의 바보 같은 행동으로 상처 입기에 십상이다.

우리는 이 이야기를 통틀어 커넌 부인의 행동을 쉽사리 그리고 정당성을 가지고 비난할 수 있지만, 그러나 그 점에서 멈추어버리면, 「어머니」의 힘은 사라지고 만다. 그녀는 억압자인 동시에 희생자라는 견해를 견지할 만한 충분한 증거가 있다. 그녀가 자신의 남편, 자신의 딸 그리고 그녀가 할 수 있는 어떠한 정도까지, 콘서트를 조직한 남자들을 위협하는 반면, 단지 막연히 갈망할 수 있는 사회 계급과 연관된 일련의 가치들 때문에 스스로 폭력 당한다. 만일 우리가 그녀를 동정할 수 없다면, 우리는 적어도 그녀의 상황적 도덕적 복잡성을 인정하지 않으면 안 된다.

이 이야기에서 이 등장인물들의 다툼과 언쟁은 조그마한 금전 문제로 체면이고 애국심이고 손상해야 하는 아일랜드의, 이른바 민족주의자들과 커니 부인 간의 행동이 더블린 문화계의 마비, 그 자체를 대변하고 있음을 암시해 주고 있다. 조이스는 그의 아들 조지오 조이스에게 한 1934년 12월 17일 자의 편지에서, 「어머니」를 자기 자신의 경험에 기원하고 있음을 쓰고 있다. "나의 첫 대중 콘서트에서, 나 역시 궁지에 몰렸지. 피아니스트가 여성 피아니스트였는데, 바로 콘서트한 중간에서 사라져 버렸어."(『서간문』 III. 340)

## 은총

『더블린 사람들』의 14번째 이야기로, 마지막 4개의 '대중 생활'의 3번째를 기록한다. 1905년 하순경에 쓰였으며, 출판된 것은 『더블린 사람들』이 처음이다.

서술은 어떤 차(茶) 회사의 주문받는 외판원인, 톰 커넌 씨와 일단의 친구들이 그의 술 마시는 버릇을 그로 하여금 고치도록 하는 노력을 답습한다. 이야기는 커넌 씨가 술의 향연 동안 술집 계단의 층계로부터 떨어진 것을 잭 파우어가 구출하는 설명으로 시작한다. 서술의 중심 부분은 마틴 커닝엄, 잭 파우어, C. P. 맥코이(이들은 『율리시스』의 장의 마차 속에서 회동하는 "어이, 잘 만났다" 하는 친구들) 그리고 식료품 상인 포가티가, 건강을 회복하는 커넌을 개혁하기 위해 그를 방문하는 것에 초점을 맞춘다. 남자들은 다양한 종교적 주제들을 토론하고, 이 대화가 저녁의 묵도를 행하도록 하는 그들의 의도로 방향이 바뀐다. 가톨릭교의 개종자인, 커넌 씨는 이 계획에 대하여 초기에 회의주의를 보이지만, 이 최초의 혐오에도 불구하고, 그는 결국, 가디너 가에 있는 예수회 교회인, 성 프란시스 제비에르에서 저녁 기도를 위해 타인들과 동행할 것을 동의한다. 여기 모인 사람들은 그들의 산만하고 긴 신학적 이야기를 커넌 씨에게 들려준다.

> "잠시만 그게 아니야." 커닝엄 씨가 적극 말했다. "'룩스 어폰 룩스'가 맞아. 그리고 그의 전임자인 교황 비오 9세의 모토는 '크룩스 어폰 크룩스'—'십자가 위의 십자가'로서, 두 교황과의 직위의 차이를 보여주지."

이러한 대화에 이어, 모두 커넌 씨를 예배에 참가하고 설교를 듣도록 유도한다. 이야기는 퍼든 신부의 설교 개회사로서 끝나는데, 그는 자신이 그의 청중에게 "그들이 인생의 회개 장부를 펼치고 그것이 양심과 정확하게 부합하는지."를 살피도록 말함으로써, 회중의 정신적 생활에 대한 상업적 견해를 강조한다.

스태니슬로스 조이스는 「은총」의 넓은 구조적 디자인에서 이 이야기는 단테의 『신곡』의 구조적 패러디로서 읽을 수 있을 것이라 기록한다. 커넌 씨의 추락은 「지옥」의 하강을, 그의 건강 회복은 「연옥」과 유추되며, 성 프란시스 제비에 교회는 일종의 「천국」으로 비교된다는 것이다. 한층 효력 있게도, 그러나 서술은 상업과 종교 간의 관계에 예리한 비평을 제공한다. 남자들이 커넌에게 저녁 — '항아리를 씻는' 그리고 그들 자신의 죄를 정죄하는 시간 — 의 상관적 무해성(無害性)을 키넌 씨에게 확신시키는 안이한 태도 속에, 만사의 장면이 사업적 터전 위에 진행되는 감이 있다. 나아가, 정신적 변화를 위한 상업적 은유의 방법을 써서 교회를 사업과 연결하는 의식적(意識的) 노력을 행사하는 한 인물로서, 퍼든 신부의 전개 속에, 조이스는 또한, 또 다른 단테식의 주제, 성직 매매(simony, 『더블린 사람들』의 「자매」에서 제시되듯)를 소개한다.

우리는 「은총」에서 단편집의 앞서 여러 이야기에서 볼 수 있듯, 그들의 두드러지게 특징짓는 중류 더블린의 가톨릭교의 분위기를 향한 일종의 냉소주의를 볼 수 있다. 여기에, 그러나 우리가 주목해야 할 일은 서술이 초기 이야기들의 경우처럼, 쉽사리 내세울 수 있는 어떤 정신적 또는 심리적 흠을 유독 택하지 않는다는 사실이다. 오히려, 중심인물들의 행동을 너무나 깊이 혼란하게 만드는 것은 이들의 자기만족, 자기들이 사는 생활양식을 비판하는 무능력으로 — 여기 마틴 커닝엄과 다른 사람들은 커넌보다 한층 심한 비판을 받아야 할 것 같다.

## 죽은 사람들

『더블린 사람들』의 마지막이요, 가장 긴 이야기로, 흔히들 전집의 종곡(coda)으로 알려졌다. 길이나 그 강도에서, 그것은 사실상 중편소설로, 조이스는 그가 노라 바너클과 그들의 아들 조지와 함께 1906년 7월과 1905년 3월 사이에 살았던 로마로부터 귀환한 직후 1907년 봄에 트리에스테에서 「죽은 사람들」을 썼다.

많은 점에서 「죽은 사람들」은 『더블린 사람들』의 전집을 위한 타당한 결론인 셈이다. 가장 분명하게도, 그것은 모든 이야기를 특징짓는 마비의 중요한 주제를 총괄하며, 완성한다. 그러나 앞선 이야기들에서보다 해석을 위해 한층 더 개방된 방법으로 그렇게 한다. 특히, 우리는 「짝패들」과 「참혹한 사건」과 같은 이야기들에서 너무나 분명한, 이른바 현상(status quo)에 영향을 주는, 주인공의 분명한 무능력이 지닌 비참함을 보는바. 이는 전집의 다른 이야기들에 나타나지 않는 가능성의 느낌, 선택의 인식과 대조를 이룬다. 「죽은 사람들」은 낙관주의를 거의 발산시키지 않지만, 전집의 다른 이야기들의 등장인물들을 외견상 분쇄하는 것 같은 환상적 비전 너머로 움직인다. 이야기의 시작부터, 풍요와 에너지의 감각이 서술을 그토록 많이 구성하는 주인공 게이브리얼 콘로이의 묵묵한 감정과 반응을 파고든다. 그것은 과장된 동작의 견해에서 장(章)이 열린다. "문지기의 딸, 릴리는 문자 그대로 발이 닳아빠질 지경이었다." 첫 이름(성) "릴리"만을 사용함으로써 생기는 부산떨고, 과장된 친근한 분위기 — 이들 모두는 독자로 하여금 서술의 흐름 속으로 무작정 들어간다. 최초의 몇 구절들은 모컨 자매가 정월 초하루와 정월 6일 [현현(에피파니) 의 축제(12일 밤)] 사이 언젠가 베푸는 연례 크리스마스 만찬 파티에 도착하는 무리의 예상되는 소동을 다룬다. 멋진 성품과 거만의 혼성을 가지고, 그들의 호의적 조카인 게이브리얼 콘로이는 자기 아내의 옷 입는 데 걸린 긴 시간에 대하여 불평하면서, 그리고 릴리에게 별반 재치 없이 인사하려고 애쓰면서, 현장(모컨 자매 댁)에 도착한다. 두 가지 예에서, 콘로이는 익살 자가 되지 못한 채, 스스로 약간 어리석은 듯 보이거나 그렇게 느끼려고 애를 쓴다.

게이브리얼의 행동 및 파티의 다른 손님들의 행동을 강조하는 것은 서술적 목소리로서, 이는 이야기를 다양한 등장인물들에 대한 조망의 친근감을 가지고 말하지만 그런데도 그들 사이의 익살스러운 거리를 지속시킨다. 서술은 이리하여 독자를 이 개인들을 범주화하거나 이들을 독자의 동정으로부터 유리시킴이 없이, 그들의 성격 속을 드려다 보는 예리한 통찰력으로 인도한다. 조이스는 잇따른 『젊은 예술가의 초상』에서 비슷한 서술적 기법을 사용한다.

저녁이 다가옴에 따라, 여주인들과 손님들에 대한 자세한 서술은 더블린 사회의 복잡성을 가리키는 데 이바지한다. 모컨 자매들과 그들의 질녀 메리 제인은 향수(鄕愁)와 상실 양자를 불러일으키는 일종의 감정과 후대(厚待)를 의미한다. 주정뱅이 프레디 맬린스의 즐거운 성격은 일종의 전형이요, 또한, 바로 참된 인간적 실패를 반영한다. 바텔 다시와 멜빈 브라운은 독선적 거만의 변형이지만, 몰리 아이버스 양은 민족주의의 패러디인 동시에, 지역주의와 사적인 관계에 대한 아주 진실한 동경을 대표한다. 이런 모든 것을 통하여, 게이브리얼은 거위 고기를 자르거나, 만찬 후의 연설을 하면서 그리고 모든 행동에 대한 무언의 논평일지라도 선두에 나설 것을 제의하면서, 파티의 사건들을 활성화하는 주체적 정신으로서 작용한다.

파티의 종말에 이르기까지, 게이브리얼의 견해들은 이 특별한 『더블린 사람들』 이야기의 낯익은 요인들을 나열한다. 그러나 서술은 조이스가 이러한 조망을 수정하기 시작했던 것을 암시하는 일련의 사건들을 소개한다. 손님들이 집을 떠나자, 그레타 콘로이는 이제 죽은 마이클 퓨리에 관한 기억들—〈오그림의 처녀〉라는 버림받은 사랑의 민요(발라드)를 부르는 다시 씨의 노래로 점화된 기억들—의 형태로서, 어떤 종류의 현현(에피파니)이 있다. 그레타의 회상이 품은 함축된 뜻은 독자에게 또는 그녀의 남편에게 즉각적으로 분명하지 않다. 그러나 이 점에서, 서술의 음조에 두드러진 변화가 있다.

파티가 끝난 뒤, 게이브리얼과 그의 아내 그레타는 그레셤 호텔로 돌아가는데, 거기서 그들은 몬크스타운 자신들의 집으로 되돌아가기 전, 하룻밤을 보낼 것을 계획한다. 그들이 마차를 타고 도시를 가로지를 때, 아내에 대한 게이브리얼의 증가하는 성적 욕망은 분명해진다. 자기 생각에 마음이 사로잡힌 그레타는 게이브리얼의 감정을 외면한 채 유리되어 있다. 그녀는 자신이 골웨이의 소녀였을 때 그녀와 사랑에 빠졌던 한 젊은 청년, 마이클 퓨리의 기억에 자신의 주의를 집중시키고 있다(앞서 「한 푼짜리 시들」 중의 「그녀는 라훈을 슬퍼한다」 참조).

그들이 호텔에 도착할 때, 게이브리얼은 마침내 그레타의 강박관념과 대면한다. 자신의 아내에 대한 마이클 퓨리의 젊음의 헌신을 알게 되자, 그는 죽은 자가 그레타에 대해 지니는 장악과 그것을 푸는 자신의 무력감과 함께, 다른 사나이의 사랑의 깊이 및 자기 자신과 대조되는 천박성을 느끼지 않을 수 없다. 통찰력은 겸허하고도 설명적이다. 왜냐하면, 그것은 단순히 그의 감정의 비판으로서가 아니라, 인간적 감정의 가능한 심도의 계시로서 이바지하기 때문이다. 이 점에서, 이야기는 전집의 다른 이야기들에서 발견되지 않는 일종의 모호성을 나타낸다. 마이클 퓨리의 감정들과 비교하여, 게이브리얼의 감정들을 천박한 것으로 치부하는 것이 비교적 용이할 듯한 반면, 그것은 그가 변화할 수 있을지의 여부가 분명하지 않은 채 남아 있다. 여기 또 다른 모호성의 주제가 있다.

게이브리얼의 자기 성찰의 마지막 순간에서, 『더블린 사람들』의 주된 주제들 — 죽음, 마비, 성적 좌절, 무 희망 및 무모함 — 이 그의 사상과 감정을 관통한다. 마이클 퓨리에 대한 회상들, 자기 자신의 가치에 관계되는 의혹 감, 그레타에 대한 자신의 불만스런 요구 그리고 무목적성에 대항하여 성장하는 감정은 게이브리얼을 압도하도록 위협한다. 그는 창문으로 나아가, 내리는 눈을 바라본다.

눈은 아일랜드 전역에 내리고 있었다. 눈은 검은 중부 평야의 구석구석에, 나무 없는 언덕 위에 내리고, 앨런의 늪 위에도 내리고 있었다. 눈은 또한, 마이클 퓨리가 묻혀있는 언덕 위 쓸쓸한 묘지의 구석구석에도 내리고 있었다. 비뚤어진 십자가와 묘비 위에도, 조그마한 대문 창살 위에도, 메마른 가시나무 위에도 눈은 바람에 나부끼며 수북이 쌓이고 있었다. 그가 눈이 우주 전체를 통하여 사뿐히 내리는 것을, 그들 최후의 내림처럼, 모든 생자와 사자 위에 사뿐히 내리는 것을 듣자, 그의 영혼은 천천히 이울어져 갔다.

게이브리얼을 위해 — 다른 『더블린 사람들』의 이야기들의 등장인물들과 대조적으로 — 이 위기의 순간은 또한, 계몽을 위한 잠재력을 지닌다. 이러한 글귀 속에 반영된 감정이입은 게이브리얼의 유아론에서 붕괴를 보여준다. 이것이 순간적인지, 혹은 영원한 변화인지의 여부는 분명하지 않다, 왜냐하면, 독자는 그것이 그에게 끼친 효과에 대하여 서술의 아무런 지시 없이 인식의 순간에 게이브리얼을 보기 때문이다. 독자는 게이브리얼의 가능한 도덕적 미래를, 그리고 부연(敷衍)하여, 전 작품의 진짜 주체인 아일랜드 사회의 미래를 생각하도록 남는다. 이처럼 서술의 부재(무 지시)는 독자의 해석상의 불확실성(uncertainty)을 초래하는바, 아마도 게이브리얼의 순간적 인식(에피파니)은 인간의 생과 사, 탐욕과 사랑, 과거와 현재의 갈등을 초월한 보편적 은총(하느님의) 그것일 것이다.

# 등장인물 소개

## 게이브리얼 콘로이Gabriel Conroy

「죽은 사람들」의 주인공이다. 그와 그의 아내 그레타 콘로이는 그의 이모 케이트와 줄리아(모컨 자매)가 정월 초하루와 현현(顯現)(Epiphany)의 날인 정월 6일 사이에 베푸는 그들의 연례 만찬 파티에 참가한다.

여러 면에서 게이브리얼은 『율리시스』에서 리오폴드 블룸에 의하여 상징되는, '감성적 보통 사람(l'homme moyen sensual)'의 보다 잘 교육받고, 한층 괴벽스런 변형을 대표는 젊은 예술가 스티븐 데덜러스 격이다. 게이브리얼은 그의 동료 더블린 사람들에게 블룸보다 한층 마음이 편할지언정, 그럼에도 자신이 사는 사회와 유리되어 있다. 호전적이지도 않고 융통성이 없으면서도, 그는 자신과 그의 조국을 묶고 있는 물질적 유대를 끊지 못한 채, 아일랜드로부터 자신의 독립을 요구한다.

콘로이는 선생이요, 서적 평론가로, 그의 이모들은 그가 그들의 연례 축하에서 지적 역할을 할 수 있는 가부장으로서 그리고 사회자로서 이바지하도록 그를 의지하고 있다. 모든 면에서 그가 이러한 역할에 탁월하게 적합한 반면, 그는 심리적으로 지방적 습관에서부터, 그리고 그가 사회(司會)를 맡은 축하로부터 멀리 떠나있음이 서술로부터 분명하다. 그의 대륙적 성벽에서부터 아일랜드 문화의 혁신적 흥미를 향한 그의 적의에 이르기까지 — 몰리 아이버스 양에 대한 그리고 그의 아내 그레타에 대한 그의 반응에서 분명한 — 그는 분명히 자신의 주위 것들과는 두드러지게 딴판인 세계에 살고 있다.

게이브리얼과 그의 동료 더블린 사람들 간의 커다란 차이는 「죽은 사람들」의 과정을 거쳐 점진적으로 분명해진다. 이야기가 결론으로 움직임에 따라, 그러나 성과 성욕이 게이브리얼의 의식을 지배하게 되며, 이들은 이야기의 다른 인물들로부터 그의 고립을 예리하게 노정 한다. 사랑과 욕망에 대한 그이 자신의 반응이 게이브리얼을 분리시켰던 단계는 그레셤 호텔의 최후의 장면에서 고통스럽도록 분명해진다. 거기, 모컨 이모 댁으로부터 호텔까지 그들 부부가 마차를 타고 가는 동안, 그레타는 남편의 마음속에 쌓이고 있는 성적 욕망을 알지 못한 채, 골웨이에서 젊은 마이클 퓨리와 오래전에 가졌던 그녀의 천진한 연애 사건에 대한 즉흥적 회상으로, 남편의 갈망을 불쑥 뭉개 버린다. 게이브리어은 이러한 사건을 알지 못할 뿐만 아니라, 그레타가 서술하는 것과 같은 심오한 사랑을 이전에 결코, 경험한 적이 없었다.

이야기의 종말에서, 독자는 게이브리얼의 마지막 상태를 파악하도록 남는다. 그는 분명히 거절과 고독감을 느끼지만, 동시에 독자는 그가 획득

한 커다란 통찰력을 인식한다. 조이스의 기법은 이것이 보다 큰 감수성 및 보다 충만한 생활로 또는 단순히 그가 잃어버린 것에 대한 보다 날카로운 인식으로 인도 할 것인지의 여부를 확실히 말할 수 없게 만든다. 과연, 이야기의 힘은 독자로 하여금 게이브리얼의 정신적 위기를 목격하게 하고, 이어 그것이 그의 의식에 행사하는 영향을 해석하도록 하는 그것의 의지로부터 나온다.

### 그레타 콘로이Gretta Conroy

「죽은 사람들」의 한 중심적 인물이요, 게이브리얼 콘로이의 아내. 그녀는 남편의 교육이나 괴벽성을 결한 반면에, 그의 생활의 에로틱한 그리고 감정적 중심임이 분명하다. 그들이 파티에서 밤을 함께 할 호텔에 도착하자, 게이브리얼의 아내에 대한 성적 욕망이 점점 강해진다. 그가 자신의 욕망을 행사하기 전에, 그러나 그레타는 골웨이에서 오래전에 자기를 깊이 사랑했던, 죽은 한 젊은이, 마이클 퓨리에 관해 고백하며, 그를 위한 정신적 위기를 부연 중에 촉진한다. 그레타의 낭만적 비전 속에, 퓨리는, 그가 더블린을 향해 떠나기 전에 병상에서 일어나, 그녀를 방문하기 위해 비 내리는 밤 그녀의 창가를 방문하고, 그녀를 위해 죽었다. 조이스는 그레타의 모습들을 그의 아내 노라 바너클한테서, 그리고 마이클 퓨리의 성격을 노라의 과거의 연인 마이클 보드킨에게서 모델로 삼았다 한다.

꼬마 챈들러Little Chandler

「작은 구름」에 나오는 주인공으로, 법률 서기요 우울한 시인 지망생. 그의 이전의 급우로서, 런던으로부터 고국을 방문하는 이그네이셔스 갤러허와의 열렬한 만남 뒤에, 챈들러는 그 자신의 삭막한 생활에 불만을 느낀다. 갤러허의 외견상 성공한 생활과 괴벽스런 습관들 — 그의 말투, 그의 태도, 그의 의상 등이 그 자신의 상황과 날카로운 대조를 이룬다. 이야기는 꼬마 챈들러가 그의 우는 아이를 달래지 못하자 아내에게 심한 질책을 당하고 수치심을 느낌으로서 종결되는데, 이때 아내의 사랑과 관심은 단지 아이에게만 향해 있다.

릴리Lily

「죽은 사람들」의 초두에 등장하는 작은 인물. 문지기의 딸 릴리는 케이트와 줄리아 모컨의 가정부로서 일한다. 이야기가 열리자, 릴리는 모컨의 연례 크리스마스 파티를 위해 도착하는 손님들을 맞이하고 시중든다. 게이브리얼 콘로이가 행사하는 여성에 대한 어색한 헌신과 남성들의 성질에 대한 릴리의 예기치 않은 날카로운 말대꾸 — "요새 남자들이란 입만 까져서 여자를 놀려줄 생각만 하는 걸요" — 는 아일랜드 역사, 문화, 사회 및 남녀 간의 관계에 관한 게이브리얼의 자기 만족에 대해, 모든 나이와 배경을 지닌 여성들이 그에게 가하는, 일련의 공격 중의 최초의 것이다.

### 존 코얼리John Corley

「두 건달」에서 주된 인물 중의 하나. 경찰 간부의 아들로서, 코얼리는 하녀를 그녀로부터 돈을 얻을 수단으로 우연히 유혹한다. 『율리시스』 제16장 「에우마이오스」에서, 코얼리는 직업도 없고 잘 곳도 없이 거리를 배회하는 인물로 나타난다. 스티븐 데덜러스는 그를 알아보고, 얼마간의 돈을 그에게 빌려준다. 리처드 엘먼에 따르면, 코얼리는 경찰 간부의 장남이었던, 조이스의 더블린 지인의 이름이었다.

### 마틴 커닝엄Martin Cunningham

「은총」에 처음 등장하는 인물이다. 사람들은 그의 아내의 음주 때문에 그리고 그의 민감성과 설득력 때문에 그에게 동정적이다. 그는 건강 회복기에 있는 톰 커넌을 묵도로 인도하고, 금주하도록 하는 책임을 진다. 그는 더블린 정청(Dublin Castle)의 한 관리로서, 『율리시스』에서 작은 인물로 여러 곳에 등장한다. 이를테면 제6장 「하데스」, 제10장 「배회하는 바위들」과 제15장 「키르케」, 제12장 「키클롭스」에서 역할을 하는데, 최후의 장면에서 그는 리오폴드 블룸이 '시민'에 의하여 공격당할 찰나, 그를 주점에서 도망치도록 돕는다.

## 마리아Maria

「진흙」의 중심인물이요, 개종한 창부들을 위한 기구(세탁소)에서 요리사 보로 일하는 중년 여인이다. 마리아는 일상생활의 한층 야속하고 야만적 일들을 거의 의도적으로 모르는 척한다. 이야기의 초두에서, 그녀는 자기의 감독에 의하여 '정말 훌륭한 중재자'로서 서술되는데, 이러한 표현은 이야기가 전개되자 익살스러운 기미를 띠게 한다. 마리아는 대중의 주취(酒臭)와 같은 불쾌한 행동을 용납하지 않으며, 그녀 주위의 고통스러운 생활로부터의 이탈을 독자에게 절묘하게 상기시킨다. 「진흙」의 행동은 마리아가 볼즈브리지에 있는 '더블린 등불 세탁소'에서 일을 마감하는 시간에서부터 드럼콘드라의 도널리 집에서 만성절 전야의 말에 〈내 살기를 꿈꾸었네〉라는 그녀의 노래까지의 동작을 둘러싸고 맴돈다. 도시를 가로지르는 그녀의 여행에서, 마리아는 자신의 계획을 따르는데 퍽 까다롭다. 전차 속의 앞에 앉은 신사의 눈초리에 당황한 그녀는 더널리 가족을 위해 산 값비싼 케이크를 차 속에 두고 내린다.

그녀는 한때 파티에서 조 도널리를 그의 아우로부터 이간시키는 싸움 때문에 크게 불안을 느낀다. 나중에, 응접실의 게임에서 그녀가 한 조각의 진흙(죽음의 상징)을 고른 다음 느끼는 당황함과 심지어 고통은 그녀의 매력적 괴벽성의 허식 아래 놓인 취약성을 강조한다. 그녀가 부르는 노래의 둘째 소절을 계속하기보다 첫 소절을 반복함에서 저지르는 과오는 이야기를 낡은 감상으로 가져간다.

### 메리 제인Mary Jane

「죽은 사람들」에서 중심인물이다. 모컨 자매의 미혼 질녀인 그녀는 아주 인기 있는 음악 선생으로 해마다 앤티언트 콘서트 룸에서 그녀의 학생들을 위해 연주회를 개최한다. 그녀의 수입은 세 여인을 부양하는 중요한 자원이 되어 왔으며, 이야기는 막벌이로서 그리고 질녀로서, 긴장 때문에 그녀가 때때로 견디어야 하는 좌절을 조용히 암시한다. 메리 제인은 이야기의 행동을 지배하는 연례 크리스마스 파티의 주인 중의 하나의 역할을 맡아왔다. 그녀의 직업상 그리고 그녀의 태도에서, 제인은 그녀의 고모들에 의하여 구체화되는, 그녀의 사촌오빠인 게이브리얼 콘로이에 의하여 그의 만찬 연설에서 생색나게 암시되는, 문화적 전통과 세련미의 계승을 반영한다. 제인은 이들 세 여인이 지니는 세계에 대한, 비록 신중하도록 낙관적이지만, 결정적 견해를 확언한다.

### 무니 부인Mrs. Mooney

「하숙집」에서 중심인물이다. 딸 폴리 무니와 아들 잭 무니의 어머니로서, 그녀는 또한 도런이 사는 하숙집의 여주인이다. 서술이 분명히 하다시피 무니 부인은 "식칼이 고기를 다루듯 도덕 문제를 다루었는지라", 냉소주의와 동물적 간계를 동등한 척도로 혼성하는 세계에서, 사납고 금권적(金權的) 견해를 지닌 당찬 여인이다. 그녀는 자신의 목적을 성취하기 위하여 타인들과 타협하는 일에 절대 주저하지 않는다. 동시에, 서술은 그녀를 오히려 단견적, 행동의 장기적 결과에 대한 참된 파악을 하지 못하는, 또는 무관심한 여인으로 묘사한다. 이리하여, 그녀의 딸과 도런 간의 성적 관계를 안 뒤로, 그녀는 행동 과정의 가장 탐색적 과정을 따르며, 자신이 스캔들을 일으키겠다고 위협함으로써, 그를 결혼으로 유인한다. 이 무모한 행위의 불행한 결과는 『율리시스』에서 다양한 인물들이 도런의 무질서한 결혼 생활에 대한 연민과 경멸을 뒤엉키게 하면서, 그녀를 논평하는 과정을 통해서, 분명해진다.(『율리시스』 제12장 245쪽 참조) 그녀는 아마도 에밀 졸라의 '작은 나나(Little Nana)'적 인물이다.

### 몰리 아이버스 양Miss Molly Ivors

「죽은 사람들」에 등장하는 여성 인물. 그녀는 아일랜드의 열렬한 민족주의자다. 모컨의 연례 크리스마스 파티에서 게이브리얼 콘로이와 춤을 추는 동안, 그녀는 콘로이의 아일랜드 문화에 대한 심한 결핍에 대해 그를 '친영파'로 매도한다. 그녀는 게이브리얼이 친영계의 『데일리 익스프레스』지에 서평을 썼기 때문에 그를 계속 조롱하고, 그로 하여금 자신의 켈트 문화에 대한 감각을 터득하도록 아란 섬에서 여름휴가를 보내도록 권유한다. 비록 좋은 의미이긴 하지만 그녀의 조롱은 민감한 게이브리얼을 크게 속상하게 만든다. 아마도 그녀 역시 그들 상호의 교환에서 타격을 받았기 때문인지, 저녁 식사와 게이브리얼의 연설 전에 그녀는 파티를 떠난다.

### 바텔 다시Bartell D' Arcy

「죽은 사람들」에 처음 나오는 인물. 모컨 자매댁의 크리스마스 파티에서 그는 부산떠는 불안한 자로서, 음악에 들뜬 더블린에 자신의 입지를 수립하려고 애쓰는 오페라 테너 가수이다. 그는 추위 때문에 저녁 파티의 군중 앞에서 노래하는 것을 싫어하지만, 종말에 〈오그림의 처녀〉 라는 노래를 부르도록 설득되는데, 이 노래는 그레타 콘로이의 마음을 마이클 퓨리의 기억으로 이끈다. 다시는 『율리시스』 제8장 「레스트리고니언즈」에서 인유를 통하여 등장하는데, 여기서 블룸은 그를 "콧수염을 밀랍 칠을 해서 위로 젖힌 채 으쓱거리는 녀석"으로 각하한다. 그는 또한 제18장 「페넬로페」에서 몰리의 독백 속에서도 등장한다. 리처드 엘먼의 조이스 전기에 의하면, 다시(D'Arey) 라는 인물은 조이스의 부친 시절의 가수 맥구킨(Barton M'Guckin)에 기초한다고 한다(『제임스 조이스』, 246쪽 참조).

### 이그네이셔스 갤러허Ignatius Gallaher

「작은 구름」과 『율리시스』에 나오는 인물. 런던의 일간지에서 일했던 자신만만한 기자로, 그는 이전에 『프리먼즈 저널』지에서 일했다. 「작은 구름」에서 갤러허의 자유분방하고 뽐내는 대륙적 기질은 꼬마 챈들러의 일상생활의 단조로움 및 감금과 대조를 이룬다. 갤러허는 일반적으로 아일랜드의 생활에 대하여 생색 부리는 태도를 드러낸다. 『율리시스』 제7장

「아이올러스」에서 ― '위대한 갤러허'의 제자 아래, 『이브닝 텔레그래프』지의 편집장인 마일리스 크로포드가 '피닉스 암살 사건'에 대한 갤러허의 기사를 자세히 열거한다.

### 이블린 힐Eveline Hill

「이블린」에 등장하는 중심인물. 그녀의 더블린과 가정의 연금적(軟禁的) 생활로부터 도피하기 위하여, 자신의 약혼자 프랭크와 함께, 그녀가 기혼녀로서 새 생활을 시작하며, 응당 존경을 받을, 그곳 부에노스아이레스로 사랑의 도피를 계획한다. 그녀의 집을 떠나기 전에 이블린은 그녀의 가족, 그녀의 입정 사나운 아버지, 그녀 어머니의 죽음에 대하여 명상한다. 그러나 프랭크를 만나고 배를 타기 위해 그녀가 노스 월 부두에 도착하자, 떠날 자신의 의지를 마비시키는 압도적 공포에 사로잡힌 채 그녀의 의지는 끊어지고 만다.

### 제임스 더피James Duffy

「참혹한 사건」에 나오는 주된 인물로서, 사설 은행의 출납원이다. 더피 씨는 자신의 세속적 면에서 퍽 개인적 인물로서, "동료도 친구도, 교회도 신앙도 없는" 자다. 그가 콘서트에서 처음 만나고, 교재를 시작하는 여인(시니코 부인)과의 낭만적 관계에서 자신에게 기회가 주어지자, 그는 그것을 거절한다. 뒤에 더피 씨는 자신의 사고(思考)의 개념을 다음과 같이 기록한다. "남자와 남자간의 사랑은 성적 관계가 있어서는 안 되기 때문에 불가능하고, 남자와 여자간의 우정은 성적 관계가 있어야 하기 때문에 불가능하다." 조이스는 이러한 감정을 그의 동생 스태니슬로스의 일기에서 끌어왔는데, 분명히 그는 동생을 더피 씨의 많은 특질의 근원으로 사용했다. 그러나 스태니슬로스와 이 부분적 허구의 인물 간의 엄격한 평행을 가정하는 것은 잘못일 것이다.

### 조 하인스Joe Hynes

「위원실의 담쟁이 날」에 등장하는 중심인물로서, 신문 기자요 찰스 파넬의 열렬한 감탄자이다. 이야기의 종말에서 하인스는 「파넬의 죽음」이란 시를 감상적으로 읊는다. 그는 또한 『율리시스』의 「하데스」 중 디그넘의 장례식 끄트머리에서, 조문객들의 이름을 그리고 비옷 입은 미지의 사나이를 매킨토시라 수첩에 기록하는데, 후자의 이름은 역마차의 오두막 (「에우마이오스」) 장면에서, 리오폴드 블룸이 읽는 『텔레그래프』지 석간의 장례식에 대한 하인스의 기사 속에 나타난다. 블룸이 하인스를 보자 자기에게 빌린 3실링 빚에 대해서 여러 번 암시하나 성공을 거두지 못한다. 뒤에 그는 다시 「키클롭스」에 나타나는데, 바니 키어넌 주점에서 '시민'과 이 장의 무명의 화자에게 몇 차례 술을 대접하기도 한다.

### 줄리아 모컨Julia Morkan

「죽은 사람들」의 한 인물로서, 메리 제인과 게이브리얼 콘로이의 이모. 나이가 많지만, 그녀는 아직도 '아담 엔드 이브즈' 가톨릭교회의 인솔 소프라노다. 나이에도, 줄리아 모컨은 (그녀의 자매 케이트와 함께) 이야기의 행동을 지배하는 연례 크리스마스 파티를 다스리며, 파티 향연의 일부로서 「신부(新婦)로 치장하고」라는 노래를 부른다. 이 노래 장면은 「진흙」의 이야기에서 마리아에 의한 비슷한 향연을 익살스럽게 메아리 한다. 두 경우에서 이 여인들이 택하는 노래들은, 전망과 재능이 나이에 의해 아직 영향을 받지 않는 젊은 소녀들에게 분명히 한층 어울린다. 그럼에도, 양자의 경우에서, 어떤 표현의 신랄함이 마지막 효과를 완화한다. 『율리시스』에서 블룸은 그녀를 독백 속에 명상한다. "'이 넓은 세상에 그토록 아름다운 계곡은 없다네.' 줄리아 모컨의 멋진 노래. 최후의 순간까지 그녀의 목소리를 보존했지."(U 8 참조)

### 패링턴Farrington

「짝패들」에 나오는 주된 인물로서, 패링턴은 '크로스비 앤드 앨런 법률 사무소'의 서사로서 일한다. 이야기를 통하여, 그는 처음에 그의 사무실에서 그리고 이어 술집에서 수모와 패배를 당한다. 술집에서 그는 한 젊은 영국인과 팔씨름에서 진다. 「짝패들」의 종말에서 패링턴은 그의 꼬마 아들 톰에게 분통을 터뜨리고 그를 매질한다. 그의 이러한 행동의 야만성은, 조이스가 그의 아우 스태니슬로스에게 보낸 1906년 11월의 한 서한에서 설명한바, 패링턴이 사는 세계에서 자기 자신이 경험하는 바로 같은 종류의 야만성을 반영한다(『서간문』 II. 192 참조). 즉, 그와 그의 아들 톰 — 짝패들 — 은 양자 무정한 세계의 변덕스런 야만성으로부터 부당하게 고통을 받는다. 패링턴은 자기 아들에게 아무런 동정심을 갖지 않을 뿐만 아니라, 폭력에 대한 아버지의 행동이 아들을 야만인으로 필경 만들 것이라는 아이러니는 바로 이야기의 제목 "짝패들"에 의하여 암시된다.

### 프랭크Frank

「이블린」에 나오는 선원. 프랭크는 여주인공 이블린 힐 양과 부에노스아이레스로 사랑의 도피를 꾀하는 젊은이다. 그러나 이야기의 종말에서, 비록 그들의 여행이 예약되어 있을지라도, 프랭크는 그녀의 변화에 대한 무능한 공포 때문에 그녀 없이 홀로 떠나야 한다. 케너 교수에 의하면 그는 '포주', 바로 그 장본인이다.

### 케이트 모컨Kate Morkan

줄리아 모컨과 함께 「죽은 사람들」에 등장하는 여인. 줄리아보다 젊지만, 그녀는 분명히 원숙한 여인이다. 그럼에도 케이트는 줄리아와 함께, 이야기의 주된 세팅인 크리스마스 파티를 관장한다. 그녀는 가정의 수입을 충당하기 위하여 초심자들에게 피아노 교습을 한다. 케이트 모컨은 『율리시스』에서 스티븐 데덜러스의 대모로서 언급되기도 한다.

### 캐슬린 커니Kathleen Kearney

「어머니」에 등장하는 인물. 또한 『율리시스』 제18장 「페넬로페」에서 몰리 블룸의 독백 속에 언급된다. 커니 양은 피아니스트요, 가수이며, 아일랜드 문예 부흥의 열렬한 지지자다. 비록 그녀는 「어머니」에서 그녀 어머니 위협의 희생자이긴 하지만 몰리 블룸은 그녀가 한 무리의 젊은 가수들의 대표로서 자신보다 한층 우대받는 데 대해 분개한다. 「어머니」에서 이야기 대부분을 통해 그녀의 호감의 분위기에도, 콘서트에 연출하는 소프라노인 마담 그린을 그녀가 무정하게 해고한 사실은 몰리의 분개심을 정당화하는 것 같다. "어디서 사람들이 그녀를 발굴했는지 몰라…… 난 그녀에 관해 들어보지 못한 게 뻔해."

### 커니 부인Mrs. Kearney

「어머니」에 등장하는 주된 인물이요, (비록 비교적 겸허하기는 하나), 그녀의 두드러지고 의도적 공격성과 사회적 인식에 대한 타산적 욕구로서 특징짓는다. 그녀를 알리는 글귀의 첫 행들에서 — "데블린 양은 홧김에 커니 부인이 되었다." — 이야기의 마지막 말들까지 — "아직 당신과 다 끝나지 않았어요" — 그녀의 행동은 자신의 범속한 야망을 달성하기 위한 결심, 무모함, 거침과 가장 및 우둔함으로 결합한다. 딸의 음악적 생애를 촉진함에서, 그녀의 고집은 이야기의 기동력이요, 사회의 여론을 위한 그녀의 상호 관심과 멸시는 자신의 노력에 생기를 부여한다. 그러나 마지막 이야기를 통하여 암시되고 분명해지는, 그녀 성격의 핵심적 특징은, 성공하기 위한 그녀 자신의 최선의 노력을 거듭 손상하는 비 융통성, 바로 그것이다.

## 퍼던 신부Father Purdon

「은총」에 나오는 예수회의 한 신부, 그는 성 프란시스 제비에르 교회에서 상인들을 위하여 회상 혹은 정신적 반성의 설교를 집정한다. 퍼든 신부의 이름은 조이스 세대의 더블린 사람들에게 특별한 반향(反響)을 가진데, 그 이유는 퍼던가(街)는 조이스의 젊은 시절 더블린의 홍등가의 중요한 통로였기 때문이다.

## 프레디 맬린스Freddy Malins

「죽은 사람들」에서 케이트 및 줄리아 자매와 그들의 질녀 메리 제인이 베푸는 연례 크리스마스 파티에 참가하는 한 손님. 프레디의 술 취함은 파티의 다른 사람들에게 관심을 야기하고 흥미의 원천을 마련한다. 그러나 서술의 과정에서 프레디는 보다 중요한 작용을 한다. 그의 음주, 대중의 관습에 대한 심오한 존경 그리고 용솟음치는 감수성은, 유리되고 내성적 게이브리얼 콘로이와 날카로운 대조를 이룬다. 자기 통제의 결핍 속에 프레디는 보다 약한 인물로서 대두되며, 『더블린 사람들』의 다른 이야기들의 인물들을 방해하는 많은 똑같은 약점들을 반영한다. 동시에 프레디의 상냥한 마음씨의 감정이입과 그의 노골적 개방성이 게이브리얼의 과민한 성질과 날카롭게 대치된다.

## 폴리 무니Polly Mooney

「하숙집」의 한 주된 인물로 무니 부인의 딸. 그녀의 어머니의 하숙생 중의 하나인, 밥 도런과의 그녀의 성적 친근감은 이야기의 위기로 그리고 도런을 폴리와의 강제적 결혼으로 인도한다. 비록 처음에는 단지 평범한 인물로 보일지라도, 그녀의 성격은 이야기의 사건들에서 자신의 참견이 기본적 이야기의 줄거리보다 한층 모호하게 그려진다. 폴리는 분명히 도런과의 친교를 시작하고, 확실히 그와 결혼하기를 바란다.

그러나 이야기의 종말에서, 적어도 그녀 인생의 이 단계에서 폴리의 의향은, 딸을 강제로 결혼시키려는 오만한 어머니의 그것보다 한층 이상적이요, 한층 덜 타산적이다. 『율리시스』의 「키클롭스」에서 폴리에 대한 잇따르는 언급들은 그녀가 어머니의 많은 특징을 닮기 시작함을 보여준다. "밴텀 라이언스가 내게 말해 주었는데, 그녀는 새벽 2시에 몸에 실오라기 하나 걸치지 않고, 그녀에게 다가오는 사람 누구에게나 공평무사하게 문호를 개방한 채, 그녀의 몸뚱이를 드러내 놓고 그곳에 서 있더라는 것이다."

(U 12장 참조)

## 제임스 조이스 연보

- 1882년 2월 2일, 아일랜드 수도 더블린에서 경제적으로 넉넉지 못한 수세리(收稅吏) 존 스태니슬러스 조이스(John Stanislaus Joyce)와 메리 제인 조이스(Mary Jane Joyce) 사이에서 장남으로 태어남.
- 1888년 9월, 한 예수회의 기숙사제 학교인 클론고즈 우드 칼리지(Clongowes Wood College) 초등학교에 입학, 1891년 6월까지(휴가를 제외하고) 그곳에 적(籍)을 둠.
- 1891년, 이해는 조이스 생애에 있어서 가장 중요한 한 해였음. 6월, 경제적 어려움 때문에 존 조이스는 제임스를 클론고즈 우드 칼리지 초등학교에서 퇴교시킴. 10월 6일, 파넬(Parnell)의 죽음은 아홉 살 난 소년에게 큰 충격을 주어, 파넬의 '배신자'를 규탄하는 「힐리여, 너마저(Et Tu, Healy)」란 시를 쓰게 함. 존 조이스는 이 시에 크게 만족하여 그것을 인쇄하게 했으나 현재는 단 한 부도 남아 있지 않음. 뒤에 『젊은 예술가의

초상』에 서술된 바와 같이 그의 격렬한 기분으로 조이스가의 크리스마스 만찬을 망쳐 버린 것도 이해임.

- 1893년 4월, 역시 예수회 학교인 벨비디어 칼리지(Belvedere College) 중학교에 입학, 1898년까지 그곳에 적을 두었는데, 우수한 성적을 기록함.
- 1898년, 카디널 뉴먼(Cardinal Newman)이 설립한 예수회 학교인 더블린의 유니버시티 칼리지(University College)에 진학, 이때부터 기독교 및 편협한 애국심에 대한 그의 반항심이 움트기 시작함.
- 1899년 5월, 예이츠의 〈캐슬린 백작부인(The Countess Cathleen)〉을 공격하는 동료 학생들의 항의문에 서명하기를 거부함.
- 1900년, 문학적 활동의 해. 1월에 문학 및 역사학 학회에서 '연극과 인생(Drama and Life)'에 관한 논문을 발표함[『스티븐 히어로(Stephen Hero)』 참조]. 4월에 「입센의 신극(Ibsen's New Drama)」이라는 논문이 저명한 『포트나이틀리 리뷰(Fortnightly Review)』지에 게재됨.
- 1901년, 이해 말에 아일랜드 극장의 지방성을 공격하는 수필 「소요의 날(The Day of Rabblement)」을 발표함(본래 대학 잡지에 게재할 의도였으나, 예수회의 지도교수에 의하여 거절당함).
- 1902년 2월, 아일랜드 시인인 제임스 클라렌스 맹건(James Clarence Mangan)에 관한 논문을 발표, 맹건이 편협한 민족주의의 제물이었음을 주장함. 이어 10월에 학위를 받고 파리에서 의학을 공부하기로 결심함. 늦가을 더블린을 떠나 런던의 예이츠를 방문하고, 그의 작품 판로(販路)의 가능성을 살피기 위해 얼마간 그곳에 머무름.
- 1903년, 파리에서 이내 의학에 대한 흥미를 잃고 잇따라 더블린의 일간지에 서평을 쓰기 시작함. 4월 10일, 어머니가 위독하다는 아버지의 전

보를 받고 더블린으로 돌아옴. 그의 어머니는 이해 8월 13일에 세상을 떠남.

- 1904년, 이해 초에 「예술가의 초상(A Portrait of the Artist)」이라 불리는 단편을 시작으로 자서전적 소설 집필에 착수함. 이는 나중에 『스티븐 히어로』로 발전하고 이를 다시 개작한 것이 『젊은 예술가의 초상』임. 어머니 메리 제인의 사망 후로 조이스가의 처지는 악화되었으며, 조이스는 가족과 점차 멀어지기 시작함. 3월에 달키(Dalkey)의 한 초등학교 교사로 취직, 6월말까지 그곳에 머무름. 이해 6월 10일, 조이스는 노라 바너클(Nora Barnacle)을 만나 이내 사랑에 빠짐. 그는 결혼을 하나의 관습으로 보고 반대함으로써 더블린에서 노라와 같이 살 수 없게 되자, 유럽으로 떠나기로 작정함. 10월 8일, 노라와 더블린을 떠나 런던과 취리히를 거쳐 폴라(유고슬라비아 령)에 도착한 뒤, 그곳 베를리쯔 학교에서 영어를 가르치기 시작함.
- 1905년 3월, 트리에스트로 이주, 7월 27일 그곳에서 아들 조지오(Giorgio)가 탄생함. 3개월 뒤 동생인 스태니슬러스가 트리에스트에서 그와 합세함. 이해 말, 『더블린 사람들』의 원고를 한 출판업자에게 양도했으나, 10여 년의 다툼 끝에 1914년에야 비로소 출판됨.
- 1906년 7월, 로마로 이주, 이듬해 3월까지 그곳 은행에서 일함. 그 후 다시 트리에스트로 돌아와 계속 영어를 가르침.
- 1907년 5월, 런던의 한 출판업자가 그의 시집 『실내악(Chamber Music)』을 출판함. 7월 28일, 딸 루시아 안나(Lucia Anna)가 태어남.
- 1908년 9월, 『스티븐 히어로』을 개작하기 시작, 이듬해까지 이 작업을 계속함. 그러나 3장을 끝마친 뒤 잠시 작업을 중단함.

- 1909년 8월, 방문차 아일랜드로 건너감. 다음 날 트리에스트로 되돌아왔다가 경제적 지원을 얻어 더블린으로 돌아가 그곳에서 한 극장을 개관함.
- 1910년 1월, 트리에스트로 되돌아옴으로써 극장 사업의 모험은 이내 무너짐. 더블린을 처음 방문했을 때, 조이스는 뒤에 그의 희곡「망명자들」의 소재로 삼은 감정적 위기를 경험함.
- 1912년, 몇 해 동안『더블린 사람들』에 대한 시비가 조이스에게 하나의 강박관념이 됨. 마침내 7월, 마지막으로 더블린을 방문했으나, 여전히 그 출판을 주선할 수 없었음. 조이스는 심한 비통 속에 더블린을 떠났으며, 트리에스트로 돌아오는 길에「분화구로부터의 가스(Gas from a Burner)」란 격문(檄文)을 씀.
- 1913년, 이해 말에 에즈라 파운드(Ezra Pound)와 교신(交信)하기 시작함. 그의 행운이 움트고 있었음.
- 1914년, 이른바 조이스의 '기적의 해(annus mirabilis)'로, 2월에『젊은 예술가의 초상』이『에고이스트(Egoist)』지에 연재되기 시작, 이듬해 9월까지 계속됨. 6월,『더블린 사람들』이 출판됨. 5월에『율리시스(Ulysses)』의 집필을 시작했으나,「망명자들」을 쓰기 위해 이내 중단함.
- 1915년 1월, 전쟁에도 불구하고 중립국인 스위스의 입국이 허용됨. 이해 봄에「망명자들」이 완성됨.
- 1916년 12월 29일,『젊은 예술가의 초상』이 출판됨.
- 1917년, 이해 최초로 눈 수술을 받음. 이해 말까지『율리시스』의 새 에피소드 초고를 끝마침. 이 소설의 구조는 이때 이미 거의 틀이 잡혀 있었음.
- 1918년 3월,『리틀 리뷰(Little Review)』지(뉴욕)에『율리시스』를 연재하

기 시작함. 5월 25일, 「망명자들」이 출판됨.

- 1919년 10월, 트리에스트로 귀환, 그곳에서 영어를 가르치며 『율리시스』를 다시 쓰기 시작함.
- 1920년 7월 초순, 에즈라 파운드의 주장으로 파리로 이주함. 10월, 죄악 금지회(The Society for the Suppression of Vice)의 고소로 『리틀 리뷰』지의 『율리시스』 연재가 중단됨. 제14장인 「태양신의 황소들(Oxen of the Sun)」의 초두가 그 마지막이었음.
- 1921년 2월, 『율리시스』의 마지막 남은 에피소드를 완성하고 작품 교정에 몰두함.
- 1922년, 조이스의 40번째 생일인 2월 2일에 『율리시스』가 출판됨.
- 1923년 3월 10일, 『피네간의 경야』 첫 부분 몇 페이지를 씀[1939년에 출판될 때까지 『진행 중의 작품(Work in Progress)』으로 알려짐]. 그는 수년 동안 이 새로운 작품에 대하여 활발한 계획을 세우고 있었음.
- 1924년, 『피네간의 경야』의 단편 몇 개가 4월에 처음 출판됨. 이후 15년 동안 조이스는 『피네간의 경야』의 대부분을 예비 판으로 출판할 계획이었음.
- 1927년, 4월과 1929년 11월 사이에 『피네간의 경야』 제1부와 제3부 초본을 실험 잡지인 『트랑지숑(Transition)』지에 게재함.
- 1928년 10월 20일, 『아나 리비아 플루라벨(Anna Livia Plurabelle)』이 출판됨. 이후 10년 동안 『진행 중의 작품』의 여러 단편들이 출판됨.
- 1931년 5월, 아내와 함께 런던을 여행함. 12월 29일, 아버지가 사망함.
- 1932년 2월 15일, 손자 스티븐 조이스가 탄생함. 이 사실은 조이스를 깊이 감동시켰으며, 이때 「보라, 저 아이를(Ecce Puer)」이라는 시를 씀. 3

월에 딸 루시아가 정신분열증으로 고통을 받았음. 그녀는 이후 회복되지 못한 채 조이스의 여생을 암담하게 만들었음.

- 1933년, 이해 말에 미국의 한 법원은 『율리시스』가 외설물이 아님을 판결함. 이 유명한 판결은 이듬해 2월, 이 작품에 대한 최초의 미국판 출판을 가능하게 함(최초의 영국판은 1936년에 출판됨).
- 1934년, 대부분을 스위스에서 보냄. 따라서 그는 딸 루시아 곁에 있을 수 있었음(그녀는 취리히 근처의 한 요양원에 수용됨). 1930년 이래 그의 고질적 눈병을 돌보았던 취리히의 의사와 상담함.
- 1935년, 수년 동안 집필해 오던 『피네간의 경야』를 완성하기 위해 노력함.
- 1938년, 프랑스와 스위스 그리고 덴마크의 잦은 여행으로 더 이상 파리에서 거주할 수 없게 됨.
- 1939년, 『피네간의 경야』가 5월 4일에 출판되었고, 조이스는 이 책을 57세의 생일(2월 2일) 선물로 미리 받음.
- 1940년, 프랑스가 함락된 뒤 조이스가는 취리히에 거주함.
- 1941년 1월 13일, 장궤양으로 복부 수술을 받은 후 취리히에서 사망함.

더블린 사람들

**초판 1쇄 발행일** 2018년 06월 14일

**지은이** 제임스 조이스
**옮긴이** 김종건
**펴낸이** 박영희
**편집** 김영림
**디자인** 조은숙
**마케팅** 김유미
**인쇄 · 제본** AP프린팅
**펴낸곳** 도서출판 어문학사
서울특별시 도봉구 해등로 357 나너울카운티 1층
대표전화: 02-998-0094/편집부1: 02-998-2267, 편집부2: 02-998-2269
홈페이지: www.amhbook.com
트위터: @with_amhbook
페이스북: https://www.facebook.com/amhbook
블로그: 네이버 http://blog.naver.com/amhbook
다음 http://blog.daum.net/amhbook
e-mail: am@amhbook.com
등록: 2004년 7월 26일 제2009-2호

ISBN 978-89-6184-472-7 03840
**정가** 15,000원

이 도서의 국립중앙도서관 출판예정도서목록(CIP)은 e-CIP홈페이지(http://www.nl.go.kr/ecip)와 국가자료공동목록시스템(http://www.nl.go.kr/kolisnet)에서 이용하실 수 있습니다.
(CIP제어번호: CIP 2018015641)

※잘못 만들어진 책은 교환해 드립니다.